绝代皇妃

花蕊夫人

白 尔 一 著

中国文史出版社

CHINA CULTURAL AND HISTORICAL PRESS

你低吟淺唱

引來鶯歌燕舞

你揮洒詩篇

催開千花萬卉

一首驚豔駭俗的止國詩

反千古的紅顏禍水桑子

丰閨蔦氣回腸的采桑子

誰看了你不作斷腸人

家鄉山水成就了你的詞人

風華絕代的詞人蕭旒

歲月因你風光旖旎

你撒向歷史日月星辰

庚子夏李國超古筆

青城三月的風

吹動你漫天的裙裾飄来

從歷史深處款款飄来

像一朵嫺娜的雲

汪眼清泉仍那般澄澈無媚

莫不是古堰汩汩的邊潲潲

緋腮玉肌仍那般嬌艷欲滴

莫不是蓉城醉落的紅暈

縱是消瘦了些

梨花帶雨更楚楚動人

祇是哀煞了些

雪里梅花更嬴韻

图书在版编目（CIP）数据

绝代皇妃花蕊夫人 / 白尔著. — 北京：中国文史出版社，
2020.6

ISBN 978-7-5205-2032-4

Ⅰ.①绝… Ⅱ.①白… Ⅲ.①传记小说—中国—当代
Ⅳ.①I247.5

中国版本图书馆CIP数据核字（2020）第085672号

责任编辑：梁玉梅

出版发行：中国文史出版社

社　　址：北京市海淀区西八里庄路69号院　邮编：100142
电　　话：010-81136606　81136602　81136603（发行部）
传　　真：010-81136655
印　　装：北京新华印刷有限公司
经　　销：全国新华书店
开　　本：16开
印　　张：20.5　　插页：4页
字　　数：298千字
版　　次：2020年10月北京第1版
印　　次：2020年10月第1次印刷
定　　价：58.00元

巴蜀大地升起一颗璀璨的新星

——《绝代皇妃花蕊夫人》序

王 火

  作家白尔（李前秀）的第二部长篇历史小说《绝代皇妃花蕊夫人》2004年春出版。事隔16年，中国文史出版社为她再版，固然是一件令人欣喜的事。她托我为她作序，尽管我年老多病，出院不久，但她的才华、对文学的执着追求使我感动。读着精心修改后的《绝代皇妃花蕊夫人》，一幅描绘后蜀、后周、宋初从宫廷至官场、至市井的历史画卷在我眼前徐徐铺开，不忍释卷，欣然同意写序。

  在唐朝和宋朝之间，有一个长达半个多世纪的过渡时期——五代十国，史称五代。

  五代和三国一样，是中国封建社会大分裂、大动荡、大征战的时代。不，比三国还乱得广泛，乱得彻底，和战国不分仲伯。那时，诸侯执掌天下，独夫霸道横行，国君如弈棋，国家若传舍，生灵涂炭，哀鸿遍野，中华民族坠落苦难深渊。

  偏居一隅的后蜀，因中原群雄逐鹿，无暇西顾，致使文坛人才荟萃、群星闪烁，成了乱世之绿洲。在浩瀚星海中，有一颗璀璨的新星从巴蜀大地耀然升起，华光万道。她，就是绝代才女、两朝皇妃——花蕊夫人。

  小说有三个维度吸人眼球。

  1. 真实、厚重的历史感，是历史小说的基本属性。

  本书从历史真实的源头出发，尊重历史本真，以正史为经，野史、秘史为纬，用史诗性的叙事，把众多的历史人物花蕊夫人、后蜀后主孟昶、后周太主郭威、后周世宗柴荣、宋太祖赵匡胤、宋太宗赵光义放在同一个历史背景下，放在大动荡、大分裂、大征战的历史天地里来展现，写活了历史人物。如孟昶后期奢靡荒逸，朝欢暮乐，不理朝政，沉溺于歌台舞榭、犬马声色。边将来报周兵长驱直入，攻下我边防马岭寨，北方七寨告急。他正和花蕊夫人在摩河池轻歌曼舞，怒掷御笛骂道："可恨强盗，败我诗性！"可见，后蜀灭亡是历史的必然。

2. 文学感染力，艺术冲击力，是历史小说的精华。

历史小说兼容历史和文学两个学科的特性，但首先是文学。作者将笔力伸向历史深处，在历史罅隙里展开逦迤无羁的想象，使人物栩栩如生，情节跌宕起伏。本书倾力打造的花蕊夫人，是一位东方理想化的经典美人，集惊世骇俗的外貌美、神韵美、才情美、操守美、睿智美、人性美、悲情美于一身。

她高风亮节，有母仪天下的美德懿行，却执意辞后。昭仪艳娘制造桃色新闻毁誉她，真相暴露后，艳娘午时三刻问斩，她不计前嫌，义救艳娘成功出逃。她关心国事，却不干政，以特殊身份婉谏夫君，保护犯上直谏的良臣。

她是一位对爱情专一的女人。宋太祖将六宫宠爱集于她一身，她仍思恋故主，画像膜拜，放鸽祭坛。这些细节生动感人，既写出了复杂细腻的心灵史，又写出了惟妙惟肖的生活史。

她是一位顾大局、识大体、明大义、有家国情怀的女人。后蜀灭亡，她是彻骨的痛和悲，葭萌题壁的半阕《采桑子》可佐证。但当她一旦了解、领悟宋太祖为实现民族大统一、大融合，结束诸侯纷争局面的雄才大略时，便转变了自己的政治观点，跳出一己恩仇，选择了民族大义。读到这儿，我想到宝岛台湾的回归，想到祖国的统一、民族的复兴。这就是历史小说不能仅停留在历史层面上，不是就历史写历史，要观照现实，给读者以启迪的可贵之处。

她是一位才情横溢的女人。她的《花蕊宫词百首》，以宫中人写宫人、宫事、宫景、宫情、宫怨，生动清新，婉约典雅。特别是答宋太祖的《亡国》诗："君王城上竖降旗，妾在深宫哪得知。十四万军齐解甲，更无一人是男儿。"令须眉汗颜，成了千古绝唱。陈寅恪说得好，"诗史互证"，她的宫词佐证了宫廷史、生活史、心灵史，开创了一代词风，为宋词的繁荣铺上了一层厚重的底色。

她是一位悲情的女人，尽管集真善美于一身，最终仍在君君臣臣相互倾轧下，做了牺牲品，死在晋王赵光义的毒箭下，但"纵死犹闻侠骨香"。特别是文尾用桃花雨送葬，是作者在真实历史缝隙里驰骋浪漫奇幻的美学想象，完成主人公人生悲情、精彩的谢幕，道德的升华，灵魂的返魅，指向精神终结的神性。

3. 鲜明、浓郁的地域色彩是写作的根。

小说以古成都地域（成都市辖都江堰）为圆心，向四周拓展、辐射。众多的史实、生活的主流、市井的喧闹，都发生在这座后蜀的都城，写尽了古成都的繁华，凸显了古成都的风貌，注入了古成都的灵魂，故鲜明的地域性成了作品深厚的底蕴和坚韧的质地。成都是五朝古都，史有"扬一益二"之称。（扬，扬州；益，成都）古文化、古遗迹、古景观、古庙宇、古风土人情很丰厚，如都江堰、青城山、二王庙、伏龙观，市区内的浣花溪、百花潭、筹边楼、凌烟阁，都是真实的地名，是历史文化的瑰宝。李白、杜甫、岑参、薛涛、陆游在此流连忘返，留下了瑰丽的诗篇。都江堰放水节更是成都一大亮点，作者把川戏变脸、川江号子、民歌、打水脑壳、赶头水的民风民俗、仪式、宗教、神话等文化元素注入其中，不仅展示了城市文脉，展现了充满诗性、史性、神性的特色文化，还体现了人和自然的和谐、天人合一的审美追求，推动故事情节的发展和人物的塑造。

本书还精心塑造了个性鲜明的周世宗柴荣、宋太祖赵匡胤、后蜀主孟昶，蜀将王环、南光海、高彦俦，宋将高怀德、向训、曹彬等众多的历史人物形象，真实再现了后蜀王朝、大周王朝的兴衰史，再现了五代末期到大宋初期由乱到治的历史画卷。既有金戈铁马的战争场面，又有风花雪月的男欢女爱；既有啸聚举旗的壮怀激烈，又有千年悲歌的咏叹哀鸣；既有大江奔腾，又有小桥流水。场面恢宏浩阔，情节跌宕离奇，人物立体丰满，语言雅正灵气，呈现出史诗的品格，让读者真实、艺术地了解这段远逝的历史，解读从历史深处走来的这群君臣妃嫔、英雄豪杰、凡夫俗子。

（王火：中国作协名誉委员，四川省作协名誉副主席。长篇小说《战争和人》获第二届国家图书奖、炎黄杯人民文学奖、第四届茅盾文学奖、全国"八五"期间优秀长篇小说奖。《血染春秋》获全国首届乌金奖。1997年任中国作家代表团团长，出席了在贝尔格莱德举行的第34届国际作家会议，访问了捷克、南斯拉夫。）

目 录

CONTENTS

第一章　丽人惊魂落瑶琴

公元934年，孟知祥在川称帝，建元明德，是为后蜀。同年七月，孟知祥驾崩，世称太祖。子孟昶即位，史称蜀后主。

广政三年（940年）秋，后蜀皇帝孟昶，偕张妃太华乘坐龙凤銮舆，从蜀国京城成都起驾，出西城门，上川西驿道，穿成都平原，巡幸青城山。

青城山距成都一百多公里，位于青城县城（现都江堰市石羊镇）二十来里。一千八百年前，道教创始人张道陵张天师在此结茅传道，羽化登仙，是中国道教发祥地，称"洞天第五宝仙九室之天"，是天下第五名山。

游幸队伍浩浩荡荡，妃嫔佳丽、皇亲国戚、文武众臣、禁军官人、梨园乐伎，一行扈从随驾，绵延十里。旗幡华盖蔽日，车水马龙塞道，沿途州县官员伏地跪迎，接驾朝参。

次日抵达青城山麓，驻跸建福宫。

建福宫飞檐叠叠，古木森森。黄昏，西边天空沉没了半爿落日轮影。后主头戴幞头，身着绣袍，腰系玉带，两撇仁丹胡子朝天撅着，像鸟的双翼，跃跃欲飞。信步踱出山门，身边紧偎着张妃，罗裙飘飘，美目顾盼，忽而俯视足下的小桥流水，数点游弋的鱼儿；忽而仰视宫后丹崖翠林，倾听百鸟的鸣唱。环顾四周，山碧绿，水碧绿，地碧绿，天碧绿，一群白鹤都变成绿鹤飞翔，连自己和皇上及随行人员都变得仙魔化，成碧绿的了。她忍不住扑哧一声咯咯地笑起来，像摇着一串绿色的铃铛，惹得后主和宫人们也莫名其妙地笑起来。彼此一看，才发现大家都变成绿头发、绿脸面、绿胡须，于是，又是一阵捧腹大笑。后主风趣地笑道："青城真是天下幽啊！个个变成绿林好汉啰！"

"好一个青城天下幽啊！不愧为五大仙山！"她启动着红唇，忘情地叫道，又眨巴着明眸，向着后主，"青城山者，青山也！皇上，何谓中间加一个'城'字？"

"爱妃你看，建福宫后的丹崖翠壁蓊郁入云，那是丈人峰，状若城墙。大面山三十六峰迤逦而来，次第呈露，黛色如螺，嵯峨万仞，好似三十六堵摩天城郭，城裹城，郭套郭，故曰青城耳。"孟昶多次来此巡游，说起青城山如数家珍。

次日，后主启驾登山，张妃同辇而行，排在仪仗队前面的是由禁军组成的驾头，其余人尾随其后。巡游队伍沿丹梯盘旋而上，步幽谷，穿密林，攀峭壁。进入鸟道，路越来越窄，越来越陡，龙舆、鸾辇、香车、马匹无法平行而过，只得改乘滑竿。除百乘滑竿外，绝大多数人都得步行上山。脚夫是当地精选的身强力壮的山民，他们短衣短裤，两肩搭着白毛巾，胸前佩着黄条绸，脚蹬红藤草鞋。人半卧在滑竿上，闪悠闪悠的，像拍击旋律似的，任情欣赏沿途美景，优哉游哉，好不惬意！每到一个景点，后主和张妃都要停下来小憩观景。看到这前不见头、后不见尾的登山队伍，蜿蜒蠕动，像青山绿水间一条条彩龙腾空。后主感到一种原始的野性冲动，禁不住啸傲山林，"啊——喔——吼——"地吼起来。登高一呼，众山皆应，四周的群山也"啊——喔——吼——"地叫起来。臣属、宫人见了，也跟着呼啸，吵得群山打转转，整个青城山被野性的狂吼托起来了。这一对帝妃更乐了，像披着一身霞烟，踩着云朵，衣袂翩翩地飞天，漂在狂野的声之河里。就这样，一路走走停停，来至常道观下榻（今天狮洞）。

圣驾将至，观主李若冲率众道士披上道服，吹奏梵乐，在山门外跪接。

后主连声道："平身，众道免礼！"

在观主陪同下，帝妃参观了道观建筑。道观始建于隋代大业年间，在白云溪、海棠溪之间坡度平缓的台地上，殿宇巍峨、恢宏，是青城第一大观。殿前一棵大银杏树，相貌苍古、奇异，传说是张天师亲手所栽，距今千岁以上的年龄。高达五十余米，树干需十人方能围抱，枝干繁密。树干上长出无数悬瘤，像石钟乳倒垂，形态各异，十二生肖的形态栩栩如生。一到秋天，白果累累，杏叶金黄，像只只仙果、神蛾簇拥着飞檐翘角，把整个宫观装点得仙气十足。朝圣的人，视这株古银杏树为送子观音，总爱在树下求子许愿，香火极旺。

后主、张妃朝拜完青龙殿、白虎殿、三清殿，上行到后殿的黄帝祠，祠堂上供奉着轩辕黄帝。祠左侧是三皇殿，塑轩辕、伏羲、神农的神像。右侧是张天师殿。后主在这一祠一殿里焚香膜拜，然后去云房休息。

小道士上来一道盖碗茶。后主揭开茶盖，款款地用盖沿漾了漾，轻轻地吸了一口，顿觉汩汩生津，通体舒畅。他兴致勃勃道："炼师，此茶何名？为何如此芳香爽口？"

"启禀皇上，这是贫道自酿的青城洞天茶，呷后舌尖留香。贫道自去云雾山中采来青城嫩尖茶叶，炒制而成。再在梅花蕊上收集露珠，盛于古坛内，埋在松柏林里，至少五年。今日皇上游幸青城，贫道特从松柏林里取出，用松枝煎熬，故芬香四溢。"

"炼师不仅道法玄通，制茶工艺亦超群绝伦，实异人也。朕将这青城洞天茶列为贡茶，岁岁朝贡，免去你们的土地征用税。"

"叩谢皇上隆恩，吾皇万岁、万万岁！"李观主和道士们伏地谢恩。

中午，摆筵进餐。桌上摆的全是山肴野蔌，什么白果炖鸡、青城腊肉、青城泡菜。后主喝着洞天乳酒，吃着山肴，或许是吃腻了熊掌燕窝之故，感到胃口大开，美美地饱餐一顿，可谓饭饱酒足。

"好酒不醉，皇上，请用杯！"观主举着巨觥相劝道。

"好呀，今朝有酒今朝醉！"后主又仰脖一饮而尽，嘴角美酒四溢。

"这是道观自酿的洞天乳酒，开坛十里香，一饮千家醉，酽而爽口，浓而醇香。170年前，诗圣杜甫携其二公子宗文、宗武游青城山，在此小憩，道士便拿这洞天乳酒款待父子三人。杜公一气喝了数觥，掀髯大笑：'好酒呀好酒！酒能宽心，心胸如洗；诗能遣兴，浊念全消。莫思身外无穷事，且尽眼前有限杯！哈哈哈！'"

后主听后，诗兴大发，乘着酒兴，摇头晃脑地讴歌起来：

山瓶乳酒下青云，气味浓香幸见分。

鸣鞭走送怜渔父，洗盏开尝对马军。

"皇上满腹锦绣，海内一人矣！"观主连声喝彩。

从此，洞天茶、洞天乳酒、青城腊肉、青城泡菜、白果鸡，号称青城五绝，不胫而走，风靡巴蜀。

一日，风和日丽，孟昶巡幸丈人峰。这儿苍林绿水交映，怪石奇峰林立，传说吕洞宾乘仙鹤、驾祥云在此修道、讲经、点度成仙，留下了脍炙人口的诗篇：

一鸣白鸟出青城，再谒王阴二友人。

口口惟思三岛好，抬眸已过洞庭春。

后主和张妃来到鸳鸯池，池呈圆状，直径丈许，水波不兴，清幽澄澈。仔细一看，池中央有漩流从池底汩汩冒出，泛起粼粼碧波。池周佳木苁葱，竹柳飘逸。男男女女喜欢到池中投递花朵，占卜爱情婚姻。若两花最后旋在一起，表示婚姻幸福、美满；若旋不在一起，婚姻就有嬗变。后主手捧一朵黄玫瑰，张妃手捧一朵红玫瑰，他俩数"一、二、三"，第三声同时抛出。开始，玫瑰并肩而行，张妃白净的脸上绽开了笑容。渐渐地，玫瑰被漩流冲击，各在一方，张妃的脸唰的一下惨白了，心急剧地跳着，她紧紧地抓着孟昶的手，战栗道："皇上，两朵花老是不在一起，难道……"

"嘘！"后主伸出食指在自己的嘴前晃了晃，安慰道："别着急，它们会走在一起的。"只见红玫瑰花瓣被漩流冲击着，纷纷谢落、飘零，张妃"哇"的一声哭了，叫道："水流花谢，噩运真的要降落到我头上？我前世作了什么孽，要这次来还啊！"

孟昶将她揽入怀中，用白手娟为她揩擦眼泪，劝慰道："爱妃止悲，这是戏耍，怎么当真？！别信那些荒诞邪说。朕永远宠爱你，海枯石烂不变心！"

张妃听了皇上的山盟海誓，心稳住了，慢慢地抬起头，两汪泪水晶莹闪烁："陛下说的当真？"

"天子一言九鼎，怎会骗卿？难道一代天子保护不了自己心爱的宠妃？！"孟昶十分自信道。

"感谢皇上！有皇上一句话，臣妾万福矣！"

二人挽着手离开鸳鸯池，绕过吕祖阁，沿石级而上。行至玉清宫前的一块平台上，突然，狂风骤起，飞沙走石，如千万只野狼在嚎叫、狂奔。乌云翻滚，阴霾四合，天昏地暗，像倒扣的黑铁锅砸下来，天塌下来了！人群骚动了，叫嚷着，狂奔着，在坝上的往观内跑，在坡上的往洞里钻。倏地，黑铁锅被火龙般的闪电炸碎了，声声惊雷从人们头上滚过，轰隆隆地爆炸，震得人晕头转向，震开了孟昶、张妃他俩紧牵着的手。接着，暴雨倾盆而至，像天河开闸一般。孟昶声嘶力竭地喊："军士何在？内侍何在？"

天子的呼喊声犹如深秋的蝉鸣，被来势凶猛的风声雨声、雷鸣电闪声吞没了。"轰轰隆——噼啦啦——"山在摇动，屋在坍塌，树在燃烧。后主被震撼了，倚在一棵树干上，呆痴痴的，只听见一个呼喊声："皇上，您在哪里？在哪里？"

借着一道闪电，太监小福子终于看到主子了！几个武士拥上来，将皇上抬进园明宫，换上龙衣，递上压惊汤药，殷殷侍奉。

雨住了，雷息了，风止了，太阳出来了。天是那般湛蓝，山是那般翠绿，似乎，这以前不曾发生过什么灾难。只是丈人峰的山上山下一片狼藉：横七竖八躺着水淋淋、泥浆浆的人群；被雷电击后的古树还在燃烧，冒着黑烟；颓垣断壁像只只怪兽正龇牙咧嘴……

后主喝完人参汤才苏醒过来，第一句就问："张妃，朕的张妃平安无事吧？怎么没来朕身边侍候朕？"

人们你看我，我看你，吓得战战兢兢，不敢上前回话。

"朕的爱妃呢？怎不见朕的爱妃？"皇上暴喊着。

"回禀皇上，张妃娘娘被雷震昏了。御医正在云房抢救。"卷帘使王昭远出列禀道。

"扶朕去看看！"

"皇上龙体为贵，待张妃娘娘苏醒过来，自然会来参见皇上！"王昭远撒了一个美丽的谎言。

"大胆，你敢抗旨！"

几位内侍只好扶着皇上去了云房。只见房内被震昏的宫女们一个个通过按摩、吃药醒过来了，唯独张妃一身焦黑，僵硬硬地躺在床上，眼闭、口闭。御医们紧张地抢救着，按摩、银针、药剂，三管齐下，不见起色。见皇上驾到，大家齐刷刷地跪稟，泪如雨下："启稟皇上，微臣手拙，无回天之力，娘娘去天国了。"

"啊！"后主像被雷击一般，脑袋"嗡"的一声，昏倒过去了。他醒来时，才知自己睡在龙床上，众臣、妃嫔围在床前。

"朕要爱妃，朕要爱妃！朕对不起你！"孟昶声泪俱下，撕心裂肺哭喊着，"是朕害了你，若不是朕贪恋丈人峰的美景，爱妃不会遭雷击。爱妃……"

"皇上，人死不能复生，陛下要节哀，保重龙体。"众妃嫔上前劝道。

"陛下，张娘娘是大数已尽，在劫难逃，非人力所为，哀之无益，实伤龙体。常言'生有时辰死有地'，张娘娘在冥冥之中注定选择此道上天界，人应随缘，应为她备棺殡殓，超度亡灵，祈福来世才是当务之急。"观主李若冲在旁劝勉。

后主在众卿劝慰下，止住了哭，有气无力道："照炼师之言，凡事皆有个定数，人生就只好任其摆布，自生自灭不成？"

"不尽然。大数虽由天命，有的事情却可人力挽回。如水火兵燹之灾，灾荒饥馑之难，可通过内修政治、外御边患来除绝，将灾难减到最低限度，这就是'垂拱而天下治'。李冰父子开凿的都江堰便是水旱从人的佐证。古人言，'君相能够造命'，若事事委之天命，又何须君相耶？如果人尽其力仍无挽回，只好听之任之，委以大数，无悔无怨。今娘娘已死，天意难回，只好入殓安葬，追悼逝者，已尽夫妻之情矣！"

后主叹服炼师的这番劝慰，但割不断失去亲人的悲伤，这毕竟是他至爱的宠妃。自十六岁登基以来，张妃就入宫相随，整整六年了。他悲戚道："朕欲立张妃为皇后，可她还来不及享此殊荣，竟撒手而去。"

于是，传旨备棺盛殓。宫人们将张妃平日最喜爱的盛装穿戴已毕，再用红锦龙褥铺裹，盛入棺中，埋在涧旁一棵白杨树下。李观主为张妃建醮修斋，做了七天七夜的道场，设坛摆供，焚香化符，念咒上章，诵经奏乐。

后主闻之，遂令内侍赍金银珠宝嘉奖炼师。

张妃玉殒香消，后主忧郁成疾。为不触景伤情，后主又移辇下榻天然阁。

一日，内侍王昭远劝慰后主："皇上，十步之内，必有芳草！趁秋阳朗照，出去散散心，使龙体安康，国之幸也！"

后主在内侍搀扶下，出宫赏景。这儿的亭阁全以枯干为柱、树枝为盖、树根为凳，留节带皮，不是雕饰，胜似雕饰，错落有致地掩映在佳木异卉中，古朴、典雅，给人回归自然的原始享受。走在林荫下，后主被一块巨大的花蕊石吸引，驻足凝视，石形状若花瓣，呈褐红色，石瓣间又生出亭亭玉立的石柱直指蓝天，俨然是多情的花蕊。四周环绕着各式奇形怪状的小石，兀突出来。巨石上苔藓成斑，萝蔓披拂，剔透玲珑。涓涓细流漫出石缝，叮叮咚咚，如鸣佩环。

忽地，悠扬的琴声伴着歌声燕啭莺啼，从山谷袅袅传来，经层层山岚浸染，清丽、婉转，仿佛阵阵春风抚慰着后主流血的伤口，又像缕缕春雨滋润着后主枯萎的心田。

红豆生南国，春来发几枝？
愿君多采撷，此物最相思。

传说古代一女，丈夫边关阵亡，她恸哭于树下三天三夜而亡，化为红豆，故曰相思豆。唐代诗人王维以红豆为物象，把相思之情写得入木三分，成绝句名篇。经唐代乐师圣手李龟年谱曲、演唱，唱红了大江南北，经久不衰。今日，这传世古曲出自一位美人的弹唱，可谓珠联璧合，一股浓郁、热烈的青春气息迎面扑来，那么纯情、朴质，一往情深，吹散了后主心空的凄风苦雨、阴霾尘埃。他情不自禁地向歌声走去，那美妙的歌声在山中薄雾般地氤氲着，飘散着，竟分不清来何方，向何方去。他着魔了，伸开两臂，眼若铜铃，旋转着身躯，遥望四周的群山，高叫着："美人啦，你在哪里？——"

群山附和着："美——人啦——你在哪里？——"

王昭远道："皇上，歌声是从我们脚下不远处飘来的。让微臣引你去吧！"说完，扶着他一步一步向歌声走去。

在离天然阁不远的滴翠亭里，一位红衣丽人凝坐在栏杆旁，面对青山绿水，簇簇红豆摇曳。她轻拢慢捻，抚琴低唱，两名丫鬟侍立两旁。情纯，意真，曲妙，词美，把相思之情表达得淋漓尽致，有如神工。看着、听着，听着、看着，似乎满山的红豆在歌唱，在起舞，和着这琴声、歌声，组成一部美妙绝伦的交响乐；又闻到红豆散发的清香，还带着姑娘芬芳的体温。渐渐地，红衣少女又幻化成他至爱的一朵重瓣、硕大的芙蓉花，伴着琴声悠然绽放在青山绿水间，那么鲜艳欲滴、高雅华丽。

后主一阵阵发热，令内侍宽衣解带，曰："朕病愈了，轻装轻装。"

后主对随行人员吩咐："随朕去滴翠亭。"

说完，他挣脱搀扶，一阵疾走，不小心，被石子绊了个趔趄。

王昭远急了："此事何劳陛下御驾，微臣派几个锦衣捉她上来，日夜给陛下弹唱就是。"

话音未落，一群锦衣蜂拥下山，惊起一群群白鹭扑棱棱地在空中盘旋、飞鸣。

后主的身心还在美人琴声的世界里漫游，正色道："休得鲁莽，打断朕的雅兴！"

这一窝蜂的吼吼嚷嚷拥下去不打紧，却惊吓了陶醉在琴中的红衣少女。她抬头一看，不远的高处，一大群穿着华冠丽服、手持兵器的官兵正虎视着自己，逼向滴翠亭。她吓得心如鹿撞，扑扑乱跳，甩下瑶琴，飞身逃命。只见她，腾空跃起，抓住赤藤，像飞鸟一般，从一棵大树纵向另一棵大树，裙裾飘飘，忽起忽落，向云雾茫茫的山谷荡去。两个丫鬟也飞身亭外，附藤而去。

"逮住她，逮住她——"锦衣们边跑边吼，如猎人逮猎物般猛追！

"别追！追出人命就地正法！"后主厉声道，双眼直勾勾地俯视深谷，直到她们的身影完全消失在烟波里，他才空落落折身回走，不无感叹，"青城仙灵圣地，自古出麟凤！"说完，摇摇头，怜香惜玉般，"美丽总是面临着灾难啊！"

"皇上，这具瑶琴微臣带回宫珍藏，一定会寻到抚琴佳丽！"王昭远献媚地说。

"正合朕意。朕自有妙用！"

却说主仆三人攀藤附葛而下，不偏不倚着落在第一道山门空地上，然后解下马缰，飞上马背，"啪啪"几鞭，三匹马四足腾空，风驰电掣般地向青城县城驶去。因慌不择路，三匹马竟向城内一条小巷驰去。这是条花柳巷，门前红灯高挂，靡靡之音不绝于耳，浓妆艳抹的婊子正倚着门栏，靠着墙壁勾引淫朋狎客，五大三粗的打手正在吆三吼四地逼良为娼。红衣少女黛眉紧蹙，心里暗自叫苦："晦气，怎么到了这等地方！"

说时迟，那时快，一个身影从窗口飞出，身轻似燕，落在她的坐骑上，身后又是一片"抓住她，追啊！"的吼声。她惊魂未定，仿佛又意识到了什么，出于惯有的正气、善良，她二话没说，"啪啪"，狠狠地向马屁股抽了两鞭，马一声长啸，嘚嘚的马蹄声像箭一般射出去，往前飞奔。跑呀跑呀，马儿跑不动了，双蹄刨地不走，咴儿咴儿打响鼻。

侍女气喘吁吁地惊呼："小姐，不能跑啦！离城太远啰！早甩掉尾巴啦！"

这一声惊呼，小姐才醒来一般，赶紧勒马驻足，放眼一望，但见眼前是一马平川的田野：高粱穗子似燃烧的火炬；苞谷妈妈背着一串串娃娃；金色的稻穗肩并着肩霸道地铺排到天边；农家小舍掩映在竹丛树杪间。她才嘘了一口气，翻身下马。只见马背上的人影早跪在地上，连连磕头道："谢谢小姐的救命大恩，奴婢做牛做马，也要来报答小姐！"

红衣少女定睛一看，是一个十来岁的姑娘，脸上、身上布满血痕，额前的刘海被斑斑血迹粘成一绺一绺的了，露出一双大眼睛，闪着光亮。

"起来吧！回家去，爹娘等着你哩！那不是良家女去的地方。"

"家？我哪有家呀！"说完，小女子放声大哭起来。

"你父母亲呢？"

"爹娘六年前死在乱兵刀下，我那时才四岁，跟外婆长大。外婆病逝后，我成了孤儿，每天上山采野果、挖野草充饥。一天，一家马戏班子从这儿路过，收我为徒，当了几年勤杂工。在那吃了上顿无下顿、提起脑壳过日子的年代，老百姓命都保不住，哪有钱看戏！戏主死了，戏班就散了，我又流浪街头。几个黑衣人见我夜宿街头，便连抢带骗，将我绑架到妓院，逼我接客，我打死不从。"

说着，说着，小女子掀开衣襟，露出累累伤痕，声泪俱下哀求道："小姐，发发善心，收下我这没爹没娘的孩子吧！我会给你扫地，叠被子，陪你到林子里掏喜鹊蛋，打野兔。不顺心的时候，我给你舞个剑，跳个舞，唱支歌，你会开心的。"

"啊！"小女子悲惨的身世打动了她，勾起小姐对六年前那场战乱的痛苦回忆。

母亲庞氏，娘家在汉州（今四川广汉市），六十多岁的外公、外婆身染风寒，卧床不起，父亲便派四名家奴赶两辆马车护送母亲回娘家省亲、探病，待二老病愈后一齐接回青城徐府居住。谁知去了几日，正逢董璋、孟知祥军阀大战，汉州金雁桥一战，董军大溃，他们只得败走汉州城。外公还来不及转移，乱军已进城烧杀抢掠了。

一天，母亲正给外公、外婆端汤送药，"哐啷"一声，门被踹翻了，两个持刀的散兵闯了进来，见母亲温文尔雅，便一声奸笑，龇着牙道："嘿嘿，温柔柔、软绵绵的，老子正想开个荤！"说完，飞起一脚，将药碗打翻在地，身子猛扑过去，像饿狼扑食一般将母亲按倒在地，母亲怒骂着，撕打着。

二老见了，从床上翻将下来，操起顶门棒、扫帚，向俩畜生打去。俩畜生身子一闪，挥起大刀朝二老头上狠狠一劈。母亲疯扑上去，挨了一刀，"啊"的惊叫一声，昏厥过去。母亲醒来时，她睡在床上，外公、外婆却倒在血泊之中了。邻里街房围了一大屋。

母亲怔怔在看着，迷迷糊糊听到说话声：

"多好的一对老人，仍逃不脱乱世的杀戮！"

"什么世道啊，军头为了称王称霸，不顾百姓死活……"

"屠刀向二位老人头上砍去时，城头传来兵士的声声呐喊，我们故意吓唬他们，破起嗓子喊：'川西军进城了！孟知祥打来了！'这一喊真灵，那两个狗杂种甩下屠刀，没命地逃窜……"

突然，母亲想到了什么，像疯了似的跳下床，抱着外公、外婆的遗体号嗬恸哭。

"爹娘啊，你为了女儿死得好惨啊！……女儿为您老报……仇去！"说完，霍地站立起来，两眼迸射着复仇的光，散着头发，一步一步向门外走去。她又昏倒了。

父亲闻讯赶来，含着眼泪掩埋了二老的遗体。抱着母亲，敷上外用药，坐上马车，回了青城老家。

直到第七天，母亲才苏醒过来，看着徐慧和父亲，她微微点头，眼眶里蓄满了泪水。为了母亲不至过度伤心，徐慧和父亲都不敢当着她面流泪，甚至要带着微笑，这是断肠人望断肠人的苦涩的笑，是泪往肚里流的强装的笑。面对这种笑，徐慧第一次感到哭比笑好！

名医圣手看过了，母亲的病仍不见好转。有几天，母亲苍白的脸上突然泛着少有的红晕，两眼闪着光，分外有神，想吃东西了，话也多起来。那时徐慧才十来岁，不懂得什么叫回光返照，高兴得手舞足蹈，一头扑进母亲怀里，高兴得淌下眼泪，忘情地叫道："娘的病好啦！病好了哟——"

母亲俯着头，脉脉含情地看着徐慧，一面用那纤纤玉手抚摸着她的头，像在轻轻梳理着她的每一缕柔发。忽而，把目光移向了在床边坐着的父亲，这时的父亲在徐慧眼里一下变得衰老了许多。母亲温婉的话语响起来："老爷，我不能侍候你和慧儿了，望你好好把我的慧儿拉扯成人。慧儿美丽，聪慧，善良，好学，是绝无仅有的，她的归宿应是帝王家，不可轻易以身相许。我怀上她时，梦见芙蓉花开，多么娇美绚丽、芳香扑鼻。人说'秀色可餐'，我真梦见我吞下了芙蓉，自己也变得美丽起来。"

说到这儿，母亲脸上滑过一丝笑容，徐慧对母亲的话似懂非懂，也附和着母亲笑了起来。母亲继续往下讲："第二天，我病了，接连病了一个多月。老爷吓坏了，请来大夫诊脉、破梦。大夫仔细地把完脉，眉开眼笑，拱手致贺：'恭喜老爷，夫人有喜了！是贵人相，若男必出将入相；若女，必非后即妃。恭喜、恭喜，大富大贵！'"

"从此，花蕊感孕之说传遍青城；从此，孟家有财运，置良田百亩、豪宅百间……"

说着、说着，母亲声音细若游丝，紧握的手松开了。她安详地去了，撒下了徐慧和父亲。

"娘，你刚病愈，怎么又走了啊！娘，女儿要跟着你……"徐慧使劲地摇着母亲。摇啊摇，哭喊着，发誓把她喊醒，摇醒。然而，母亲却是永远闭上了那双充满爱怜、充满憧憬的眼睛……

悲痛的往事跨过时空姗姗而来，徐慧眼里泪光盈盈。小女子吃了一惊，道："小姐，你也有忧伤吗？"

"同是天涯沦落人。你跟我一块儿走吧！"

"谢谢小姐大恩大德，奴婢以死相报！"小女子三拜九叩，"请小姐给奴婢赐个名儿。"

"你永远和我相随，就叫阿随吧！"

从此，徐府中多了一个女婢阿随。

第二章 《阳关三叠》送伊人

巡幸归来，鸾辇悄无声息地直达寝殿。照惯例，后主应先去慈寿宫朝谒太后，视膳问安，可今日他却在内侍搀扶下一步一步地挨近寝殿，踱向龙床。

太后姓李，是孟知祥妻福庆长公主之宫女，长公主死后，续弦李氏，生孟昶，尊为皇太后。李太后对孟昶管教很严，稍有逾分，便斥骂鞭打。孟昶对母后孝顺备至，敬畏有加。

太后闻之，召王昭远问道："皇上有疾，请御医否？"

"御医诊了脉，说有轻度风寒，主要是……"王昭远吞吞吐吐。

"是什么？快说。"

"是心病。"

"去青城山究竟出了什么事？"

"禀皇太后，奴才该死，张妃娘娘被雷击而死，陛下尚未从悲痛中解脱出来，又艳遇抚琴丽人，着了魔。那女子见我们人多势众，飞身附藤，坠崖而去，惊恐中丢下一具弦琴。皇帝每天见琴弦发呆，迷迷糊糊叫'琴……琴声……琴女'。"

"唔！"太后点了点头，道，"起驾雨露殿。"

"皇太后驾到——"太监一路传报下去。

后主听到太后驾到，马上穿好衣服，准备下床接驾。太后已至寝门，挥手道："免礼！"

"谢过母后，儿臣不孝，离别月余才回宫，本该去慈寿宫朝谒母后，怎奈儿臣疾病染身……"

"皇儿，母子不言假，我看你是心病，心病只有心药治哟！药石不能奏效矣！"太后瞥见窗前一架长长的瑶琴，意味深长地说。

"皇儿谨遵慈嘱！"

"皇儿，母后什么都清楚了，你是万乘天子，怎么能被一两个女子弄得神魂颠倒？应以国家社稷为重。这孟氏天下来之不易啊！是你父皇一刀一枪拼杀出来的，至今龙体上仍伤痕累累。为这孟氏王朝，母后随你父皇南征北战，吃了不少苦头，你的三位皇兄都是在马背上生的。"太后一迭连声，往事历历在目，停了一下，满怀深情道，"母后怀上你时，梦见大星坠于怀中，告之皇后，皇后说是星宿感孕。皇后告之你父皇。十月怀胎，果然生下了你。你父皇见你从小聪睿知礼，胸有大志，入怀又生异相，料到你长大后能担起国之重任，才立你为储君。你父皇驾崩后，众臣拥你为帝。按嫡长子制，本应你大哥仁赟袭位……你要珍惜这千秋帝业。"

"臣儿不忘母后慈教，只是……"后主欲言又止。

太后心知肚明："这样吧，我下道懿旨，在全国采选绣女，充实后宫，那抚琴丽姝不是失而复得了吗？"

"母后，弱水三千，独饮一瓢，臣儿只要那抚琴的红衣少女！"

"得了，得了，心病已除，好好治理朝政吧！"太后笑道，在殿宫人都嘻嘻窃笑。

几天后，以太后名义颁发的选美诏书，由卷帘使王昭远领衔，派出十名宦官为钦使，分往川西、川南、川东、川北四道，去各州县采选良家美女。霎时间，京城内外，州府县衙，大张皇榜，捉媒供报，天下闹得沸沸扬扬。宦官们来到地方，以钦使自居，神气活现，威风飒飒。州县官员对朝廷使者竭尽阿谀奉承之能事，马上派出差役，命地保逐户登记上册，不准隐匿漏报。本来皇榜上规定："不论官宦平民之家，凡15—20岁未婚女子均可报名候选。"宦官们为榨人钱财，有夫无夫的美女均拉来应选。老百姓本来就有"伴君如伴虎"的畏惧感，愿女儿在自己膝下平平安安，享天伦之乐，不愿她们远行千里，去深宫枯守空房。要知道，能被君王宠幸的妃嫔是万里挑一，成千上万的宫女，只能形影相吊，囚入掖庭，任其花开花落，白首为泥。纵或有幸册封为妃嫔，天颜喜怒无常，深不可测，一不留意便招来杀身之祸，满门抄斩，故都不愿将女儿送入宫廷。加之阉狗和地头蛇们不按章行事，恣意捕捉，扰得民家良女草草说亲，纷纷出嫁，结婚打喜的比平日高出五倍。已嫁的新娘足不出户，藏匿家中。要外出的女扮男装，掩人耳目。州县一片骚然，谓为"惊婚"。

川北道重镇利州（今广元市），许是青山绿水的浸润，许是女皇武则天的灵气，这儿的女子水灵灵、娇艳艳，个个兰心蕙质。姑娘春花爱上后山的小伙秋实，双方父母早下聘礼，只等择日完婚，谁知春花已上了选美名册。待女子上香车时，后生赶来辞行，大恸而死。女子车至剑门关，那七十二峰横亘百里，齿仞参差，依天似剑。每走一步如巨齿食肺，利箭穿心，女子凄厉地呼啸一声："郎君——我来也！"飞身而出，纵身坠崖而死。这时群山颤抖，回响着令人心碎的声响："郎君——我来也！"久久不息。据说，那大剑山下的足印还宛然长存，是烈女子殉情的足迹。

当然，大千世界，芸芸众生，无奇不有。有些家有娇女的人家却也眼巴巴地盼着使者登门造访，结下这门婚事，一跃而成皇亲国戚，光宗耀祖。遴选出来的美女分为上、中、下三等注册，为了让女儿入上册，进入第一等，他们不惜重金贿赂使臣和地方官员，通关系，找渠道，走后门，忙得不亦乐乎。无千金献美者，一个个干瞪眼，悻悻不平。

老臣宿将李仁罕，长得虎背熊腰，宽盘大脸，一脸的络腮胡，皮肤黝黑，如一座黑铁塔。见朝官们用女色去攀高枝，用金钱去走后门，用权力去中饱私囊，心里像猫抓一般，鼓起大肚皮，竖起如戟髭须，愤愤地骂道："黄口小儿才穿几天龙袍，就占尽天下美色！老夫久征沙场，出生入死，替他们打下了孟氏江山，也该享点艳福啦！"

"来人！"他提高嗓门，重重地吼。

"奴才在！"总管领着几个兵卒伏地跪拜。

"再给帅爷抢一个美人，凑够整数！"帅爷伸出两个食指，架成一个"十"字。

"大帅，选美期间不能抢美，那是违背圣旨，会治欺君之罪的呀！"

"人家有权可选美，帅爷无权还不能抢美吗？天塌下来有本帅顶，汝勿多言，抢美去！"

孟昶年少即位，国政大权落入四位顾命大臣手中。李仁罕拥兵自恣，飞扬跋扈，目无法度。大造宅邸，楼阁崇宏，世人称李府为"二皇宫"。夺人良田万亩，佃客上千，当时流传一句民谣："田肥地美一大片，再走都是大帅的田。"

妻室九房，儿孙成群。眼看君臣们都在捞权、捞钱、捞美人，他堂堂大帅岂肯不食人间烟火？于是，明火执仗"抢美"。

却说总管带几个家丁，手持短刀，在路口要隘安哨设卡，整整三天了，没遇上一个美女，就连女人的影子都没瞅着，总管摇头，感叹道："千军易得，美人难求！"

日已西斜，总管正准备班师回府，忽听一卒尖叫："哟，大轿！"

循声望去，两个轿夫抬着一顶大红轿，闪悠闪悠地走来，轿旁跟着一半老徐娘，穿得大红大绿，右鬓插着一串红花，手上舞着一方小手绢，满有节奏地颤巍巍地走着，一看就是窑子里的鸨妈子。轿帘开着的，里面坐着一美人，探出身子，粉脸红腮，一双明眸闪着勾人魂魄的波光，正望着一群翩翩起舞的小鸟，此刻她的心已像这群放飞的小鸟一样自由自在，无拘无束。她今日要去成都县衙门，给县太爷爷冲喜，若老爷病愈，则收她为妾，自己不就成七品夫人了吗？七品虽是芝麻小官，方圆百里内却能呼风唤雨，威风八面。若老爷官运亨通，平步青云，说不定自己有朝一日，也能玩起诰命夫人的派头，拜谒百官、见天子……她想入非非，神游虚境。

忽然，从前边竹林里闪出一支人马，怪叫一声，挡住了去路，也惊醒了她的美梦，她吓得一头缩进轿里，叽里哇啦乱叫起来。

"美人随我进京，轿子原路打回。"总管骑在马上，威严地下令。

轿夫见他们手持兵器，只好放下轿子。鸨妈子一手叉腰，一手挥着方巾，拖声拖气道："这是县爷的官轿，请我家小姐去衙门，你们还是自爱些。京畿之地，几个响马也占不到便宜，莫如各自走开，井水不犯河水。"

"少啰唆，县令算什么鸟官！京城里的芝麻官多得起疙瘩，给帅爷垫背都嫌小！"总管挖苦道，嘴一噘，"抢！"

几个家兵飞身上前，将那美人搂下轿来，按上马背，急驰而去。

那老妈子一屁股坐在地上，一把眼泪、一把鼻涕地骂着，双拳擂着地皮："啥世道啊，青天白日之下竟敢抢人……完了，完了，到手的银子全泡汤了……"

围观的行人摇头，叹息，各自而去。只有晚风多情，把这不平事传得很远、很远，传到皇帝耳朵里去了。

"藏匿绣女，皆满门抄斩。这老贼却在朕大选期间，强夺美姬，更是欺君之罪！这口气不报，尚待何时？"孟昶不顾君子威仪，气得跳脚。

"陛下少安毋躁，古人云，'小不忍则乱大谋'！目前，他重兵在握，撼山易，撼军难。时机成熟，取他首级易如反掌。"王昭远劝慰道。

"竟骑到朕头上拉屎来了！"后主仍余怒未息，"你说，朕该如何善对？"

"陛下，你暂不动声色，以静观动，召他入宫，先敲一记警钟，做到仁至义尽。"

李仁罕自得了这一美姬，朝朝宴舞，夜夜狂欢，抱在怀里怕飞了，衔在嘴里怕化了，只想将她的娇憨媚容一口吞进肚里，品尝秀色可餐的滋味。这美姬是勾栏之女，姓吴，名姬，水性杨花，见男人就做爱，不管老嫩。她百般风骚，床上功夫了得，把一个堂堂皇皇的三军统帅搞得云里雾里，不知今夕何夕。

这天，老帅正搂着美姬调情遣兴，接到圣诏，只得乘一顶轿子直入西苑。

后主早已坐在八角亭里。李仁罕朝后主拜了一拜，不待后主发话，便自个儿腆着肚皮择椅入座。

"久未和爱卿酌酒赏花，今日见满园菊花争妍斗艳，芳香四溢，特召卿来赏酌。"

"满园锦绣，不似春光，胜似春光，未酒先醉矣！这赏酌雅兴更是人生幸事，美哉，美哉！"

"耳闻爱卿近日又获一美色，老夫少妻，艳福不浅，可喜可贺。"

"皇上近期选美，在京畿通往郡县的驿道上更是红尘滚滚，美女如流。臣奏请陛下再建一座后宫，方可广纳天下美女，艳福齐天。"李仁罕听出话中带刺，也来了个针尖对麦芒。

这刻薄的嘲弄、挖苦，气得后主脸红一阵、青一阵，真想喝令锦衣剥其皮，啖食其肉。但一想到社稷的长治久安，他忍了，故作轻松道："朕是选良家女，充实后宫，不违宫制；卿是抢婚夺爱，拉下一条人命，若何？"

"县令已半截入土，病危却冲喜，不顾人道，死有余辜，何谓人命乎？"李仁罕强词夺理，反唇相讥道，"陛下占尽天下娇花嫩朵，老臣只拥一花。乃沧海一粟，不逾法度吧！"

"罢了，罢了，忠言逆耳，好自为之！"

这场赏花酌酒不欢而散，也拉开了新君和旧臣明争暗斗的序幕。

却说徐慧收阿随为婢，见她活泼、灵动，有心计，很是喜欢。又见后无追兵，便心宽起来。一路上，三骑并辔而行，主仆四人有说有笑，不觉到了家门。

这座徐府虽不如皇家豪宅那么辉煌瑰丽，但在青城一带却屈指可数。这是一个幽静所在，房屋造型别致，散落在幽篁翠竹、古木花草丛中，似积木，似古堡，被花径长廊连接，曲径通幽，加上荷塘、假山，可谓世外桃源。

两扇大门矗立门口，红门兽环，衬着那分立两侧、威武雄壮的石狮，给人气魄、力度。"物言志"，狮是百兽之王，徐府虽无称王野心，却求自励、辉煌。大门前面是一平坝，两株高大的白果树屹立大门两侧，柯枝交错，如伞似盖。一到秋天，白果累累，叶片由青变黄，像金色蝴蝶托着只只仙果，给徐府平添几分神韵。平坝前是羊马河、徐堰河交汇处，波光粼粼，白帆悠悠，大有"门泊东吴万里船"之感。

徐慧刚一下马，老管家就侍立在大门口，躬身道："小姐回来了！老爷正在大厅等候小姐。"

"知道了。"徐慧眉飞色舞，蹦蹦跳跳，像小鸟归巢似的和三位丫头直奔大厅。

徐国璋原是前蜀皇帝的外戚、望族，前蜀灭亡后，见疆侯纷争，狼烟不断，便弃官归田，以诗书自娱，过着田园牧歌般的生活。常去青城山采集中草药，川芎、当归、黄芪、党参、茯苓，小病自治。也常用短方为乡邻治病，不收分文，口碑甚佳，当地人管他叫"活神仙"。

自夫人生下慧儿后，徐国璋见女儿貌若天仙，聪慧过人，便把一切希望寄托在女儿身上。慧儿成了夫妻俩心中的小太阳，上上下下几十口人都围着这颗太阳转。为女儿专修了一座后花园，有楼阁亭台，小桥流水，假山荷池，一年四季鲜花不谢。老爷知道女儿酷爱芙蓉，便在池湖里养水芙蓉，岸上植木芙蓉。一到初夏，满池水芙蓉娇艳欲滴，吐露芬芳。秋天来了，荷花尚未全谢，木芙蓉又轰轰烈烈开了，香飘十里。

青城老县地处川西平原，沟渠纵横，自流灌溉，土肥水美，插根筷子也能长出大树来。石羊人眼馋了，也在河渠水沟、房前屋后种植水木芙蓉，从初夏到初冬，芙蓉花开，一片锦绣，芬芳扑鼻，又曰芙蓉镇，一镇风水皆芙蓉！

慧儿的闺房、书舍、琴室、剑厅，一字排开。窗下是曲曲折折的羊马河，河对岸是街道，卖烧饼的香味儿都能隔水闻到。丫鬟、守后门的老头都住在后花园里，老爷称后花园为慧园，为她设馆开课，延师教授，三岁学诗习字，六岁作画吟诗，九岁弹琴歌舞，十二岁骑马舞剑，待到十四五岁时，徐慧已出落成风姿绰约、才情横溢的才女美人了。达官贵族、纨绔子弟纷纷托媒求婚，都被徐员外一一婉言谢绝，故女儿一花独秀，一直待字闺中。这徐慧很遵慈训，在花前赋诗绘画，在月下抚琴弄剑，寒冬腊月，酷暑盛夏，她都孜孜不倦，汲汲以求，像一只蜜蜂在古文化的花苑里采集花粉，酿造蜜糖。徐员外爱若珍宝，为她提供个性发展的空间，编织人生瑰丽的花环。

"女儿拜见父亲大人！"徐慧盈盈下拜。

"奴婢向老爷请安！"三侍女伏地叩首。

"回来就放心了。"徐员外捋着胡须，笑呵呵道，"起来，起来！"复见一陌生女子，问道："她是谁？"

"女儿在路上遇见不平，仗义相助，收她为奴，还未禀报父亲。"于是徐慧将前面上演的一幕向父亲陈述了一番。徐员外见小女子聪明、利落，满心欢喜，道："好，好，多一个丫鬟在你身边，为父更放心了。"

"谢谢老爷收养之恩，奴婢随儿结草相报！"

"伶牙俐齿，耐人喜欢，你等下去，叫厨房准备饭菜，老爷和你家小姐叙话。”

三丫头遵命而去。

"慧儿，过宝山应有所得，给家父吟一首诗吧！"

徐慧凝视片刻，一幅图景浮现在眼前，她随口道：

> 堆苍叠翠似画屏，滴翠亭上看云飞。
>
> 轻捻慢拨歌一曲，惊起神仙下凡尘。

"好诗！诗中有画，画中有诗，我女儿真是锦心绣口。"徐员外啧啧称赞，忽而觉得女儿眼神有些异样，有什么事瞒着，"慧儿，今日去青城山有什么奇遇，和盘讲出来，为父听听。"

徐慧本欲尘封这一令人心悸的奇遇，但见父追及，只好将原委讲了出来，为惊吓中丢失瑶琴而后悔莫及。

"吾儿鸿运来矣！"徐员外听后，捋着胡须，拊掌大笑，"莫后悔，是你的终归是你的！"

"女儿的心都还在突突地跳，什么鸿运来矣！"徐慧嗔怪道。

"女儿不知，近日疯传，青城山有王气，每夜彻天者，一纪矣（即已有十二年了），不久当大富贵。"徐员外喜出望外，"慧儿，你幸遇万乘天子了，那头戴幞巾、身着龙袍的人正是当今年轻的皇帝孟昶。"说完，一串"哈哈"。

"天子？真的吗？"在徐慧稚嫩的心中，天子是神，是掌管万事万物之神，能一睹天颜，万幸矣！于是发出了少女战栗的惊诧，不觉两腮发热，心怦怦作跳，羞赧地俯下头，不言语了。

这时，丫头来请老爷、小姐去饭厅就餐，才除去了小姐的尴尬。

好事被徐员外言中。十天后，青城县的大街小巷贴满了选美的皇榜，人们议论纷纷："听说皇上沉迷女色，京城万花楼的舞伎李艳娘都被选进了宫。"

"老弟，你家闺女用不着东躲西藏，只要不是天姿国色就待在深阁，保管皇上勾不去。"

"当今堪称天下第一美女的首推徐国璋员外的千金，才貌双全……"

民心是镜。一个上午，几乘官轿从衙门一溜子出来，在武士护卫下，开道前进，来至徐府大门前，官员们一一下轿。从最前面那乘大轿里走出来的是皇宫特使王昭远，他圆盘大脸，油头油脑，锦衣乌纱，手执铁如意，气派非常。徐员外早率家奴数十人，在大门外跪迎。

"免礼，免礼！"王昭远纵目环视，称赞道，"好一个川西水乡，怎不出才子佳人！"

"钦使过奖了！请光临寒舍。"徐员外身子微微一躬，右手一挥，"请！"

众僚簇拥着钦差大人径直步入大厅，依次入座，几个丫鬟呈上茶水、瓜果。一阵寒暄之后，王昭远悠悠地呷着香茗，慢言细语道："徐公，听说令嫒有沉鱼落雁之容、闭月羞花之貌，是天下第一国色。又笔抒忧乐，纸散珠玑，堪和卓文君、薛涛媲美，是一代旷世才女。乘天子选美之机，何不将令嫒引见，容我们一睹花容，举荐入宫，晋封妃嫔，光宗耀祖！"

"哪里，哪里，钦使大人过奖了，女子相貌平平，才疏学浅，怕负众望。"徐员外谦礼道。

"金屋藏娇，匿不报选，是要治欺君之罪的。烦尊驾请出令嫒，报名竞选。"王县令附和道。

"恭敬不如从命，只好献丑了。"徐员外口上这么说，心里却乐滋滋的，忙叫家奴请小姐上堂。

徐慧正在花园赏花，要吟一首芙蓉诗，忽然阿随匆匆来报："小姐，老爷叫你马上去客厅，还有很多官员嘞！"

徐慧马上向客厅走去。人未至，佩环声声如乐曲般传来。一位少女窈窕高挑，身着一袭水湖蓝色的长裙，缀满清纯、成熟的风韵，腰肢款款，娉婷而来，面若芙蓉，肌如白玉，眉似柳叶，柳眉下那两汪秋水碧波粼粼，一头绢丝般的长发像瀑布一样披在肩上又飞泻而下，宛如一尊美妙绝伦的玉雕，在三名丫鬟的陪同下，显得高雅、华贵。

王昭远看着这人间极品，不禁心头一震，目瞪口呆。他原是小沙弥，十三岁随着东郭禅师智湮进宫参谒后蜀开国皇帝孟知祥后，蜀主爱其慧黠，留他滞宫侍候皇子孟昶。进宫十几年了，后宫的佳丽成千上万，而这种惊世骇俗的美丽还是第一次看见，他怎不惊心傻眼呢？众僚们正惊叹这造化的杰作时，忽闻莺啼燕语："小女子向家父、众公问安！"

大厅一下亮了，一个个呆若木鸡，被她惊世骇俗的美惊呆了，好半天才回过神来，抱拳相贺："恭喜徐公洪福齐天，福禄临门！"

"托众大人的福，承蒙众大人的青睐！"徐员外从容逊谢，脸上挂满了喜色。

王昭远在心里敲小算盘：这位绝世美人，一经皇上御目，必是后或妃，集皇宠于一身。皇上垂念荐美之功，宠妃念及蒙宠之由，必感恩图报，本人飞黄腾达正当时也。于是，一改皇使京官的派头，长揖及地曰："恭贺徐公令嫒入选，名垂青史！三日后，令嫒随微臣坐辇入宫，觐见天子。"

"是！谨遵台命！"徐员外欣喜道。

县衙众僚见钦使如此卑辞屈体，个个五体投地，全伏地跪拜："贵人入选，可喜可贺，是青城的荣光，请徐老、小姐接受下官一拜！"

"不可，不可，折煞老夫了。"徐员外一迭连声逊避，"还望众大人多多关照！"

徐慧矜持不语，盈盈下拜后，款款而去。

末了，徐员外在饭厅里摆筵，宴请诸公。桌上，送酒流觥，笑语喧哗。宾主沉浸在首战告捷的喜庆中。

入夜，弯月如钩，勾起她的情怀万缕，思虑千重，辗转反侧，夜不能寐，她第一次失眠了。是少女春心激荡？是诗人编织想象的云彩？是哲人对未来生活的沉思？她说不清楚，似乎是，似乎又不是，朦朦胧胧。她向往皇宫天堂般的生活，又眷恋孕育她的故乡山水，眷恋和她相依为命的老父亲……想着，想着，泪水夺眶而出，是甜？是酸？是苦？是辣？她辨不清，反正，枕边留下了风不干的泪痕，直到窗外人欢马叫，鞭炮噼噼啪啪，她才从迷梦中惊醒过来。

原来是左邻右舍、亲戚朋友闻讯赶来送礼祝贺，认识的、陌生的都拥来道喜，只见人头攒动，贺声如潮。踏进家门就是朋友，父亲和家奴们忙碌着，应酬着，一轮轮地张罗摆筵，一番番地打点送客，徐府上下一片繁忙，喜庆整整热闹了三天三夜。

晚上，月华如练，是徐慧在家的最后一个夜晚，父亲送走最后一批客人。

客走主人安，徐府一片静谧。

徐慧坐在书舍里，乡情无寄，便索性画起画来。

“小姐，你画的什么呀？真逗！”随儿边看边哧哧地笑，那是一幅儿童嬉戏画：两棵蘑菇般的绿树下，有三个扎着冲天小辫的村姑，都是矮人国的。两个村姑各抱着树干仰天疯笑，一个村姑在中间垂着头，噘着小嘴。

“哈，小姐把我们都画上了！”春华、秋香拍手笑道。

那是儿时的游戏，主仆三人在两棵芙蓉树间，齐声唱道：

树公公，树婆婆，
狼外婆，要吃我，
快快抱我躲进窝。

“连唱三遍，唱完就跑，谁先跑拢树干，谁就是赢家，没跑到树干的就是输家，就罚输家唱歌，跳舞，做怪相，真有趣！”

“小姐，今晚夜色好，我们去芙蓉树下做最后一次游戏吧。明日进宫，小姐就会像戏里的皇妃一样笑不露齿，目不斜视，轻移莲步……”

随儿边说边学皇妃的样儿，忸怩作态，把大伙都逗乐了。

“唉，我何尝不想去乐一回！几天来，我不仅去母亲坟上哭别，还偷偷地和慧园每一棵小草、每一朵小花依依惜别。明日一走，不知何年、何月才能回到我的故乡，回到慧园，回到老父亲膝下，共享天伦之乐。”

“嗯。”窗外一声干咳，徐慧知道父亲来了，忙跑到门前：“女儿向父亲请安！”

“你们刚才的话，为父都听到了。作为父亲的心情，何尝不是如此！倾毕生精力让女儿成为飞上高枝的凤凰，一旦圆梦了，为父又想让女儿承欢膝下。”说完，徐员外向三个丫头道，“你们下去看看，小姐还有没有需带走的东西，一下收拾停当。”

丫头们奉命退下。

“慧儿，别难受，你终于等到这一天了，应高兴才是。”他劝慰着女儿，自己却老泪纵横。父女俩相对而泣，好久好久。

“说实话，凭女儿的德才貌，为父不担心你在宫中的宠幸地位。所虑的是后主年轻，长于深宫，纨绔习气浓厚，怕他耽于声色，轻疏朝政。"老父亲揩干眼泪，语重心长道，"当今世界，群雄逐鹿，成者为王，败者为寇，元首如弈棋，国家若传舍。吾儿进宫后，劝谏帝王多行善政，励精图治，以清朝政，以拯民艰，以国家苍生社稷为重，富民强国，要做一统天下的仁主，勿做昏庸无能的亡君！"

"女儿不忘慈训。父亲耿耿忠心、安邦治国的宏愿早融进女儿的血液里了！"

"记住就好！夜深了，吾儿休息吧，明日要上路。"

父女俩走出书舍，各自就寝。

东方刚露出曙色。忽闻一管玉笛声起，笛声轻柔、明快、婉转、深情，把依依惜别之情、对未来的由衷祝愿表达得淋漓尽致。那是《阳关三叠》，是唐朝诗人王维名诗《送元二使安西》编入乐府：

渭城朝雨浥轻尘，客舍青青柳色新。
劝君更尽一杯酒，西出阳关无故人。

笛音从羊马河畔传来，一唱三叹，低回萦绕，离愁别恨，感人肺腑。

"我去把他轰走，搅小姐睡眠！"阿随披衣下床，悻悻道。

"笛声清美、幽婉、韵味无穷，如唐玄宗开元盛世时的天下第一笛手李谟转世，绝矣！"徐慧自言自语，全不知阿随所云。

徐慧早梳妆已毕，倚窗而坐，俏眼望着窗外。只见河心那块赭红色的巨石上屹立着一个男人的背影，对着远去天际的流水，对着隐约可见的青城山，正举笛横吹。一串串动人的音符跳动出来，弥漫开去，使晨风驻足、河水不波、百鸟销声，都在聆听这美妙的笛声，阿随也陷入这惜别的氛围中。

"笛声太美了！我多次有幸聆听此乐，那时隐隐约约，依稀可辨，从没像今日这么清晰真切！"看得出来，徐慧仍沉浸在魔笛声中，"不知是何家公子在此河畔宣泄情怀，寄托相思？"

"小姐，我叫他上来为您吹奏一曲，方知究竟。"

"别——"徐慧摆摆手，"世上万物，无奇不有，愿他的笛声响彻巴山蜀水，成天下第一笛手。"

一唱百和，引来了洞箫、琵琶、胡琴、箜篌、唢呐，是春燕衔来喜报，如爆竹迎来新春，像飞泉奔泻直下，似百鸟林中唱鸣，声声祝福，曲曲欢畅，把整个徐府渲染得喜气洋洋。

徐慧羞赧地关上了花窗，闭着眼，平息心跳。

当徐慧迎着金色的阳光坐上皇辇，两边是护驾的骑兵开道前进时，这笛声送她走了好远，好远，一程又一程。

第三章　冠压群芳入蜀宫

　　徐慧整整十七岁了，还是第一次东去京城成都，这是她梦萦魂绕的地方。强烈的好奇心使她撩开了轿帘的一角，偷偷地欣赏着沿途的美景：沃野千里，斑斓如绣；嘉木荫翳，竹掩农舍；绿水纵横，鱼游浅底，好一幅水乡工笔画，看着看着，不禁情思如涌，浅吟低唱：

　　　　锦鳞跃水出浮萍，荇草牵风翠带横。
　　　　恰似金梭掸碧沼，好题幽恨写闺情。

　　她沉浸在诗情画意中，忽听到报使一声高叫："京城末站至矣！"
　　成都，一座在水边长大的历史悠久的名城，位于天府之国的川西平原中部，长江支流岷江的上游，是古蜀国、蜀汉、大成、前蜀、后蜀五朝国都。锦江逶迤如带，缘城而过。商贾云集，物阜民丰，史有"扬一益二"之说。扬，扬州也；益，成都也。成都成了全国一流大都会，早在织锦业发达的汉代，便被誉为锦城。
　　徐慧抬头一望，灰砖城墙上，高耸着一座古楼台，号十层赤楼，危轩朱扉，楼高百寻，上书"筹边楼"，遒劲潇洒，赫然瞩目。登上筹边楼，千里平川、雪山尽收眼底。唐文宗大和四年（830年），名相李德裕出任剑南西川节度使，时值西夷吐蕃与南诏频频入侵，为整饬边备，消弭边患而建。四壁绘满蛮夷边地山川险要、通衢、小道，关边形势一目了然。李相国每日与习边事者筹划于此，致使外夷望而却步，成都数年无战祸。在落成大典上，一代才女薛涛应邀光临，即兴赋诗《筹边楼》，成为千古佳话。

> 平临云鸟八窗秋，壮压西川四十州。
> 诸将莫贪羌族马，最高层处见边头。

徐慧的思绪飞越百年，为薛涛的才情倾倒，忍不住掀开一截车帘，偷眼仰望这一古楼。

辇车进入宣明门，沿西南而下，大街小巷，纵横有序排列，商店、酒肆、茶楼、旅栈、邸馆鳞次栉比，不绝于道，饰以金碧珠翠，好似天宫玉宇。大街两旁摆满各种摊位，穿的、戴的、吃的、用的样样俱全。单说那吃的吧，酸的、甜的、麻的、辣的、凉的、烫的、荤的、素的，天上飞的、地上跑的、水里游的全都有，何等繁华热闹！难怪古诗曰："春风十里扬州路，卷上珠帘总不如。"

过了闹区，进入皇城，街道宽阔，高楼密布，三省六部各衙门分布其间，皇亲国戚、权臣贵族的豪宅掩映园林花木中。殿宇辉煌，朱门竞艳，这是成都的心脏部分。

古人左思说得好："既丽且崇，实号成都。"这就是古代成都的形象：高大美丽。

辇车横过一条大街，穿过一座宽阔的广场，驶过御河白石桥，便是一堵巍峨高大的红墙。城墙上启开南北东西四座城门。南门叫朝天门，是天子朝见百姓的地方，执戈的侍卫一个个如泥塑木雕般肃立两旁。红墙内便是耸入云霄的皇宫，金碧辉煌，云蒸霞蔚。沿朝天门进去，是宏德殿、宣政殿、雨露殿，呈一条中轴线贯穿南北。天子坐在殿内发诏施政。东面是东宫，太子住的地方；西面是西宫，太后、嫔妃之地。

皇辇穿过曲曲折折的画廊，绕过红叶尽染的林园，走过秋菊吐艳的花苑，直趋掖庭宫下辇。掖庭宫远没东西宫气派、豪华，是长长的平房建筑，中间用巷道连接，称"永巷"，潮湿又黑暗，徐慧和新来的绣女都住在永巷里。有五六十条永巷，每巷住着一百人左右。永巷间间房屋爆满，罗绮似云，嫔嫱如织。

进宫的当天，卷帘使王昭远被召进宣政殿。

"微臣叩见陛下，陛下万福！"王昭远先声夺人，前趋跪拜。

"免礼，免礼！爱卿平身。"后主满面笑容，一迭连声问，"青城一行，可曾觅得抚琴少女的芳踪？"

"青城美女如云，臣只选一位绝色佳丽入宫，正如陛下所说，'弱水三千，独饮一瓢'。"

"你能保证是那美女吗？"

"凭我的直觉应该是，反正是天上仅有、地上绝无。明日决赛面试将那具瑶琴放置乐坛中央，作为必考项目，方可见分晓。"

"好，好，好，你做事，朕放心。那是架七弦琴，现在能续弹者，如凤毛麟角也。"

次日早朝，后主坐在宝座上，文武大臣列班两旁，内侍李公公捧着敕令叫道："卷帘使王昭远接旨——"

王昭远快步出列，两袖一抖，伏在地上。

"王昭远等十钦使下地方体察民情，搜集民风民俗，采选绣女充实后宫，革新旧制，册封王昭远为通奏使，其余十名钦使各晋升一级。钦此。"

"微臣王昭远叩谢皇上隆恩！"

勤政殿里一片寂静，大臣们你看我，我看你，面面相觑，鄙视小人得志，只会溜须拍马，嘴角闪过不易察觉的讥笑。

"有事出班启奏，无事卷策退朝——"李公公拖腔拉调，最后一个"朝"字还未出口，武班中一位紫袍大员涨红着脸，执笏出列曰："臣有本奏，一代名君唐太宗言，'自古帝王多任情喜怒，喜则滥赏无功，怒则滥杀无罪，是以天下丧乱，莫不由此。'今日，这等鸟事都晋升提级，满朝文武百官都该见人提一级，个个成胖子了。"李仁罕愤愤地说，昂首归列，露出揶揄之色。

后主气得脸色大变，青一阵、紫一阵，想到社稷江山的长治久安，他按捺住满腔怒火。

"臣有本奏，韩非说得好，'耽于女乐，不顾国政，则亡国之祸也'。"枢密副使郭保贞执笏当胸，出班跪奏，"陛下选美一月有余，后宫佳丽如云，人满为患，不可无休无止，应求贤辅政，不可求美误国。"

"臣有本奏，郭保贞妖言惑众，诋毁皇上，是何居心？望皇上圣裁！"王昭远拍马屁谏奏。

"郭爱卿言之有理，以今日起，选美结束，各路绣女不再入宫，遣回原籍。"

上午，重光殿里张灯结彩，富丽堂皇，一派节日气氛。

殿内，鲜花锦簇，管弦声声。三宫六院的妃嫔穿着华衣丽服，个个打扮得簇新、鲜活，神采飞扬，在殿之两翼，按制围御桌一一入座。桌上盛满了茗茶佳酿、糕点水果，拉家常，话时尚，讲逸事，谈笑风生。如此盛大的团聚一年仅此二三次，故丽人们都会抓住机会展示自己，整个大殿只见她们嬉笑怒骂不绝于耳，一吐为快。几十名年轻侍女着一色红裙，衣袂飘飘，手托玉盘上茶送水，穿梭在茶宴间，像美丽的天使传递着浓浓的春意。新入宫的三千绣女一排排落座，个个花枝招展，美若天仙。

"皇上——太后——驾到——"随着礼官一声鸣唱，全场沉静，上万的妃嫔、宫人、绣女齐刷刷地跪地，众口一词：

"皇上万岁、万岁、万万岁！"

"皇太后千岁、千岁、千千岁！"

此时的太后身着龙袍，黄缎龙凤裙，头戴金凤冠，神采奕奕。后主穿着九彩龙袍，头戴皇冕，十二条旒玉垂在前面，器宇轩昂，在山呼万岁和管弦乐曲声中缓步登上御阶，正襟危坐在高高的龙座上。

礼官朗声鸣赞："此次选美，集天下佳丽三千，通过一个多月的初试、复试，分上、中、下三等进入皇册，中下两级两千九百七十人，由礼宾司安排入后宫为侍女，上等三十名美女进入决赛，由皇上、太后面试。位号列十四品：昭仪、昭容、昭华、保芳、保香、保衣、安宸、安跸、安情、修容、修媛、修娟等。秩比公卿大夫士焉。现在，传令三十美女出列觐见皇上、太后——"

一声传唤，三十美女在身着锦衣的六名太监引导下，一个个丰姿绰约，婀娜多姿，排成一行，莲步轻移，步入御阶，拜伏在地，莺喉婉转地山呼"万岁，千岁"！

太后绽开龙爪菊般的笑脸："哀家的儿媳一个个国色天香，是大蜀之福矣！"

后主灼视着眼前的丽人，一个个含苞欲放，看得眼花缭乱，不觉心旌摇荡，龙颜大喜，好久好久才纵袖一挥："三十骊姝退告，准备好一个个上场争妍献艺，让朕一饱艳福。"

礼官大声赞礼："必赛项目，七弦瑶琴。其他选择项目，按其所长献艺。现在宣布，选美决赛开始，成都李艳娘出场。"

李艳娘身着薄如蝉翼的红色盘金舞裙，玉容粉面，头上绾着高高的发髻，十二束拱丝般的柔发，亭亭朝天，发髻上珍珠闪烁，绢花绽放。她酥胸颤颤，隐隐的乳沟暴露无遗，腰肢款款，流泛着曲线的波涛。走至御阶，向皇上、皇太后请安，那性感的目光大胆地投向皇上，像魔力般勾住了万乘天子的魂魄。他俩神秘诡谲地对视一笑，然后艳娘走下御阶。走至乐坛，目视七弦琴，她微微摆摆头，表示不会。在悠扬的乐曲声中，她轻移莲步，慢扭腰肢，舒展玉臂，盈盈起舞。只见云鬟轻摇，衣袂飘飘，广袖翩翩，罗裙漫卷，轻似飞燕，翻若游龙。她的笑脸，她的胸脯，她周身的每一个细胞都是流动的韵律，都在抒怀起舞，看得全场掌声雷动，太后大笑，后主目瞪口呆。

俄顷，后主召艳娘趋前，道："爱卿头上的发髻梳得高高的，与众不同，颇有韵味，是何道理？"

"妾奉旨入宫面圣，故精心梳这朝天髻，朝见天子矣！"

"好个朝天髻，朕曾谱一新曲名曰《万里朝天》，乃指四海之内，万里之遥，天下名士贤达、四夷酋长、边将疆侯来京朝拜天子，一片歌舞升平。卿的发髻，朕的曲谱，皇宫的第一大门均贯'朝天'二字，珠联璧合，异曲同工，是国之福也。"后主激动得如数家珍，又沉吟一下，"封爱卿为昭容，终日伴朕侍驾！"

"皇恩浩荡，贱妾感激涕零。只是妾家贫寒，父母年迈，无人赡养，乞陛下网开一面。"

"朕赐你父母金钱十万，颐养天年，若何？"

"叩谢皇恩，贱妾无后顾之忧矣！"艳娘五体投地，连连叩首。

艳娘的发髻经皇上御赞，后宫妃嫔们都绾起"朝天冲"，一个比一个高，成为时尚。宫外大家闺秀、小家碧玉、娇妻艳妇见皇宫如此推崇，也追风逐流，绾起高高的发髻，连城里小妞、乡下村姑也东施效颦。霎时间，朝天髻风靡全国，构成一道无比靓丽的风景线。好事者编了一个顺口溜，后名载史册：

养女不养男，一舞价十万。

好个朝天冲，昭容三品官。

接着第二名嘉州（今乐山）苏晓蓉、第三名渝州（今重庆）山丹丹、第十九名魏城（今绵阳）张云霞都一一册封。到了最后一名，礼官引颈高唱："青城美女徐慧上场朝谒皇上、皇太后，叩谢恩典。"

这二十九位美女出场频频亮相，一开始还使后主振奋，心荡神摇，随着千人一面、千篇一律的亮相表演，后主便索然无味，懒慵慵地斜倒在龙椅上，听到礼官念到"青城徐慧"时。他为之一振，复又正襟危坐。

只觉得大殿突然为之一亮，从如云的罗绮中走出一位国色天香的美女，洁白如玉的鹅蛋形脸上嵌着一对丹凤眼，像两泓纤尘不染的秋水碧波粼粼，纯情、明澈。一身淡绿的长裙裹着丰韵、高挑的身材，绢绸般的长发披在香肩，像瀑布般地飞泻在背上，束以一只玉色蝴蝶，袅袅娜娜，娉娉婷婷，浑身上下散发出梨花带雨般的韵致，超尘脱俗，似嫦娥下凡、仙女临风。整个大殿"呀"的一声惊呼，被这惊世骇俗的美色震撼了！不知是谁高喊一声："天下第一美人——"人们才回过神来，用雷鸣般的掌声表达内心的倾慕、惊羡。太后更是乐得合不拢嘴。后主惊喜得目瞪口呆，以为是梦幻，直到徐慧躬身下拜，向皇上、太后请安时，后主才回过神来。

太后笑道："吾儿肌肤娇嫩，吹弹得破，怎经得住行大礼呢，免了，免了！"

"爱卿平身，免礼、免礼！"后主乐不可支，心想这王昭远是神眼，为朕立一大功，真如他所说：天上仅有，地上绝无，是天下第一美人！当他伸出双手去紧握徐慧纤纤细手时，徐慧早已移步乐坛，他不好意思地将手缩了回去。

御桌上放着一架七弦琴，三尺六寸五分长，象征三百六十五日也；宽六寸，象征六合也；上圆下方，天地也。此琴为山东峰山之阳的老桐木制成，天蚕丝作琴弦。红色的琴弦卷绕在凤头形的弦柱上，手指触处，发出清越、悠长的音响。琴尾桐木上镌刻着"蜀匠雷氏"四个小字。她怔了下，双眸发出惊喜的光，心里咕噜道：这是我丢失在滴翠亭上的瑶琴，怎么……那日的情景飞速地从她眼前一闪而过，她"啊"了一声，一切都在不言中，心里充满失而复得的喜悦之情。

于是，她举举裙裾，从容地坐在乐椅上，沉吟片刻，低眉信手调轴拨弦，凝神屏气，轻拢慢捻地弹了起来。只听得悠扬的琴声从玉指间流淌出来，优美、清新，如晨风拂面。随着明快、鲜活的旋律，把人带进丰茂、广阔的田野，享受着大自然丰厚的馈赠，沉浸在诗情画意中。渐渐，琴声激越、高昂、凝重，似一座座巍巍群山兀突眼前，仿佛自己已登临高山之巅，一览众山小。那种登高一呼、众山皆应的大丈夫豪情油然而生。在人们高山仰止、神驰六合的氛围中，琴声戛然而止，给人一种言有尽、意无穷之感。

"好哇，意在高山！"后主拊掌赞叹，又无限深情曰，"你的琴声使我看到了巍巍高山，感受到了征服者的痛快淋漓！"

随着后主的赞美，大殿里爆发出排山倒海的掌声，像剪剪春风拥抱着这千古绝唱，拥抱着这绝唱中的后继来人。

琴始为五弦琴，周文王、周武王好琴，又各加一弦，为文弦、武弦，形成七弦琴，风行春秋战国。楚人俞伯牙是鼓琴妙手，一次船泊汉阳江口，触景生情，弹了一曲《高山》，樵夫钟子期听了掀髯叫道："志在高山，看到巍巍高山了。"伯牙继续鼓琴，钟子期激动非常，曰："意在流水，我看到了泱泱江河！"

伯牙在琴中所要表现的，钟子期全都心领神会了，他弹琴半世，第一次找到知音。两人约定，明年今日在此地相逢。第二年，伯牙准时赴约，可钟子期却病逝了。伯牙哀叹世上再也没有知音了，便破琴绝弦，终生不再鼓琴。

这是一个多么凄美、动人的故事！然而，也许是曲高和寡，七弦琴并不因这一凄美的故事而流传至今。东汉才女蔡文姬在匈奴时，有感于胡人乐器胡笳声音的悲凉，作了琴曲《胡笳十八拍》。归汉时，用七弦琴鼓弹，声音之悲切，使在场的人为之动容，连一代枭雄曹操都感动得潸然泪下。可是到了唐初，这七弦琴却濒于失传，习琴者寥寥无几，有初唐诗人刘长卿的《听弹琴》为证：

冷冷七弦上，静听松风寒。

古调虽自爱，今人多不弹。

经历了中唐安史之乱，大唐灭亡后，五代十国征战动荡，懂七弦琴的更是凤毛麟角，难怪前面的才女美人均望琴兴叹、退而远之了。

在剪剪春风般的掌声中，一缕清丽、婉转的琴声徐徐响起，那轻柔、透明的泛音，像一泓春水由远及近地缓缓注入心田，随着和弦迭起。人们看到了在浩阔的江面上，白帆点点、渔歌阵阵的欢乐场面，看到了天水一色、白鸥翔集的壮景。蓦地，旋律起伏跌宕，如春潮奔涌，似惊涛排空，卷起千堆雪。但见白帆跌进浪谷，又跃上波尖，搏杀前进，触目惊心。一个个听得凝神屏思，细汗淋淋，像亲身经历着一场惊涛骇浪，直到悠扬徐缓的旋律结束，一切归于平静，人们才从波峰浪谷中苏醒过来。

"琴声美妙，志在流水，哀家看到泱泱流水了。"不知什么时候，太后笑微微地来至琴前，祝贺徐慧精妙的琴艺表演。

徐慧倏地站起来，朝后一退，伏地下跪："臣女叩谢慈恩！臣女沉溺琴中，不知太后驾临，恕臣女之罪。"

"吾儿琴艺绝伦，哀家爱都来不及，何罪之有？"

"爱卿，这具瑶琴该完璧归赵了！"后主饶有风趣地道，"不会再飞藤而去了。那天，朕真担心爱卿坠崖身亡，才制止锦衣追踪。这下可好了，飞走的凤凰又回来了。"

一席话说得徐慧羞赧难当，躬身答谢："谢皇上不杀之恩！"

"皇上为你大病一场，才来这次选美大赛，该得到的总算得到了，是孟氏家族福分也。"太后补充道。

后主扶起徐慧，但见她面若芙蓉，唇如樱桃，那双楚楚动人的大眼睛在长长睫毛下敞开了一个童话般的世界，禁不住双臂拥着她，曰："跟朕去宝座上叙话。"

徐慧第一次被男人拥着，一股男子汉的气息袭着她，不禁脸泛红潮，心如兔跳，偎着后主一步步走向御阶，像阳光牵动着向日葵，全殿人的目光都热辣辣地投向了徐慧。只有艳娘酥胸起伏，乳沟跳动，那高高的朝天髻失去了方才的神采，耷拉下来了。

太后看着徐慧那双充满智慧、充满柔情的丹凤眼，如看到自己流失青春之复得，感叹道："世上美女居多，但美丽智慧的女子却少，凤毛麟角，人间极品！"

"太后过奖了，太后对臣女天高地厚的恩泽，臣女结草衔环，图报于万一。"徐慧叩首拜道。这不是礼节上的应酬，是内心的自白。自见到太后第一眼起，徐慧就把太后看作生母的化身，她是那么的宽厚、仁慈、精明、干练。

"朕封爱卿为贵妃，满意吗？"后主庄重地说。

在天子家庭里，除皇后外，有庞大的妃嫔群，慧妃、贵妃、淑妃、德妃、贤妃，称夫人，正一品。自张妃仙逝后，慧妃、贵妃这些令嫔妃垂涎的宝座一直空着，现在徐慧一跃成为贵妃，实际是统率六宫，居六宫之首。她欣欣然拜谢：

"臣妾叩谢皇上恩典，吾皇万岁、万万岁！"

"徐爱妃还有别的号吗？"

"臣妾只叫徐慧，别无他名。"

后主两眼灼视着贵妃，上下打量，引出绝代美人来比试，细细品味，情真意切道："爱卿真是绝代佳人。西施消瘦了一点，没卿丰满；杨贵妃，稍丰腴了一点，没卿苗条；貂蝉，个头不够，没卿高挑、玉立。卿就是卿，历代美女无法比拟。世人爱以花比美女，依朕看，花不足以拟其色，而似花蕊之轻也。朕就赐卿一个别号——花蕊夫人。"

天子出言成律，唾咳成珠。

从此，"花蕊夫人"这一御赐芳名在皇宫内外不胫而走。

入夜。月光如水，水如天，那是一个月色浸染的三秋之夜，华灯初放，垂柳摇曳，分外静谧、温馨。花蕊夫人乘上皇辇，十名宫女手提红绢灯在前引路，十名太监列队后面，簇拥着皇辇热热闹闹地离开那一排排密如鸟笼的掖庭宫，呼啸而去。引得多少丽人在檐下、窗前、香径、树下看着皇辇绕过林园，走过皇门，穿过画廊，一直消失在视野里。她们收敛目光，悄声叹息，落下青春的酸泪。皇辇终于在雨露殿前落轿，厚重的殿门徐徐启开。

雨露殿里，多少女子凭着姿色、风情、智慧取悦于皇上，从而产生了"一人得道，鸡犬升天"的奇特效应。又有多少女子因此失宠，打入冷宫，青春被抛弃在被爱情遗忘的角落，成了白发宫人而无人问津。更有多少女子不知何时触犯天颜而白绫裹尸，诛灭九族。

花蕊夫人下辇后站在丹墀上，本能地拢拢发，提提高领，袅袅娜娜地移着莲步向殿内走去。

寝殿里，华灯盏盏，红烛对对，发出橘色的光芒，像瑰丽的夕照。御橱里陈列着奇珍异宝，墙上挂着名人字画，御桌上叠叠经典名著，墙角柱旁名花异草，七宝龙床上镶嵌的串串玛瑙珍珠，用芙蓉花染绘的薄如轻纱的芙蓉帐，在柔美的橘黄色的灯光笼罩下，全踱上了一层橘黄色的光芒，烁烁生辉，像极了童话的世界，把皇家的富贵、典雅发挥到了极致。

后主端坐在御椅上。

"臣妾贵妃、花蕊夫人向皇上问安！"她伏地叩拜，当说到"夫人"二字时，感到羞赧难于切齿，顿了好久才终于憋足勇气，吐了出来。

一位春闺少女忽然变成了夫人，真有几分向往，几分喜悦，几分羞赧。

"贵妃近身请坐，内廷无须这繁文缛礼！"

花蕊夫人挨后主落座。

"花蕊，卿适才在香车时抚琴吗？"

"没，没有呀！"花蕊夫人睁大双眼，摇着头感到莫名其妙。

"朕随便问问，不碍事！"后主口上这么说，心里仍发愣，"怎么朕耳畔仍回响着那美妙的琴声？朕相信朕的听觉没错。"

"啊！"她怔住了，茫然不知所措。

"呀，爱卿琴声绝妙，果然是余音绕梁，三日不绝啊！"后主挥挥手，示意宫人们退出，殿门复又关上了。

"花蕊，你太美了，今夜花好月圆，不负这良辰美景，你宽衣解带，让朕全方位欣赏你的美色吧！"后主一把揽她入怀，忘情地亲吻着，她那两片红唇藏进他的髭须里，被刺得阵阵作痛，汩汩渗血。她"哟哟——"地叫着，后主趁势将她抱起，像抱着一只调皮温顺的小猫似的。

"让朕看看卿的胴体，从殿中央走来，行吗？"后主在乞求了。

"臣妾从未当着人解……羞煞臣妾了。"

"我们是夫妻了，有什么羞赧的？宫里上万宫女垂涎朕去宠幸她们，朕还没那兴致哩！"

"好吧，那你闭上眼睛，待我脱去衣裙，喊'一、二、三'后，你才张眼看我！"

"好，好，好，朕依你！"后主说完果真闭上了眼睛。

花蕊只好温婉地脱去衣裙，赤裸裸地凝立在殿上，燕语呢喃地轻轻喊道"一、二、三"。后主睁开眼睛，傻眼了：一位刚出浴的女神向他娉婷而来——洁白、柔嫩的肌肤，高耸、丰满的酥胸，细柳盈握的腰肢，圆润、嫩滑的臀部，配上那灿若朝霞的鹅脸蛋，那双柔水般的双眸，浑身上下流泛着波涛，漾溢着水灵劲儿，像一朵带着水珠儿的芙蓉，鲜艳皎洁，似乎老天爷将人体所能表现出来的美都毫无保留地赋予了她。他如痴如醉地品味着，像品味价值连城的国宝一样。忽然，"哇"的一声，花蕊夫人像一条美人鱼一般地滑向了他，勾着他的脖子哭泣着，似乎那厚实的肩头就是她心灵得到慰藉和停泊靠岸的码头。

"小美人，别哭，朕在爱你呢！"

"我好害羞，我好委屈，为什么一定要我展示女孩子的胴体，展示女孩子最珍贵的部分……"她泪眼婆娑哭诉着。

后主听后哈哈大笑，他更爱她的纯情、高贵、坦率、无邪，更爱她不解风情却风情万种的韵味。

"朕的小美人，你让朕痛快淋漓，就是做贵妃的美德、本分。别哭了，你该笑才是。"

"皇上好坏，好坏，人家哭，你还在笑呢。"她一边燕语声声，一边用小手在后主肩头不停地擂着。

后主做太子和皇上十几年了，没有哪个后妃敢越半步雷池，都是乖乖地或机械地承受他的爱，可今夜，她的娇羞、率真、不解风情却又风情万种，使他俩如此默契、投入，不像是君臣夫妻，而是百姓夫妻，他感到分外惬意、新鲜，故意夸张地叫："啊呀，好疼哟，你把朕打出血了，哎哟！"

她急了，又是噘起樱桃小嘴，轻轻吹，又是用那柔若无骨的玉指缓缓抚摸。后主脱去龙袍，就势把她软玉温香的身躯抱起，放在软绵绵的龙床上，兴致勃勃道："我的小美人，朕今晚才真正要你流血，要你血染沙场……"

说完，将壮实、年轻的身躯压下去，压下去，她"噢噢"地呻吟着，感到撕裂般的疼痛……

一番番云雨后，后主趋于平静，搂着花蕊夫人，蒙眬入睡，梦语呢喃："花蕊，朕愿死在你的温柔乡……"

她轻轻地给他盖上鸳衾，偎着他甜蜜蜜地睡去。

次日凌晨，文武大臣鱼贯而入，去助政殿早朝，晨钟敲响五下，仍不见后主驾到。后主第一次托病免去早朝。

百官们窃窃私语，不约而同地来到重光殿。

"母相国，你听，大殿里还有琴声回荡。"一朝官说。

"是，是，那是昨日花蕊夫人的《高山流水》。"母昭裔宰相认真地回答着，他也找到了感觉。

"听，琴声从香木栋椽传出来的！"

"从那红木殿柱后冒出来的。"

大臣们惊诧地寻觅着，议论着，不是耳误，是真真切切听到了琴声。

还是翰林学士李昊解了围："众卿无须大惊小怪，战国时留下的成语'余音绕梁，三日不绝'，不是有先例了吗？祖辈不会无知枉说的啊！"

"唔，唔，好一个'余音绕梁，三日不绝'！"

第四章　一代枭雄血染神武门

花蕊夫人住进了云华宫。

传说，云华仙女是王母第二十三女。一次她驱车巡游东海西归，路过长江三峡，见江水碧绿如缎，两岸群山叠翠，瑰丽多姿，便停车顾盼，流连忘返。适逢大禹率众在山下治水，艰苦卓绝，她颇为感动，施展神功，助其疏通河道。大禹不胜感激，特上山拜谒神女。只见山巅琼楼玉宇，灿烂辉煌。金黄色殿内，云华仙女玉坐瑶台，美艳绝伦。台下侍女、天兵分立两侧。大禹行完大礼，乞问治水之道，云华仙女令侍从取来天书赐禹。大禹自得了这本天书，逢山开道，遇水排泄，治服了九州水患。

楚襄王闻之，慕云华仙女美色，在云梦泽建高唐馆，筑阳台宫，祭祀女神，梦寐以求，和仙女幽会。

入夜，楚襄王在阳台宫，一美女如一片云朵袅袅娜娜飘来，燕语莺啼："臣妾，巫山神女也！住巫山之巅，感君建馆筑宫，朝夕祭祀，遂早晚来此幽会，且为朝云，暮为行雨，朝朝暮暮，琴瑟和鸣！"

襄王一阵阵躁动，一阵阵惊喜，趋前相拥，只见巫山云蒸霞蔚，仪态万千，神女无影无踪。

后主便在宣华苑内修一座云华宫，意在求仙。所选的妃嫔美若天仙，像当年楚襄王艳遇巫山神女一样，和仙女朝欢暮乐。但佳人难觅，这座云华宫一直空着，连他最宠爱的张妃也未住进此宫。现在，才貌双绝、艺德双馨的花蕊夫人入宫，堪与巫山神女媲美，这云华宫的女主人非花蕊夫人莫属也。

这是一座别致、辉煌的宫殿。远远望去，用珍珠、翡翠镶嵌的"云华宫"三个柳体大字，在冬阳朗照下铮然瞩目，烁烁放光，衬着飞檐上翘首含铃的黄金九龙在微风吹拂下发出妙曼、清脆的铃声，像缕缕仙乐悠远、绵长，神韵无穷。

进入宫门，是凤翔殿、露华殿、寝殿、怡情殿，错落有致地掩映在红花绿草、嘉木翠竹之间。殿殿陈列着珊瑚碧树、水晶玛瑙，熠熠闪光，像从九天搬来的日月星辰一样璀璨夺目。配上红墙上的字画珍品，檀香御桌上的瑶琴乐器，书橱上的诗书简策，富贵中不失高雅，豪华里不乏清丽，充盈着书卷韵味。

这时，花蕊夫人在怡情殿画室西窗下作画。太监、宫女为她拭桌、磨墨，调好丹青，铺上浣花纸。这是中唐女诗人薛涛晚年研制的红笺，以丝头布片为原料，将芙蓉皮煮糜捣浆，渗入芙蓉花汁造制的纸笺，色泽鲜美亮泽，质地柔韧细腻，又曰薛涛笺，风靡海内，成为骚人墨客、达官贵人相互酬赠的高雅礼品，后发展成历朝宫中进贡的珍品。面对充满古色古香的薛涛笺，遥望西方的田畴，儿时嬉戏沙滩、摸鱼逮虾、荡舟羊马的情景又历历在目，浓郁的乡情油然而生。她挥毫泼墨，蓦地，清澄碧透的羊马河跃然纸上：渚清沙白，鱼尾历历，卵石流水，淙淙成韵；水面上银帆悠悠，蓝天上白鹭翔集。沙滩上，几个扎羊角辫、光足丫的村姑，有的用围裙兜起五彩的贝壳，有的捧着一尾大鲤鱼，有的坐在河畔，双脚拍打着流水，溅起朵朵浪花，有的飘着一方彩巾浣纱，一个个天真活泼，充满童真、野趣，她沉浸在泼墨写意中。

忽然，一声长长的传呼："皇上——驾到——"她才从诗情画意中惊醒过来，慌忙而本能地站起来。后主早已凝立画桌旁，一边摆手示意宫人别惊动贵妃娘娘的雅兴，一面欣赏着这幅山乡写意画。

"臣妾参见陛下，恕臣妾未曾接驾远迎！"

"夫妻间哪来如许多的繁规缛节，多点自然平易最好，就像这幅山水人物画一样。"后主梳理着鸟翼般的短髭，眼里闪出喜悦的亮色，赏心悦目地品味着，啧啧赞美道，"真棒，既有孙位笔下人物的疏放情韵，又有黄筌鸟鱼的精绝，堪称画坛上品！"

"陛下折煞臣妾了，臣妾真想拜他们为师呢！"

"贵妃学而不厌，虚怀若谷，真难能可贵！朕为你提供舞台，兼收并蓄，自成一体，好吗？"

"谢谢陛下深恩！"

"呀，差点忘了！"后主拍拍脑袋，"快，轻轻合上你的双眸，朕喊第三声才得睁开眼，让朕给你一个惊喜！"

花蕊夫人含情闭目，待"一、二、三"脱口而出时，她睁开双眼，惊喜得不敢相信自己的眼睛。一别几月，阿随、春华、秋香又长高了一截，像仙女般玉立眼前。三个傻丫头看见小姐更光彩照人，喜得发呆犯愣，不知称谓，嗫嚅半天才跪地施礼："贵妃娘娘，花蕊夫人千岁、千千岁！"

"免礼、免礼，才入皇宫，便施起宫礼来！"花蕊夫人上前爱怜地扶起她们，笑盈盈道，"说说看，你们是怎么进宫的？"

"是王昭远大人赍着皇上御旨，派三辆香车接我们进宫，说娘娘在深宫里寂寞，让我们来侍候娘娘。"高个儿秋香喜孜孜地说。

花蕊夫人深情地向皇上一瞥，流露出无限感谢之情，后主会意地笑了。

"娘娘，你给我取的名字真好，让随儿永远伴着娘娘，生生死死不分离！"阿随的由衷之言惹得大伙舒心地笑了，都夸阿随伶牙俐齿，心诚嘴甜。

"老爷好吗？"

"禀娘娘，老爷身体硬朗，只是常念叨着娘娘。皇上在京城为老爷修一座府宅，落成后，接老爷来京都居住。皇上要我们不告诉娘娘，可春华想让娘娘高兴，一口说漏了嘴，春华该掌嘴！"春华说话时，嘴角泛起两个圆圆的酒窝，话儿也是圆圆的，后主和花蕊夫人委实喜欢这个圆圆的侍女。

花蕊夫人听了，皇上对自己的体贴入微，恩宠备至，不知用什么语言表达心中的感激之情，于是，整了整衣裙，双膝跪地："臣妾感谢皇上的大恩大德，臣妾今生有幸和皇上是夫妻，来世也要化作比翼鸟，双宿双飞永不离！"

仨丫头跪地众口一词："今生今世我们侍候皇上、娘娘，来世我们也结伴侍候皇上、娘娘！"

在场的太监、宫女被这肺腑之言感动了，都伏地跪曰："今生今世，来生来世，我们都要侍候皇上和娘娘！"

从此，花蕊夫人又回到了深闺年代，吟诗作画，抚琴习字，骑马舞剑。宫人们在她感召下，都习文弄武，浓郁的治学奋发氛围笼罩着后宫，给沉闷、糜烂的后宫注入了一股活力和温馨。

却说李仁罕，自花蕊夫人入宫后，总爱拿自己的美姬和皇上新宠相比，一比，才知自己的美姬不过是一只发情风骚的鸡婆，岂能和飞上高枝的金凤凰媲美！他认输了，在心里咕噜："唉，我的十个妻妾和那群暗度陈仓的舞女歌姬加起来，也抵不上人家一根羽毛华贵娇美！臣毕竟是臣，君毕竟是君。仁罕啊仁罕，谁叫你入川时，不拉起一队兵马做疆侯，拥兵自立称王？谁叫你不趁先祖驾崩时登高一呼，来个宫闱政变？"内心不安分的因子像火山爆发前的岩浆在躁动、膨胀、奔突、冲撞，终于，它找到了突破口，流向了权欲、利欲。

玉漏五更，天刚拂晓，朝天门的宫门刚刚启开，李仁罕的华轿便喝着道，大摇大摆进宫了。这是九重禁地，文武百官在此必须出轿下马，整好朝服，手捧玉笏，恭顺地鱼贯而入。过了神武门，他颤巍巍地从轿里下来，金甲铁盔，手执玉笏，昂首阔步进入宣政殿。

后主身着龙袍，头戴幞头，在一片山呼万岁的声浪中矫健地登上九五之尊，端坐在宝座上。

"众爱卿有本面奏，无本恭候两侧。"后主曰。

李仁罕傲然执笏出列，上章奏谏："臣有本奏！老臣随先王举兵入川以来，南征北战，出生入死。驰骋疆场，将生死置之度外，攻遂州、拔忠州、破万州、克夔州，一路所向披靡，敌军闻风丧胆，迎来后蜀帝国。今天，老臣已六十有五，来日无多，禀奏陛下加老臣中书令，做六军统帅，判六军事，做到论功行赏、论功排位。'赏当其劳，无功者自退；罚当其罪，为恶者戒惧。'是也。"

后主接过上书，匆匆一瞥，见他恃宿将有功，要窃取军事最高权力，火气上冒，不禁重重地震抖了一下，按捺着心中的怒火，瞠目环视文武大臣。良久，用询问的语气道：

"李爱卿求判六军事，诸臣有何异议？"

李仁罕高昂着头，虎视眈眈地环视着百官，满不在乎的脸上掠过傲慢、鄙夷的冷笑。

文武百官面面相觑，对他的专横贪纵、飞扬跋扈都深恶痛绝，但都不露声色，只用沉默表示异议。

后主见众臣敢怒而不敢言，只好表面曲徇："朕准李爱卿所奏，擢封为中书令，判六军事，执掌全国军事大权。"

"臣叩谢皇上隆恩！"李仁罕兴奋得跪地行全礼。

"朕晋封保宁节度使赵廷隐为侍中，六副使。"

赵廷隐论资历、功勋不在李仁罕之下，现在却做六军副使，受他管辖、制约，气得浑身哆嗦，眼睛鼓成了铜铃，要不是身边大臣悄悄扯他衣角，他竟忘了向后主谢恩。

他勉强出班跪谢："微臣叩谢吾皇隆恩。"

下朝后，百官三个一伍、五个一群地窃窃私语，见李仁罕得意忘形地走来，便闭着嘴，像躲瘟疫一般避开了。李仁罕在鼻孔里重重"哼"了一声，甩下恶语伤人："背后议论是小人，要议，怎不在朝堂上滔滔宏论？"

"你别欺人太甚，孟氏天下是你一个人打出来的吗？"赵廷隐气封了喉，跳出来点火怒斥，"贪天之功攫为己有，真不知人间还有'羞耻'二字！"

这是李仁罕拥兵以来，第一个在大庭广众中敢于向他说一个"不"字的强硬对手。

"你正我副，就不羞耻了，对吗？"他辛辣地讽刺，说完，一串纵笑，"哈哈——哈——"

"吾天生不是邀功讨赏的奸佞小人！"

"放肆！胆敢骂我！老夫的鬼头大刀从来不是吃素的！"

"老帅的方天长戟从来不认识姓和名！"

二帅越骂越烈，气氛格外紧张，一场兵器格斗在即，首辅赵季良、枢密使王处回站出来制止："将将不和，乃朝中之患，在百官面前对骂，成何体统！"

"二位高居庙堂，是皇上的股肱重臣，官有官格，朝有朝规，各自检点，否则，面君圣裁！"

二人的气焰才消了下来，一场风暴暂趋平息，各自悻悻而去。

通过这一争斗，李仁罕才真正看到仕途上的劲敌，怕夜长梦多、节外生枝，令进奏使宋从会三天两头意谕枢密院，自己亲自找枢密使提出具体要求。

枢密院是专掌全国军政最高权力的办事机构。枢密院的最高长官即枢密使，执掌上情下达、传君主命令，其权力已从内廷转入外朝，在法律上处于仅次于宰相的政治地位，有时甚至发展到凌驾于皇帝、宰相之上。按朝制典章，李仁罕的擢升须枢密使与皇帝商榷后，作出裁定，委托学士院起草命令。待枢密院这一环节完成后，李仁罕又去学士院督促其起草，一环紧扣一环，咄咄逼人。直到册封中书令、判六军事的命令正式下达后，他才长长地舒了一口气。

这次册封，打破了自高祖以来朝内的平衡局面，引起众臣公愤，赵廷隐更是锋芒毕露。但圣诏一下，金科玉律，无法改动。明不能争，只好暗斗。于是，以赵廷隐为首的反李派像一股潜藏的暗流，汇四面潮汐，聚八方力量，推波助澜，汹涌直前。捧圣控鹤都指挥使张公铎、医官使韩继勋、丰德库使韩保贞、茶酒库使安思谦在侍中赵廷隐的府中密室里策划，兵分两路出击：一路是张公铎、韩继勋趁李仁罕扩建豪宅，纵他发坟行凶，全民共讨；一路是韩保贞、安思谦组织百官联名上书，告其异志谋反。两军会合之日，就是李仁罕上断头台、灭九族之时。谋略既定，只等分头实施。

五代十国处在一个大动荡、大分裂、大混战的年代，武夫掌权，战祸不断。古人云："五代为国，兴亡以兵。""五代之君，皆武人崛起。"李仁罕擢为六军统帅，军权独揽，登上军国权力的最高峰，可谓位崇权大。李仁罕掂量出它的特殊分量，他该知足、止步了。然而，他有鳄鱼般的胃口，权欲膨胀，永远没满足的时候，把贪婪的触角又伸向了利益。

他要为十夫人吴姬修一座花园豪宅，好为他生儿育女、传宗接代，号为十座府第。广厦毗连而起，昭示帅府气派。他四处打听阴阳先生，终于通过医官使韩继勋物色到了一位闯江湖、走十国的仙人高道莫德行。传说他是华顶羽人、天师杜光庭的关门弟子、高足。杜天师一生著作颇丰，有三十多部经典流传至今，一生仕唐与前蜀两朝，宠荣增极，赐号广成先生。晚年，杜天师辞官隐居青城山白云溪时，莫德行去青城山拜师学道，成为异人。说他绝谷经年不饥，绝水经年不渴，看风水、卜吉凶、测阴阳、断休咎、治百病，还能消灾避邪、降福增寿。言者说得天花乱坠，听者听得神乎其神。李仁罕着迷了，拊掌大笑："果真如此神灵，事成之日，请韩大人过府赴宴，重金酬谢！"

"大帅不必破费，只是尽点微臣之谊。愧领愧领！"韩继勋连声谦让。

二人握手言欢，拱手告别。

严冬，室外寒气逼人，大帅府里却温暖如春。这是帅府最风光、最红火的日子。门前红灯盏盏，鞭炮声声，绢花绸朵绽满枝头，不时从红墙内飘来丝竹管弦，悠扬婉转。府内，红毯铺地，喜烛摇曳，盆火燃烧，男男女女进进出出，一片繁忙。上自紫袍要员，下至青服县令，络绎不绝，携上黄金重礼，恭贺大帅一步登天、洪福齐天。

这是七天后的一个上午，李仁罕坐在前厅品茗，怀里搂着美姬。只见美姬仰起粉脸蛋儿娇滴滴道："帅爷，这么多的礼，我们几辈子也花不完哟！"

"小傻瓜，世上只愁穷，哪愁富？钱再多也不多，帅爷要给你修一座诰命夫人府宅，像后宫一样豪华、气派，连接那九座府第，不是一座皇宫吗？"说完，一张厚厚的嘴唇压在她娇嫩的红唇上，一阵狂吻，如戟的虬须扎得美姬直叫，逗起了他的淫欲，狂喜道："要不是莫道士今日来看宅基，我非在床上把你'幸'了不可！"说完又是一阵淫吻。

"我才不干哩！"美姬撒娇般地推开他那肉棱棱、毛茸茸的脸，娇嗔道，"什么时候封我为诰命夫人，什么时候让你'幸'个够。"

"女人头发长，见识短，才要了统帅当，又去要诰命夫人，不怕众臣非议？待宅基定了，帅爷禀奏皇上就是。"

"那倒差不多！"她眨着一双顾盼的美目，噘着红唇，给李仁罕一个甜甜的吻。她俯下去，一张美丽的脸蛋埋进了那部浓密如戟的胡须里。

"帅爷，外面有一游方道人求见！"家奴跑来禀报。

"快快有请！"李仁罕推开美姬，"回内室去吧，贵客来了。"

美姬很不情愿地站了起来，扭着腰肢，颤着酥胸，甩着一方红绢巾，颤颤颠颠地离开厅堂。

"贫道莫德行拜见大帅！"进来的是一位四十多岁的瘦高道人，瘦削的双肩伸出一根瘦长的脖子，脖子上挑着一颗瘦长的脑袋，一双鱼泡眼半睁半闭，一说话，两排黄牙龇出来。要不是那部飘飘长髯能让人联想到他是杜天师的门徒，有点仙风道骨的韵味，不然，他真是丑陋得可怕。

李仁罕没想到一代天师之高足会如此丑陋、萎靡，大概印证"丑人多作怪"的俚语吧！只要他有异功，哪管美丑，于是笑迎："高师请坐，请用茶！"

丫鬟彬彬有礼地呈上香茗，侍立一旁。

别看莫德行平素眼皮半睁半闭，只要女人从身边一过，鱼泡眼就鼓得大大的，射出一种奇异的光，像老鼠在夜色里偷食时发出的绿光一样。李仁罕看到这奇特的光，不觉一怔，脱口而出："异人，异人矣！"

"大帅过奖了，贫道平庸！"他缓缓地呷了一口茶，"贫道刚才在帅府转了几圈，见华脊之上隐隐有股晦气，恐日后有……"

"有什么？"一语惊人，吓得李仁罕惊呼，"望高师明示。"

"恐日后有血光之灾！"

"听说，高师集阴阳之权技、鬼神之巫术，能化险为夷，望高师祈法驱灾！"

"有倒是有，只要一座古墓方有惊无险！"莫德行捋着胡须，故弄玄虚。

"慢说一座古坟，就是十座百座，本帅也办得到！"

"好！贫道愿和大帅一行。"

出帅府向东行五里，一座古坟傲然屹立，大理石墓碑上镌刻的字迹经长年风化仍依稀可辨。环视四周，是土包般的小坟。道士绕墓两周，煞有介事道："此墓地白蚁成群穴居，坟头上空瑞气缭绕，祥云升腾，坟下龙脉旺阳，乃藏龙卧虎的风水宝地。若在此修建豪宅，后人大发，荣宠极致矣！只是……"

"只是什么？高师但说无妨！"李仁罕兴致勃勃道。

"此坟据说是华阳王氏旺族一祖宗之坟，他在大汉武帝年间官居一品，王氏家族未必应允。"

"此乃区区小事，大帅在龙泉驿买一地皮兑换，何愁不为！"李仁罕一脸骄横，毫无调和的余地。

莫德行的鱼泡眼闭合着，似睡非睡。

次日天明，李仁罕的大总管李用、二总管刘二带了一支荷枪持戟的兵士，将王氏家族的老前辈们驱赶至堂内，包围了王氏祠堂。大总管眨着三角眼，尖着嗓子道："当朝宰辅、六军统帅李仁罕大将军随高祖东征西讨，打下大蜀帝国，让百姓安居乐业，今要扩建府宅，特邀诸位前辈商榷，将汉室古坟迁至龙泉驿，不付地皮费，望诸位支持。"

几位前辈面带愠色，沉默不语，面目清癯、银须飘拂的族长清清喉咙，朗声道："大帅豪府百亩，祖宗古墓又非毗邻，再扩建也扩不到五里之外。况且，这位老祖宗官至宰辅，位极人臣，不仅是王氏家族的脊梁，也是华阳人的骄傲，万万不能敲坟迁墓！"族长振振有词，颔下一部银色美髯因激动而银浪翻卷。

"经历千年风云的古墓屹立天地间，非但不伤大帅雅兴，更添大帅豪情，一相一将与日月同辉，何乐而不为！"一老者随声附和。

"寻根认祖，自古华夏之美德，毁祖挖根乃大逆不道，吾等不为。"又一老者愤然抗议！

"不迁，不迁，就是不迁！"在场族人七嘴八舌地嚷开了，个个义愤填膺。

"敬酒不吃吃罚酒，反了，反了，老子操你祖宗十八代！"大总管眨着三角眼，一脸杀气，粗声叫道，"刘二，传令下去，开炮敲坟！"

几十名官兵拥向墓地。族人呼号着护着古墓，手挽手，肩并肩，一圈一圈，一层一层将墓地筑成人墙，水泼不进，针插不进。

族长颤巍巍地走出人群，根根胡须倒竖，声音铿锵，掷地有声："誓与古墓共存亡，你们滚出去！"

"好，老子成全你的美名，做骷髅的孝子贤孙去吧！"大总管挤出一脸奸笑，干咳两声，手一挥。五大三粗的刘二端起钢刀，对着族长的腹部直搠进去，手一搅，只见白刀子进，红刀子出，肠子跟着刀尖直泻出来，嘟噜噜摊了一地。

族长"啊呀"一声惨叫，身子歪歪斜斜，浑身痉挛，胡须掀动，手颤抖着怒指大总管，身子重重地倒下了。

"还我族长，不准开坟，血债要用血来偿！"全村族人闻讯疯跑出来，不惧刀枪呼喊着，冲上去和官兵决斗。三角眼的大总管和官兵见落下人命，惹了祸事，观群情激愤，吓得屁滚尿流，连滚带爬，抱头鼠窜。

霎时间，官道上黄尘飞扬，灵幡飘飘，哀乐阵阵，哭声震天。前面是鼓乐开路，接着四个大汉用木杠抬着尸体前进，后面是举族男女老少披麻戴孝，径向华阳府拥去。大街小巷的市民、客商关门罢市，汇入告状示威的人流，迤逦不绝，绵延十里，一齐聚到衙门广场，要求揪出后台，严惩凶手。

杨县令一看被告是权倾朝野的六军统帅，魂早吓跑了三分；再看黑压压的一大片怒吼人群，更是魄散魂飞，全身战栗，拿不出主意。师爷急中生智，在他耳边咕噜一阵，他才捞到了一根救命稻草，断断续续道："父老乡亲，杀人抵命，自古然之！我是七品芝麻官，管不了当朝一品，本官愿将诉状呈皇上，由陛下圣裁！"

"不准狗官滑头，狗官对上司是家狗，对百姓是豺狼！"

"狗官必须严惩杀人犯，血债要用血来偿！"

愤激的人群挥着拳头，怒吼着，广场成了愤怒的海洋。

却说后主自屈循李仁罕求判六军事后，老是颦眉蹙额，心事重重，像有千钧重负却之不下一般。今日回到云华宫，仍双眉紧蹙，花蕊夫人迎上前，轻轻摘下他肩上黄色披风，扶着后主坐在御椅上，双手呈上刚刚沏好的青神洞天茶，脚下是一盆旺旺的从利州运来的杠炭火。后主呷口茶，一股清香沁入肺腑，通体生津，不觉轻轻笑了，道："只有回到云华宫，朕才感到温暖如春，如释重负，犹如船到码头了。"

"臣妾能营造这种让陛下愉悦、超脱的氛围，是臣妾之万幸！"花蕊夫人闪着一对亮泽似水的眸子，无限深情道，"见陛下愁容紧锁，臣妾的心也一下紧了，只要臣妾能为陛下分忧解愁，臣妾就满足了。"说完，偎着后主身边，二人比肩而坐。

"没什么，还是那个老问题，总是搅得朕坐卧不安。权大震主啊！"后主抚摸着花蕊夫人高盘的云髻，嗅着那淡淡的发香味，"看到爱卿，我在宣政殿的一切烦恼便抛之脑后，你看，朕不是笑了吗？"说完，后主故作轻松地哈哈笑了。

"陛下瞒得了他人，瞒不了臣妾的眼睛。自入宫后，臣妾每天都要阅览史书朝律，为的是助陛下一臂之力！"

皇上不经意地发现，御桌上有一本厚厚的《贞观政要》，这是安邦治国的经典之作，有道明君从中吸取统治经验、权谋，将它奉为至宝，想不到永远和美连在一起的娇妃竟玩起"政治"来，笑曰："没想到朕身边还藏着一位深藏不露的政治家！"后主用指头按了按她那只高高的柔嫩的俏鼻，"说说看，朕该怎样处理这一事件。"

她站起来，调皮地背着手走了两步，回过头，扬起脸庞道："古人云：'社稷安危，国家治乱在于一人而已。'陛下是一国之君，今日给他加官，一旦不恪守臣道，妄行不义，明日可摘掉官帽，削职为民，有什么可令皇上耿耿于怀呢！"

"话虽这样说，可他是功臣宿将……"

"现在把他推到一人之下、万人之上的宰辅地位，位崇权大，就是对他过去功勋的肯定和回报，他在这个位置上活得不耐烦了，正如一代明君李世民所说，'难违一官之小情，顿为万人之大弊，此实亡国之政'，务必请陛下当机立断，不能养痈为患！"

后主如释重负，紧锁的双眉舒展开了，倏地一下站起来，双手捧起那张美得令人战栗的脸蛋，动情地说："没想到朕的爱妃竟具有匡佐济世之才、逸群英霸之气，是女中伟丈夫，朕无虑也。"

二人相拥着，沉浸在爱的抚慰中。

"皇上，韩保贞、安思谦大人觐见！"一内侍急急进殿跪禀。

"宣二人进殿！"

花蕊夫人自觉回避，入寝殿休息。

韩、安二人进殿礼毕，将敲墓行凶一事上奏，后主听了，怫然作声："狐假虎威，仗势欺人！"遂走向御案，提笔拟诏，曰："韩、安二卿飞报赵廷隐副使，速缉拿凶手归案。内侍张山飞马现场，当众宣诏。"

三人领旨而去。

广场上风起云涌，势不可当。蓦地，一队全副武装的御林军押着两辆囚车驶进广场，后面跟着一群锦衣太监。全场顿时鸦雀无声。张公公下了马，大大咧咧高声传呼："皇上圣旨到，县令杨明山接旨！"

县令伏地跪接，全场百姓下跪。

张公公威严地站在高台上，从小太监托起的玉盘里捧起一幅黄绢，展绢高声诵读："民为贵，君为轻。朕即位以来，励精图治，为政以德，不用兵革，忧恤黔首。然李用、刘二竟敢横行乡里，胡作非为，发其古墓，杀戮百姓，致使民怨沸腾，撼吾社稷。即令二凶市井处斩。钦此！"

内侍宣完御旨，万民欢腾，齐呼及时雨，山呼："万岁、万岁、万万岁！"

李仁罕此刻正在歌舞厅里狎妓欢宴，左右偎红依翠，怀里还搂着美姬，神迷意荡，酒畅歌酣。

一家兵慌张报信："帅爷，不好了，管家和刘二被绑赴刑场……"

他目瞪口呆，只见满脸络腮胡须根根竖起，像一狰狞的刺猬，大喝一声，纵马挥鞭，一队精骑紧紧尾随其后。他赶至广场，人山人海。山呼万岁的声浪如春潮滚滚。抬头看，只见城门上高悬着两颗血淋淋的人头。他第一次看到了君心不可欺、民心不可侮，看到了众志成城的内力所在！想当初，跟随高祖驰骋疆场，骑着一匹火焰驹，挥起一把鬼头大刀冲入敌阵，如入无人之境，只见刀光闪闪，盘旋飞舞，在一片银光下，刀起头落，尸横遍野，杀得敌军举械投降。可今日，眼睁睁地看见自己心腹惨遭杀害，竟不敢冲入人海为其昭雪，他退却了，拨马头回府。那队精骑见火色不对，像霸王兵——散了。

回府后，李仁罕心绪不宁，感到是大祸临头的前兆，食不甘味，寝不暖席，他病倒了。李仁罕托病告假不朝，一面又差人去张府请外甥、检校太尉张业过府商榷。

张业是李仁罕长姐张氏之长子，初为张知业，骁勇善战，与其舅父李仁罕随孟知祥入蜀，分讨各地疆侯，战功赫赫。孟知祥即位为高祖时，因"知"字犯高祖名讳，便由高祖赐名为业，令张业为右匡圣步军都指挥使，仍领宁江军节度使。孟昶登基，张业加封为检校太尉。此人五短身材，紫红色面皮，额有髭须，进入不惑之年，可谓少年得志。他正准备去舅父家，见仆人来报，方乘华轿而去。

李仁罕早坐等在大厅里，大口大口喝着浓茶，似乎内心的火气要用此扑灭。

"帅舅染病，外甥方才得知，姗姗来迟，恕罪！"

"哪里的话，贤甥请坐。"

丫鬟手托玉盘，呈上茶果，侍立一旁。李仁罕手一挥："无本帅命令，尔等勿入内！"

半晌无语，李仁罕肌肉阵阵痉挛，终于开门见山，道：

"人常说，打狗看主人，不看金刚也看佛面，古坟未敞，杀一个刁民却让帅舅赔两个心腹，有这种王法吗？舅父实在咽不下这口气！"

"这倒是严刑峻法，委实过分了一点，但这是圣诏，金科玉律，出语难收，天意难违。古人云，'溥天之下，莫非王土'，舅父还是忍为上策。"

仁罕扫视四周，掀动胡须："是可忍，孰不可忍！要么苟且偷生，束手待毙；要么登高一呼，应者云集！"

张业一听，吓出一身冷汗，用手胡乱地刮着汗珠子，狠狠甩在地上，看看窗外无人，曰："帅舅，君子报仇十年不晚，少安毋躁。帅舅虽是当代枭雄，统率六军，但臣心、民心向后主，天下黎民吃尽战乱苦头。人心思定，人心思治，恐怕登高一呼，不是应者如云、万城易帜，而是讨伐四起、身首异处。望帅舅三思而行，非外甥泼冷水，而是当今现实！"

张业精辟分析，入木三分，李仁罕不得不折服，他像一颗泄气的皮球，有气无力道："该如何是好，贤甥快给舅父拿主意！"

张业捋着八字胡，胸有成竹道："以静观动，以不变应万变！"

"万一后主先下手呢？"

"现在还不至于，帅舅毕竟是开国元勋，重兵在握，后主不至于如此不仁不义。"

杀了李仁罕的心腹，断了他的左右二臂，朝野上下，拍手称快。后主趁李仁罕养病在家，秘召宰相赵季良、侍中赵廷隐、枢密使王处回三重臣进殿。后主曰："近日来，朕接到以茶酒库使安思谦为首的百官联名上告书，告发李仁罕异志谋反，颠覆社稷。众爱卿过目，裁决！"

三位重臣一一览毕，默不作声，捻量着其重量，心里沉甸甸的。赵廷隐率先打破沉寂，曰："李仁罕自先王驾崩，自恃功臣宿将，重兵在握，飞扬跋扈，早就包藏祸心，声威震主，是朝廷一大患。惩恶锄奸，势在必行。望陛下乾纲独断，明察万里。"

"吾观这厮有反相，乱天下者必此人矣！"王处回附和道。

"按律论罪，李仁罕死有余辜。为皇祚永继，必以铁的手腕惩治乱臣贼子。"赵季良最后表态。

后主充分听取众卿意见后，斩钉截铁，一锤定音："绝不姑息养奸，杀无赦！"

翌日五时，朝天门三步一岗，五步一哨，持戟肃立，一股杀气。巡逻队威风凛凛地持枪而过。文武百官身着朝服，出轿下马，手捧玉笏，屏着气鱼贯而入。李仁罕坐在华轿内，闪闪悠悠经过朝天门，两边卫士"唰"的一声，架起长戟，门卫使喝令："下轿入宫！"

李仁罕掀开轿帘一角，声威并至："吾乃六军统帅李仁罕大将军是矣！"

"皇上有旨，微臣严遵君命！"

李仁罕过去在九重禁地上喝着道，轿车进出无阻，今日却和群臣一样下轿步行，心里不是滋味。他举目一看，门卫官兵均是陌生面孔，像一尊尊冷面金刚。唉，来至矮檐下，岂不把头低？他磨磨蹭蹭地下轿，示意随从在门外等候，然后昂首挺胸走过朝天门，跨过大甬道。当他阔步走进神武门时，只听得"嚓嚓"几声，爆发出轰雷般的巨响："宰下反贼李仁罕的狗头！"

李仁罕一震，一把鬼头大刀闪将过来，还来不及思索，咔嚓一声，一颗血迹斑斑的人头便腾空抛起，又重重砸在地上，如一颗红球裹着灰渣、污血，滚了十步之遥。原来，宫门内外，各有两排刀斧手劲装排列，只等一声令下，一把长刀便结束了这权虎色狼的荣宠生涯。

百官见状，一个个吓得面如土色，战战兢兢地匍匐进殿。后主身着九龙绣袍，头戴幞巾，十二条旒玉垂在面前，腰束一条金镶宝嵌的玉带，足穿龙靴，满面春光，正襟危坐在九五之尊的宝座上。百官齐刷刷伏地长跪不起，山呼万岁。

"众卿免礼！"后主不怒自威，柔中带刚。

这时，昭武节度使兼侍中李肇自镇入京，朝见后主，见主少国疑，假装足疾，拄着拐杖，一瘸一跛进殿。见了后主不肯跪拜，躬身一揖："足疾在身，恕不行全礼！"

不等后主发话，便自行归班列队。

其时，两位武士手捧木匣上殿，跪曰："禀皇上，反贼李仁罕首级呈上，请皇上御览。"

后主视之，正色道："这就是一切奸雄叛逆的下场，望众卿恪行臣道！"

李肇见之，吓得浑身颤抖，大汗淋淋，小便失禁，释杖而拜，"呼"的一声，像狗吃屎似的不住磕头，作揖。

后主下诏，诛灭李仁罕九族，房舍田地充公。唯独张业擢为宰相，又兼判度，执掌举国财政。原来，此时的张业羽毛已丰，执掌禁兵，后主怕狗急跳墙，惧他反侧，加以笼络。

从此，朝中形成了赵季良、赵廷隐、王处回三人辅政的局面。

第五章　绣口吐就七步诗才

花蕊夫人一如她的名字，不仅如花似玉，还嗜花成癖。在她日常生活中，充满了花影、花色、花香、花声、花味。早晨，东方露出第一缕晨曦，后主上朝，她便草草吃了早点，由宫女精心梳妆、穿戴一新后，便安步当车，在宫女侍陪下，去御苑赏花饮露，聆听鸟鸣。她素手攀枝，噘着红唇，口吸花露，润肺滋腑；时而，仰着玉脖，微翕鼻翼，吮吸花香；时而，侧身倾听花苞绽放的韵律声。她说，这种空气浴、饮花露、听神韵是浴温泉、喝参汤、听音乐达不到的健康效果。直到粉靥丰润、气定神闲，她才和侍女们选摘花朵，串簇成球，缀于鬟髻，挹于御服，插于净瓶。然后，醉坐花丛倾听鸟鸣。

百鸟醒来了，一夜的酣睡给鸟儿们注入新的活力，它们在枝头放开歌喉鸣唱着，跳跃着。清脆的、柔美的、激越的、婉转的、嘹亮的、圆润的歌声此呼彼应，百啭回声，起伏跌宕。鸟声是水，这时的花蕊夫人宛如躺在鸟声里，被鸟声飘起，神游旖旎的云海，似乎看到了鸟声的轨迹，那是用璎珞和鲜花编织的蔚蓝的天空。

"娘娘，还未舞剑呢！"春华见娘娘沉迷太久，娇声提醒道。

"怎么，我还未舞剑？"她从沉醉中苏醒，伸了伸玉臂，原地活动了筋骨，接过剑道，"刚才的音乐早餐真好，吃醉了。"

宫女们你看我，我看你，不知所云，只觉有趣，竟掩袖窃笑了起来。

"笑什么？娘娘在听仙乐呢！凡人的耳朵能听到吗？"阿随故意娇嗔道，

众宫女扑哧一声大笑不止，花蕊夫人也跟着抿嘴笑了。

她开始舞剑，只见罗裙飘飘，佩环叮当，双剑纵横，倏上倏下，左右翻飞，呼呼作响，道道白光俨如长虹腾空，唰唰风声恰似水吟林啸。忽地一个"蛟龙出海"，出手如电，凌厉已极，只听得一声喝彩："好剑！奇谲精妙！"

花蕊夫人闻声凝看，方知皇上驾到，忙放下双剑，神采飞扬上前，躬身道："陛下万福！陛下今日下朝特早，臣妾功课还未做完哩！"

"今早苑监来报，牡丹盛开，趁风和日丽，朕陪爱卿赏花宴乐！"

花蕊夫人嫣然一笑，一手挽着后主，一手将一束鲜花挨在他的胸前，款款而行。

"啊呀，香死朕了！"孟昶惬意道，"和爱卿在一起，就是和美在一起，和鲜花、芳香在一起。太美了，你说是吗?！"

"别吹捧臣妾了，今日花开，明日花落，陛下还爱臣妾吗？"她扬着莹洁、丰润的鹅蛋脸，狡黠地问。

"假如有一天，时光窃走爱卿脸上的花朵，却留下了成熟、智慧和内涵。你的美仍是永恒的，朕对你的爱当然是永恒的。"后主深情地说，像一位哲人，"况且，花谢之日便是坐果之时，爱卿会为朕生下许多、许多的皇子，是吗？"

"臣妾能为陛下传宗接代，是臣妾之福分。"

"皇后的位置留着呢！待爱卿生下皇子，朕便封他为太子，皇后的尊荣便非爱卿莫属了。"

二人在宫女簇拥下，不觉来到牡丹苑。

牡丹苑是仙花苑里一座新增辟的花苑。仙花苑的前身是摩诃池。摩诃，梵语，呼为大宫。隋炀帝时，为陈人莱摩诃所开。前蜀皇帝王建改摩诃池为龙跃池。王建驾崩，王衍即位，改为宣华苑，延袤十里，有重光、太清、延昌、会真之殿，清和、迎仙之宫，降真、蓬莱、丹霞、怡神之亭。飞鸾之阁，瑞兽之门，亭阁相连，星罗棋布。土木之功，穷极奢巧。后蜀孟知祥即位，又改建和扩建，改为仙花苑。摩诃池水光涟漪，花卉斗妍，加之龙楼凤阁、水榭曲廊点缀，好似一座神宫别府。

"皇上、贵妃驾到——"李公公高声传呼。

牡丹苑红门两侧，皇亲国戚早伏地迎跪，主要是高祖诸子女——雅王仁眷；后主诸子女——秦王玄喆、遂王玄宝、褒王玄钰、凤仪公主、銮国公主，一个个华冠锦服，佩环叮当，山呼："皇上万岁、万万岁！贵妃千岁、千千岁！"

"免礼，免礼！一家人拘什么礼节！"后主笑道。

花蕊夫人轻轻地扯了扯后主衣襟，悄声道："如此隆重的牡丹赏宴，陛下为何不早告臣妾，臣妾好早早整肃衣冠。"

"不用了，爱卿穿什么都高华脱俗！"后主悄声细语，"看，太后慈驾到。"

只见御道上华盖如云，逶迤而来！

"皇太后慈驾到——"

一声传呼，后主、花蕊夫人、皇亲国戚齐刷刷地跪迎皇太后。太后被侍女们搀扶着，从皇辇上慢慢下来，微笑着向大家点头示意，后面众妃嫔随扈。

"请起，皇家难得像今日这般大团圆，大家好好乐一乐！纵情赏花饮宴！"

太后走在前面，后主和花蕊夫人左右相随，接着是众妃嫔、后主子女，接着是高祖子孙，锦衣侍从截后。进入二门，一座以珍珠、玛瑙为边的巨大屏风巍然屹立，上面是一首《牡丹》宫词，字迹潇洒、飘逸，笔势雄浑、遒劲，颇具王羲之笔韵。太后驻足凝望，欣欣然带喜色："如此精妙入神之笔，是出自哪位书法大家之手笔？！"

"此乃太后的儿媳——花蕊夫人是也。诗、书均出自她之手！"后主情酣意畅地回答。

"全才、全才！太后有你这位儿媳，一生足矣！"太后拉着花蕊夫人纤纤玉手，赞叹道，"贵妃，读你的大作给皇子皇孙们听听！"

"恭敬不如从命，儿媳只好在太后面前献丑了。"花蕊夫人欠欠身，步履盈盈向前，娇啼婉转地朗诵：

> 牡丹移向苑中栽，尽是藩方进入来。
> 未到末春缘地暖，数般颜色一时开。

"好诗，好诗，牡丹是花王，我儿媳是诗冠了！哈哈哈……"

随着太后的赞美，皇亲国戚爆发出热烈掌声，似剪剪春风，吹开了满园春色，不禁移步牡丹苑内。

　　苑内有一百多个品种，上万株牡丹，颜色各异，五彩缤纷，深红、大红、浅红、深紫、浅紫、深黄、淡黄、纯白，尽是"贵妃醉酒""貂婵献媚""西施浣纱""飞燕舞袖""绿采文君""洛阳一绝""彭州新秀""荷泽花冠"等名贵的牡丹。花蕊夫人酷爱牡丹，后主不惜重金，八方收买，广加栽培。株高叶茂，朵大瓣多，滋润丰腴，花香扑鼻。大家被这千姿百态、美艳卓绝的牡丹深深吸引住了，像蝴蝶、蜜蜂各自纷飞，饱赏美色，吮吸芳香。

　　太后、后主、花蕊夫人来至一株奇特的牡丹花旁，被它深深陶醉了。花瓣绵密，重重叠叠，色鲜质嫩，金光璀璨。外层五重花瓣呈倒卵圆形，状如托盘。内层花瓣褶皱卷曲，层叠突起，似盘中圆球。球的最高处，雄蕊傲然拔起，雪白的花丝、金黄的花蕊给重瓣的如碗口大的花朵抹上了一重绚丽色彩，如画龙点睛之笔。这时，紧跟在后面的苑监从旁解释道：

　　"此花曰姚黄，称牡丹之王。紧邻的这株紫牡丹叫魏紫，是牡丹皇后，来自洛阳邙山白司马坡下。"

　　"啊，此两株成王中王、后中后了！"花蕊夫人感叹道。

　　"整个花株给人艳丽、豪放之感！"后主情不自禁道。

　　"真是，'惟有牡丹真国色，花开时节动京城！'"太后诗兴大发，引章摘句。

　　忽然，伴着缕缕花香，传来琅琅吟诗声：

桃李谢后发，娇艳压群芳。

扫尽粉脂气，不愧花中王。

　　循声望去，原来是后主长子玄喆正摇头晃脑地礼赞牡丹。

　　太后笑成了一朵褶皱重瓣花，喜盈盈道："哀家龙孙小小年纪能吟诗抒怀，日后大有出息，孟氏江山后继有人了。"喆儿听了太后褒奖，一阵小跑上前拜谢："叩谢太后慈教，皇孙没齿不忘！"

　　"皇儿真讨人喜欢，不仅一副伶牙俐齿，还有一手漂亮的书法，常以名士名言自励！"花蕊夫人抚着喆儿肩膀，秋水般的明眸里泛起女性特有的仁慈、爱怜的波光！

玄喆，幼聪悟，善隶书，常自书刻唐朝一代名相姚崇箴言于诸石，笔力雄健，字迹沉厚，非少儿笔力所致，后主甚喜，赐以银器、锦彩。

"皇媳如此喜欢喆孙，目前膝下无子，莫若收喆儿为子，若何？"

"感谢皇太后慈恩！"花蕊夫人和玄喆一齐双膝跪地，谢忱。

"皇儿，快拜过你母妃花蕊夫人！"后主一脸欣喜，向喆儿道。

"喆儿免礼了！"花蕊夫人谦让着。

"礼不可废，皇媳勿推辞！"太后曰。

喆儿整整衣冠，下跪曰："皇儿玄喆上蒙慈恩，收归母妃膝下为子，乃皇儿大福！这天高地厚的恩泽，皇儿结草衔环回报！"

"牡丹丛中收喆儿为子，乃皇室一大幸事！皇儿一腔忠孝仁爱，是国祚绵绵之根基，感人至深，母妃深领了！"花蕊夫人上前，双手扶起玄喆，将皇儿偎在自己身旁。

玄喆扬起小圆脸，天真道："母妃，你也即兴赋首牡丹诗，行吗？！"

"喆儿考母妃了，好好，母妃赋上一首！"花蕊夫人顾盼满园，向后主匆匆一瞥，柳眉微皱，诗如泉涌，脱口而出：

> 亭高百尺立春风，引得君王到此中。
> 床上翠屏开六扇，折枝花绽牡丹红。

"富有生活情趣，好诗！"太后眉开眼笑，合不拢嘴。皇室们为花蕊夫人盈溢的才华折服了，啧啧称赞。不知是谁高叫着："七步之才，绝代才女！"

"一代旷世才女！"人们异口同声。花蕊夫人半羞半喜，霞染粉面，微低柳眉，像一朵重瓣的牡丹冉冉而开。

"请太后、皇上、贵妃和皇亲国戚进殿赴餐，观看歌舞！"礼官高声鸣赞。

八名宫女手捧盛着娇艳欲滴的姚黄、魏紫牡丹作前导，引领众位步入牡丹殿。只见殿内四壁绮窗毗连，花影、花香扑面而来，人坐在殿内，像置身在花海里。一番番送酒流觞，一番番饕餮大食之后，忽然，鼓乐齐鸣，丝竹声声，一位妙龄少女怀抱琵琶，身着红绫，娉娉婷婷移步舞台，欠欠身姿，提袂而坐。只见玉指翻飞，琴声似水，铮铮钹钹淌过人们心田。然后轻启朱唇，绽开歌喉，声情并茂地唱了起来：

寻芳不觉醉流霞，倚树沉眠日已斜。
客散酒醒深夜后，更持红烛赏残花。

这是唐代大诗人李商隐的《花下醉》，歌声甜美、清越，像和风拂过面颊，把人们脸上的醉态渲染得更酣；像甘露滋润肺腑，把心中的醉意滋润得更浓。这时的后主醺醺然、飘飘然了，他歪斜着步子道："好一个'寻芳不觉醉流霞'！是甘美的酒所醉，还是艳丽的花所醉？是美妙的歌声所醉，还是瑰丽的诗篇所醉？哈哈哈……"

"陛下，你醉了，臣妾扶陛下进侧殿休息！"花蕊夫人扶着他，柔声道。

"醉，非醉，非醉醉矣！酒才过三巡，怎会酒醉？朕身心俱醉矣！若倚树沉眠，持烛赏花，那更是神仙般的日子！"

后主精诗词，看来，他真正醉在花里、诗里、歌里、酒里，身心俱醉了。

好戏连台，高潮迭起，最后一个压轴戏是李艳娘的掌上舞。在乐曲声中，只见十位美男着一身绿绸衣裤，腰系红带，手戴玉套，组成匹匹绿叶。李艳娘身着多层红色摆裙，像一朵硕大的牡丹花；高高的朝天髻上钗摇珠颤，恰似亭亭玉立的花蕊。她酥胸颤颤，柳腰婀娜，舒着长长的玉臂盈盈起舞。只见她身轻似燕，尖起金莲在片片绿叶上飞速地旋转。叶片儿徐徐下沉，她翩翩下坠，似仙女下凡；叶片儿缓缓上升，她飘飘欲飞，似嫦娥奔月。就这样，从一片绿叶旋到另一片绿叶。绿叶队形变换着，两片一对，三片一伍，四片一丛，时分时合。这时的乐曲变幻着，高低疾徐，音韵悠悠，她翻若游龙，翩若惊鸿。突然，节奏加快，如马蹄嘚嘚，她似一团火裹着婀娜的身姿，飞快地旋转着，跳跃着，只见衣袂飘飘，腾空滑翔，所有观众心惊肉跳，屏住了呼吸。锣鼓声停，笙箫管笛铮然而起，悠扬婉转的歌声漫过人们心空，舞袖漫卷，似行云流水；素绸飞舞，如蛟龙戏浪。人们绷紧的心弦才舒缓下来，被带入千姿百态的牡丹丛中。看得后主如痴如狂，像置身仙境一般。末了，十片绿叶撮成一张圆叶，她一个飞旋律动，竟使层层叠叠的裙边鼓荡，像繁密、舒卷的重瓣牡丹，那一对流盼生辉的美目，恰是花瓣上盈盈的露珠，更娇美欲滴。人们醉了，醉了。

后主手执檀板和唱。

宫乐们唱的唱，弹的弹，吹的吹，全场起立，情不自禁，击缶而歌。连老太后也"老夫聊发少年狂"，拍着，唱着。

一场赏花宴乐在皇室的癫狂中结束。

从此，后主在各种宴乐场合，都由花蕊夫人、艳娘昭容随侍左右。花蕊夫人的七步诗才也不胫而走，她的两首牡丹宫词唱红朝野上下。

一个黄昏，花蕊夫人在阿随等侍女扈从下，在湖畔柳堤散步，巧遇艳娘昭容在侍女簇拥中分花拂柳般地过来。

"昭容皇姐近日安好?！"花蕊夫人彬彬有礼道。

"吃得饭，睡得觉，有什么好与不好！"艳娘昂着头，冷若冰霜。

"牡丹宴上，皇姐的舞姿出神入化，真是世间极品！"花蕊夫人由衷赞美。

"哪及夫人七步诗好！"艳娘说得酸溜溜的，头一扬，扭着腰肢颤悠悠地走了。

花蕊夫人凝立着，望着如绦的柳丝发愣。

"贵妃娘娘，大人不计小人过，她算什么东西? 勾栏里不要的舞娼！"阿随杏眼圆睁，两颊飞红，为娘娘无端受屈不平，愤愤地骂道。

"休得胡言乱语！"花蕊夫人正色道，半天才若有所思，自言自语，"吾倒是忽略了，她正青春年少，如这柳丝需要春风吹拂、春雨浇灌一样，她需要皇上的雨露！"

"娘娘，你为这种人想得太多了，她想过别人吗?！"阿随仍愤愤不平。

花蕊夫人怔怔地望着柳丝出神，任缤纷的夕阳透过如烟的垂柳，斑斑驳驳地洒落在她身上，直至收尽最后的一抹霞光，她才转过身，轻轻道："随儿，回宫吧，天晚了。"

入夜，宫灯齐明，放在桌上的菜凉了又热，热了又凉，等后主用膳。忽然，一声长鸣："皇上驾到！"

花蕊夫人理了理衣冠，带着宫女跪迎："臣妾拜见皇上！"

"免了，免了，朕肚子在唱空城计了！"

"皇上的龙体是社稷之本，军国大事再忙，也得吃饭呀！"花蕊夫人娇嗔道，挽着后主步入御膳厅。只见桌上摆满了佳肴，还未动箸，缕缕菜香沁入肺腑，后主耸耸鼻翼，深深一吸，大声道："好香，好香！"一个劲儿地吃起来。

花蕊夫人看他狼吞虎咽的样儿，禁不住扑哧一声笑了。

"陛下喜欢吃这些菜，臣妾就满足了！"说完，花蕊夫人又夹一箸菜送进后主碗里，"陛下，品尝这菜的味道若何？"

后主细嚼慢咽，咂咂嘴，感到醇香爽口，再看盘中菜，黄澄澄，晶亮亮，形色味俱佳，道："佳肴，佳肴！朕怎么从未食过？"

"臣妾特下厨给陛下亲自制作的鲜花菜，是用茉莉花、鸡蛋黄、面粉、猪油烹制而成，名曰'珍珠玛瑙菜'。"

"啊！啊，名字倒挺别致！"后主连连点头，手指一道红艳欲滴的菜肴，"这是道什么菜？"

"一醉红！其中有牡丹倩影。"

"这道菜呢？"

"瘦西施，里面掺杂梨花的芳踪。"花蕊夫人莞尔一笑，侃侃而谈，"这些花，药书上都有记载，可用来入馔佐餐，可美容、延年益寿。《离骚》中有'菊餐'一词，说明古代就有鲜花入席的雅餐。臣妾在青城常随父寻花酿酒、制茶、烹菜，效果俱佳！"

"爱卿是美食家了！"后主兴致勃发，"难怪爱卿香艳如仙，倾国倾城，是你以花为伍，吸取花的精华。卿做花仙，朕做花痴，朝朝暮暮在一起，永不分离！"

"陛下喜欢这五彩缤纷的鲜花餐，臣妾就天天下厨给陛下亲自烹制。"

"好，好！一月品尝一次吧！天天烹制别把贵妃累坏了！"后主边说边起身拍拍肚皮，"饭饱酒足，过瘾，过瘾！"

花蕊夫人挽着他步入寝宫。刚落座，阿随呈上两碗盖碗茶，黄铜镂花茶船，昌南（今景德镇）瓷碗、瓷盖，十分精致。后主揭开茶盖，一缕清婉鲜活的茶香四溢，但见汤色清澈、叶片细嫩，几朵花苞在水中徐徐开放，韵味无穷。后主用盖沿悠悠地荡了荡，轻轻吹了吹，缓缓呷下："好茶，解腻！不知爱卿又耍的是什么新招，让朕神迷心醉了！"

花蕊夫人浅浅一笑："大酒大菜之后，喝点茉莉毛峰，清热去腻，解毒止渴，对安神滋肾皆有好处。陛下龙体安泰，便是大蜀幸事，臣妾别无所求了。"

"一回寝宫，所有烦恼便抛入九霄，沉浸在你为朕营造的温馨之中。"

"是吗？今晚陛下迟迟未归，也是朝中烦恼所致？"

"烦恼也曾过去，现在是胜利后的亢奋！"后主呷了大大的一口茶，兴奋地说，"朕用铁的手腕，用收拾李仁罕的老办法将张业父子干掉，朝野内外一片欢腾！"

"庆父不死，鲁难未已！收拾他是时候了。"花蕊夫人实话实说。

却说张业拜相后，未几，擢司空，官至一品，位极权重。可他深受皇恩却不知敛迹，和阿舅李仁罕一样，豪华奢侈，骄横无度，兼并田土，抢占豪宅。他的口头禅是，人无混财不富，马无夜草不肥。创立盗税法，出榜规定："主盗税者，犯者十倍征之……"即税官吞没赋税者，照吞没的数额罚款十倍。税官受了罚，羊毛出在羊身上，更向百姓疯狂地敲诈勒索，百姓苦不堪言。为此，他在张府私设公堂、监狱，逼供拷打，一关就是数月、数年，相门被桎梏者爆满。吏民不堪其辱，天怒人怨，编了一个顺口溜：

> 宁进诏狱，不坐私牢。
> 张生不死，冤魂塞道。

一夜之间，大街小巷贴满顺口溜纸条，连张府的红门高墙都纸条翻飞，像送葬的灵幡。卫士禀报张相国，张相国自率亲兵如风扫落叶般撕光焚尽，并严加防守，缉拿归案。可那灵幡像野火烧不尽、春风吹又生的野草一样，第二天又密不透风地长了出来，偌大的一个张府成了一座被灵幡覆盖的坟墓。往昔威威赫赫、不可一世的张业失魂落魄地龟缩在"墓地"里，一筹莫展。

右匡圣马步军都指挥使孙汉韶，素与张业不和，撕了一张顺口溜纸条进宫觐见后主，后主看后，拊掌大笑，曰："民可载舟，也可覆舟，是也！让民众怒涛葬他于鱼腹之中！哈哈……"

少顷，后主道："继续观察，严密监视，不见兔子不撒鹰！"

孙汉韶赍旨而去。

张业的长子张继昭为检校左仆射，好击剑，常与一高僧切磋剑艺，打拳舞剑，使枪弄戟。一日，高僧身披锦斓紫色袈裟，手执禅杖，腰佩一柄宝剑，径直大步跨入相门，两侧卫士无人阻挡，连续三日不出。

孙汉韶匆匆入宫面禀："张业父子与异人策反！"

后主听后，勃然大怒："奸佞反相毕露，死有余辜！"

遂与宰相李昊、匡圣指挥使安思谦谋划，俟其张业父子入朝，两排刀斧手劲装排列，挥刀执杀。后主即下诏暴其恶迹，诛族没籍。

"贵妃，你说朕今天忙得顾不上吃晚饭，值不值得？"

"皇上以国事为重，臣妾钦佩！可不能与龙体过不去，两者应兼而有之，是吗？"花蕊夫人说着，说着，突然想起什么似的，佯装有疾，微皱画眉，"陛下，臣妾今夜身子不爽，陛下临幸昭容殿吧！"

"爱卿身体不爽，朕更不去别殿！何况诛灭张氏一族，更该庆贺，朕不走啦！"

"陛下，臣妾是身子来红，就依臣妾这一次吧。"花蕊夫人纤纤玉手摇着后主的肩头，撒娇般地乞求了。

"好，好，好，朕这次依爱卿就是。"

"起驾昭容殿——"花蕊夫人吩咐宫人，如释重负，她不愿看到那双充满幽怨、忌恨，甚至是带着敌视的眼睛。直到皇辇宫灯消失在浓浓的夜色中，她才嘘了一口气，转身回寝殿。

"娘娘，真不明白，别的妃嫔望穿秋水，翘首企盼皇上宠幸，而娘娘却将皇上推向那个骚货身边，真……"

"随儿，不得放肆！"她正色道，忽而语气转入平缓，"你人小，不识春愁滋味。待长大了，你会明白娘娘一番苦心！娘娘累了，需休息！娘娘独自坐一会儿，你们就寝去。"

阿随和宫女们退去。殿内的红烛伴着她度过漫漫春宵。

第六章　三月桃花放水节

李仁罕、张业先后殄杀后，宰相、司徒赵季良病逝，太师、中书令赵廷隐，枢密使同平章事王处回皆罢其政，废于家中养老。昭武节度使兼侍中李肇，因倨慢仕徙邛州。旧臣宿将殆尽，孟昶开始亲政，踌躇满志地在九五之尊宝座上施展皇权。

首先，在朝堂上设立铜匦，即铜铸的轨厢，鼓励臣民陈说国事，广开言路，体恤民瘼，以聪天听，以达政通。命一名内侍、一名正谏大夫负责管理铜匦，开锁取书、上册、分类，呈交皇上。

一次，皇上和几位重臣在宣政殿处理政事，坐在御案之前披览奏章、简策，接过仁寿县县令一份奏折，上书"……台省官当择清流……"清流，比喻德行高洁、负有名望的士大夫。后主看后叹曰："何不言择其人而任之！"

近臣曰："这是暗指陛下用人不公，使他怀才不遇而已。"

"恳请陛下召他来京诘责，岂容他欺君犯上！"

后主威严的目光扫视众臣，正色道："唐太宗从谏如流，虚怀纳谏，众卿奈何朕拒谏？！"

一句话呛得大臣们舌头打结，哑口无言，齐跪曰："皇上圣明！微臣知罪！"

晚饭后，后主向花蕊夫人讲了此事。花蕊夫人道："这份奏章不错，众臣们却抵制，臣妾倒觉得众臣们缺点什么！"

"爱卿，你快说，百官缺什么？！"

"臣妾认为，百官缺'官箴'之类的典章制度，陛下开始亲政，应立典建章，让众臣恪守臣道，有章可循，按章办事，是非清，泾渭明，真正做到君为元首、臣为股肱，义为一体，何愁国祚绵绵？！"

"善哉，善哉！爱卿智囊也！"后主拍案叫好，诚恳地说，"朕册封爱卿为慧妃！"

"臣妾深谢隆恩！"

皇上出言成律，唾咳成珠，从此，朝野上下称花蕊夫人为慧妃。

"慧妃，朕执笔，一起拟草'官箴'吧！"

君妃二人相拥坐至御案前，宫人呈上文房四宝。后主托着腮，深思片刻，唰唰地运笔：

> 朕念赤子，旰食宵衣。
> 托之令长，抚养安绥。

"起笔四句，开宗明义，好极了！不仅表现皇上爱民如子的情怀，还托付官吏给百姓父老一个安居乐业的环境。"花蕊夫人赞叹道。她移步窗前，推开花窗，一轮圆月高挂夜空，皎洁辉煌，似水月光裹着花香漫入殿中，洒在她身上。她凝望皎月，深深地思索下文，悄声自语："下面应该写陛下治国之道，以德治国，以乐化人，六艺之中，礼乐居首啊！"

"你的思路很好，锤炼一下吧！"后主鼓励道。

花蕊夫人转过身来，胸有成竹，朗朗诵读：

> 政在三异，道在七丝。
> 驱鸡为理，留犊为规。

"妙、妙，典故精当。教育令长廉洁勤政，仁孝有德，以乐化人，民情民风自然纯朴、厚道。"后主马上笔录下来，赞美道，似乎又开拓了自己的思路，不禁挥笔疾书：

宽猛所得，风俗可移。

猛然间，后主抬头，只见月光如水水如天，慧妃那修长美丽的倩影泻满了月色的辉煌，像奔月的嫦娥；像一尊女神凝眸沉思，尊贵至极，不禁动情道："慧妃，朕第一次发现你像一位尊贵至极的女皇，凛然不可拂逆！"

"陛下，臣妾不是搞政治的料，更无半点政治野心，臣妾不过是协助陛下匡佐济世，出一臂之力罢了！"花蕊夫人听后，惊慌得连忙跪禀。

"起来，起来，朕欣赏你那专注的神情和遇事投入的个性。朕感到漂亮的女人俯仰皆拾，而美丽的女人却寥若星辰，因为美丽需要智慧。你是人间极品，愿在这殿堂里，夫妻二人孕育出经天纬地的兴国大计！"

"陛下可别再吓唬臣妾了！"花蕊夫人道，"陛下快写吧，月已中天了！"

君妃二人复又坐下，继续在黄绢上写道：

毋令侵削，毋使疮痏。
下民易虐，上天难欺。
赋舆是切，军国是资。
朕之爵赏，固不逾时。
尔俸尔禄，民膏民脂。

"这十句是经典之作，特别是'尔俸尔禄，民膏民脂'更是入木三分，文武百官若能真切体验到这一真谛，他们有什么理由当官不为民做主呢？"花蕊夫人平日柔情似水，这时却慷慨激昂，侃侃而谈，为民鼓与呼，像大仁大义的女侠！"陛下，用臣妾这四句话作结尾吧，要父母官们爱民如子，仁慈以德，理会陛下的谆谆告诫和书写'官箴'的一番苦心。"

"好，爱卿道来！"

为人父母，罔不仁慈。
特尔为戒，体朕深思。

"结尾铿锵有力，回味无穷，如澎湃江水里旋涡之声。"后主赞不绝口，"爱卿，为朕朗读一次，字斟句酌，再作修改。"

花蕊夫人当仁不让，轻启朱唇，临风吟咏，对月抒怀，声如流水。

"好，'官箴'一气呵成，明日早朝，昭告百官，颁发郡县，以此为镜，官风大振。"

是夜，二人合衾共枕，久久不能平静，沉浸在抓纲治国的兴奋之中。

蜀人自古悠闲好茶，好坐茶馆，一坐就泡半天。在京城的大街小巷，茶肆林立，茶招翻飞，如雨后春笋。锦江边，一处绿荫流水人家，门口挂一长方形招牌灯笼，四方上书"悦宾茶园"。茶堂四壁，扇扇花窗、帧帧诗画点缀其中，如"扬子江上水，蒙山顶上茶。""卢同品茗茶八碗，太白斗酒诗百篇"，文化氛围浓郁。衣衫短服、骚人墨客均爱来此品茶。

茶客入座，堂倌远远就数好人头，左手一叠茶盖、茶碗、茶船，右手高提长嘴炊壶，笑嘻嘻过来，点头哈腰，招呼茶客。熟练地将茶船撒在桌子，像走台步似的，铜质茶船滴溜溜旋转，铮铮有声，转到茶客前倏然停滞；再将茶碗只只摆好，放入茶船；右手高高提起长嘴炊壶斟水，只听得开水在茶嘴口哐哐发声，一条白龙从嘴壳飞出，渗入茶碗。只见片片绿叶在水中舒展，朵朵黄花在水中绽放，然后将茶盖一溜儿盖上。最后，茶倌欠欠身，笑道："请客官品茶哈！"

然后，又去张罗另一桌茶客。

这一系列动作干净、利落、洗练，像魔术师耍魔术一般，让人赏心悦目。

茶客徐徐地揭开茶盖，但见水色清洌，用盖沿在水中浅浅划着划着，微微一吹，一股浓郁的芳香沁入肺腑，汩汩生津，提神荡气。在袅袅茶香中，呷下一口香茶，正话、屁话、空话、闲话、俏皮话涌出嘴边，无遮无拦，一泻千里，哪管墙上的提示：静坐常思己过，闲谈莫论人非。

"这官箴字字玑珠，句句璎珞，颁行天下，大快人心，制裁了不少大脑壳。"一个声音领头道。

"可不是！听说眉州刺史申贵贬为维州司户，上任途中又以御酒赐死。"

"活该，那家伙在眉州横行霸道，残害黎民，指使牢里盗犯诬百姓是同党，从中榨取油水贿赂，当地人把狱门称'申氏钱穴'。"

"眉州百姓听到申贵被诛，奔走相庆，连放三天三夜火炮哟！"

"嘿，听说这官箴是皇上和花蕊夫人共同拟诏的，真的吗？女人也懂朝政？！"一个声音半信半疑。

"那还有假？！此妃倾国倾城，才华绝代，入宫以后，研读经史，皇上亲政的'三把火'，把把都是她点燃的。"

"皇上岂不成了耙耳朵了？！"这怪声怪调惹得四座捧腹大笑。

"别笑，说正经的，听说皇上和花蕊夫人最近又拟草《劝农桑诏》，什么'春鹒始啭，便具笼筐。蟋蟀载吟，即鸣机杼'，多像一对催春劝农的布谷！"

"嘻嘻，真是一对叫春的布谷，不是诏书，是诏诗，一听就带女人味。"

"不管诏诗、诏书，不管女人、男人，只要对百姓好就是好诏，好皇帝武则天不是废唐立周吗？！"

"听说今年放水节，皇上和花蕊夫人要驾幸青城，亲自主持大典……"

"那我早几天去，一睹花蕊夫人芳容！"

"你娃子鹅颈项伸长点嘛，莫叫锦衣斩脑壳啰！"

"瓜娃子嚓！我没犯国法，哪个龟儿子敢？！"

茶客你一言，我一语，津津乐道。忽然，堂倌长长一声吆喝。"上水啦——"打断人们的话题。只见长龙卧波，注入碗内，芳香四溢，满屋氤氲，人们又回到悠悠的品茗中。

茶楼酒肆的闲话并非妄语，后主和花蕊夫人回乡省亲及临幸三月桃汛放水庆典早在半年前就下达敕文，委任宰相母昭裔、李昊为正副主祭官，赴青城先期准备。沿途郡县忙着整饬市容、官道，整治治安。青城县令每日亲临工地，督促修筑驻跸别墅行宫。

这座省亲别墅紧临徐府的慧园，偎荷池而建。将原有荷塘扩成十倍，鱼尾历历，白云悠悠，加之广植花蕊夫人喜欢的芙蓉、银杏、川芎仙草，巧布亭阁回廊、红墙黄瓦，将徐府连成一片，一座洞天神宫屹立绿水佳木之间，构成青城一道最亮丽的风景线。

清明节前一天，后主和花蕊夫人的御驾在宫女、侍卫扈从下，威威乎、煌煌然驶在最前面。这御驾是一平底大车，下设四卧轴，安二十轮，牵以八匹骏马，骑坐如飞，谓之流星辇。接着是文武百官、皇亲国戚的锦车、华轿、舆马，彩幔蔽天，绵延数里。沿途地方官吏迎来送往，一路笙箫管弦迤逦而去。

队伍抵达青城，正值三月桃花汛。羊马河水波潋滟，鱼欢虾戏；两岸新柳依依，桃花灼灼，好一幅徐徐展开的"清明上河图"！青城县官民出城跪迎，御辇在行宫前下驾，徐员外率合府、合族乡人早早侍立皇妃桥前迎驾。这是刚刚修的一座汉白玉栏杆的石拱桥，桥面广阔，可十马并行，横跨在羊马河上，如长虹卧波，甚为壮观。桥端至行宫正门铺大红地毯，两边锦帷簇拥。先是五对红衣太监手执拂尘、炉香，行至行宫正门，垂手侍立两侧；又是五对宫娥手捧珍珠、琥珀、绣帕分立两旁；锦衣过来，尾队两侧侍立；再是五对车队，马队驮着金银珠宝、绫罗锦缎过来；再是身着盛装的文武重臣侍立两侧；最后流星辇在宫娥、卫士簇拥下，辚辚碾过石拱桥。

后主和花蕊夫人在桥头下辇，只见后主身着九龙皇袍，头戴十二条旒玉的皇冕，年轻英俊。花蕊夫人头戴凤冠，身着五彩飞凤的缎袍，肩披云霞帔，宫女在身后双手托起曳地裙裾，这时的花蕊夫人真像一只美艳、高华的凤凰。后主挽着她的玉手，在一片"万岁，千岁"的欢呼声中款款而行。

步入正殿，皇上和花蕊夫人二人坐在龙凤椅上，接受百官和青城父老的朝拜。礼毕，李公公大声宣旨："徐员外国璋，一代名儒硕彦，仁厚有德；隐退林下，福荫四海；哺育英才，倾心为国。特册封为徐国公，赠金银珠宝十车、绸缎千匹。钦此。"

"微臣叩谢皇上鸿恩，皇上万万岁，慧妃千千岁！"徐国公跪地呼曰。

晚膳后，后主和慧妃来至"有凤来仪"殿，这原是花蕊夫人闺阁，现修饰一新，殿内除增加几件古董珍宝、几盆别致的花卉和几帧名画外，一应保持闺阁原貌，井井有条，纤尘不染，充满浓郁的书卷气、闺中情。后主看着这一切，无不动情道："慧妃，看到你成长的环境、走过的足迹，朕终于明白你美丽到了极致的原因！"

"陛下是爱屋及乌吧！"花蕊夫人莞尔一笑。

"是，非也。古人云，'人物因山水而钟灵，山水因人物而增秀'。青城的山水滋养了你这绝代佳人，而你这绝代佳人又为青城山水增色，你会与青城同在，与日月同辉。"

花蕊夫人羞赧地俯下头，紧紧偎依着后主；后主无限爱怜地抚着她柔泽飘香的秀发，像把玩着价值连城的珍宝一般，一束落日的余晖将他俩定格在烁日熔金的夕阳里。

"陛下，臣妾去拜见老父亲徐国公。"花蕊夫人燕语呢喃。

"朕陪爱卿一起去吧！"

"徐国公觐见皇上、慧妃！"一声传呼，花蕊夫人匆匆向门口走出，徐国公已迈进殿内。

"爹爹——""女儿——"父女俩抱头对泣，数年的相思、数年的期盼，化作泪水纵横；满腹的祝福、叮咛被泪水哽咽着，无语凝噎。花蕊夫人拭着泪，正盈盈下拜，欲行家礼，被徐国公拦住了："向万岁施礼吧，是万岁给了我们父女的一切！"

"免了免了，一家人不需烦琐的大礼！"后主上前，扶着徐国公入座，微笑道，"感谢国公为大蜀哺育了一代才女佳人，赐给朕一位贤妃。朕为国公在皇城修了一座国公府，和皇宫仅一墙之隔。国公想念女儿，朕再送国公一御牌，天天进出皇宫，畅通无阻，报答国公养育之恩。"

"这次陛下和女儿回家省亲，一是驾临古堰的放水节典，二是接老父亲进京华，共享天伦之乐。老父亲偏居一角独处，女儿实不放心。"

"老臣谢谢皇上、慧妃的恩德！只是'树高千丈，落叶归根'，望皇上、慧妃尊重吾愿。"

"这……"后主看着花蕊夫人，没了主意。

花蕊夫人想了想，曰："爹爹如此垂谕，陛下和慧妃只好从命懿旨，望国公保重。"

"皇上，娘娘，夜已深，请安寝！"一内侍上来提醒。

是夜无话，各自就寝。

翌晨，御辇前往都江堰。一路锦亭绣阁，鼓乐声声，官民夹道迎接御驾。此堰是战国末期秦国蜀郡守李冰及次子李二郎组织民众修筑的无坝引水工程，由壅江作坍（今称鱼嘴分水堤）、侍郎堰（今称飞沙堰溢洪道）、灌口（今称宝瓶口）三大系统工程组成。原来，西岭积雪融化，滚滚的岷江水从千山万壑奔腾而来，冲出巍巍的玉垒山，更恣肆暴戾，将川西平原变成一片汪洋泽国。地势高处又成了座座荒山，旱涝夹击，民众苦不堪言。李冰父子在岷江出口处，修了一座长800米、宽40米的壅江作坮，像一把倚天宝剑将滔滔岷江一剖为二：外江是岷江主干，排洪排沙，也可灌溉、用水；内江引水灌溉。侍郎堰在枯水期将水拦进灌口，灌溉用水；洪水期则将内江多余的水和夹带的沙石排入外江。灌口则是劈山建成的内江进水口，即将玉垒山凿开一道宽20米、长80米、高40米的口子，既可引水灌溉，又分洪减灾，被切开的山角和母体分离，曰"离堆"。三大工程分工合作，相辅相成。

桀骜不驯的岷江终于被征服了，居高临下，自流灌溉万顷良田，从此，川西平原水旱从人，不知饥馑，时无荒年。

庆典队伍抵达都江堰区，彩车、华轿、骏马被安置在离堆林园里。后主和花蕊夫人从流星辇里走出，嫔妃、宫女、百官、锦衣尾随其后，在正副主祭官母昭裔、李昊引领、侍从下，穿过团柏夹道、桃花飘香的甬道，来到离堆山下。拾级而上，是古朴、雄伟的老庙，即伏龙观。传说，李冰父子降伏孽龙，用铁索锁于离堆之址，是为伏龙观。

前殿为老王殿，正面矗立着李冰石像，头戴峨冠，身着长袍，目光炯炯，神态从容，是东汉灵帝建宗元年所塑。神像后是一幅画屏——都江堰内外河流分水鸟瞰图，渠水纵横，密如蛛网，真是"古堰飞龙泉，岷水阔三川"。神像前是高高的祭台，铺上闪亮的黄绢，供奉着全猪、全羊、水果、糕点。祭堂两旁，是穿戴黄袍道冠的鼓乐队。

祭典开始，鞭炮声声，祭乐齐鸣，香火四起，青烟弥漫，这是迎接水神出宫。主祭官诵读祭文。在乐曲声中，后主神情肃穆，向皇天后土祭洒御酒，三呼九叩，祭拜老王李冰。礼仪完毕，后主、花蕊夫人乘着流星辇，沿古驿道，出宣威门，过玉垒关，去二王庙祭拜李二郎。

古庙依山傍水而建，背倚玉垒，面临都江大堰，重叠逶迤，隐现在玉垒山麓，又曰"玉垒仙都"。古庙的山门，左右两边分立乐楼、戏楼，每逢庙会、节日庆典，梨园子弟在此奏乐，唱大戏，热闹非常。

正殿内塑李冰神像，旁立大碑，上书"饮水思源"，表达人们对李冰开山治水、惠泽天府的崇敬、怀念之情。后殿是李二郎神像，他头长三只眼（额头正中是一只直眼），手执两刃刀，身带哮天犬，法力无边，又曰"灌口二郎神"。后主按传统礼仪在祭文声中奠酒，焚纸燃香，顶礼膜拜，祈求庇佑。

最后，安步当车，来至渠首岸边的锦亭绣阁，祭拜水神，与民同庆。

只见古堰两岸万头攒动，人声鼎沸。古道上、山坡上、屋檐边、树杈里挤满了人，密如蝼蚁。彩幔蔽日，旌旗如林，华装盛服，五彩如云。叫卖声、狂欢声、打俏声、歌声、鼓乐声此起彼伏，像岷江的水一浪盖过一浪。

一声"皇上驾到——"的开路吼声划破碧空，皇家仪仗队一路呼喝着传下去，人群一片静寂。双双眼睛齐刷刷地投向溢彩流光的皇家参典队伍，人们踮起脚尖，寻觅主宰万事万物的皇上和美若天仙的慧妃。这时的后主和慧妃笑立锦亭畔，俨然天宫的玉皇大帝和玉母娘娘临会一般。万众山呼"万岁"，喊破嗓子，声浪经久不息。

主祭官母昭裔领参祭人员朗诵祭词："继禹神功，都江堰渠。智凿离堆，剑劈岷水。惠泽膏流，五谷丰盈。水旱从人，不知饥馑。天府之源，国之所资。福我华夏，利济斯民。巍哉伟哉，日月同辉。君民同祭，罕世之举。刊石立表，以纪奇迹。"

主祭副官李昊高声鸣赞："大蜀皇帝宣旨《劝农桑诏》。"

全场鸦雀无声，万众屏息凝听，一个充满活力的声音响彻两岸："刺史县令其务，出入阡陌，劳来三农。望杏敦耕，瞻蒲劝穑。春鹈始啭，便具笼筐。蟋蟀载吟，即鸣机杼。"

宣旨完毕，掌声雷动，似岷水奔腾，感谢皇上重农敦桑的政策。接着，二十名少女向皇上、慧妃、正副主祭官献花。参祭人员向水神献花、献帛、献爵、献牲，将祭品抛入江中。献礼完毕，主祭副官李昊一声令下，"轰——轰——轰"三声炮响，鼓乐喧天，鞭炮齐鸣，开闸放水春灌开始。

只见几条魁梧、剽悍、粗粝的堰工汉子纵身跳上内河拦河杩槎①，挥动劈山巨斧，吼起川江号子，一声接一声的"哼哟哼哟"，震得地皮颤抖，江水倒流。只听得"嚓——嚓——嚓——"砍断杩槎上盘结缠绕的竹索，用碗口粗

---

① 杩槎：用竹、木编织的堵水墙。

的大绳系住"杷脑硬"①，将缆绳重重抛到岸边。岸上二十来个彪形大汉接过缆绳，架起弓步，奋力往后拖。吼着川江号子，越吼越粗犷，热烈，忘情，如虎啸龙吟一般。号子在召唤生命的力量，号子在为水魂送行。两岸的官民陶醉了，也跟着"哼哟哼哟"，忘情地吼起来。堰工汉子挥起劈山巨斧，"轰隆隆——"一声巨响，拦河杩槎像一堵厚厚的城墙轰然坍塌，掀起千堆雪。哗啦啦，汹涌的江水分出几十支河流，似蛟龙，似奔马，网状般的春水涌入内江，白浪滔滔，奔腾咆哮而去。

堰工们吼着震耳欲聋的川江号子，赤着足板，朝水浪打击着，当地人管它叫"打水脑壳"，誓要江水安流顺轨，造福人类。两岸的百姓执着瓢盆锅碗奔跑着，呼号着，争舀"头水"，意在祀神、祈福、免灾。不经意间，还会舀上一两条桃花鱼呢！这时的两位主祭官早已飞马扬鞭急驰在驿道上，像离弦的箭，抢在头水前抵达京都。那时的风俗是，若主祭官落在"头水"之后，那年的水怪就会作祟，农作物颗粒无收。

"朕在想，这时的川西农夫正乐滋滋地挥锄开渠挖沟、喜迎头水进秧田呢！"后主兴致勃勃道。

"都江堰伟大，不亚于长城！她像母亲的乳汁源远流长，哺育着一代代蜀人，才有天府之国，才有刘备、孔明、李白、杜甫的群英荟萃！"花蕊夫人激动得眼眶都潮湿了，为自己是青城人自豪。

"慧妃说得好！论辈分，都江堰是老大，长城是老二。"后主说得嫔妃、众臣哈哈大笑，点头称是。

下午，百姓散去，文武百官聚集戏楼前，观看民间文艺表演。后主和慧妃就座前排。

最动人心魄的要数最后的压轴戏《二郎擒孽龙》，那是将一个民间传说改编成川戏而搬上舞台的。

帷幕徐徐启开，轻波荡漾。祭台上供品累累。一对金男玉女比肩凝立。

---

① 杷脑硬：当地土语，指杩槎上端最结实部分，用缆绳拴牢，另一头抛向岸边，船工向后拖，杩槎倒塌，江水便流入内河。

这粼粼轻波从何而来？原来是用水纹地衣布景而致！即后台装置机械，鼓橐鼓气，前台上列管，引气于地衣之下。有节奏地鼓气，使地衣似水浪起伏，让人如临江水一般。

这时，迎亲的唢呐声起，鼓乐齐鸣，一条孽龙披红挂彩，喜颠颠地出场，但见那对金童玉女心旌摇荡，那是郡守李冰敬献的"供品"。孽龙正要上前调戏，发觉那玉女面目狰狞，头长三只眼，吓出一身冷汗，方知上当，拔腿就跑。这玉女三只眼喷火圆睁，唰唰地抽出三尖两刃刀直取孽龙，此乃灌口二郎神。那童男"呵呸"一声，变成七头七身，抡起板斧、铜锤杀将过去，原来是"煤山七怪"来助二郎除害。加上那只哮天犬，一齐围追剿杀，只见兵器铿锵，上下飞舞，团团白光罩住孽龙。孽龙挺枪左冲右突，战了数合，杀不出重围，便持枪一挺，身子一卧，从胯下逃窜，扑进河里。

帅男靓女两次瞬间变成三只眼的二郎神和七头七身的煤山七怪，吓得慧妃香汗淋淋，双手抱着后主手臂。后主说："别怕，这是川戏变脸，朕给卿壮胆！"说完，拥着她看。

二郎神纵身跳入水中。孽龙在水底变成一只水鸭子，冲出浪尖，朝二峨山飞去；二郎神遂变成一只巨鹰疾飞，俯冲下去，一双铁爪正好抓着鸭翅膀。孽龙猛地一挣，挣断翅膀，逃进深潭，变成一条鱼；二郎神摇身一变，变成一只鱼老鸹，去叼食其鱼。孽龙战不过，复上岸，变成一只毒蜈蚣来扫二郎神；二郎神骤变成一头金鸡啄蜈蚣……

台上鏖战激烈，演员变脸，脸谱迥异，神奇莫测。台下眼如铜铃，脸上肌肉唬得一愣一愣的，看得文武大臣、皇亲国戚一个个惊中有喜，喜中带狂，交口称赞，如临其境。

花蕊夫人偎着后主悄声曰："故事情节离奇，武打场面惊险，演员技艺精湛，真是蜀戏冠天下！天下所无蜀中有，天下所有蜀中精啊！"

"朕和卿同感。孽龙再变，也变不过二郎神，说明得道多助、失道寡助，魔高一尺、道高一丈。好戏，好戏！"后主附和道，眼睛不离戏台，像黏胶贴在台上。

"看，孽龙又在变脸谱！"花蕊夫人兴奋得拍拍后主，高叫道。

只见孽龙口吐毒液，趁浓雾四起，逃到青城山王婆岩，变成一个壮汉。这时，肚中饥渴，来幺店子吃甜水面。人未跨进门槛，壮汉就粗声粗气道：

"老板娘，来三碗甜水面！"

"好哩，三碗甜水面！"老板娘白发苍苍，却神清气朗，声音如年轻少妇的一般清脆。

壮汉刚一坐下，老板娘就笑盈盈地呈上一海碗面条。孽龙张开大嘴，狼吞虎咽。与其说是吃，莫如说是倒，几口便把面条吞进肚里。正要吃第二碗，忽然肚内翻江倒海，肚皮七拱八翘，疼得大汗淋淋，满地打滚。"哇"的一声，面条哗啦啦全倒出来，吐了一地。俯首一看，这哪里是面条？分明是一根根铁链。他惊恐万状地抬起头，站在他面前的不再是幺店老板娘，而是神力无边的骊山老母。他想说话，喉头卡着一根"面条"，不，是一条铁链，疼得它嗷嗷怪叫，遍地打滚。

"哦呀——"花蕊夫人尖叫一声，头倒在后主肩上。

后主抱着她："别怕，别怕，卿看那铁链是纸做的呀！"

她抬起头，二郎神追赶来了，只见骊山老母将铁链的另一头交给二郎神，二郎神喜孜孜地接过铁链，拱手作揖："谢谢骊山老母大慈大悲，下凡助吾父子二人降妖除魔！"

这时，煤山七怪、哮天犬也赶来，跪地谢恩："川西百姓不忘骊山老母的恩惠！祝骊山老母福如东海、寿比南山！"

"全起来吧，堰区黎民百姓等着你们哩！"说完，骊山老母驾起一朵祥云，往长安飞去。

二郎神一行数人将孽龙从王婆岩龙洞子地道，押到离堆脚下的伏龙潭，锁在老王庙的铁柱子上，喝令它乖乖地吐水灌田。一条作恶多端的孽龙，终于被降服了。

帷幕落下后，观众掌声不断，仍愣眉鼓眼地盯着戏台，久久不肯离去。

花蕊夫人怔怔地坐着，半天才回过神来："臣妾不怕了，这绝技太震撼人心了！真是出神入化！"

后主道："这就是川戏艺术的独到之处，把民间绝活带到舞台上来，让人耳目一新。你喜欢看变脸，朕令王昭远天天给卿表演就是了！"

教坊俳优见观众迟迟不走，只好再次出场谢幕。

次日，后主和花蕊夫人祭拜祖宗后起驾回京都。

第七章　乱世之文化绿洲

广政十年（947年）正月。玉漏五更，后主头戴冕冠，身着衮服，坐在御座上接受百官朝拜。宰相母昭裔出班奏曰："陛下令臣主持刻印的《广政石经》已成书，请陛下御览。"

此书是根据大唐开成元年的《石经》，命张德剑写字，孙逢吉、句中正矫正，刻成十部《孝经》《论语》《尔雅》《周易》《尚书》《周礼》《毛诗》《礼记》《仪礼》《左传》。封面是后主题签。

后主匆匆一览，喜形于色，大加赞赏："后唐宰相冯道刻《石经》花了二十年始成，爱卿仅用了八年，神速也！刻板之娟秀，装潢之精美，远远超过前人，堪称刻版印刷一绝。朕赐朝中各大臣一套《石经》，其余珍藏京华学馆备用。"

后主扫视朝堂，高兴地看着母昭裔，道："爱卿为雕版印刷付出巨大代价，朕特赐爱卿锦帛五百匹、珍珠百斛，以资奖励。"

"谢皇上隆恩！"母昭裔出班跪谢！

后主对母昭裔的褒奖一点也不过分！后世用木板刻字印书，实始于孟昶广政年间母昭裔之手。

母昭裔乃河中龙门人，博学多才。相传，少时家贫好学，曾向人借《昭明文选》《初学记》阅读，见书主面带难色便怏然离去，回家叹曰："异日若显达，版以镂之，遣送莘莘学子，褒掖后士。"

他日，母昭裔做宰相，荣宠已极，不食其言，出资雇工，刻成此二书广送学子寒士。又自费雕刻印刷《九经》，颁发郡县，传播文化。设立学馆，培养人才。时人笑他为书痴，他不辩解，一笑置之。

忽然，殿外鼓楼响起一阵急促的鼓声，这是侍卫向殿内报告有紧急朝奏禀告。后主一听，传旨侍卫进殿。

原来是山南西道节度使（治兴元）孙汉韶的报捷书，差驿使星夜兼程赶来。后主展书一看，大悦，令近侍向群臣宣读：

"微臣孙汉韶千里驰表，报捷于皇帝陛下，辽主率部入汴州（今河南开封市），晋亡汉兴。晋雄武军节度使何重建（治秦州），不受辽主诏命，手刃辽使，举秦（今甘肃秦安县）、阶（今甘肃武都区）、成（今甘肃成县）三州降蜀。特持表拜奏，臣翘首以待敕示。"

奏表读完，群臣弹冠相庆。传令钟楼的司钟，击钟百响，以示庆贺。后主下令，左千牛卫上将军李继勋为秦州宣慰使，派李继勋与兴州（今陕西略阳）刺史刘景麾兵攻克固镇（今甘肃徽县），遣山南西道节度使孙汉韶移兵攻固镇，扼散关，取凤州（今陕西凤县）；何重建率三州之兵扼散关，断其援路，以攻凤州。

三个月后的一个早朝，殿外鼓楼又响起一阵急促的鼓声，孙汉韶二次报捷，凤州刺史石奉颖在三面夹击下，举州降蜀。钟楼的钟声又庄严地响了百响。

就这样，后蜀兵不血刃，尽得秦、凤、阶、成四州，北部的疆界恢复到了前蜀最鼎盛的状况。

那时，中原群雄并起，战乱频繁，杀伐篡位，称王称帝，民不聊生，哀鸿遍野。军人政权由后梁到后唐、到后晋、到后汉，君如弈棋，国如传舍，像走马灯似的变幻无常。唯蜀地依托山川险固，又是天府，五谷丰登，斗米三钱，经济富庶，文化繁荣。加之前后蜀主崇文尚艺，尤孟昶好艺成癖，故中原文人学士、能工巧匠纷纷避乱入蜀。加之早在唐玄宗、僖宗二帝幸蜀避乱，大家名流纷至沓来，留下不少精英，可谓群星荟萃。后蜀成了刻印的家园、诗词的海洋、绘画的王国，一派升平景象。

一日，南唐主李璟遣使臣给后主送来几只丹顶鹤，通体雪白，头部嫣红，长长的脖子上一圈翠绿的羽毛，黄黄的长嘴壳，美艳绝伦。这仙鹤鸣声嘹亮、清脆，像摇着一串铃铛，分外悦耳。自古白鹤被人们视为珍禽，当时蜀中无鹤，后主和慧妃更宠爱有加，于是令绘画大师、翰林院侍诏、图画院事黄筌画鹤于偏殿之壁。

黄筌，成都人，幼有画性，长负奇能，十七岁绘画成名。那时，中原著名画家刁光胤、孙位、滕昌佑、张南本相继入蜀，延请名师五十多人。筌拜他们为师，向刁光胤学画竹石花鸟，向孙位学画人物，向滕昌佑学画花竹，向张南本、川籍名画家学山水竹树，集诸家之长，兼收并蓄，在艺术上炉火纯青，独树一帜，成画坛大腕，深得后主赏识。

黄筌奉诏入宫，来至偏殿。偏殿可热闹啦！十几个宫女、太监早把纸墨笔砚、雕刀直尺、丹青颜料等绘画工具一应准备齐全，接待热情、周到，时刻听他调遣。

只见黄筌久久地站立鹤栏前，从不同角度观察仙鹤，一个劲儿地令宫女为仙鹤呼唱、起舞、挑逗、投食、喂水。两个时辰过去了，不见他提笔，太监向后主禀报。后主怪异，托内侍去画殿问及，黄筌道："请陛下和慧妃下午御览。"

说完，挽起长袖，擎起画笔，只见画笔飞舞，丹青泼彩，以大写意般的符号、形块构成整个框架，抒情地把水墨圆点在画面晕化，神致笔韵，一气呵成，六只仙鹤跃然壁上，栩栩如生。

下午，后主和慧妃率百官来画殿赏画。只见壁画框里六只白鹤神态各异，有惊喜者、啄苔者、梳毛者、整羽者、鸣天者、翘首者，衬托在白露苍苔、松枝云朵间，更高雅纯净，形神并茂。后主凝立画旁，边赏边赞："奇才，奇才，鸟画鼻祖也！"

"大师的画鹤如真鹤一般，这神出鬼没之笔非一日之功，能讲讲你的绘画之道吗？"花蕊夫人欣喜异常，探索他绘画的奥妙所在。

"微臣嘴拙，说不出什么道道，只是微臣在画前喜欢观察、写生，营造意境，整个画面在吾心中活了，臣就一鼓作气，这就是师法自然吧！"

"唔！高见，高见！"花蕊夫人茅塞顿开，点头称是。

这六只画鹤体态优美，神情鲜活，如鹤戏枝，常引来真鹤纷纷飞扑过去，碰壁而落，把画鹤当成自己的伙伴。惊鹤投壁，可见黄筌的六鹤到了出神入化的境界。后主闻之，更为赞赏，遂将偏殿命名"六鹤殿"。

相传，唐初银青光禄大夫、太子少保薛稷画鹤最奇，笔力潇洒，风姿俊美，著名的"屏风六扇鹤样"盛极一时，故言鹤必称稷。黄筌在画鹤上曾学薛稷的技巧，不断创新，结果青出于蓝而胜于蓝。朝野上下，贵族豪门，竞以厚礼请黄筌画鹤，大有洛阳纸贵之势，薛少保从此声誉大减。时人谚云："黄筌画鹤，薛稷减价。"

蜀主甚喜，花蕊夫人曰："陛下，黄筌在艺术上登峰造极，远远超过前代艺术大师，应破格提拔，以示陛下爱才之心。"

后主听后，遂擢升他为内廷供奉、朝议大夫、检校少府少监、上柱国，赐紫金鱼袋。

几年后，后主在大殿西门建一座八卦殿，令黄筌于四壁画四时花卉、竹兔鸟虫。黄筌用一秋完成，画笔精妙，形神逼真。其时，北方雄武军（驻今河北蓟县）送来白鹰，五坊使（专管皇室驯养狩猎用的鹰犬）手提白鹰笼，从八卦殿前走过，向后主进呈白鹰。鹰见壁上群群野雉，误为同类，连连扇翅扑腾，欲飞窗而入，真是"穷鹰入牖"。后主和花蕊夫人听后大为惊异，乃与五坊使提鹰而过，鹰由平静而兴奋，噗噗扇翅，跃跃腾飞。后主、花蕊夫人感叹不已，一迭连声："真是妙笔神品！"

花蕊夫人曰："陛下何不令文坛北斗记叙此事，千载流传？"

"妙！妙！"后主连声叫好，吩咐翰林学士、门下侍郎同平章事欧阳炯撰写《壁画奇异记》，以资旌扬。

皇宫的墙壁、门幛、画幛、亭榭到处都是黄筌的画迹；京都画院以黄家画法为正宗，不持黄氏画法者不得入画院；达官贵人的大厅里以挂黄氏画为时髦，视为拱壁；朝野上下以重金争相购买黄画。黄筌的十二幅花竹禽鸟泉石画皆极精妙，作为国宝赠给南唐李主。黄筌的几个儿子画艺精湛，不让其父。黄氏画成了京城一道最亮丽的风景线。

诗词是绘画艺术的姐妹。在后蜀，词人众多，词作丰赡，非唐代文人词作能比拟。上至后主、慧妃，下至文士贫女，都好吟诗词歌赋，文人墨客遍及，三尺童子耻不知书，朝廷君臣妃嫔、文人学士更是沉溺于歌乐宴饮之中。

每年四月十九日，是浣花日。为纪念浣花夫人的诞辰，都人士女倾城出游，或泛舟浣花溪，或就宴梵安寺（今杜甫草堂寺），拜谒夫人祠，表示对女英雄的怀念、崇敬，甚是热闹。

浣花夫人原本姓任，善良美丽，自幼好习武，家住浣花溪畔浣花村。浣花溪，一名百花潭，在成都西南角，离城五里许（今在市区），顺流而下，注入锦江；溯水而上，抵达龙爪堰，这是古代的百花潭所在。这儿风景优美，唐代著名诗人杜甫七律《狂夫》里描绘过两岸秀丽的风景：

> 万里桥西一草堂，百花潭水即沧浪。
> 风含翠篠娟娟净，雨裛红蕖冉冉香。

传说，一位和尚长一身疥疮，披一件又脏又破的袈裟来浣花村，村人见他像避瘟神似的躲藏，只有这位姑娘热情待他。他求姑娘给他浣袈裟，姑娘接过袈裟在龙爪堰洗濯，洗呀洗，朵朵莲花应手而开，刹那间，百花满堰。故曰：百花潭。

成都尹、剑南西川节度使崔旰慕她的善良、美丽，纳她为妾。后正妻疾故，任姑娘继为夫人。公元 768 年，安史之乱后的唐代宗时期，崔旰奉命去长安，由弟崔宽代职。泸州刺史杨子琳率锐骑数千乘虚而入，攻打成都，占领成都的子城，崔宽吓得退守少城（现人民公园一带）不出。

浣花夫人在危难之际，挺身而出，散尽家产数十万，招募数千勇士，全身盔甲，跃马挥戈，连夜偷袭子城。叛军正酒后酣睡，突然天兵天将蜂拥而至，一个个吓得屁滚尿流，仓皇应战，叛军损兵大半。杨子琳领着残兵败将，趁夜色乘船逃回泸州。捷报传至长安，皇上大喜，遂封浣花夫人为冀国夫人，崔旰封冀国公，任检校工部尚书。

唐代大诗人岑参曾写一诗赞曰：

> 甲士千群若阵云，一身出能定三军。

仍将玉指调金镞，汉北巴东谁不闻。

成都人为纪念这位虎胆女杰，在浣花村附近的梵安寺东庑为她建"冀国夫人祠"，又称"浣花夫人祠"，蜀民世世祭之。

这美丽、神奇的传说，花蕊夫人在两三岁时便耳熟能详，随着年龄的增长，对这虎胆女英更充满崇敬，她向后主禀道："陛下，四月十九是浣花日，京都百姓倾城出游，纪念浣花夫人诞辰。今年边境捷报频传，国内一片升平景象，满朝文武也该与民同乐！"

"爱卿所请正合朕意，朕欲在百花潭开一个盛大诗会，以烘托节日气氛，显示皇家威仪，壮天下文风。"后主兴致勃勃，满口嘉许，于是下诏，"浣花日即至，本朝将荡舟浣花溪，歌宴百花潭，与民同乐。除王公重臣、皇亲国戚、内外命妇参与外，朝中学士、社会名流毕集，吟和酬唱，以助雅兴。将佳作珍品集辑成册，交工部刊刻印行。钦此。"

是日，锦城万人空巷，男女老少倾城游玩。万里桥至百花潭，夹江两岸，锦亭绣阁，歌乐喧天。贵门公子，华轩彩舫；平民百姓，木舟竹筏。千船竞发，各有其乐。

这时，皇家幸游船队从锦江浩浩荡荡鼓乐驶来。后主和慧妃高坐一号龙舟，龙舟上系着条条彩缆。十名武士划船，十名宫女牵缆。岸上宫人引缆前进，像彩虹托起金船泛舟在碧水之上，神奇又壮观。

溪里舫船穿梭，百舸争流。忽然，山呼万岁的声音响彻在蓝天碧水间，后主和花蕊夫人激动地站了起来向民众挥手示意。他俩被这沸腾的场面陶醉了，后主笑曰："天府地大物繁，百姓安居乐业，天下之雄国也！"

"是陛下治国有方，才有今日之繁盛，但愿年年有今日。"花蕊夫人挨肩动情道。

蓦地，两排竹筏顺水而下。一排是英俊小伙，头结羊肚白毛巾，身着绿短衣裤，腰扎着红绸，手持银桨；一排是俏丽渔姑，头结红绸羊角，身穿红短衣裤，手荡金桨，逐波戏水，联袂而来。只只船歌从竹筏飞出，渔姑们娇声唱道：

浣花溪水碧如兰，情歌曲曲意绵绵。

羞得阿妹红了脸，摘朵荷花遮红颜。

那队渔郎回唱：

采莲阿妹莫慌张，自古织女配牛郎。

浣溪芙蓉朵朵开，阿哥怎不爱姑娘！

"一唱一和，饶有情趣！船队流入天际，这水灵灵、甜蜜蜜的歌声仍逐波灌耳，令人荡气回肠！"花蕊夫人一改往日矜持，手舞足蹈，摇出一串铃铛般的笑声。

就这样，浣花溪徐徐展示了她瑰丽又风流的画卷，皇船不觉驶向了百花潭。

潭水碧波粼粼，小荷含苞欲放，画船点点，游鱼历历。潭滨花木繁茂，篁竹簇枝。亭台楼阁、榭廊桥舫围湖布局，绕水而建。百花潭像一颗碧玉，镶嵌在万绿丛中，使人想到蓬莱瑶池仙境。

"皇上口谕，诸君各自游玩，以鼓为号，齐集偏殿共餐。餐毕，往赋诗楼吟诗诵词。钦此。"一位内侍高声宣布。

众臣欢呼，各自结伴游赏、嬉戏。

妃嫔们自然是紧跟后主、慧妃游玩。一行数百人，个个千娇百媚，袅袅婷婷。蓦地，铮铮钦钦的流水声如弦如琴，循声奔去，一条溪水澄澈、碧绿、明净，像一位出浴的纯情少女，流动着灵气，流动着清纯。朵朵睡莲在荷叶上静悄悄地绽放，宛若超尘脱俗的睡美人。溪水在她身旁放慢了足步，迂回、流连，绕了一个大圈才向东缓缓流去。

"呀，太美了，给人超然物外之感！"昭仪李舜弦感叹。

"真美！"陈修娟娇滴滴地赞美，忽而，若有所思，"荷花的花期未至，怎么会绽放出锦绣般的花朵？！"

"你看，溪边立一通石碑，上书'浣花夫人浣衣处'，女杰感天地、惊鬼神，今天是浣花日，花神特命荷花提前而开。"黄鹂般的声音响起。

"张保香娘娘言之有理,言之动情,荷花是怀情而开。"费保衣莺啼燕啭附和道。

"依臣妾看来,是我们皇上幸游浣花溪,与民同乐,感动了荷花仙女,故而责令浣花溪的荷花提前而开,像女皇武则天诏令百花在寒冬腊月盛开一样。"李艳娘迈着金莲,走出人群,一闪一闪的,走出了千般妩媚、万般风情,"要不然,触怒了天颜,荷花和牡丹只有一个命运,贬到洛阳去!"

说完,李艳娘又一闪一闪走到后主面前,媚眼含情,娇声娇气道:"皇上,臣妾说得对吗?"

"好极了,好极了!朕的昭容爱卿很会言辞。"后主边说边将她揽在自己身边,哈哈大笑,"朕要真的那么神通广大,管天、管地、管神仙,朕就一定把众爱卿一齐接到天宫,快活千年万年。"

"陛下洪福齐天,是天上玉皇大帝!"众妃嫔燕语声声,把后主捧上了天。

后主开怀大笑,爽朗的笑声惊起两岸林中百鸟,扑棱棱地向云海飞去,惊得水中鱼群摆尾而逃,溅起朵朵浪花。

"呀,红金鱼!"不知是谁惊喜地尖叫着。

妃嫔们拥向溪畔俯视,只见尾尾红鳞摇曳,往来穿梭,倏尔远去,泛起层层涟漪。

"皇上,我们垂钓吧,别有一番情致。"花蕊夫人催促道。

"众爱卿采莲、垂钓、戏水、弹唱、弈棋,随心所欲,纵情游乐吧!"后主眉开眼笑道。

这时,太监们抱来各种游乐工具,任其挑选。

后主、花蕊夫人在缓流转弯处垂钓。花蕊夫人一手举竿,一手在金色鱼钩上挂香饵,然后右手抛竿入水,抬竿压线,手持鱼竿静静地等着鱼儿上钩。少许,只见水面上点漂稳稳地沉下去,浮起来,待第三次沉下去时,花蕊夫人伸臂扬竿,一条活蹦乱跳的红鱼"嘚"的一声掉在沙滩上。阿随一个箭步弹出去,双手一按,快活地叫道:"娘娘钓的是一条红鲤鱼,好美啊!"

"放进金盆去,中午吃跳水鱼,真香!"花蕊夫人笑道,拢拢秀发,又穿上香饵,挥竿垂纶,神情那么恬静、专注,沉浸在大自然的诱惑和馈赠中,达到了"有我无我"的境地,一口气钓了五条鱼。

"唉！鱼儿怎么一条也不上钩？"在旁一起垂钓的后主着急道。

花蕊夫人这才看到后主的金盆里空空的，她偏着头，美目顾盼河面，像猎人寻觅猎物一般："陛下，人常说，'钓鱼不钓草，多半是白跑。水底泛青苔，必有大鱼在'，我们移几步到人少处，那儿水不很深，隐隐露出水中青绿色，想必青苔斑斑，必藏大鱼！"

后主依顺地前走几步，慧妃帮他穿上香饵，轻轻一抛，点漂浮起，把鱼竿给后主握着："陛下，钓鱼时要心平气和，全身放松，浮标第一次动，你别提竿，那是鱼儿探路。浮标二次下沉，别提竿，鱼儿在浅尝。第三次浮标下沉，它咬上香饵不放了，你马上闪电般一提，准钓到大鱼。"

"钓鱼还有这么多学问，真有趣！"

"臣妾小时常跟爹爹去羊马河垂钓，久而久之，便悟出一些道理。"

忽然，浮标一动，后主兴奋得马上提竿。

"嘘——"花蕊夫人摆摆手，悄声曰，"鱼儿在探路呢！"

"朕差点坏事了！"后主伸伸舌头，悄悄说。

浮标第三次下沉时，后主快速一提，一条大鱼出水面，很沉，将鱼竿弯成一张弓，鱼吊在钩上摆来摆去。后主快活极了，不敢高叫，小声嚷："提不动了，提不动了！"

花蕊夫人令太监拿小网站立溪水里网鱼，自己拿一只鱼撮，将鱼撮进网中。然后，慢慢上岸，连网放进大金盆里。

"呀，朕钓了一条大大的红鲤鱼啦！"后主像孩子般大声地叫着，笑着。

妃嫔们蜂拥而来，先睹为快。只见一条又大又肥的金鳞红尾鱼在金盆里不停地跳着，溅起串串水珠，煞是好看！

太监用秤一称，足足三斤半。

"此乃陛下福德所致，天神显灵也！"妃嫔、太监齐声赞道。

"不，是慧妃颖悟天成！"后主笑指花蕊夫人。

"是皇上遵循鱼道所致嘛！"花蕊夫人谦让着。

"唉，鱼真狡猾、诡谲！用了如许多的诱饵，竟一条鱼也不上钩！"远远传来一声沉重的叹息，那么压抑，那么无奈。原来是才女昭仪李舜弦钓鱼不得，在抒发感慨。

忽然，钟声响了百响，传得远远的，大臣命妇们游兴正浓，只好恋恋不舍地离开游乐地。

午宴，宫人达官钓的鱼，同渔夫敬献的活鱼，做了鱼烩、鱼汤、鱼羹、鱼丸，大家美美地吃了一顿鲜鱼餐。后主的桌上自然有那条红烧大鲤鱼，他俩边吃边品边议，感到这顿鱼餐特别香。可不是，品尝自己的杰作佳品是人生一大快事！

午宴结束，无须鸣号，人们鱼贯步入吟诗楼，连平日嘻嘻哈哈、姗姗来迟的妃嫔，都早早地入座。一人一几一椅，几上早摆好一方砚、一支笔、一幅彩笺。有的掀动书页，觅词选句，有的托腮凝思，有的颦蹙双眉苦想，有的凝眸窗外发愣，有的挥笔直抒，都想写出佳作博皇上恩宠，扬名朝野。偌大一个殿堂竟无一丝声音，只听到呼吸声，着笔沙沙声，像只只蜜蜂采花酿蜜。

"皇上驾到——"一声传呼，群臣众妃肃然而起，山呼万岁！

只见后主、慧妃在乐曲声中，双双步入御台，比肩而坐。李公公高声宣旨："皇上口谕，今日词会委托徐慧妃——花蕊夫人为词坛词主，翰林学士、门下侍郎同平章事欧阳炯为副词主，望众卿舞文弄墨，敬献精品。现在宣布，词坛词主花蕊夫人致辞！"

花蕊夫人仙袂飘飘，清香浮动，婷婷娉娉登上词坛，轻启红唇，莺喉婉转道："今天，是纪念浣花夫人游幸日，群臣满座、文士如林，济济一堂，切磋词艺。皇上命臣为词主。微臣才疏学浅，实在愧领。但圣意难违，只好遵旨。望诸公女士，秉笔濡墨，尽情挥洒，将今日幸游所见、所闻、所感凝于笔端，撰成珍品，开拓大蜀一代词风。"

花蕊夫人精彩的致辞，赢来暴风雨般的掌声。

欧阳炯主持词会，朗声道："由词主花蕊夫人献词！"

花蕊夫人复又站起来，走上词坛，朗诵新作。

海棠花发盛春天，游赏无时引御筵。

绕岸结成红锦帐，暖枝犹拂画楼船。

花蕊夫人信手拈来沿河景色：海棠、御筵、锦帐、暖枝、画船，组成了一幅五彩缤纷的宫廷游宴图，绮媚，婉约，词惊四座，大家报以热烈掌声。

主持人正要宣布下一位朗诵者，昭容李艳娘倏地站立起来，头上的朝天髻竖得更高，头饰铿锵有声，她脆生生道："传闻徐慧妃有七步之才，才冠天下，今又封为词主，享此殊荣。既是才冠天下，应当众即兴专题赋词，使人诚服。徐慧妃今日不是伴皇上在浣花溪垂钓吗？那就以'鱼'为题，当众吟诵三首，一展慧妃风采。"说完，美目流盼，意在众人中找寻她的支持者。她想，纵是文坛泰斗，也难逾越这道难关，更何况她是一位名不符实的女人。想到此，她冷冷地笑了一下，得意地坐下去。

大臣们面面相觑，深知宫闱的女人钩心斗角，争风吃醋甚嚣尘上，这分明是强人所难！一个个沉默不语，摇头叹息。

后主喜词翰，深谙词道，哪有出一个题目，即兴连赋三首之理！有时为了推敲一词一字，搔首弄腮，捻断几根须。岂不闻唐代著名诗人贾岛"二句三年得，一吟双泪流"的冥思苦索吗？写诗非女人碎语闲聊！想着、想着，他激动地说：

"今日盛大词会，意在乱世之年一振词坛雄风，不可感情用事，强人所难……"

"皇上，让臣妾去试试吧！臣妾有十几年的钓鱼史，感触颇多，一是抛砖引玉，二是为众卿助兴！"说完，未等皇上恩准，花蕊夫人款款地向词坛走去，凝思片刻，从容吟诵：

　　　　慢搓红袖指纤纤，学钓池鱼傍水边。
　　　　忍冷不禁还自去，钓竿常被别人牵。

一首吟完，台下一片喝彩声。

花蕊夫人清清珠喉，想到刚才彩舟垂钓，思若泉涌，妙语连珠，她莺啭呖呖：

　　　　钓线沉波漾彩舟，鱼争芳饵上龙钩。
　　　　内人急捧金盘接，拨剌红鳞跃未休。

两首吟完，台下又是一片喝彩。这时阿随手托玉盘，呈上香茗，曰："娘娘请用茶，润润喉头。喝了阿随茶一杯，茶魂、诗魂逐浪飞。喝吧！"

花蕊夫人正口干舌燥，感激地看着阿随，轻轻地呷着茶。

台下悄声议论："真是绝代才女，锦心绣口！老夫莫及！"

"夫人开拓了一代词风！"

"连一个小小侍女都出口成诗！"

"前面吟诵的二首是垂钓词，献丑了！微臣再吟诵一首中午的鲜鱼宴吧！"夫人轻轻说道，又吟诵起来。

> 厨船进食箸时新，侍坐无非列近臣。
> 日午殿头宣索脍，隔花催唤打鱼人。

吟诗楼沸腾了，赞美声、掌声经久不息。后主走向词台，搀扶着花蕊夫人："爱卿是天下第一女才子！今天累坏了！"

"皇上过奖了，雕虫小技耳。"她逊让着，脸上香汗淋淋，嘴唇发白，"臣妾不累，臣妾只怕是拙词，污了圣听！"

"太美了，词和你人一样婉丽、清新。"

李艳娘被花蕊夫人的横溢才华征服了，羞愧得埋下头，高高的朝天髻耷拉着，再也飞扬不起来。

"慧妃娘娘的才干渗透在各个领域。她深谙鱼道，钓了不少鱼，才写出这脍炙人口的咏鱼篇。微臣手拙，整个上午一条鱼未钓着，故献上首《钓鱼不得》，供君臣一笑。"昭仪李舜弦道，大大方方走上词坛，吟曰：

> 尽日池边钓锦鳞，芰荷香里暗消魂。
> 依稀纵有寻香饵，知是金钩不肯吞。

这是一首宫怨词，是花蕊夫人鱼词的姐妹篇，前者贵幸、开心，后者压抑、苦闷，都深切表达了宫人的真情实感和审美情趣，双双都收入词集。

接着，工于小词的词坛"五鬼"，纷纷登台献词，他们是：欧阳炯、毛文锡、鹿虔扆、韩琮、阎选。

毛文锡，十四岁唐末进士及第，官至司徒，他登坛吟哦《酒泉子》：

绿树春深，燕语莺啼声断续，惠风飘荡入芳丛，惹残红。

柳丝无力嫋烟空，金盏不辞须满酌，海棠花下思朦胧，醉春风。

最后献词的是副词主、门下侍郎同平章事欧阳炯，一首《春光好》，把人带进诗情画意的春天。

金辔响、玉鞭长、映垂杨，堤上采花筵上醉，满衣香。

无处不携弦管，直应占断春光，年少王孙何处好，竞寻芳。

末了，乐曲绕梁，一队红衣倩女衣袂飘飘，手提花篮盈盈起舞。红袖舒卷，似行云流水；素绸飞舞，似蛟龙戏浪。拈花、赏花、嗅花、戴花一系列舞姿，舞尽其态，曲尽其妙。采满鲜花后扑蝶追逐、嬉戏，随着队形变换，更是野味十足，妙趣横生，看得全场起立鼓掌。

词会在乐曲声中拉下帷幕。

返宫后，花蕊夫人传诏：大臣赵崇祚编辑《花间集》；门下侍郎同平章事欧阳炯为集作序；宰相母昭裔交工部督印。

赵崇祚收集前蜀、后蜀十八词家，五百首词，十卷，组成《花间集》。词风软媚，字字珠玑，重感情宣泄，重情爱抒发，重娱乐享受。

《花间集》的封面题签，后主孟昶。

《花间集》问世，是花蕊夫人以其独特的身份推波助澜的结果。蜀中吟和酬唱蔚然成风；工于小词，成为时尚。从此，文人词取代乐工词，词在文学的百花园中独树一帜，大放异彩。

第八章 芙蓉秋色醉蓉城

秋天，京都格外美丽。天高远、湛蓝，像用水洗过的蓝宝石；水澄澈、碧绿，像流动的一河翡翠。满城芙蓉花盛开，如火如荼，叠锦堆霞。原来，后主和慧妃都酷爱芙蓉，即下令在羊马城城墙上下、街道两旁尽种芙蓉。每到秋天，成都城周围四十里及大街小巷，红芙蓉、白芙蓉、醉芙蓉、五色芙蓉一齐绽放，繁花似锦，美丽至极。

这花还奇美在一日三变脸，和川戏变脸一样，很有艺术味儿。早晨银白，中午鲜红，傍晚紫红，色彩缤纷，大如牡丹，香若幽兰。

"皇上，京都芙蓉盛开，只等御驾光临！"已擢升为枢密使、执掌国家军政大权的王昭远献媚道。

"好呀，传谕文武重臣、妃嫔内侍，出城赏花！"

不一会儿，应者云集。后主坐上流星辇，左傍花蕊夫人，右依艳娘昭容，偎红倚绿，好不惬意。后面是文武重臣、妃嫔内侍。一个个锦衣华服，女的艳丽婀娜，男的风流倜傥。沿街芙蓉夹道，一路管弦盈耳，车水马龙，幡盖如云。所过之处，百姓伏地跪迎，山呼万岁。真是天子风流，盛事千古。

后主登上羊马城墙，站在观花亭，极目四望，四十里锦绣尽收眼底，在艳阳朗照下，五彩缤纷，流光溢彩，分外妖娆。有的盖上帷幕，铺上彩缦，似花非花，是锦非锦，花帷照映，朦朦胧胧，更添美色。看得后主心花怒放，对左右近臣曰："自古以成都为锦城，今日观之，真锦城也！但见四十里芙蓉一片锦绣，可谓'蓉城'耳！"

群臣众口一词："皇上英明，芙蓉城这一芳名将载入青史，千古流芳！"

"蓉城比锦城更美，臣妾喜欢这新词儿！"几百妃嫔迎合道。

"哈哈哈！"后主笑曰，"众卿即兴抒怀，流芳百世。慧妃是词坛词主，先赋一首吧！"

花蕊夫人看着这浩如烟海的芙蓉如云铺锦，早已如醉如痴，醉成一首小词，正欲脱口而出，莺歌燕语，忽而一个高亢的男高音铮然而起："微臣献上一首小诗，奉献给陛下！"

众臣瞪眼一看，乃侍臣张立。此人文思敏捷，善吟咏，性朴直，敢谏言。见后主在京都遍植芙蓉，罩锦披纱，大倡奢侈游乐之风，为国事着急，于是，即兴赋一首诗谏，呈于后主。他摇头晃脑地吟哦：

四十里城花发时，锦囊高下照坤维。

后主听了此二句，笑曰："妙！高度概括，语言精当。"

虽妆蜀国三秋色，难入《豳风·七月》诗。

这哪里是即兴吟赞诗，是讽谏！后主的笑容唰的一下消失了，气得涨红了脸，龙目喷出怒火，大声道："狂徒！竟敢触犯天颜！"

大臣、妃嫔们被这首诗谏震住了，见龙颜盛怒，一个个垂下头，呆若木鸡。空气一下凝固了，像要爆炸一般。

"微臣有罪，微臣不该在游兴正浓时呈上谏诗，但微臣实属忧国忧民，怕玩物丧志，家国危也！"张立伏地跪曰。

"哼！"后主撇过脸去，狠狠道，"不识时务！欺君犯上，给朕拿下！看尔有几多歪诗！"

随行锦衣蜂拥上前，架起张立，正绳捆索绑，又听到民众抗议，愤愤不平地吼出顺口溜：

皇帝宠嫔妃，芙蓉也风光。

穷人讨老婆，征税到嫁妆。

花蕊夫人疾步前趋，摆摆玉手，制住了锦衣卫士。

这首带刺的玫瑰诗，虽伤了花蕊夫人的雅兴，酿就的芙蓉花词因此烟消云散，使得在以后的《花蕊宫词》里竟无"芙蓉词"的芳踪，但近侍防微杜渐的用心良苦，不致打入图圄！于是，她挺身而出，珠喉婉转道："皇上，听臣妾一语。张立犯颜直谏，措辞不当，但对家国爱之深、言之切，发自肺腑，望皇上息怒！在御苑里，陛下喜欢百花齐放；在林苑里，陛下喜欢百鸟争鸣。小小一首谏词听起来不那么入耳，但不属政治反诗，不触动刑律，怎能将他打入大牢？岂不闻'桃李满天下'的典故，一代名相狄仁杰'天下桃李，悉在公门'。桃李者，药物型人矣！山珍海味吃腻了，加点药物，颇有裨益，无须大动肝火，伤了龙体！况陛下告诫群臣，要纳谏如流。有道之君，不杀谏臣，免除他的牢狱之灾吧！"

后主听了，气消大半，沉默不语。

"一早出来游赏，皆已尽兴。马球比赛，如期进行，诸位即去北苑，走马打球，尽兴一日。"花蕊夫人故意避开锋芒，忘却不快，群臣因此得到解脱，空气又开始活跃起来。

后主在宫娥采女的前呼后拥中奋袂而去。花蕊夫人走到张立面前，轻轻道："张卿请起。谏诗无错，但分场合便了。"

"臣叩谢娘娘解救之恩。娘娘千岁！"张立叩头不止，为皇上、为国祚有这样一位贤妃、内助而感激涕零！

北苑校场，占地数百顷，有平坦如砥的阅兵场，有绿草如茵的驯马场，有靶子林立的射击场、练兵场、马球场，中间是用郁郁葱葱的古木林带相隔。兵房幢幢，掩映绿荫之中，壮阔、庄严，御林军大型军事演习、皇室重大体育活动均在此举行。

马球运动是唐初由波斯传入中国，被历代皇帝推崇、喜爱，视为"运动之王"。球大如拳，木质轻，挖空而成，再漆上红色，分外夺目。参赛者手执几尺长的鞠杖，杖的下端触球处呈月牙形，又曰"月杖"。参赛双方骑在马上，舞着鞠杖，争击一球。球场南北各一方球门，是木板上开孔，后面加网为囊，先击球入本队门者为胜。

后主一到球场，但见百名女子马球队整齐地分立两边。一队身着红色锦衣裤，腰系红束带，头扎红绸巾，脚蹬红长靴，手执红鞠杖，一色的金鞍玉马；一队身着绿色锦衣裤，腰系绿束带，头扎绿绸巾，脚蹬绿长靴，手执绿鞠杖，一色玉鞍赤马。个个英姿飒爽，灵气横溢，见后主和慧妃驾到，齐刷刷跪地娇呼："皇上万岁，万万岁。娘娘千岁，千千岁！"

声音像林中山雀，脆生生，甜蜜蜜。后主一扫脸上的阴云，笑曰："免了免了，快起来夺冠！"

说完，就坐入东侧前排的龙椅上，慧妃、昭容两侧入座。妃嫔大臣依次就座。

鸣炮三声，比赛开始，正副裁判、双方队员进场。红衣队守北球门，由一名绿衣队员在门上拦球。绿衣队守南球门，由一名红衣队员在门上拦球。裁判站在中轴线上抛球，双方队员骑在马上挥鞠杖夺球。只见红队挥着鞠杖，骑马带球，由甲传乙，乙传丙。鞠杖若魔，球似流星，任绿队驰马挥杖，拦追堵截，红球仍乖乖地从一个传到下一个，眼看传到北球门，一绿衣队员飞身拦截，球进入绿队月杖。绿队拼命运球，红队使劲争夺，只见两队飞驰呼呼生风，挥汗似雨，终于红队的"朋头"将红球猛击，"嗖"的一声，打进彩结小球门里，红队获胜。红队队员高兴得跳起来，抱团欢呼着，庆幸自己的胜利。

就这样，一场比一场激烈，一场比一场惊险，打到了3：2，红队领先，看得观众跃跃欲试。后主脱下龙袍，露出一身黄绫衣裤，脚蹬黑筒长靴，骑上一匹黄鬃马，玉羁金勒，宝镫翠鞯，扬杖进场，加入红队。花蕊夫人穿着紧身的白绸衣裤，腰系绿束带，头扎绿绫头巾，一双硕大的绿色蝴蝶结分立在高耸的云鬟上，脚蹬白筒长靴，跃上一匹火焰驹，挥杖进场，俨然一副骑士打扮，加入绿队。场内外欢声雷动，一片沸腾，观众的焦点自然凝聚在皇、妃夫妇身上。准确地说，人们把更多的目光倾注在花蕊夫人的每一个举手投足中。

双方队员一阵激烈球赛之后，情不自禁地放慢了速度和张力，原来两队球赛几乎变成了皇、妃二人的争夺战了。只见后主骑马奔跑，挥杖拨弄马球，马球像着魔似的随杖滚动，看着离球门不远，正准备精彩的一击，倏地，斜刺里杀出一匹红鬃马，不见人影，只见鞠杖一闪，红球乖乖地滚进月牙里。又一闪，球朝后主背后飞到另一个绿衣队员的月杖内。后主蒙住了，只见一朵白云轻盈地飞上马背，拨转马头，飞驰而去。原来，花蕊夫人藏身马腹，趁其不备，闪电般地劫走马球。后主也不示弱，纵马扬鬃追夺。待马骑飞至，花蕊夫人手臂长长舒展，猛地一击，红球不偏不倚，投入本队马球"风流眼"里。动作之敏捷，体态之轻盈，球姿之绰约，实属罕见。

绿队姑娘们忘了尊卑，拉着花蕊夫人的纤纤素手舞着，跳着，狂欢着，流着欢乐的泪。花蕊夫人也一改平日的矜持，和她们拥抱，言欢。场内场外疯狂地一个劲儿鼓掌，一个劲儿地高呼："娘娘千岁！"大家沉浸在胜利的喜悦中。

"好哇！爱妃，趁朕不备，偷袭马球，该当何罪？！"后主快活地开着玩笑。

花蕊夫人香汗淋淋，鹅蛋形的脸儿更红艳欲滴，妩媚动人，像一朵出浴的红莲。听皇上玩笑，她扑哧一声笑了，打趣道："球场如战场，兵不厌诈，不能力敌，只好智取。乞陛下宽恕臣妾之不敬！"

"得了，得了。朕见爱卿球技超群，喜都来不及，还降什么罪！"

裁判高声宣布："比赛时间到，红队绿队4∶4，平球！双方队员都是赢家！"

一场马球赛在欢愉的氛围中落下帷幕！

回宫后，后主偕花蕊夫人去慈寿宫拜谒太后。

太后曰："皇儿，为母一再说，李冰父子治蜀修筑都江堰，才有沃野千里、水旱从人的天府之国；萧何治蜀，才有汉高主之帝业；孔明治蜀，才有三国鼎立的局面，才有六出祁山的壮举。你父皇凭一刀一枪创立后蜀，你坐江山要珍惜，勿奢侈逾分。"

孟昶、花蕊夫人忙跪下："皇儿谨记！"

太后："慧妃明理，起来！"

花蕊夫人侍立一旁。

太后："听说芙蓉花开四十里，还将芙蓉幄幕遮护，侈靡如此，如何治国？何怪有臣诗谏责难！"

孟昶是孝子，对母后言听计从，慌忙认错："皇儿知错。"

太后："庆幸哀家有一个好皇媳，要不是她劝谏，张立人头落地了，你就成昏庸无道之君了！"

孟昶："皇儿宣诏，张立诗谏有功，提官阶一级！"

太后笑了："皇儿知错就改，哀家放心了。起来吧！"

宣诏使见张立，张立拒不应诏，隐居林泉，自号"皂江渔翁"。真如一诗所写：

> 一蓑一笠一扁舟，一丈丝纶一寸钩。
> 一曲高歌一樽酒，一人独钓一江秋。

翌日早朝，兵部递上奏牍，言后汉晋昌节度使（治长安，今陕西西安市）赵匡赞和凤翔节度使侯益遣使降蜀，请蜀国出兵应援。

自何重建、石奉颖举秦、成、阶、凤州降蜀后，后主有吞并关中的雄心，今日闻后汉二将举兵降蜀，喜出望外。即令中书令张虔钊为北面行营招讨安抚使、宣徽使韩保贞为都虞候，率兵将五万，道出大散关；令雄武军节度使何重建为副使率兵陇州（治陕西陇县）与张虔钊会师，同赴凤翔，应援侯益。令奉銮肃卫都虞候李廷珪统兵二万出子午谷，为长安赵匡赞应援。一番番调兵遣将后，后主方回后宫去歌舞宴乐，坐地等花开。

后主与花蕊夫人正在后苑赏花，内侍一路传呼："太后驾到！"

二人忙出苑接驾。

太后已出凤辇，笑曰："免了吧，就在怡然亭坐坐！"说完，皇、妃二人扶着太后，步入亭内入座，侍女呈上香茗。太后品了几口，举目四望，虽时值深秋，苑里却繁花似锦：芙蓉、秋菊开得热热闹闹；松柏竹柳一片郁郁葱葱；柿树、枫树几经风霜反醉得红艳欲滴，株株白果叶儿黄了，飘飘悠悠，似只只金蝶儿采花酿蜜，装点得满园秋光胜似春光。看着、看着，太后只长长叹息，半晌不语。

"母后何为长叹？"后主曰。

"但愿年年有今日！"

"儿臣即位十几年，内外安靖，母后应高枕无忧，颐养天年才是。"

"皇儿，古人云，'居安思危'，哀家怕皇上沉溺游乐，荒疏朝政，弄得国不国、家不家！"

"母后大放宽心，关中二位大将又举兵来降，儿臣才部署兵马应援，只等捷报飞来，吞并中原，即日可待！"

"母后今日临驾，正为此而来。军事非同儿戏。母后在后唐，常见庄宗跨河与后梁交战。你先父在并州阻契丹，入蜀取两川，皆在火线上论功行赏，擢升良将，无有奇勋，勿为将帅！主兵者必勋臣矣！故帅身先士卒，军士效命沙场，铁骑也！皇上股肱必是众望所归之重臣也。母后今日观之，新贵芸芸，皆庸才鼠辈耳。王昭远，小沙弥，侍从出身，只会溜须拍马，用变脸术的雕虫小技逢迎主子宠爱，无真才实学，做侍从适宜，却擢为枢密使，执掌军国大权。伊审征、韩保贞、赵崇韬皆膏粱乳臭小子，承袭父荫，素不习兵，妄自尊大。若国难当头，尔等安能挑大梁，御顽敌？哀家观之，唯高彦俦等太原旧人能征惯战，秉性忠实，为国尽忠，不辱汝矣！"

"大政之事，不宜上烦慈忧，儿臣会妥善处之，母后在后宫多保重凤体，勿念国事！"

太后听出弦外之音，顿时变色："怎么，哀家不能过问国事？"

"儿臣不敢违忤慈意！儿臣望母后保重龙体，才能福祚绵绵！"

"唉，汝若像先皇那样任贤用能，勤于国事，母后就安度晚年也。不能整治了一批旧臣宿将，又扶植一批庸才新贵，国之祸也。"

"不忘母后慈训。"

太后蹙着双眉，颤巍巍地走了。后主和花蕊夫人才嘘了一口大气，彼此递了个眼色，尴尬地一笑。

第九章　将熊熊一窝败北而终

后汉高祖刘知远得知凤翔节度使侯益、晋昌节度使赵匡赞叛国降蜀，即命右卫大将军王景崇、将军齐藏珍调集禁兵数千，移兵关西征讨。

凤翔节度使侯益得探子密报，蜀主大举入侵，吓破了胆。正不知所措时，一卫士匆匆进帐报曰："蜀雄武军弁吴崇恽求见！"

"快请蜀使进帐！"侯益一边说，一边起身出帐相迎。

宾主施礼入座后，蜀使递交北面行营招讨安抚副使何重建劝降手书。他颤抖抖地览毕笑曰："蜀国兵强马壮，国富民安，微臣早归心似箭矣！"

说完，遂交出乞降书、地图、兵籍、附表，讨伐关中，让蜀使星夜兼程带表而还。吴崇恽一走，侯益又秘传书晋昌节度使赵匡赞，反戈降蜀，互为掎角之势，里应外合，一举成功！

赵匡赞接到密件，反而犹豫不决：策反降蜀吧，蜀兵力弱，不足依恃；归汉朝吧，本人曾降契丹，家父至今还被掳辽廷，恐汉主不容。在进退两难时，属下判官李恕进谏："吾帅虽为虏官，令尊燕王入胡，均非所愿。今汉主新得天下，正用人之际，广揽人才，若大帅谢罪归朝，汉主敞怀笑纳，必能保全爵禄，封妻荫子。若弃汉降蜀，蹄涔不容尺鲤。自古得中原者得天下，后蜀偏居一角，亡国是迟早之事，望公三思，勿遗后患。"

李恕本是匡赞父亲赵延寿之幕僚、谋士，赵延寿派其辅佐匡赞，故此人在晋昌军中是持羽毛扇的人物，举足轻重，匡赞对他是言听计从。听完他的陈词，赵匡赞觉得言之有理，像吃了一剂定心丸，曰："君子一言，快马一鞭。铁心归汉，誓不回头！"

话完，急书谢罪表，遣李恕入朝谢罪。

李恕风雨兼程，挥鞭赶至后汉京都汴京（今河南省开封市），径自入宫，向汉主刘知远跪奏："罪臣李恕叩皇上，晋昌节度使赵匡赞，愿负荆请罪，归顺大汉，望天子谅纳！"

汉主曰："你家将军胡为附蜀？"

"匡赞曾身为虏官，家父又在虏廷，恐陛下不肯恕罪，故而违心奔蜀！臣再三谏言，'爱国不分先后，况汉家天子乃唐尧、虞舜也，广开四门，招纳俊贤，如泰山不弃尘土，江河不嫌细流'。匡赞听后，迷途知返，故遣罪臣入宫谢罪。"

"匡赞父子本属朕故交，不幸胡虏。辽主背信失言，使其令尊受辱，瘐死狱中，朕不忍雪上加霜，再加害吾侄。汝速回营，告之匡赞，弃暗投明，尽速来朝。"

李恕赍旨而去。

侯益本是骑墙小人，见赵匡赞归降，自己独木难撑，即遣使上表，谢罪请朝。

大将王景崇人马齐备，正欲西讨，被汉主刘知远秘密召入寝殿，密谕："赵匡赞、侯益虽俱表请朝，未知真伪，爱卿仍举麾西进，窥视动静，打探虚实。倘若虔心朝圣，无须惊动；若迁延观望，汝可见机行事，就地处决，勿落入狡诈陷阱。"

王景崇领旨，即日起程，西赴长安。

赵匡赞在帐内，恐蜀兵飞至，不得脱身，不待李恕回复，便心急火燎率部离开长安，趋入汴梁。途与李恕相遇，便心急火燎唤入帐中问询。李恕将汉主圣谕一一转告，匡赞才嘘了一口大气，如释重负，马不停蹄东进。路遇王景崇大将军率部而来，如长夜盼北斗，二人会晤密谈，王景崇方始放行，自率兵马进驻长安。

王景崇刚入长安，未及部署，探子来报，言蜀都虞候李廷珪率二万之众已出子午谷，为长安应援。王景崇忙发本道兵马，布兵遣将，恐兵力悬殊，不能力敌，则令赵匡赞几千牙兵协同作战，同拒蜀兵。又怕赵匡赞牙兵策反，意欲刺字黥面，遂与将军齐藏珍商榷。齐将军以为不可，怕做过头，反更激起牙兵义愤、哗变。在悬而未决时，赵匡赞属下将校赵思绾入军中帐，率先要求黥面，以示忠心不二，又带动归顺的牙兵黥面。王景崇见送货上门，得来全不费工夫，甚喜，乃下令赵匡赞牙兵全部黥面，誓死抗敌，报效汉室。赵思绾才得意离去。

赵一走，齐藏珍曰："吾观此人鹰鼻吊眼，颜灰面恶，恐非善类。将军黥面令未发，便窃到帅意，投其所好，率先黥面，越是谄谀之人越是狡诈之徒，大帅急锄之，以绝后患！"

"妄杀无辜，何以服众？！"王景崇不听忠谏，拂袖而去。

齐藏珍见大帅远去的背影，捶胸顿足，大声曰："将军不听吾言，悔之晚矣！"

却说李廷珪出师子午谷，探得赵匡赞已入朝归汉，并与王景崇合力抗蜀，乃率师归朝。行至峡谷，见两山峻峭，犬牙交错，怪石嶙峋，传山民间曰，乃子午谷的"鬼见愁"。正觉怪异，忽闻一声炮响，吼声震天，万弩齐鸣，箭若飞蝗，蜀军大乱，纷纷中箭坠马而亡。只见山上旌旗猎猎，竖起一个斗大的"王"字。汉军蜂拥而下，如山洪暴发，铺天盖地而来，将蜀军拦腰截断，使之首尾无法相顾。

李廷珪，太原人，虽七岁随父入蜀，未经历实战，看见这般阵势，早吓得魂飘魄散，只顾前军奔出谷口逃命，哪管后队死活。后队且战且退，左冲右突，快要退回来路谷口，只见黑压压的汉军如一堵铜墙铁壁，严严堵住出口，使蜀军后队前进不行，后退不得，等着挨打，这就是王景崇的"关门打狗"阵。可怜蜀军后队无一人生还，惨死狼牙谷。待汉军将蜀后队收拾干净，李廷珪早已逃出十里外，摆脱追击，查点军士，伤者一万，仓皇而逃。

侯益躲在宝鸡，风闻王景崇取胜、李廷珪败还，这墙上芦苇自然见风使舵，一边倒了。张虔钊挥师至宝鸡，侯益闭壁抗拒。是硬攻，是后退，蜀军将领意见分歧，未形成出击一致的拳头。张虔钊只好驻扎城外，按兵不动。忽闻王景崇召集凤、陇、邠、泾、鄜、坊各路兵马拥向宝鸡，大有踏平之势。张虔钊，这位身经百战的老帅只好退师夜遁。汉兵追至大散关，蜀兵已奔入关中，剩下后军几百人被汉军一掳而去。

张帅从青年时代起就在马背上打天下，战功赫赫。孟昶即位，官至检校太尉兼中书令，不意此番北征损兵折将，懊悔莫及。途经天水，纵目大好河山，感慨万千，决心在时机成熟时，挥戈跃马，率领雄师北进中原，削平敌垒，换来后蜀的太平盛世。行至兴州途中（今陕西省略阳市），气疹复作，只得坐轿而行。面对崎岖蜀道，壮志未酬，泪落沾衣，愤愤卒于兴州。真是"出师未捷身先死，长使英雄泪满襟"。

后主获悉噩耗，悲泪纵横，辍朝三日，以示哀悼。令将士护灵柩回蜀都，葬于京城东郊。

后蜀三路出师关中的大规模军事行动，以败北而终。

却说王景崇两次大败蜀兵，朝廷诏令他兼凤翔巡检使，即引兵至凤翔，侯益开城门引属僚迎接。论及朝政，侯益支支吾吾，态度暧昧，景崇犯疑，遂布兵把守各城门，以防哗变。其时，汉主刘知远驾崩，皇次子承祐即位。

一幕僚言政途凶险，侯益狡诈，趁此诛之。

王景崇不听，曰："先皇原赐吾相机行事，但圣旨机密，恐新帝不知，反道吾专权。况新帝即位，大赦天下，吾怎逆风而动？！只好待吾密奏朝廷，再锄不迟。"

于是拟草密书，奏请皇上圣裁。疏表未发，侯益已化装卷款逃离凤翔，星夜入京，景崇悔恨莫及。

侯益觐见嗣主承祐，大礼之后，新主问曰："汝何故引蜀兵入境，引狼入室，令其应援？"

侯益早把腹稿背得滚瓜烂熟，振振有词道："微臣对汉室可谓忠心耿耿，肝脑涂地！见蜀兵屡寇西陲，扰吾边境，心急如焚，恨之入骨。故臣诈降反戈，诱他入境，一举歼之！"

新主承祐虽年少，仍感强词夺理，牵强附会，故嗤之以鼻，令他下殿。

侯益见新主犯疑，危在旦夕，便倾资权势，活动奔走。钱是万能，有钱能使鬼推磨，哪位权臣能过金钱关？！于是，权臣们被他的贿赂推得团团转，都为他说项，白说黑，黑说白。新主年未弱冠，好话听多了，侯益由叛徒变成功臣，不仅不问斩，反擢封侯益为开封尹兼中书令，位极人臣。侯益怕谋反败露，须斩草除根，于是又贿通史弘肇，诬王景崇专恣骄横，心存异志。新主即调邠州节度使王守思为永兴节度使，陕州节度使赵晖为凤翔节度使，令王景崇为邠州留后，立即赴任，令枢密使郭威为西面军招谕安抚使，河中、永兴、凤翔悉归郭威指挥。

王景崇对这一诏令不服，迁延观望，不愿遵行。其时，河中节度使李守贞谋反，赵思绾也揭旗兵变，联手李、赵反叛汉朝，成了喧嚣一时的三叛。王景崇怒杀侯益家眷七十余口。侯益闻之大恸，哭奏皇上，哀请天子为臣做主，诛杀叛贼，以报血仇。汉主传谕赵晖，速平凤翔叛军。

王景崇一面联合李守贞、赵思绾，一面令子王德让急告后蜀，飞表请降。

后主孟昶坐在朝堂之上，和群臣商议北伐应援一事。宰相母昭裔出班奏曰："臣窥昔日后唐庄宗志在西顾，前蜀王建意欲北伐，无视群臣谏阻，均折兵而返。前车之覆，后车之鉴！况我军事实力，守蜀有余，外拓不足，图谋中原条件尚不成熟，举兵北伐是军国大事，望陛下三思而后行。"

后主闻之，不悦。

王昭远油头粉面，善察言观色，一张油嘴，张口大话，见皇上面带愠色，出列禀奏：

"相国为何长他人志气，灭我大蜀威风？！我大蜀帝国文有匡佐济世之才，武有逸群英霸之雄，精兵良将能征惯战，又有天府作强大后盾，不能偏安图霸，要涤荡中原，一统天下。今王景崇、赵思绾、李守贞三将归蜀，是天赐良机，不一举扫荡中原，更待何时？！得中原者，得天下矣！望皇上出师应援。"

王昭远不顾实际，恣肆汪洋，夸夸其谈，说得后主眉开眼笑，点头称是："王爱卿之言正合圣意！后汉三将率兵归蜀，朕派兵应援，里应外合，中原即日可图。"遂令山南西道节度使安思谦率兵救凤翔，又遣雄武军节度使韩保贞引兵出汧阳（今陕西千阳县城北），牵制汉军。

汉将赵晖兵至凤翔，与王景崇相峙，忽闻蜀军已至散关，即令都监李彦从趁蜀兵跋涉劳顿，潜师偷袭。

蜀军前队出了谷口，个个肚中饥渴，脚酸手软，只听得先锋官一声高叫："在此安营扎寨！"军士们像泄气的皮球，忙卸下盔甲兵器，放马南山，找水的、刨吃的、拉屎拉尿的、睡觉的、唠叨叫骂的、哼俚曲淫歌的，一片狼藉。

哪里是朝廷重兵，分明是一群流亡野汉！

忽然，信炮一响，嗖嗖之声带着道道白光飞来，如疾风暴雨，挨在蜀军身上，"哎哟"一声，喷血而亡。仔细一看，才知是支支毒箭！不见人影，只见万弩齐鸣，箭若飞蝗，应声而死者不计其数。蜀军大乱，提起兵器四处奔突。忽然，一标军马旋风般杀来，挥着长矛大刀，直扑阵前，逢兵便杀，遇将便砍，左横右扫，上戳下挑。蜀兵只有招架之功，无还手之力。兵器所致，人仰马翻，尸体纵横，血流成河。

安思谦见状，喝令中军飞马陷阵，血斩汉贼。李彦从见蜀兵大队人马涌来，又旋风般地挥师后遁，没在深山，无影无踪。

赵晖采用声东击西的战术，乘势夺下凤翔西关，王景崇退守大城。赵晖指挥各营军士攻城，王景崇闭门不出。汉兵轮番在城下骂战，诱敌出城，城内仍无一人出战。急中生智，赵晖令三千军士穿上蜀装，张着蜀旗，迂回潜行，从南山而下。围城汉兵见"安"字帅旗，故作惊慌，哗称蜀兵大至，望风而退。王景崇登至城楼，远远望见足下黄尘滚滚，旌旗猎猎，斗大的"安"字帅旗习习生辉，鸣金击鼓，浩浩荡荡而来。

久旱的禾苗终得甘雨，怎不欣喜若狂！王景崇便不辨真假，大开城门，迎接"蜀兵"。蓦地，信炮声响，汉军如潮水般将凤翔兵团团围困。王景崇方知中计，马上组织突围。只见他，纵马挥刀，左砍右劈，上下翻飞，银光闪闪，似骄龙奋水，像长虹贯日，汉军身首异处，死伤无数。凤翔兵见主帅一马当先，奋勇杀敌，勇自心中来，胆从两肋生，也一阵乱舞乱戳，杀出一条血路，飞马回城，收起吊桥。回城清点兵马，损折一半。王景崇懊悔不已，不敢出城应战。

这时，王景崇之子王德让从蜀潜回军营，言蜀军已出散关，王景崇即派部将李彦舜出迎蜀兵。赵晖获悉，即分兵扼守宝鸡，一防蜀兵北上，二防王景崇南逃入蜀。

安思谦的先遣队伍抵达宝鸡，先锋官申贵见敌军势众，不能力敌，只能智取。于是派一股兵马在城下叫阵，大部队潜入丛林。汉兵在城内见蜀兵稀少，便擂鼓出城聚歼。蜀兵诈败后退，接近丛林，潜伏蜀兵掩杀出来，一场鏖战，汉兵死伤无数，正掉转马头回城，但见城上已竖起蜀旗。幸好赵晖先有部署，恐宝鸡戍兵不能匹敌，则派五千精兵应援。行至二里，只见一标军马杀来，原来是自己的五千精骑应援。两军会师，士气大振，强攻宝鸡。申贵兵马不多，飞章告急，安思谦才引兵至渭水。在强大攻势面前，一场血战使申贵兵马折一大半，只好弃城而逃，汉军复夺宝鸡。

面对强敌，安思谦吓得六神无主，向部将曰："敌军势强，吾军粮草不济，不宜久战，暂退凤州，再作计较。"

王景崇见蜀兵屯凤州不出，多次向蜀主告急求援，蜀兵大多不愿出兵应援凤翔。凤翔使节再三恳请，后主下诏，令安思谦再度出兵救援。安思谦早被汉军吓破了胆，只好托词粮草不济，不可久战。要不，先运兵粮万斛，方可出兵。

安思谦按兵不动，真是，"将在外，君令有所不授"。后主对他的要挟不满，仍如数发给兵粮，曰："思谦未曾出兵，先来索粮，是何道理！他日安能为朕进取中原？！朕且拨粮前济，看他有何话说！"

四十万斛兵粮交与安思谦，他只好出凤州，再由凤州进大散关。另派部将申贵、高彦俦击破汉箭笴、安都寨，汉兵落荒而逃，烧寨毁阁遁去。安思谦率兵马进驻模壁。韩保贞也出新关，与安思谦会师陇州，齐攻宝鸡。

赵晖令宝鸡戍军严守城池，不得开门出战；一面挥书至河中，向郭威大帅乞师。

叛帅李守贞被大帅郭威围困逾年，城中粮尽，十有九死，将士纷纷破门出降，郭威殷殷抚慰。见城内不攻自破，便一鼓而出，分兵五路攻城，叛军不讨自降。李守贞死于乱兵之中。

赵思绾见李守贞败亡，向郭威乞降。郭威禀奏皇上，圣上赦宥，封赵为检校太保，做华州留后。赵思绾大喜，开城门受诏出降。郭威见赵本性难改，终不可用，即令部下缉拿赵思绾及全家，牵至市曹，斩首示众。

三叛平了两叛，独凤翔久攻不下。赵晖心急如焚，披坚执锐，亲冒矢石攻城，所有将士无不效命。只见城内火起，浓烟滚滚，烈焰冲天，城内将士毁门出降。王景崇终因蜀兵不至，率全家跳入火海，举家自焚。

安思谦、韩保贞见三叛自亡，便收兵回朝。安思谦回成都，后主非但不问罪，反封他为左匡圣马步都指挥使，保宁军节度使。开始，他感到愧领，后觉没功劳有苦劳，问心无愧，行为更骄横跋扈。每日早朝，见宫门戒备森严，总觉是图谋害己，冲自己而来，便出言不逊，向门卫大声曰："何以森严！莫非扑杀本帅不成？尔等在皇宫享福，本帅却久战沙场，出生入死，反疑本帅生异，简直是反了！"

说完，拳足相加，门卫敢怒不敢言。典宿官密告皇上，后主怒不可遏。

翰林使王藻，北伐中为安的部下，对安辱骂朝廷、淫戮士卒、妄杀无辜不满，向后主密告，后主与之密谋，扑杀之。

一日，安思谦父子入朝，行至广政殿，事先埋伏殿内的数十名甲士挥刀而出，父子二人毙命，连密谋杀安的王藻也一命呜呼！

第十章　水晶歌舞几时休

翌年春天，牡丹诗宴一过，红栀子花会接踵而来。红栀子花更是天上仅有、世上无双，色泽斑红，重瓣六出，清香袭人，有牡丹之妖艳、梅花之高雅、兰花之清香，后主、花蕊夫人甚爱之。据说此花是仙花，乃青城山道士申天师所献。

这申天师常着黄色缁衣，足踏草履，状貌清癯，髭髯斑白，精神矍铄，道骨仙风，好像八百年前就绝了人间烟火似的，已入耄耋之年却身板硬朗，行走如飞，著《怡神论》若干卷，扶宗立教。擅长服气法，有奇验异术。后主十分器重，常召入宫中求仙炼丹，垂询长生不老之术，并根据他传授的金丹口诀，著有《阴符经》《参同契注》。此次申天师从青城山来，后主又问以长生不老之法。

"治世莫若安民，养身无非寡欲。"申天师捋捋花白髭须，"陛下应奉行老子倡导的无欲无为之道，以求长治久安。'我无为而民自化，我无欲而民自正'是也。"

后主悦，遂赐天师紫衣。

临别时，天师从缁衣里取出一方黄绢，内有两粒黄灿灿的种子，曰："此花种是贫道入山访道，一位仙人所赐，仅此二粒，实为罕世之物，不敢专享，以此进御，愿陛下笑纳！"

王昭远圆溜溜的脸上堆满笑容，躬身曰："仙花出现，乃国祚祥和、大蜀当兴之瑞兆，陛下宜敬谨爱之，种于宣华苑，不可亵渎。"

后主大悦，厚赐申天师束帛百段，令花工将二粒神种植入芳林御苑，专司培植。这花得到优厚的调养，果然树干高耸，枝繁叶茂，春来开花，秋来结果。牡丹谢幕，此花登台，灿烂四出，幽香八面，是当时盛极一时的百花之王，后主御赐为"红栀子花"。花蕊夫人甚是喜爱，即兴赋诗，一叹三咏，在《花蕊百首宫词》里，随处可见其芳踪：

> 三月樱桃乍熟时，内人相引看红栀。
> 回头索取黄金弹，绕树藏身打雀儿。

她喜爱红栀子花，尤爱窗前那株灿若云霞的红栀，清雅的花香伴她进入阳春梦，娇艳的花瓣迎她慢裹春日妆。她凝眸欣望，挥笔写下第二首：

> 寝殿门前晓色开，红栀药树间花栽。
> 君王未起珠帘卷，宫女更番上植来。

此花传出宫外，蜀人寻觅不着，方按见者所传作画赏析。开始不过一二善画者描绘仿效，后来人人擎笔画花，团扇上、手绢上、墙壁上，处处可见红栀子花的倩影。富家子弟拿钱雇画工、绣工，绘绣在帽檐裙边、胸襟，招摇过市，争艳斗奇。巧手女子自出心裁，用绢绸、鹅毛裁剪，做成红栀子花插在两鬓，以此炫耀。宫中妃嫔采女，弃下凤钗珠环、金钿银簪，以戴红栀子花为时髦。红栀子花被炒得沸沸扬扬，变成了神花仙朵，成了吉祥、美丽、时尚的象征。

后主怕过炎夏，一年前，传旨韩保贞，在摩诃池上赶造一座水晶殿，在夏日消暑。

韩保贞，字永吉，少时随父入西川事太祖，受父荫庇，虽不谙军事，屡迁眉州、汉州、雄武军节度使兼枢密副使。今接诏，岂敢怠慢，即在蜀中广征民夫，泛引巧匠，昼夜抢修水晶殿。又凿了一处九曲龙池，蜿蜒十里，通入摩诃池内。水晶殿、龙池双双落成，韩保贞便请后主、慧妃起驾鉴赏。

文武重臣、皇亲国戚、妃嫔采女一行数百人簇拥着后主、慧妃启跸光临。但见十里长堤杨柳依依，奇葩万朵；百步一亭，五十步一榭；复道画廊，幽深回环，倒映池中，和红菱交融，似龙宫，像天阙，妙不可言。后主龙颜大喜，赞不绝口："美哉！堂皇似秦始皇之阿房，幽曲似隋炀帝之迷楼矣！"

回望花蕊夫人，花蕊夫人正沉浸在画意中。他眨眨眼，笑道："身置九曲龙池，爱卿吟一诗助兴吧！"

"臣妾怕拙诗败陛下和众臣的雅兴。"

"哪里，哪里，爱卿的诗常常是诗中有画、画中有诗，经典矣！"

"恭敬不如从命，臣妾只好献丑了。"花蕊夫人但见满目仙景新色，诗意正浓，微启朱唇，脱口而出：

> 龙池九曲远相通，杨柳丝牵两岸风。
>
> 长似江南好风景，画船来往碧波中。

群臣交口称赞，王昭远眉飞色舞，献媚取宠："千岁娘娘的《九曲龙池》，堪称千古绝唱，微臣敬佩得五体投地！"

"娘娘用画龙点睛之笔，将微臣的平庸之作——九曲龙池点活了，叩谢娘娘的神来之笔，为新景增辉！请受微臣一拜！"韩保贞献媚也不趁学，边捧边向花蕊夫人行了一个大礼，弄得她忙躬身致意，娇声迭迭："免礼，免礼！韩爱卿请起！"

众臣交目示意：看来，韩保贞的溜须拍马之伎俩不在王昭远之下矣！

"走吧，胜景还在后面哩！"后主笑着发话。

韩保贞满脸堆笑地在前面引导，不觉来至摩诃池畔。只见池中屹立着一座金碧辉煌的宫殿，四周是万条瀑布自上而下地奔腾倾泻，如银练飞舞，似六月飞雪，发琴瑟和鸣之声，悦耳动听。置身于此，酷暑自消。

"奇迹，奇迹，真正的水晶宫！"后主赞叹着，一面举足前趋，却是碧波粼粼，正疑无路，一座吊桥从湛蓝蓝的空中徐徐降落，像彩虹卧波。此桥是檀香木做成，桥两边是高高的桥栏，上雕刻着精美的金龙彩凤、花卉鱼虫。

栏杆上，等距离地悬挂着二十四对大红宫灯。人走在上面，像步入长长的画廊，壮观已极，后主赐名"天桥"。像这样的天桥架设在东西南北，共四座。桥头是锦衣队守卫，无御牌则不得入天桥通行。

沿着天桥向水晶殿走去，只见大殿重重，院落座座，全以楠木为柱，璧玉为瓦，珊瑚锁窗，大理铺地。四周墙壁，以大幅琉璃镶嵌，内外通明。嘉树异木、奇花蕙草错落有致，将这宫殿的卓尔不群、气派豪华发挥到了极致。步入殿内，全是镂花的玉桌、玉椅、玉凳、玉茶几。桌上银盘、银杯、银壶、银箸、珊瑚画屏、水晶玛瑙、琳琅满目。

更称奇的是那如意帐和游仙枕。这如意帐鲛绡质地，浅红花纹，捏之不盈一握，张之奇大无比，再宽大的龙床也被它严严笼罩，夜间如荧光般闪烁。游仙枕则是青玉琢成，光滑细腻，花纹斑驳，纤毫毕现。头枕在上面，冬暖夏凉，神清气爽，既解酒，又消愁，云里雾里，魂销魄醉，不知今夕何夕。室内摆设豪华无比，连溺器也以七宝装成。

后主欣赏着，喜悦之情溢于言表，忽然双目盯住了那盏盏金莲宝炬，不禁皱了皱眉头。韩保贞善察言观色，忙双膝跪地："微臣愚昧，不知何处不合圣意，乞皇上御示，改之，务必尽善尽美。"

"爱卿设计新颖，巧夺天工，无不满足矣，只是……"

"只要博得陛下一喜，哪怕九天揽月，微臣也敢赴汤蹈火，在所不惜！"

"朕就是要那九天的圆月放置水晶殿中，照得亮如白昼，里外通明。"后主捋着那剪裁得像两匹鸟翼的短髭，笑呵呵道，"卿愿往否？！"

"啊——呀——"众臣一个个瞠目结舌，如听神话。韩保贞更是目瞪口呆，两眼鼓如铜铃，一张狮子嘴大开，久久合不下来，心怦怦地响："天呀，吾非神明，怎能上九天揽月？陛下怎能将微臣尽忠的夸张当真？！明月，明月，害煞微臣矣！"

他急得冷汗淋淋，众臣们一场惊诧后复入平静，冷眼看这专会献媚取宠的权臣怎生收场。

"明月，明月，害苦吾矣！"韩保贞在心中一番番诅咒，没想到是明月帮了他大忙，他脑际里闪过一颗宝珠，光华四射，像明月一般，忙启奏："陛下，想起来了。先皇在世时，后宫里有一颗明月珠，光焰夺目。相传那是李冰父子智斗孽龙，从龙嘴里取出来的神珠，距今已千余年了。每到节日庆典，先皇便令内侍从宝库里取出，悬在殿中，以代灯烛。陛下何不将这珍宝悬于水晶殿中，彻夜通明，以珠代烛？"

后主听后大喜，鸟翼般的胡须又跃跃欲飞，曰："幸亏爱卿提醒，朕竟忘了此宝！"即令内侍飞马取宝，悬于殿内，果然和日月同辉。后主又令内侍取帛锦百段、金珠百斛，赐予韩保贞，擢升为奉銮肃卫马步军都指挥使兼检校太尉、侍中，成一品要员。

夏天转瞬及至，后主偕花蕊夫人、李艳娘等宫眷住入宣华苑，下榻水晶殿。

客省使赵崇韬系已故老臣宿将赵廷隐之子，见韩保贞挥霍国银盖豪华宫殿取悦皇上，进入宰辅之尊，便想效仿，以图晋爵。后主在神仙洞府里朝朝歌舞，夜夜宴乐，过着神仙般的日子，美中不足的是只有歌伎，但无梨园。想到先父在世时创建的赵氏梨园，技艺威震京华，何不将此梨园拱手呈送皇上，既博主子欢心，自己又青云直上，何乐而不为？于是，主动进宫，觐见后主，曰："水晶殿、龙池落成，为皇室后宫铺了一层锦绣。微臣愿锦上添花，将两代人经营的赵氏梨园送与皇上，助酒添兴，游宴增乐，乞陛下笑纳！"

后主早知赵氏梨园的乐队、歌队、舞队，不但历史悠久，更技艺超群，堪称京华一流。又听说这几年梨园来了一教头，精通音乐歌舞，尤以玉笛为最，给本来就人才济济的梨园注入新的活力。他早就有心兼并，不好启齿，今日见送货上门，自然龙颜大悦："爱卿忠心爱主，朕不负盛情，明日乔迁华宴，由梨园子弟专场献艺表演。"

赵崇韬赍旨而去。

次日，皇家在水晶殿大宴群臣，后主居中正坐，两边分别是花蕊夫人和李艳娘昭容，再是其他妃嫔宫娥，个个轻纱薄绡，美艳如花。文臣武将、皇亲国戚峨冠华服，阔绰倜傥。梨园子弟奏乐，侑酒承欢，只见领班一身黄色锦衣，端庄出列，手捧歌扇，请后主点曲。后主递给花蕊夫人："卿点名曲经典观之。"

花蕊夫人接过歌扇，轻轻启开，但见上书二三十个戏曲名目，便擎起朱笔，边悄声征求后主圣意，边圈点节目，曰："首曲来个《蜀宫夜宴》吧！切合主题。"

后主点头："正合朕意。"

当看到《蜀宫夜宴》中的主曲《霓裳羽衣曲》时，花蕊夫人惊曰："此仙曲乃开元年间，唐明皇和法善大师梦游广寒宫时，嫦娥舒袖起舞于群仙宴饮之中所演奏的乐曲，曲调美妙绝伦，不同凡响。唐明皇用心暗记，吹笛习之，得其节奏。回到凡间，仙乐仙歌仍洋洋盈耳，方和杨贵妃按谱就腔，填词低唱，踏乐就舞。人琴和鸣，将仙曲蕴含的美发挥到了极致。安史之乱，贵妃马嵬自缢，明皇从此不再唱此曲，仙曲因此失传，今日怎生复出？！"

"朕亦感怪哉！反正先睹为快，演奏后再作计较。"

花蕊夫人点点头，又圈点几个节目，交予领班，曰："演出水平，超越今人，皇上和娘娘是有赏的。"

"谢皇上、娘娘隆恩！"领队持扇退去。

梨园子弟三十余人在阶前献艺，首演《蜀宫夜宴》。只见领队端庄、潇洒地屹立在乐队中央，金色指挥棒在空中飞舞，优美地画了一个圈，一顿，一闪，一挥，打击乐器顿时响起，那妙曼、婉丽的旋律，典雅温馨的音色，烘托了宫廷氛围。接着，钟鼓齐鸣，管弦纷奏，唢呐声声，乐曲庄严、华贵、热烈、喜庆，似宾主从从容容，款款步入宴厅就餐。群臣妃嫔乐得举筋宴饮，真是：阶前仙乐齐奏，殿上传杯递盏。

接着，节奏徐缓、优美、抒情，乐曲进入第二部曲——《霓裳羽衣曲》。只见十六位妙龄丽人雪衣红裙，云肩垂络，衣袂飘飘，如仙女御风而下，随着优美的旋律，时而轻柔舒展，时而热情奔放，高低急徐，抑扬跌宕，逸态横生，妙姿百出，宛如翩风回雪，飞燕游龙，和着婉转的歌喉，曲尽其妙，歌尽其情，舞尽其态。忽然，众乐顿失，笛声响起，像发自缥缈的仙境，召唤舞姬们归去。舞姬们曳着靓丽的长裙，纤腰一捯，舞出两条长长的绸带，袅袅娜娜，飘飘凌空欲飞，在悠长、绵延的笛声中回头顾盼，御风而去，撒下对凡间的一片痴情。只见二胡低奏，洞箫轻吟，是仙女们留下的声声叹息。此时，食者按箸止杯，肃然玉立，长长的目光系着舞姬的情影。

直到第三部曲响起，萧鼓齐喧，笙歌叠奏，君臣们才从《霓裳羽衣曲》中苏醒过来，只听见后主朗朗大笑："妙舞仙曲，人生幸事矣！当年玄宗、贵妃在长生殿宴乐，也不过如此而已。此曲只应天上有，人间难得一回闻。来来来，君臣举杯，共庆盛唐开元天宝之遗音在大蜀水晶殿内重生！"

"哗"的一声，数百只金杯高举，御酒飘香，君臣妃嫔，心醉意畅，仰脖豪饮。只见宫女穿梭于席间送菜助酒，觥筹交错，送酒流觞。连滴酒不沾的花蕊夫人也举杯和君臣对饮，红霞满腮，醉眼迷离，醺醺然醉卧在后主怀中。后主爱怜地拥着她那柔若无骨的艳体，像拥着一件稀世珍宝一般，得意忘形地笑道："杨贵妃当年醉酒的娇媚，怎及朕的慧妃醉酒之丰韵？"说完，一串哈哈响彻殿堂。

蓦地，布谷声声，引出鹁鸪、画眉、黄鹂、喜鹊、百灵和鸣，像粼粼春水漫过燥热的心房，似剪剪春风吹拂滚烫脸颊。花蕊夫人从沉醉中苏醒，睁开长长的睫毛，眸光顾盼，喃喃燕语："鸟音真美！陛下，你带我进入青葱的园林了吗？！"

"不，是领班在吹玉笛！"后主轻柔地答道。

"啊，玉笛！"她从后主的怀里挣扎起来，像小孩似的，双眸闪出童真的光亮，寻找那婉转的鸟鸣和翩翩的鸟影。

后主见她如醉如痴的娇态，忍不住扑哧一声笑道："是笛子独奏——《百鸟朝凤》呢，嘻嘻，慧妃竟如此神魂颠倒！"

"喔，喔。"她羞赧地支吾着，美目四顾，寻找着心中的音符。她看到了那位庄重而潇洒的梨园领队，正玉立在乐器簇拥的台阶上，微侧着头，棱角分明的红唇横吹着玉笛。那是一管中音笛，手心里还握着两只笛子，一只碗口粗的低音笛，一只细若笔管的高音笛。三支笛子在嘴边轮番交替吹奏。只见手指在笛管上翻下飞，美妙的音符像泉水似的从笛孔里飞出，顺着指尖滑翔，变成了缓急跌宕、高低有致的优美旋律，才产生了百鸟啁啾、鸟语交融的神奇效果。蓦地，百鸟戛然停鸣，一只凤凰引颈高歌，曲调鲜丽、明快，那是凤凰在翩翩起舞。旋律越来越激越、昂扬，似凤凰搏击蓝天，凌空展翅飞翔。忽闻一声悠长、舒缓的鸟鸣，清丽无比，似凤凰彩羽开屏，屹立高枝。接着，百鸟齐集，聚众欢鸣，长短粗细，高低缓急，五彩缤纷，各展歌喉，各显神通，君臣妃嫔全沉浸在鸟的世界里，随着百鸟飘向旖旎的云海、静谧的林园，那么纯真、和谐、美丽！

一曲《百鸟朝凤》醉倒所有的君臣妃嫔、皇亲国戚，博得经久不息的掌声。领班含笑着拱手致谢。

后主曰："尔姓甚名谁，笛技如此高超，似大唐魔笛李谟再世矣！"

"鄙人姓李，名十笛，乃鼻祖李谟十世孙！"

"尔勿诈称！"

"庶人岂敢欺君罔上！请御视鼻祖留下的遗珍！"十笛双手呈上粗长如臂的铜笛。

后主接过铜笛御览，锈黄精亮的笛管也褪色如蛇身花纹一般，斑斑驳驳的，在铜管下端，两行隐约可见的蝇头小楷。上排是："天下第一笛手"；下排是"天宝六年御赐"。因岁月磨损，下排字脱落模糊，如"天"字少头上一横则成"大"。

"果然遗世珍品！"后主龙颜大喜，津津有味地问，"汝何为辗转吾蜀，这绝传的《霓裳羽衣曲》何为失而复得？"

"吾乃东京洛阳人氏，安史之乱后，祖辈随难民南下，鼻祖不幸染病客死他乡，全家便在青城县定居。十年前，吾倾其田产家业来京都定居，重操祖业。"

说到青城，花蕊夫人的双眸圆睁，激动地"啊"了一声，心里喊着："他就是当年羊马河畔吹笛抚琴、提音练嗓的少年？就是圣手李谟的后代？"

后主觉察了花蕊夫人的激动，惊诧笑曰："见到家乡人啦，激动起来！"

花蕊夫人红着脸，俯下头，只听见李十笛如数家珍般地叙述家世："当年，唐明皇梦游月宫，记下曲谱后，在骊山西麓华清宫令伶官李龟年在朝元阁夜夜教梨园子弟依曲歌舞。是夜，老祖宗过骊山足下，听了此曲如痴如醉，依在宫墙边一动也不动，直到琴绝舞止月西沉，他才依依离去。次日，唐玄宗微服出游，走在长安城大街上，忽闻红楼飘来悠扬的笛声，似仙乐一般，不禁驻足聆听，听着听着。大吃一惊：怎么昨夜才写好、试吹试舞的《霓裳羽衣曲》今日竟有人偷窃到民间？！立令锦衣上楼将吹笛人绑架进宫，亲自御审。老祖宗据实上奏，玄宗皇帝又吃一惊，令他吹奏乐曲，笛声美妙，技艺奇绝，玄宗便收老祖宗做皇家供奉乐师，日夜为宫廷吹奏。自杨贵妃在马嵬坡自缢，玄宗从此不吹此曲，社会上便讹传《霓裳羽衣曲》失传。家父临终前，将我叫到床头，抚摸着我的头，曰：'笛儿，为父问你，为什么给你取名十笛？'

"'孩儿是老祖宗魔笛的第十代传人，故取名十笛，意在将老祖宗的绝技在第十代人身上发扬光大。'

"父亲苍白的脸上闪过一丝笑意，断断续续道：'这是老祖宗……留下的唯一珍贵的遗产，不，不能丢失……'说完，闭上眼睛，撒手人寰。"

这是一个凄美的故事，全殿鸦雀无声，静得连自己的呼吸之声都能听到。

"禀皇上，天宝年间的遗乐、遗笛在两百年后的大蜀宫殿里再现，是天降祥瑞，昭示国祚鸿运，可喜可贺！"王昭远油头粉脸，最会抓机遇，溜须拍马屁，讨主子喜欢。

"今日乔迁之喜，两绝复生，君臣同醉，不啻唐玄宗在沉香亭令李白醉书《清平乐》之盛况。"后主满面红光，口谕，"赵崇韬忠心爱主，晋封侯爵。李十笛是名家之后，技艺超群，册封皇家梨园总领。颁赏梨园子弟金银百锭，彩帛千匹。"

受赏者一一上前谢恩。从此，朝中庆典、节庆宴游，均由李十笛率领皇家梨园子弟献艺侑酒。

那夜，后主乘兴豪饮，喝得烂醉如泥。花蕊夫人宣布停乐撤筵，唤太监、宫女将后主扶回寝殿。后主枕着游仙枕，便呼呼睡去。花蕊夫人令宫女准备好雪藕、冰梨，待后主醒来食用，又令大家抓紧睡一觉，时刻等候调遣。自己斜靠在绣榻旁，似睡非睡，小心翼翼地陪寝。

后主一觉醒来，时过三更，只觉心中燥热、烦闷。但见慧妃着一身肉色的蝉翼纱裙，在明月珠的辉映下，里外通明，写满了青春的魅力。那一对高耸的酥胸，随着均匀的呼吸有节奏地起伏；白如葱根的纤纤玉手托着桃花般的鹅蛋脸；长长的睫毛微微覆盖着那两汪秋水，多像月光下静静开着的水莲，那么冰清玉洁、丰神清雅！啊，朕月光下的荷花，你累了一天该躺下休息了，怎么还守护在榻前为朕陪寝？！一股暖流漫过他的全身，他看到了这冰肌雪骨下，有一颗多么美丽、高尚的灵魂！他不忍心惊醒她，轻轻过去偎依着她，让她靠在自己的身上美美睡上一觉。这一靠，惊醒了她，她睁开睡意蒙眬的双眼，轻声道："陛下醒来了！心中还燥热吧！"

"有冰雕玉塑的美人陪睡，心中的烦热也去了九分。"

"陛下真会玩笑！"她粲然一笑，起身托起玉盘，盛上雪藕、冰梨，"吃下去吧，心中的暑热自然褪尽。"

后主接过来，大口大口地吃，只觉汩汩生津，遍体清凉，既解酒性，又退烦热，感激地说："知朕者，慧妃矣！朕也无睡意，卿去睡会儿吧！"

"陛下既无睡意，趁这美好月夜，臣妾陪朕出殿走走。"

"卿言正合朕意，只是难为你了！"

"陛下说到哪里去了，这是尽妃子的本分！"说完，花蕊夫人正欲唤侍女陪行伺候，后主曰："别叫醒她们，朕与爱卿静静地纳凉赏月是一幸事。人多了，反而破坏了意境。"

花蕊夫人点点头，扶着后主发软的身躯步出殿外，迈过一座月洞门，在摩诃池清辉亭并肩而坐。园林静静的，蟋蟀弹琴的声音清晰可闻。只见月华如练，倾万缕银辉，洒千丝柔情，将锦绣皇苑幻化得朦朦胧胧，扑朔迷离。微微的夜风送来淡淡的花香、草香味儿，这是一个令人陶醉的月夜，后主无限感慨道："神仙也不过如此罢了！"

"如此良宵，清雅、静谧，陛下精擅文翰，何不填词抒怀，遗芳后世！"

"好，好好，朕赋词，卿谱曲歌舞，不负这良辰美景。"

花蕊夫人铺开薛涛纸，后主泼墨挥毫，只听见着笔的沙沙声。不一会儿，词写成。花蕊夫人捧笺一看，乃《玉楼春》，只见，佳句迭出，意态风流，把娇妻酣眠、月夜美景描绘得淋漓尽致。她娇声诵道：

> 冰肌玉骨清无汗，水殿风来暗香满。
>
> 绣帘一点月窥人，倚枕钗横云鬓乱。
>
> 起来琼户启无声，时见疏星渡河汉。
>
> 屈指西风几时来，只恐流年暗中换。

花蕊夫人早被诗中美妙的意境感染，心中的乐曲连珠般地涌出，不是在诵词，而是在咏歌。只见莺声上下，燕鸣东西，婉转清丽，飘逸风流。

"曲调太美了！卿轻歌曼舞，朕为你吹笛，让歌声、笛声、舞姿融为一体，才是世间极品。"

花蕊夫人舒展长裙，随着笛声盈盈起舞，那飘逸、柔美的舞姿，那潇洒、轻盈的舞步将词曲的内涵表现得淋漓尽致，完美无遗，仿佛置身于月宫一般。引得林中百鸟坐枝聆听，水中鱼儿翘首不游，宫女、宦官悄悄围来，屏着呼吸欣歌赏舞。当舞到"屈指西风几时来"时，后主的笛声回旋曲折，凄楚悲凉，花蕊夫人逸态横生，楚楚动人。

忽然，边将气喘吁吁，跪拜在地，粗声大气道："启禀皇上，周兵长驱直入，来势迅猛，攻下马岭寨，北方七寨纷纷告急，危如累卵！"

孟昶听完边报，如五雷轰顶，怔住了，半天回不过神来。掷笛于地，怒道："可恨强寇，败我诗兴！"

边将见陛下还沉浸在歌舞笛声里，复又禀报："后周招讨使王景、向训自大散关南下，拔我蜀马岭寨，边防危在旦夕！"

直到第二次禀奏，后主才从诗情画意中游离出来，回复到现实中。闻听边防失守，暴跳如雷："堂堂边将干什么的?！饭桶！上朝！"后主霍地站起来，气急败坏地走向金殿。

第十一章　拉开一统华夏的序幕

就在后主流连声色、歌舞升平之际，中原的政权揭开了新的一页，由后汉进入后周，第二代皇帝周世宗柴荣执政。柴荣，邢州（今河北邢台）龙冈人，是后周太祖郭威的内侄，从小住姑父郭威家。郭威出任统兵大元帅时，柴荣随姑父南征北讨，练就了十八般武艺，精通韬略。

公元 950 年，郭威灭汉兴周，当起了后周的开国皇帝，世为周太祖，柴荣为汴京尹，执掌京都行政。这时的柴荣已成为一位成熟、干练的政治家、军事家，郭威甚爱之，收为养子，视同己出。显德元年（954 年）太祖驾崩，按遗诏，柴荣在灵柩前即位，三十四岁，世称周世宗。他踌躇满志地登上九五之尊，立志削平十国、一统天下，建立一个中央集权的大周帝国。

翌年，北汉刘旻趁后周国丧，勾结契丹入侵，进逼潞州（今山西长治）。柴荣跨马披甲，挥师亲征。高平（今山西境内）一战，打出了柴荣的威风，敌尸遍野，血流成河。刘旻从雕窠岭遁归，龟缩在老巢晋阳苟延残喘。契丹兵已望风而逃，胡马不敢南侵。周世宗北伐胜利，凯旋而归，遂开始南讨西征、统一中国的步伐。

显德二年（955 年），周世宗下诏求谏，向朝臣广征治国方略和进取大策。

御题抛出，群臣纷纷入殿应试。周世宗亲自御考、阅卷。群臣论策平平，唯比部郎中王朴的上书乃是崇论闳议的大文。周世宗览毕宏文，龙颜大喜，赞赏他治国安邦的真知灼见、大政方略。立即召见王朴，擢升为左谏议大夫兼知开封府事。从此，王朴做了他的心腹谋士。

正当周世宗整军经武、积极备战、寻觅统一战争之际，蜀主孟昶两次出兵关中，加重了秦、凤、成、阶四州边民负担，兵役徭役、苛捐杂税压得边民抬不起头，加之这四州历属中原管辖，故四州人民对后蜀苛政怨声载道，相继赴汴京乞后周举兵，恢复旧疆。

世宗问左谏议大夫兼知开封府事王朴："卿以为若何？"

"天赐良机也！孟昶溺于声色，不修德政，以致天怒人怨。陛下若兴仁义之师，伐无道之主，将士将用命疆场，民众将箪食壶浆，以迎王师。南唐、北汉见之更闻风丧胆，一箭三雕，统一大业的序幕就此拉开，胜利在握。"

"伐蜀正合朕意！来它个牛刀小试吧！先令偏师攻蜀，继而出正军击唐！"

"陛下英明，好一个声东击西之策！"

周世宗即令中书令兼凤翔节度使王景为征蜀正招讨使，领一万五千兵马，镇安节度使向训领二万兵马，为兵马都监。二将赍旨西进，昼夜倍道而行。周兵出大散关，王景率兵进逼黄牛寨，向训西挺秦州，两军在马岭寨会师。

后蜀在北边秦州山区设八寨：黄牛寨、马岭寨、大门寨、仙崖寨、紫金寨、白涧寨、东河寨、铁峡寨。寨寨依山而筑，山势峻险，道路崎岖。八寨中，尤以黄牛寨地势险恶，寨岩碉堡高耸，真有"一夫当关，万夫莫开"之势，是中原入蜀的第一道关口。孟昶派两员猛将把守，一是太原黑脸大汉张处存，耍一柄鬼头大刀，人见人怕，外号"黑脸大刀"；一是本土人肖必胜，环眼瘦头，持一杆长矛杀退万军，外号"瘦头长矛"。二将镇守秦岭第一要险，后主便高枕无忧。

张、肖二将闻王景引数万大军伐蜀，即商议对兵之策。黑脸大刀张处存道："王景乃周军边防名将，久经沙场，今日披坚执锐而来，必是一场血战，胜负难料矣！不如坚壁固守，避其锋芒，勿与交锋，待敌军粮尽心散时，再出寨强袭，一鼓可擒矣。"

"张公之言正合吾意，我寨只五百军士，敌我悬殊甚大，务在谨守，以拒周兵，乃万全之策。"瘦头长矛肖必胜附和。

于是，加强防御攻势，在碉楼上密设弓弩、炮石，储备粮草辎重，准备久战。

王景日夜兼程，径直到了黄牛寨，唤军士去寨前叫战。只见寨门紧闭，碉楼上战旗猎猎，弓箭如林。忽然墙上一声炮响，浓烟滚滚，矢石俱下，周兵死伤无数。副将王仪执戈骂曰："鸟寨毛贼听着，大周天兵天将压境，快开门投降，饶尔等不死。不然，老子们一个一把土，把尔等统统活埋！"

话刚落地，一矢射中他的头盔，铁片当当弹到空中，又横飞坠地，吓得王仪目瞪口呆。

"此二将据险不出，坚壁固守，对峙不易，撼寨难。不若先易后难，取道绕过这颗铁钉子，立住阵足，再拔不难。"王景捋着胡须道。

"大帅妙计！"

忽然，哨马飞报："小人探得山背后一条鸟道，可通马岭寨，寨内防守松懈。可一鼓击之。"

王景听后大悦，遂令属部退十里造饭休息。入夜，周军乘着夜色，人皆衔枚，马皆勒口，星夜倍道而行。天近拂晓，大队人马已悄无声息地骤至马岭寨。

马岭寨守将赵季札，乃朝中客省使。后主闻后周出兵，即派他赴秦、凤二州按视边备，督促备战。他赍旨视边，带上一群妻妾艳妓，一路寻欢作乐，按驿徐进。一到秦州，节度使韩继勋迎他入帐中议兵。他腆着肚皮，高谈阔论，吹毛求疵，韩继勋气得拱手，冷冷送客。来至凤州，更未把守将赵崇溥、王环放在眼底，以钦差要员的身份拈三挑四，二将勉强应酬。回至京城，后主问他："秦、凤二州边备若何？"

他朗声大言："韩、赵二人皆非将才，不足御敌！"

"国难当头，爱卿保举良将！"

"某虽不才，愿受命于危难之际，誓叫周兵有来无回！"

后主悦之，命他为宏武节度使，拨禁军千人，往秦、凤扼守。

他挥师北上，一路上在大轿里，腆着肚皮，捻着稀疏髭须，晃着肥头大耳，掂量进驻何寨。八个寨子在眼前晃动，轮番比较，最后选择了马岭寨。其一，此处山险岭恶，鸟路如绳，难攻易守，是一处天险；其二，有黄牛寨精兵勇将在前御敌，此寨倒是座良好的避风港。于是，挥师进驻马岭寨。

副将于吉出寨门迎接。他问了一下边备情况，便一腔情思投入女人的温柔乡中，整日和淫妇娇娃狎酒嬉戏，听歌看舞，大言不惭曰："金戈铁马中闻丝竹管弦，方显出大帅的气度、风采，如诸葛孔明西城焚香操琴，临危不惧矣！"一面暗使亲兵将妻妾、金银、细软之物护送入成都，美其名曰："去却累赘，精忠报国，全力备战！"

此时，他正和荡妇几番云雨之后，搂着软玉温香的妇人裸体沉沉入睡，忽闻寨外金鼓齐鸣，杀声四起。他惊得从床上一下弹到地上，颤抖地问："该不是梦吧，但愿是日所思、夜所梦啊！吾料周兵插翅也飞渡不过这座天险！"

"大帅，周……周兵……包围了我寨……"一个卫士破门而入，战战兢兢地报告。

"笨蛋！传吾口令，叫于吉将军拼死顶住！"说完，抓起红裳当军装，肥胖的身躯再笼也笼不进去。

"大帅，是我的红装……"荡妇尖声地叫着。

"臭娘们，扫帚星！"赵季札一手掷去红裳，从枕下抓出早准备好的山民服，乱七八糟地罩在身上。

"报……报告——寨内起火了，周兵拥进了……寨内……"

"还不去御敌，报急着甚！"他推窗一望，后院浓烟滚滚，火光冲天，厮杀声、喊叫声、哭声、骂声响成一片。他正欲飞窗而逃，女人哭吼起来，抱住他的大腿："帅爷，带我一起……逃吧……不……不能……"

他恶狠狠地骂道："臭婊子，见鬼去吧！"说完，用军筒长靴重重地朝女人头上踹了一脚，只听见"啊呀"一声惨叫，女人倒地而亡。他飞出窗外，钻进阴沟，逃出山寨。

马岭寨，脚下万丈深渊，头顶陡峭悬崖，如刀削一般，加之墙高楼危，副将于吉在碉楼上督战，弓箭密如飞蝗，周军中箭身亡不少。王景见硬攻不下，密告董龙、董虎兄弟二人，如此如此，这般这般。

董龙、董虎本是一对孪生兄弟，长得虎头环眼，短小精悍，样子一模一样，不易辨认，幸好大哥董龙额前多颗黑痣，要不叫起名字来准会张冠李戴。自父亲阵亡、母亲改嫁后，二人走投无路，在关西大山里落草为王。多年的草莽生涯，练就了他俩一副爬山越岭、飞檐走壁的本领。走起路来足下生风，虎虎如飞，再陡峭的山崖在他俩足下也如履平地，人们叫他俩为大小壁虎。

他俩选了十名"飞毛腿"，个个皂衣短裤，腰拴草把，裹上硫黄、油渍等易燃物，手执开山斧，从山后攀附而上。山顶松柏参天，古藤缠绕。十壮士一人抓住碗口粗的古藤，运足气，纵身踢腿，飞掠数丈，如游龙灵猿攀藤附葛，蹿上山崖，双脚轻轻落在危墙上。他们弃了古藤，点燃火把，朝军火库掷去。只看见浓烟迷空，火焰腾腾，"轰隆隆"，一阵阵山崩地裂的巨响震撼着莽莽大山，火库炸了。在滚滚浓烟中，十壮士纵身下跳，身形翩翩，犹似只只岩鹰，向大寨后院飞去。十人着地，如入无人之境，见头就砍，见人就杀，蜀兵乱作一团，喊爹叫娘，朝寨门拥去，厚重的铁门倒塌了。

寨内外的周兵奋起刀枪矛戟，像砍瓜切菜一般，只见人头滚滚，鲜血飞溅。副将于吉挥动双枪率领余兵，左冲右突，身被数枪，血盈铠甲，终于杀出一条血路，直奔寨外，夺路而逃。突然，山头尘埃四起，一标人马从斜刺里冲出，挡住去路，原来是向训率队杀来。后面追兵如骤风而至，于吉大吼一声，跳下悬崖，蜀兵们见主帅身亡，全缴械乞降。

金殿上，文武大臣一个个低着头，如丧家之犬。后主虎着脸，在丹墀上来回走动。殿内空气分外沉闷、紧张，似乎触火就炸。后主憋了半天，终于爆出狮子般的吼声："赵季札这厮，酒囊饭袋，连个边寨也守不住！"

"禀皇上，赵季札单骑逃回成都，现在殿外候旨！"

"叫他跪着上殿——"声音仍像狮吼一般。

赵季札双手趴在地上，缩着头，匍着身，双膝跪行进殿，真像只缩头乌龟王八。

"入川第一关黄牛寨，无战事，周兵若何至马岭寨？！"后主危坐在龙椅上，声色俱厉。

"罪臣不知他们怎么到的。"

"汝说，贼兵拔寨，身为主将，你如何备战布阵，用兵迎敌？"

"罪臣……不知……"

"汝身为朝廷重臣，大敌当前，临阵脱逃，算什么将军？！朕待汝不薄，汝却负朕，国法难容，军律不赦！"后主拍案变色，呵斥左右，"来呀，拖下去重责五十廷棍！"

几个赳赳武士围上来，将他反绑，推出殿外施刑，打得他皮开肉绽，哀声求饶。

这时，一个皮开肉绽的武将被门卫扶进金殿，觐见后主。

"败将于吉叩见陛下，乞陛下治失寨之罪！"

"抬起头来！"后主怒声呵斥，龙目喷火，只见于吉浑身上下刀伤箭痕，血染征袍，这是和敌人血战的佐证，心中的怒火退了一半，语气已缓和下来，"黄牛寨在边防前沿，安然无恙，何以马岭寨失守？"

"禀陛下，周兵攻不下黄牛寨，便抄小径夜袭吾寨。硬攻不下，从后山飞崖而下，火攻奇袭，内外夹击，吾军大败。"

"赵季札如何临战指挥？"

"从战火一起，就不见他的影子。亲兵说，他乔装山民，遁归京都。"

"汝何以脱逃？！"

"我和残存的士兵数十人困于垓心，左冲右突，杀出一条血路。正逃在山路上，又遇向训引万众兵马拦截。吾军腹背受敌，便想到生是大蜀臣，死为大蜀鬼，眼一闭，纵身跳入悬崖。待吾醒来，才发现自己躺在老猎人的柴屋里……"

"好，好，好，朕念汝拼死奋战，不治死罪，下去养伤吧！"后主说完，脸色骤变，大声喝道，"带赵犯进殿——"

武士拖着气息奄奄的赵季札进殿，像拖着一条死狗似的。"砰"的一声，一堆烂肉摊在殿上，嗷嗷呻吟。忽然肥硕的头像捣蒜似的磕得咚咚地响："求陛下看在罪臣效忠皇上的分上，饶了罪臣这条狗命吧！"

"什么效忠皇上？平日汝取巧卖乖，貌似效忠，实是奸佞欺君罔上，目的是为汝加官晋级捞资本！大敌当前，不精忠报国，却临阵脱逃，是效忠皇上吗？！不，是最大的叛逆，出卖！"后主气得声音发抖、变调了。

"禀陛下，前方将士来报，赵季札早把妻妾、细软疏散回京都，在军寨整日和妓女淫乐，不问军事。周兵一到，他便从阴沟里逡出去，单骑逃回，这是御使台核实的笔录，请皇上御览。"刘御史出列奏曰。

"陛下饶命，饶命，罪臣怕……"他声嘶力竭地叫喊着，浑身哆嗦，尿水点点滴湿了一大片。

后主气得浑身发抖，叱左右："来呀！将这贪生怕死之徒推出辕门，斩首示众！"

刀斧手将他又一次架出去，斩于崇礼门外。

良久，后主曰："周兵入侵，众爱卿献上退兵之策，与朕分忧！"

宰相毋昭裔出班奏曰："当今周兵士盛力强，有熊罴之勇，单靠我军御敌，如以卵击石，应飞书北汉、南唐，三国联合，共为唇齿。进，可削平四海，兼并天下；退，可鼎足而立。若三国举兵，周军腹背受敌，困于垓下，自顾不暇，必班师回朝，平息战乱！"

后主点头，即令礼部侍郎、翰林学士李昊修书，言唇亡齿寒之弊，三国应联合成掎角之势，如以山压卵耳。国书草成，即派信使分别往结北汉、南唐。

远水解不了近火，当务之急是派出主帅北上，抵御虎狼之师，收复失地。后主皱着眉头四顾，期待着跳出一员大帅力挽狂澜，扭败为胜。

保宁节度使李廷珪执笏出班："马岭寨虽然失守，其余七寨却岿然不动，胜败未定，臣愿统率兵马，奔赴国难，击败敌寇，叫他有来无回！"

后主舒开眉头，封李廷珪为大蜀北路行营都统，率二万兵马。王峦为先锋，拨五千精兵，星夜倍道而行，赶往木门寨，增援守将李进。又派遣知枢密院事伊审征抚勉行营，再行督战。

李廷珪率兵径入木门寨，守将李进出寨相迎，见大队人马来增援，很是高兴。中午，在军中帐摆下宴席，为李帅接风洗尘。酒至半酣，李进曰："李帅带劲旅亲征，兵多将广，与周兵决一雌雄，边寨无虞也！末将犹如吃了定心丸，胆壮气盛。只是寨小兵多，粮食筹措困难，不知大帅作何布局？"

"哈哈哈，常言'兵马未到，粮草先行'，本帅既二万大兵入境，岂不作长久筹谋？！"李廷珪喝得涨红了脸，酒气四溢，大大咧咧道，"本帅已令督粮官去汉中筹粮五十万斛，限期运往前沿。这一路是我等的大后方，关隘是蜀兵把守，道路畅通无阻，不愁吃的，只须一个'打'字！"说着，他伸出食指在嘴上一划，惹得将领们轻松地笑了。

少顷，他醉意浓浓道："万事俱备，只欠东风。本帅倒要了解目前的边防形势，我军的部署、边备状况，李公有何高见？"

"周兵啃不下黄牛寨这块骨头，才采取迂回战，抄鸟道奇袭马岭寨。他们虽然进驻了马岭寨，却是孤军深入，腹背受敌，如坐针毡。加之山道崎岖，粮运困难，只宜急战，若断其周兵粮草，如釜底抽薪，贼兵不战自退也。"

李廷珪点头称是："李公之言和本帅不谋而合。诸葛亮六出祁山，终因粮草不继，寸土未进。今周兵入侵，当务之急，一是要防止周兵劫粮，二是派重兵把守几个重要隘口，断其粮道。马岭寨的敌兵就成笼中鹰、瓮中鳖，垂手而殄杀。"

正议军事，知枢密院事伊审征到，又重开宴席，大吃一通。将帅们边吃边议军策，在酒足饭饱之后，一条作战方案出台，即分兵三路御敌：一路由守将李进为左先锋，增援威虎镇守军，防周兵劫粮；二路由高彦俦遣奇兵旁出斜谷，进屯白涧，作为偏师，往来游弋，策应各军；三路令染院使王峦为右先锋，引兵出凤州北境，至堂仓镇及黄花谷，绝周粮道。三路出师，李廷珪、伊审征二帅择地扎营，专伺战机，准备接应。

次日天明，三军出师，奔赴要隘。

在蜀军开宴商定军事的同时，周兵将领也在马岭寨中军帐内议边。王景率先发话："目前战势严峻，孤军深入作战，前有坚寨，后有劲旅，四面八方被敌寨包围，加之粮草匮乏，举步维艰，如何冲破这一怪圈，请向将军出高招，克敌制胜。"

向训，怀州河内人，自幼胸怀大志，好读兵书，誓为统一做出贡献。他举学设馆，练兵演阵，讲授兵书，后被周太祖郭威所用，授官苑使，迁皇城使、内客省使、左神武大将军、宣徽南院使。柴荣即位，高平之捷，他以精骑居阵中，左冲右突，立下战功，擢为义成军节度使、河东行营前军都监、镇安节度使。今王帅问计，他言道："王公所言极是，但并非一成不变。蜀之劲旅黄牛寨，见吾军拔马岭寨。彼便困于腹背受敌之中，只会坚壁固守，不敢妄出。粮草倒是强兵之本，十万火急，可速派人飞章周主，请急拨粮草调往前线，一面挥师南进，攻下营寨。自有敌人送粮送草，不愁。"

王景道："高见。事不宜迟，挥书急报。"

向训秉笔直书，报告战况，请求接济粮草，即令一骑八百里急报。这八百里急报，是一路换马不换人，日夜兼程，日达千里。

二帅正在商议下一步进攻目标时，裨将排阵使胡立进帐报告："末将胡立巡察归来报告，李廷珪引三万援兵已抵木门寨。木门地势险要，只一条山道通往寨门，军事防务严密，碉楼重重，弓箭如林，滚石檑木堆积如山，易守难攻。木门寨东二里地有一威虎镇，是二水交汇地，四面环山，中间地势开阔，一马平川，肥沃富饶，是秦岭山区少见的一块盆地。眼下正是麦熟时节，我周兵拿下威虎镇，就是拿下一座粮仓，大大缓解粮食匮乏之忧矣！"

向训道："当前筹粮第一，攻寨第二。为稳住民心，就是拿下威虎镇也不能征粮，只能向百姓购粮、借粮。唯其如此，才能站稳脚跟。现趁蜀兵军旅劳顿，立足未稳，我部派奇兵，奇袭攻克威虎镇，再坚守二据点，待朝廷粮草一到，再大举进攻不迟。"

王景领首曰："监军之言甚善，安定民心乃为上策。孟氏王朝在边境横征暴敛，激起边境四州百姓相次来北诣阙，乞举兵收复旧地。我们只能向百姓购粮、借粮，不能征粮、劫粮，违令则斩！"即派胡立为前队，领三千兵马攻克威虎镇；张建雄为中队，引三千兵搬运粮草；王景率三千兵马压阵后援，抵御来援之敌；向训留守马岭寨。

马岭寨距威虎镇七十多里，胡立星夜发兵，一夜急行军，天明即到镇前。此镇是个小村落，有二百来户人家，村落四周寨墙高筑，墙上旌旗猎猎，刀箭如林。城门紧闭，如铜墙铁壁一般。周军全身铠甲，摆阵布列于寨外，胡立跃马横刀，扬声大叫："快开城门，缴械投降，饶尔等不死。"

只见墙头号炮一响，隐没在城堞后的蜀兵兀地纷纷而立，门楼绣旗影里闪出一员大将，厉声曰："北寇不守卫边疆，胡来侵吾大蜀国土？今又来劫粮，和禽兽强盗何异！快快招降，放汝一条生路！"

"什么大蜀国土？这原本是中原之疆，连你等那开国臭君孟知祥都是吾大中国一名小小的节度使，奉命去西川平乱，竟当起了叛匪总头。吾乃大周征西招讨使麾下排阵指挥使、濮州刺史胡立，兴仁义之师，伐无道之主，尔等反国逆贼，何不弃暗投明，开门受降，一洗罪孽！否则，吾兵攻克镇寨，玉石俱焚！"

"本将军乃大蜀北路行营都统李廷珪麾下先锋大将、木门寨主将李进便是。逆贼若执迷不悟，此嘉陵、白龙二江乃是尔等葬身之地。"

言讫，万箭齐发，势如飞蝗，滚石檑木俱下，如山崩地裂，周兵死伤无数，乱作一团。蓦地，寨门洞开，冲出一支人马，李进拍马挥刀直取胡立。胡立纵马舞戟相迎，战了三十个回合，双方不分上下。忽见寨门左飞出一标军，右飞出一标军上阵来，周兵三千兵马折了大半。胡立只好拨马而逃，李进乘胜猛追。

胡立逃至一片密林，一声喊起，两下伏兵尽出，锦旗影里，当先一将，红铠金甲，手执长矛，乃李廷珪大帅。大声曰："穷寇还不归降？"话音刚落，长钩套索并举，胡立的座下马失蹄绊倒，俯首就擒。大兵小卒见主帅被掳，也全举械投降。

这时，中军张建雄赶到，得知全军覆没，胡立被俘，已有三分胆怯，仍纵马接应，与李廷珪杀作一团，战了二十余回合。李进追兵赶到，驱兵掩杀过来。张建雄见敌军气盛，不敢力敌，只好虚晃一枪，拨马便走，逃至数里，与王景后队相遇。两军又合力杀回，但不见蜀军踪影。原来，李廷珪见北路尘土遮天，旌旗蔽日，知周兵援军已到，便隐匿而去。周兵不熟路径，只好败师回马岭寨。

捞粮不成，反损兵折将，王景与向训商议，二次飞章告急，一报战况，二乞粮草。

周世宗接到边境飞章。早朝时，与众臣商议边务。

中书侍郎景范出班上奏："王、向二将出征半载，仅拔山区小寨，三万将士却日耗军饷十万，若长此下去，何日收回西川？庞大的军需和战果反差太大，作为主管财政大臣，深感得不偿失。以臣之见，与其旷时耗饷，莫如及时撤兵，再窥视战机，乘势而上，一举西征灭蜀。"

大臣们都支持中书侍郎景范的主张，与其师老无功，徒耗国力，莫如罢兵回师，寻觅战机，殄歼蜀军。

周世宗原以为牛刀小试，不用吹灰之力便能力拔四州，然后举兵南下，给南唐一个措手不及，没想到这声东击西的战略一出师便受阻，深感震惊！但无功而返，实非他之个性，作为一代明君，因受阻而撤军所付出的代价远比耗费的军饷更巨大，更惨重的是军心、士气！

　　古往今来，战场上以少胜多、以弱克强、扭败为胜的战例、历史人物太多了。勾践击败夫差、刘邦打败项羽、淝水之战、赤壁之战……我周世宗就不能克敌制胜、创造奇迹？！为什么要临危而退？！若开了遇难罢兵的恶例，这支用信念、意志、鲜血铸成的威武之师将变成不堪一击的乌合之众！到那时，国将不国，家将不家，君将不君，臣将不臣，什么一统天下，中兴华夏，统统变成骗人的鬼话……他坐在龙椅上不敢往下想，心潮起伏，激动得两眼迸出火光，如炬的双目扫视着朝堂的大臣。突然，灼热而睿智的目光落在一位红面大脸、身躯魁梧，有斩将夺关之勇、运筹决策之谋的大将赵匡胤身上，这是他生死与共的御弟！是期待，是求助，是寻觅知音，他说不清楚，定定地看着他。

　　赵匡胤，祖籍河北涿郡人，生于后唐天成二年（927年），洛阳夹马营，乳名香孩儿。父亲赵弘殷，后唐禁军飞捷指挥使，行伍出身。缘何给公子起一个脂粉味极浓的名儿？原来，赵匡胤出生下地时，赤光绕室，遍体通红，体带异香，三日久久不散。香孩儿从小就表现出了习武的天赋，好读兵书，弓马娴熟，武艺出众，喜欢使枪弄棍，风雨不透，常模拟行兵布阵，在军营里成了孩儿王。孩子们听他指挥，为他执鞭随镫，前后拥卫。

　　二十年后，朝代三度更替，由后唐进入后晋、进入后汉，皇帝换了七茬。到后汉新帝刘承祐手上，国敝民疲，百姓苦不堪言，汉主仍大兴土木不止，居然在清河门外为南唐送他的十八名美女修起了御勾栏院——红牌楼，豪华无比。皇上三天临幸，两天驾到，沉溺美色，不理朝政。皇上一走，朝臣补缺，淫乐寻欢，真是人不人，鬼不鬼，君不君，臣不臣，百姓怨声载道，忠良摇头叹息。赵弘殷金殿上疏，直谏皇上废勾栏、振朝纲，结果被昏君指陈欺君犯上、诽谤圣躬罪，重责五十御棍，赵弘殷被打得遍体鳞伤，卧床不起。

　　赵匡胤得知，气得五腑起火，七窍冒烟，呼地掣出宝剑，直奔红牌楼。

门卫见他装束非凡，以为是来嫖宿的纨绔子弟，也不阻挡，任他出入红门。他寻昏君不着，忽闻管弦悠扬，笑语纷纷，便踹开红门，只见红衣紫服官员一人搂个美妓喝酒寻欢，看舞听歌。其中当朝一品的奸相苏逢吉的两个恶子、国舅苏天麟、苏天豹正和两个美妓拥吻，他大喝一声，飞身坐在龙椅上："狗男狗女们听着，昏君何在？说出来，赵爷爷饶尔等不死！"

苏天麟睁眼一看，一位赤脸大汉高高坐在龙椅上，面若红枣，虎体猿臂，怒目圆睁，口阔耳垂，乃挨五十廷杖的赵弘殷之子赵匡胤，于是纵声喝道："大胆狂徒，竟敢冒天下之大不韪，坐在天子宝座上，还不滚下来。国舅爷的刀眼从不认人的！"

"这鸟龙座，赵爷爷坐定了，尔等有本事，也上来过把瘾，当当皇帝佬儿！"

说完，赵匡胤掀翻龙椅，飞将下来。苏氏兄弟见人多势众，呼啦啦抽出宝刀砍去。赵匡胤双手舞着双剑，唰唰刺向二人。二人遂将身边美妓一推，"嚓嚓"，两颗美妓人头落地，鲜血喷涌，吓得二苏连滚带爬，在门外嘶叫："军士何在？还不来擒国贼！"

军士们闻风赶来，刀剑戈矛将赵匡胤围得水泄不通。赵匡胤左冲右突，两柄宝剑寒光闪闪，沾上就伤，碰上就亡。沾上一个来一双，砍倒一双来四个，军士们越战越多。赵匡胤知道，如此下去对自己不利，急中生智，一个箭步蹦了一丈远，呼的一下，提起趴在地上打坐地冲锋的苏天豹，剑架在他脖子上，厉声叱道："把赵爷爷送出这肮脏地，饶了尔这条狗命！"

苏天豹吓得浑身如筛糠，哀声叫道："大哥，叫他们统统放下……武器！"

苏天麟双手往下垂，像斗伤的公鸡垂下了头。

士兵们收起武器，闪出一条道，放行。

赵匡胤攥着苏天豹的衣领，在千军万马中如入无人之境，至奔红牌楼大门，粗着嗓子道："止步，转告昏君，令他拆毁勾栏，改邪归正！不然，赵爷爷要二打勾栏院，杀他个鸡犬不留！"说完，用力一操，苏天豹绊了个狗抢屎。

赵匡胤趁此纵身从国舅爷头上蹿过去，夺门而出，消失在沉沉的夜色里。这时，苏氏兄弟才回过神来，大叫："快追逆国狂徒，他杀了皇帝的宠姬，快追！"

兵士又取出兵器，举起火把，像呼啦啦上岸的鸭子追跑着，巡城士兵也拥上来围追堵截。这时的赵匡胤在夜色掩护下，穿小巷，过背街，跃城墙，涉护城河，朝岸上跑去。回头看，城垛上的卫兵正擂鼓放箭。赵匡胤擦擦汗，笑了，大步流星朝北而去。

次日，京城内外贴满了印有他头像的通缉令，以百两黄金悬赏，他只好亡命天涯，走上关西大道。那儿是天高皇帝远的地方，诏令在藩镇眼里不值分文。

路上，巧遇一位卖伞的落魄文人柴荣。此人身高八尺，白净面皮，浓眉大眼，潦倒中带着一股书卷气，看上去精明、干练。二人一见如故，志趣相投，结为金兰之好。柴荣的父母在战乱中身亡，姑父母郭威夫妇便是他唯一的亲人了。但关山重重，烽火连绵，音信断绝，他只好抱着侥幸心理出来寻访亲人。

这时的郭威已提升为大元帅，正平定了关西三叛，战功赫赫。郭威少时用弹弓弹麻雀，误伤一小孩。小孩他爹就在他肚子上刺了个麻雀，抹上墨水，世人又叫他郭家雀儿。柴荣的到来，使二老喜出望外，其乐融融。可好事多磨，隐帝刘承祐听信奸相苏逢吉谗言，剪除郭威的羽翼，诛杀名将贤相，并将郭威在京的家属子女七十余口杀尽，郭威被迫反汉建周。

柴荣即位后，封赵匡胤为殿前都虞候，他一跃而成后周重要将领，使他的政治、军事才能得到充分施展，演绎了一幕幕惊天动地的英雄活剧。

今日，大周皇帝锐敏的目光久久停留在他脸上，期待他于无声处听惊雷。赵匡胤深深懂得：要削平四海，一统天下，必须有一支所向披靡的虎狼之师，知难而退、遇险而撤的军队是无法打硬仗的。要一鼓作气，排除万难，坚持到最后胜利，才是最有希望的军队！于是，他昂首执笏出班："臣有本奏！"

柴荣见他启奏，一颗悬着的心落下了，面带喜色。他深信大智大勇的御弟会像过去一样有战略眼光，会以大局为重，支持他的军事主张，于是，语气轻松地道："御弟有何真知灼见，不妨当众道来，一新耳目。"

"臣以为，王景、向训孤军深入汉中腹地，如深入虎穴，实属不易，似一把钢刀插入蜀军心脏。目前，军事进展不大，但从奏章上看，军心稳定，只求济粮。臣以为，定国之术在于强兵，强兵之术在于足食，粮草不继，三军自乱。在这生死存亡的时刻，他们只求粮草为后盾，无半点撤军还师之意。

朝臣们在大后方应鼎力相助，给予物质上的支持。粮足然士勇，然破敌。臣愿押送粮草，深入战地一线，据实禀报，是进是退，再由陛下圣裁！"

奏议有理有节，字字铿锵，句句千钧，平息了众臣的廷议。柴荣如释重负，露出舒心的笑："御弟前往一线，观察战局，筹谋军务，可相机行事，朕无虑矣！"

赵匡胤立即点拨三千兵马，以高怀德为副将，克日起程；又飞章京兆、凤翔两府，三日内筹集粮草五百车待命；令送书进京的王景部下飞马回报马岭寨，派兵接应。

高怀德乃后汉名将高行周之长子，年方二十四，宽盘大脸，双目如炬。自幼跟父帅读兵书，使刀枪，十八般武艺样样精湛，是一位才兼文武的少年将军。郭威是时人称颂的打遍天下无敌手的英主，却就只怕一人，乃高鹞子行周。那时，高行周镇守潼关，郭威称帝后不敢御驾亲征，即令赵匡胤带兵三千前去讨伐。赵匡胤知道自己远远不是高行周的对手，无论是武艺和谋略。去，分明是白白送死，但圣旨就是金科玉律，君令难违，只得硬着头皮领旨出征。回到双龙巷赵府，向高堂父母辞行。父亲赵弘殷一听，先是一怔，心里咕噜："儿此番征讨高行周，如以卵击石。郭威太毒，竟借高鹞子之手杀死吾儿也。"

赵弘殷憋着一肚子气，摇头，叹息，一颗一颗眼泪下滴。母亲杜夫人老泪纵横道："吾家世代是忠良，皇上为何将儿往火坑里推？"

赵弘殷皱着眉头，计上心来，道："吾与高行周是同朝僚友，老夫修书一封，尔务必亲自交予尔高伯伯。尔的高伯伯是深明大义之士，也许兵不血刃，潼川可取也。"

说完，老父亲遂挥毫直书，两眼闪着泪光，双手发颤。活了一个甲子，第一次感到毫笔重千钧，胜过浴血沙场的大刀长矛。他将书笺装入信封，沉重地交给匡胤，一脸木讷，一再嘱咐不见本人不拆书。赵匡胤接过家书，像接过历史的使命，沉甸甸的，那么庄严、肃穆。他揣好信，妻子贺金蝉、二弟匡义、胞妹美蓉，早等候门口，一个个哭成了泪人。匡义道："但愿大哥逢凶化吉，遇难呈祥。"说完，泪如雨下。

这时，晋王柴荣和他的僚属来赵府送行，那苍凉的场面和氛围大有"风萧萧兮易水寒，壮士一去兮不复还"的悲壮。

却说高行周在潼关像一只离群鹞子，孤独、忧伤：中兴汉室吧，昏君佞臣恶贯满盈，民怨沸腾，既没有必要重蹈覆辙，又无力扭转乾坤，独木难支啊！随大流向郭威俯首称臣吧，更无这种媚骨去认贼作父、为虎作伥。看来，老夫只有选择为后汉尽忠这条路，死不足惜！可儿子高怀德难道也跟老夫一样走上黄泉路？！这是高家唯一的血脉、香火，老夫要留下他，给他一个锦绣前程！思来想去不得其解。他病倒了，忽然，探子来报："报告大帅，赵匡胤率三千兵马前来讨伐！"

"派一黄口小儿，三千兵马，不是来送死吗？！"

高行周躺在床上闭着眼睛，纹丝不动。他干笑了几声，夹着一串"吭唧吭唧"的咳嗽声。

副将岳元福进寝报告："赵匡胤在辕门外求见大帅。"

"带多少兵马？"

"只他一人。"

"击鼓升堂。"

帅堂上，文武官员侍立两旁，刀枪林立，帅旗生辉。高行周危坐在虎皮大椅上，虽面容憔悴，须发皆白，却不怒自威，如当年韩信。

赵匡胤不由得肃然起敬，上前施礼："老伯父在上，侄儿向老伯父问安！"

"尔不在军中公干，单枪匹马来我营何故？"

"小侄儿来借、借……"

"借什么？只要老夫有，就凭这声'伯父'，老夫都要借。"

"侄儿借老伯父项上的头！"

高行周苍眉倒竖，虎目圆睁："孺子大胆！敢在太岁头上动土，老虎口里拔牙！来人呀，将小子捆了，斩！"

几个彪形大汉一拥而上，将赵匡胤绳捆索绑，推搡出辕门。赵匡胤面不改色心不跳，反更来劲了："大丈夫生而何欢，死而何惧！老伯父要杀侄儿，侄儿愿做老伯父的刀下鬼！只是让侄儿把话说完，再死不迟。"

"讲！"高行周气得肝火直冒，声音都变调了。

"高王爷，周天子令侄儿来取人头，实非侄儿本意。吾若不来，乃抗旨不忠；父母因此受戮，乃为不孝；九族因此皆诛，乃为不义；若硬打，是飞蛾扑火，生灵涂炭，百姓熬煎，乃为不仁。故侄儿斗胆闯入帅堂，愿老伯父成全侄儿忠孝仁义之四全四德，万古流芳。"

"这……"一通惊天动地的陈词，震得高行周五脏六腑翻腾，由盛怒转入思索、犹豫，进退两难。

帅堂上一片沉寂，连呼吸的声音都听得到。

赵匡胤猛然想起父亲再三叮咛的家书，即用口在胸前衔出那尘封的书信，呈交高行周。高行周拆书一览，字字句句情真意切，为了两家的后代向挚友借项上的头。高行周看着、看着，泪痕满面，气全消了，转入平静、钦佩。佩服赵弘殷对人生的大彻大悟，感谢老友在生死决策中给自己四全齐美的机遇：自刎而死，为后汉尽忠；项上借头，为朋友仗义；杀身成仁，惠及后代，对得起列祖列宗，实为尽孝；兵不血刃，光被四方，实为尽仁。大丈夫为忠孝仁义而死，死得其所。于是，他大声道："松绑——退堂！"

高行周携赵匡胤转入王府，曰："贤侄一番宏论和令尊大人情深义重的书信使老夫茅塞顿开，情致升华，坦然面对死神。老夫答应借给你项上人头，只是贤侄要答应老夫两桩事，算是我高行周戎马一生的遗愿。"

"老伯父，举兵归顺大周吧！您老盖世的武艺既能再展雄风，又能为一统华夏再建奇勋，利己，利民，利国！"赵匡胤为他的高风亮节、大义凛然而倾倒，跪在地上吐胆乞求。

"贤侄请起，别为老夫的选择难受。人各有志，老夫生是后汉人，死为后汉鬼，决不卖国求荣，认贼作父！"高行周掷地有声道，顿了一会儿，语气突然显得苍老而凝重，"勿言国事，只讲交情。吾求贤侄二事，一定要照办，这是行将就木之人最大的遗愿和最后的请求了。"

"老伯父请讲，侄儿一定照办。"赵匡胤大哭。

"第一件事是吾走后，守关兵将开门降周，贤侄要力保他们的生命安全，官复原职，量才录用。第二件事是你伯父最放心不下的是，我那血气方刚、文武兼备的犬子高怀德和他的生母……"说到这儿，他喉头哽咽，鼻子一酸，眼泪夺眶而出。

"请老伯父放心，伯母就是赵匡胤的高堂老母，怀德弟是我的胞弟。敢问伯父，贤弟怀德青春几许？"

"二十有一。"

"吾一家妹赵美蓉芳龄十八，若老伯父不嫌弃，愿与贤弟结秦晋之好，不知伯父心意若何？！"

"老夫死亦瞑目了。"

赵匡胤取出怀里一玉佩，道："老伯父，这是吾家的传家宝，作为定物。请转送贤弟，今后投亲，以此为证。"

"三天后，墙头举旗为号，贤侄挥麾进城。"高行周说完，又是一通咳嗽，"尔该走了！"

赵匡胤泪如泉涌，跪地行大礼。

"贤侄谨记伯父的教诲，没齿不忘！"说完，挥泪而去。

高行周叫来副将岳元福，从容不迫地处理完善后事宜，平静地道："老夫一生征战南北，戎马倥偬，少年成名，中年为将，老年为帅，出生入死，精忠报国。现在汉室倾颓，中兴无望，独木不林，孤城难支，老夫只好去九泉拜谒皇上。老夫走后，尔等开门纳降，为中华统一出力。"

"大帅，吾等愿和大帅赴汤蹈火，共赴存亡！"

"唉！识时务者为俊杰嘛，去尽未尽之责吧！"

岳元福只好泪别。高行周伏案写遗嘱，端端正正地压在案桌上，然后整顿衣冠，怒目圆睁，须发倒竖，大吼一声，脊檐战栗："郭威，篡权窃国大盗，老夫生不能啖尔肉，死也要夺尔魂！吾这死鹞子也要吓死你活家雀！"说完，唰的一声抽出宝剑，站在大帅案边，横刀自刎。

副帅岳元福迈进帅堂，见大帅虎皮椅上巍然坐着大帅王爷，剑横在项上，眼若铜铃，威武不屈，全军将士哀声恸哭。

城头上，竖起了降旗，城门大开，赵匡胤和他的三千兵马进驻潼关城。仰望老师那泰山般的威仪，俯读临别遗言，赵匡胤热泪滚滚，呼喊着："巍巍乎军魂也！高伯伯，你用壮烈的死换来万民安宁，大丈夫也！侄儿要实现您老的遗愿，乞灵魂安息！"

丧事已毕，赵匡胤提着人头，整顿兵马，凯旋归朝。郭威闻之半信半疑，像在听远古的神话。他不相信一个乳臭未干的小子能兵不血刃地平息潼关叛匪，逼英武卓绝的老将军自刎；但他又深信赵匡胤不敢撒这弥天大谎，欺君犯上。于是一上朝，便传赵匡胤进殿送上首级，皇上御览验收。赵匡胤双手托着盛着人头的木匣呈交内侍。内侍打开木匣，拎着头颅。周太祖郭威掀髯凝视，正是高行周，不禁敞口大笑："哈哈，没想到不可一世的盖世英雄也成朕刀下的无头之鬼！哈哈哈……"

不知是这一串大笑出的长气，还是殿外吹来的阴风，高行周鬼魅般蹿然而立，披头散发，龇牙咧嘴，吓得周太祖"啊呀"一声，昏厥倒地。御医们赶来，诊断是中风。全力抢救无效，几月后驾崩，享年五十三岁。

赵匡胤借项上人头，正史、野史上均被文人渲染成"死鹞子吓死活家雀"，一代代演绎至今，历千年不衰。

这次押运粮草，事关重大，赵匡胤点高怀德为将，是想一展将门虎子、英雄后代的奇才，给他一个建功立业、重振老子雄风的机遇。

有其父必有其子。少年将军高怀德玉盘宽脸，大眼浓眉，身着银锁甲，手持白钢枪，跨上雪鬃马，威风飒飒在前面开路，如赵云再世。行至秦岭山区，见前方隘口杀气腾腾，必有伏兵，便勒马止行。前哨来报，前方黑石坡隘口有支游弋偏师把关，两翼山头潜有伏兵。高怀德驰马至赵帅马前嘀咕一阵，赵匡胤连连点头："锦囊妙计也。"

说完，高怀德从军中精选千名壮士，持剑戟刀枪潜入粮车，上堆粮草，扮成五百辆粮车，由军士推车押送。个个身挂兵器强弩，迤逦前进。

蜀军将领高彦俦见粮车辚辚，军士稀少，由远而近，委实高兴，令士兵潜伏待令，以角为号。当放过一半粮车后，一阵鼓角长鸣，强弓硬弩呼啦啦突兀而起，矢如雨下，周兵死伤不少。蓦地，埋伏在两翼的蜀兵乘势冲杀下来，将周兵拦腰斩断。

按常规，高彦俦稳操胜券，劫粮歼敌，一箭双雕。谁知前后粮车呼啦啦摇身一变，成了数千天兵，如蛟龙出海，猛虎下山，鼓噪杀出，呼啸而来。高怀德一马当先，跃入阵前。白袍、雪马、银甲闪亮，双手操起高家勾魂银枪呼呼生风，上下翻飞，左右旋转，如银蛇蹿空、蛟龙搅海。枪到之处，蜀军粘上就死，挨上即亡，倒了一片又一片，死伤无数，不敢上前。赵匡胤金盔金甲金鬃马，一阵风杀至垓中，舞起齐眉的蟠龙乌金宝棍，来个乌龙摇头摆尾的绝招，捷如猿猱，轻似狸猫，棍光闪闪，罩得严严实实。只见棍光不见人，蜀军一片片落马而亡。

高彦俦见状，丢下强弓，抽出腰间两口青铜大刀，拍马驰向白袍小将高怀德，从他头顶劈将下来，好一个刀劈华山，力敌千钧。白袍小将眼疾手快，身子一闪，右手往上一担，左手一托，用银枪斜磕大刀，只见火星子四溅，震得小将膀子发麻，虎口出血，雪鬃马咴咴直叫，嗒嗒后蹦。小将又一闪，闪到高彦俦背后，趁势来个蛟龙出海，从胯下腾起，勾魂枪直戳对方后脑勺。高彦俦身子一闪，头一偏，银枪扑空。就这样，二人刀枪并举，扭作一团，战了五十回合，不分上下。

猛然间，高彦俦觉着少了什么，匆匆一瞥，粮车全转入山嘴那边去了，方知上当，便无心恋战，拨马而走。高怀德见粮车走远，追他无益，便一头去追赶粮车。行至十里，向训引三千兵马前来接应。

周军见粮草已到，一片欢腾。又见周天子派名将赵匡胤、高怀德来犒赏边军，更是士气大振，纷纷立下军令状，要拔寨守州，直取汉中。

在帐中，赵匡胤详细了解战况始末，询问作战方案，王景、向训一一作答，赵匡胤不住点头。接着，帅将陪同赵匡胤出寨，登上马岭峰，只见重峦叠嶂，山峰如涛，八寨尽收眼底。向训一一指点，何处积粮，何处屯兵，何处埋伏，何处排兵布阵、施何战术，都作了窥度、指画。

赵匡胤对其布兵遣将、摆阵布局作了充分肯定和赞赏："本帅同意尔等的实施方案，只提醒三点：第一，以和为贵，招降黄牛寨；第二，咽喉隘口，派兵奇袭，割断粮道，割断八寨联系，使敌兵孤军作战，各个击破；第三，先取秦、凤二州，两州一破，西蜀大门就赤裸裸暴露在阵地前沿。"

返京前，赵匡胤拨二千兵马给高怀德，要他留在边陲打狗。回到京都，赵匡胤向周世宗汇报，王景、向训是出类拔萃的将领，其边战方案，稳扎稳打，出奇制胜，汇报了高怀德智袭偏师、运押粮草的奇招。柴荣听了，龙颜大喜，即向征西大军下达大举进攻的诏令，一场旷日持久的征西廷议平息。

第十二章 朕奖赏尔的不肯投降

李廷珪三路出师御敌的方案无疑是正确的。第二路军高彦俦黑石坡一战，中了高怀德的"偷梁换柱"计，吃了败仗。这第三路军又若何呢？

常言道，兵贵神速。当第三路军主将染院使王峦率三千人马径趋堂仓镇时，周营偏将张建雄早引二千兵马在黄花谷出口外守株待兔了。可是蜀中探马来报："禀王将军，黄花谷出口外只零星周兵往来，全是木牛流马输送辎重兵器，无大将弹阵。"

王峦听后大喜，纵声道："弟兄们，出了黄花谷，就是大米、白面、猪腿、牛肉，你们抢劫过来，吃它个满嘴流油。不吃白不吃，叫北军肚子唱空城计！"说完驱兵前进。

来至黄花谷，但见两崖陡峭，壁立千寻，怪石嶙峋，危崖悬谷。上看一线天，下看毛毛路，衰草凄凄，峡风怒号，人进谷内，如入鬼门关，肝胆骤缩，毛骨悚然。谷长路窄，勾勾扯扯，斗折蛇行，兵马不能并行，只好鱼贯而入，次第蠕动。哪知一出谷口，周兵却伏在谷口外，摆下口袋阵。张开罗网，像捉鱼鳖虾蟹似的，游出一个捉一个，游出两个捉一双，再口塞木丸缚之。王峦在后压阵，催军急趋，直到周兵捉去一大半，才获信息，急令后退。谁知后面的谷口也摆下口袋阵，被周兵堵截，断了归路。

忽见一将纵马挺枪，立在高阜，扬声大叫："漏网之鱼听着，吾乃大周排阵使张建雄也！快快缴械受降，免爷动手。如若不然，剁为肉泥。"

王峦见进退无路，想冲杀过去，便拍马舞刀。二人枪刃交错，斗了数回。张建雄大喝一声，一枪戳在王峦的护心镜上，王峦翻身落马就擒。蜀兵见主帅被俘，俱举械投降。这一场战斗干净利落，敌我双方无一人伤亡，三千蜀兵一个不多，一个不少，整整一个整数——三千。"瓮中捉鳖"的成语故事从此广泛流传。

周兵捷报连台，士气大振，但黄牛寨不拔，老是将帅心上压着的一块石头。周营里，王景喝了一碗闷酒，拍案叫道："黄牛寨这颗钉子不拔，老夫坐卧不安啊！是龙潭虎穴老夫也要去拼闯。扳龙角，拔虎牙，坐在屋里不是办法！"说完，喝红的双眼直愣愣地盯住向训："将军，吾等去强攻，纵或攻克不下，也给它一个下马威，至少彼等不敢轻举妄动，龟缩孤寨。"

"这颗钉子是该拔了，但不是强攻，而是招降。兵书曰：'攻心为上，攻城为下；心战为上，兵战为下。'"向训撕着一块瘦骨头，悠悠地呷了口酒，对着墙上的影子道。

"张、肖两个狗娘养的，一仗地利，坚壁固守；二仗有勇有谋，和吾军抗衡，他会轻易招降？！"王景气得大骂。

"他只占地利，却缺天时、人和。我军连番大捷，他也失去地利，孤寡难保，独木难支啊！王公不见半载以来，他们窥视战机，终究未敢与我军交锋。未曾战就变成缩头乌龟，如坐针毡也。"向训冷静分析。

"招降当为上策，何人往结黄牛？"

"本监愿往。"向训道。

"将军乃国家栋梁、皇上股肱，肩负帷幄运筹、多秉均衡之重任，不可轻出。倘有疏忽，吾之大罪也。使不得，使不得。"王景又是摆手，又是摇头，"派一偏将径往寨中，陈以利害，劝其早早归降，免吃刀兵之苦。"

"不入虎穴，焉得虎子？还是本监一往，吾推心置腹，有理有节，何愁他不宾服？王公若不放心，让高怀德护行即可。"

"监军执意要去，老夫只好认了。明日，吾率兵马做后盾，以防不测。"

次日，天刚放亮，向训和高怀德各骑一马，并头行进在山道上。来至关口，高怀德下马道："关将听了，大周西征监军向训，登门拜访张、肖二将军，请传达。"

关将遂飞马回营，报告将军。

军帐内，一片无奈、沮丧。黑脸大刀张处存阴着脸："困守孤寨已达半年，一不见周兵来偷袭营寨，二不见朝廷派员下旨，老子们倒成了无人过问的丧家之犬。这半阴半阳、半死半活的日子真憋得人七窍喷血！"

"这叫皇上不急太监急。张公在此忧国忧民，皇上这时候恐怕在后宫里抱吻花蕊夫人还嫌不过瘾哩！"瘦头长矛肖必胜插嘴道。

"嘘！"黑脸大刀张处存噘起胡子凌乱的阔嘴，两个指头按在嘴边，神秘兮兮道，"小心点，隔墙有耳。"

"怕个球，老子们在前方拼死拼活卖命，皇帝老倌在后廷醉生梦死，把我们当什么？——两条看门狗！丧家犬！"肖必胜说完，一大碗寡酒咕咚咕咚吞下去，咧着嘴怪笑，笑得比哭还难看。

"听说黑石坡一仗，赫赫有名的高彦俦败在一个名不见经传的白袍小将军手里。"

"什么名不见经传，张公可知道这小将军何人？说出来吓你一跳！——高鹞子高行周的虎子高怀德。君不闻'刘大奈逼杀周世宗，高怀德救驾白沙河'的故事？这才化解了周、高两家的世仇！"

原来，周主柴荣御驾亲征，和北汉主刘旻决一雌雄。天井关一战，北汉大将刘大奈偷袭周营，柴荣被追杀逃亡，一条大河挡住他的去路。他纵马跃水，谁知道河底是淤泥，马跃在河心，四蹄陷下去，拔不出来。

刘大奈拍马赶到，站在河滩上，怪声狞笑："哈哈，堂堂天子败死在本将手上，北汉中兴也！"

柴荣被困在河里，吓得魂飞魄散，大声疾呼："快快救朕！若救得寡人，就是八辈子冤仇，朕也要赐王封爵。救得寡人，平分半壁江山，永享国福！"

"姓柴的，这荒山野岭连鸟都没得一只，还有人来救你？别白日做梦了，上西天见阎王去！"刘大奈狂叫，舞起青铜大刀。

"救命啊，就是八辈子死仇，朕也给你半壁……"

话音未落，一员白袍小将，银盔、银甲、银马、银长枪，旋风般地从竹丛中闪出，朗声高叫："谢主隆恩！"

"尔是何人？"刘大奈厉声呵斥。

"吾乃高行周之子高怀德是也。"

"尔不报杀父之仇，胡为背祖救贼？！"

"祖辈的恩怨下辈还，代代相报，何时了结？何况家父有遗言，要吾投周主，为一统华夏出力。尔若不缴械投降，吾的高家枪是不吃素的。"

"背祖之徒，看刀！"刘大奈挥刀拍马，直取小将。小将挺枪跃马，接架相迎。两马相交，刀来枪往，战了数个回合，难分难解。小将心生一计，诈败佯输拨马而走。刘大奈纵马去追。小将回马，大叫一声，挺枪直取脑门。刘大奈头一偏，身子一扭，枪戳进刘大奈的手臂，鲜血直流，大刀落地。刘大奈吓得倒退，纵马而逃。从此，兵马场上不见其人。

"高爱卿救朕！"周世宗在水中呼唤。

高怀德绰枪下马，在岸边伐几根长竹绑好，投向河心，柴荣脚蹬竹排，御马自行拔出上岸。

这时，向训、赵匡胤赶来："吾皇受惊了。"

"朕身陷绝境，全靠高将军舍身相救。真是：历尽劫波兄弟在，相逢一笑泯恩仇。君臣摒弃前嫌，为大周一统而战！封高怀德为御前侍卫。"

"叩谢皇恩浩荡！"高怀德跪地谢恩。

"将门出虎子，有其父必有其子。"黑脸大刀张处存多日来无神的双眼蓦然炯炯放光。

"神人也！"瘦头长矛肖必胜感叹道。

"关将禀报，向训监军前来拜访二位将军。"

"多少人马？"

"只一小将跟随。"

"请！升堂！"张处存向肖必胜眨眨眼，大声道，又放低声音，诡秘地说，"说曹操，曹操到。"

军中帐内，黑脸大刀张处存威坐在高大的帅椅上，两边偏将持戈而立。寨兵们从寨门排成两列，刀剑相错，组成兵器长廊，直伸向军中帐。戒备森严，杀气腾腾。高怀德银盔、银甲、银战袍在前开路，猿臂一伸，铁钳般的双手轻轻一触，刀山剑林像散架一般，垮了一地。向训四十开外，人高马大，目不斜视，昂然而入，进至堂前，双拳相拥，大咧咧笑道："二位将军请了，请了。"双目如炬，环顾四周，调侃道："蜀军就是如此待客？好一座刀山剑林，哈哈哈！"

"这，这……"张、肖二人互使眼色，尴尬地相对一笑，暗示放下武器，复又站立起来，"请坐，请坐！"

宾主入座，张处存曰："将军不在军中运筹帷幄，却来敝寨，莫非是亲下战书，或做舌辩之士。"

"非也。本监为二将军利害而来，指点指点迷津。"

"说得好，老夫饶你不死；说不好，老夫的鬼头刀新磨，需得开张试刀。"

"这新磨的鬼头刀恐怕来不及在本监的项上试刀，二帅的人头早就落地了。"

"此话怎讲？"张、肖二人怔了一下，同声问道。

向训站了起来，侃侃而谈："远战不提，只说近战。我兵拔下马岭寨，这是深入虎穴的第一站，如一把钢刀插入四州八寨心脏，动弹不得。二战夺下黄花谷，拿下唐仓。黄花谷，咽喉也；唐仓寨，粮仓也。卡住咽喉，夺得粮仓，蜀军不打自乱。三战剑指凤州，凤州一失，其他三州七寨或望风归顺，或席卷而平。至于小小的黄牛寨嘛，笼中鸟，网中鱼，囊中取物耳。念及二位是蜀中名将，有勇有谋，不忍刀兵相见，倒想化干戈为玉帛，同仇敌忾，完成统一大业。千军易得，一将难求！"

说到这儿，向训语气凝重、低缓："向某爱才心切，冒死相劝，愿二将军挣脱牢笼之羁绊，鱼入大海，鸟翔九天。何去何从，全仗二公。"

"人各有志，各事其主，何以强求？"

"为明主死，流芳百世；为昏君亡，遗臭万年。这就是人各有志的标准和决策。自朱温篡唐以来，中原历经梁、唐、晋、汉、周五代，十二位皇帝，将近一个甲子；南方十国，君主轮番换血，过客匆匆，斗量车载。唯当今圣上才是有道明君，选贤任能，平定天下，兴周灭汉，一统华夷，泱泱华夏才见到了统一的曙光，人臣效命，百姓出力，大周如旭日东升，蒸蒸日上。而后蜀偏居一角，苟延残喘，耽于淫乐，如风中烛、瓦上霜，朝不保夕。是这等昏君，保他何来？古人云，'大将保明主，俊鸟攀高枝'，又云，'良禽择木而栖，贤臣择主而事'。二公何不应天顺人，仗义来归？！"

向训滔滔宏论，像潮水拍打着二将的心岸，使他们萌发了归降的念头，涌到舌尖的肺腑之言打着旋涡。

一言不发的小将开口了："我高怀德能有今日，一是陛下高瞻远瞩，心怀天下，不计前嫌，唯才是用；二是家父高行周深明大义，不做统一天下的绊脚石，杀身成仁，嘱咐后代精忠报国，不计前仇。君是元首，臣是股肱，义为一体，统一大业指日可待！"

"小将就是当年白沙河救驾的高怀德？！"二将异口同声惊呼。

"高怀德正是小将。"

"大哥，看着着甚！归降大周必无选择！"瘦头长矛肖必胜拍着大腿站立起来，铿锵有力地说。

"好！大海不弃细流，山溪之水归海了！"黑脸大刀张处存走下帅座，和向训、高怀德一一握手言欢，"适才是罪臣想试试军师的胆略，方才安排刀山剑林之礼，果然伟丈夫也！今日听了这番金石之言，茅塞顿开，吐胆归降。适才多有冒犯，见谅，见谅！"

"一家人不说两家话。"向训笑道。

"后厅备好薄酒，请二位将军开怀畅饮。"

"庆功酒改在明日喝吧，本监要及时回营报告王将军，让他同乐。"

翌日，秦岭山区难得一个艳阳天，雾霁天开，红日朗照。张、肖二将军同大小头目百来人直奔唐仓镇。此镇在三国时期，魏将唐仓扎栅而立，大修粮仓，广集粮草，故曰唐仓。王景、向训率队出栅相迎，张、肖二将翻身下马跪拜，被王景一把挽住，执手入帐，宾主施礼入座。

王景捋着胡须，朗声笑曰："二将归朝，如虎添翼，此乃明智、仗义之举，为大周王朝一大幸事也。天子求贤若渴，本帅上书朝廷，保举二将军晋爵封赏。"

张、肖二将顿首叩拜，曰："感谢将军抬举，誓为大周尽忠！攻克凤州之日，臣等愿做左右先锋，拼死沙场，劝说蜀将归周！"

王景大喜，遂设宴庆功，为二将接风洗尘，大赏三军，是日尽欢。

当晚，军中帐内灯火辉煌，将帅们在讨论战况，研究战略战术，直到夜漏三更，下一步的作战方略、进军路线才研究定妥。周军兵分五路：第一路由向训统率八千兵马直捣秦州；第二路由肖必胜带五千兵马陷阶州；第三路由高怀德率兵五千拔成州；第四路由王景引一万二千兵马，张处存做先锋，攻克凤州；第五路由张建雄领七千兵马看守攻克下的边寨，配合主力，游击蜀兵。将士们个个摩拳擦掌，斗志昂扬，要在这场总攻击中大显身手，一振军威。尽管时过三更，将帅们仍无一丝倦意。

黑石坡一仗，勾了蜀军的魂；黄花谷一仗，捻了蜀军的胆；唐仓失守，打乱了蜀军的阵脚；黄牛寨归降，折了蜀军的翅膀。统帅李廷珪、伊审征像热锅上的蚂蚁惊恐万分，不知如何调兵遣将、布阵指挥，任其各州寨自生自灭。

镇守秦州的赵玼，澶州人氏，不懂兵法武艺，因家财万贯，曾纳粟助边，故由一纨绔子弟擢为观察判官。为确保秦州的安全，后主孟昶遣雄武军节度使兼侍中韩继勋助守。韩继勋和赵季札一样贪生怕死，装腔作势，临行前，在主子面前信誓旦旦："微臣虽不才，但不负龙恩，吾要和秦州，不，和四州八寨共存亡，不削平周兵，决不班师回朝！"说完，奉旨引兵而去。

一到秦州，他故作沉着、镇定，深不可测。一日，探马来报："周兵分五路南下，青泥岭、白涧寨等八寨，全被周兵占领。现在，重兵进攻秦、凤二州，向训已引一万大兵向秦州方向飞驰。"

"再探，只窥视向训这支队伍。"他威武地发令，仍岿然不动地坐着，心里却在盘算着如何出逃。

一会儿，赵玼入帐，急匆匆地叫道："韩帅！"

"何事如此慌张？"

"城外来了一支数百人的队伍。"

他一听兵临城下，心吓得怦怦直跳，堵到喉头上了，顿时说不出话来，肚里打着小鼓：周兵先遣部队如此迅速？好半天，他故作轻松，从牙缝里挤出一句话来："几百人就能打秦州，开军事玩笑！"

"不，是高彦俦的队伍，他出兵增援唐仓，走至半路，风闻唐仓的蜀军全军覆灭，他便投奔韩将军帐下。"

"啊！"他大大嘘了一口气。

"是闭关不纳还是开门迎接，请大帅下令。"

"闭关不纳！常人说，'害人之心不可有，防人之心不可无'。这是非常时期，真真假假混在一起，良莠难辨，说不定尔等已经降敌，诈称我军，打入内部，里应外合，吾等勿中奸计也。"韩继勋用肥得起蜂窝的手在胖乎乎的脸上剃胡须，故作老谋深算的样儿慢腾腾地说。

"韩大帅一语如警钟长鸣，赵某如梦初醒。"于是，赵玭传下大帅口谕，闭关不纳！

高彦俦本想助蜀军一臂之力，合力守城，谁知被拒之门外，无可奈何，只好率部回京都。

赵玭拒绝蜀军入城，复又回帐。

韩继勋坐在太师椅上，沉静道："赵将军，秦州壕深城峻，不易攻克，加之赵将军边备严整，用兵有方，撼山易，撼赵将军难！老夫自放宽心。最让老夫萦怀的，乃风雨飘摇中的凤州，老夫需要亲自走走，视察边备。凤州保全了，秦州也就有了依托。"

"大帅放心，有赵某在，就有秦州在，誓与秦州共存亡！"赵玭心里早就盘算着投降之策，听了他的话，倒盼望他走得越早越好，自己好利利索索地策划归降。于是，言不由衷地说了大而假的空话。

韩继勋前脚一走，向训率兵后脚就到。

哨马来报："韩大帅向成都方向奔逃！"

赵玭听后，大放宽心，故意气得跺脚："这断脊梁的老狗，竟把老子耍了！"

赵玭急召僚属秘密开会，他开口道："今中原天兵自西征以来，战无不胜，攻无不克，无敌于天下。吾蜀之兵将，逃的逃，降的降，亡的亡，勇武者所剩无几，吾军危如累卵。今向训挥师伐秦州，军士如蚁，矛剑如林，破城如推山压卵耳！诸军跟随吾多年，吃尽戍边之苦，本将不忍尔等坐受其祸。今日召兄弟们来，研究去危救安之策，不知诸位作何打算。"

"请将军明示，吾等唯将军马首是瞻！"

"依吾之见，弃暗投明，归顺大周，是明智之举。"

上梁不正下梁歪，他的部属均是贪生怕死之徒，一群酒囊饭袋，听了主子之言，应声如雷："归顺大周，明智选择！"

向训在城郊安营扎寨，尚未就绪，赵玭便在城头插上降旗，大开城门，率城中大小官员出城迎接周兵入城。

秦州不战而降的消息不胫而走，北方边陲阶州、成州守将也依葫芦画瓢，率军民远道出迎，以猪牛米酒犒慰周兵，迎入城中。

就这样，西蜀北方的秦、阶、成三州沦为周地，剩下一座孤城凤州暴露在战斗前沿，摇摇欲坠。

李廷珪、伊审征两位统帅择地而驻，增援各州寨，实则连看家狗都不如。看家狗要看门，而他俩有门不看，到最后溜之大吉。周军一来，他俩就跑；周军一打，他俩就逃，就是遇上周军的散兵游勇，他俩也吓得魂飞魄散。将骄卒惰，淫靡成风，怎不兵败如山倒？二人率千余残部准备进凤州城，闻王景大兵压境，吓得择小路逃回成都。

雄武军节度使韩继勋临阵出逃回成都，本该问斩，后主只革去他的军职，不闻不问。韩继勋一案刚处理，御前禁军又报，高彦俦在殿外负荆请罪。高彦俦一案未了结，李廷珪、伊审征又素衣素服奉章待罪。请罪的将士越来越多，后主除了气得捶胸跺脚，却一筹莫展，只好释而不究。当官的照样当官，享乐的照样享乐，真是"庙堂之上，朽木为官；殿陛之间，禽兽食禄"！社稷岂不倾颓？！苍生岂不涂炭？！呜呼，悲哉！

王景驱军紧逼凤州。凤州守将王环，镇州人氏，素以骠勇事高祖。广政年间，后主擢他为威武军节度使，接替韩继勋守凤州。都监为赵崇溥。二将精通韬略，弓马过人，见王景率大军迤逦而来，风尘滚滚，旌旗浩荡，将凤州城围得水泄不通，如铁桶一般，乃闭门不出，坚守城池。待孟昶援军一到，杀出城去，并力齐伐，杀退敌兵。于是，任周兵怎样叫阵，骂爹骂娘，他们装聋作哑，置之不理。

这时，先锋张处存在城下叫阵："城里守将听着，秦、成、阶三州八寨望风归降，畏威怀德，只剩下这一座孤城，势单力薄。现天兵到此，念在我们同僚分上，不忍刀兵相加。望二将军归顺大周，前途无量，效忠孟昶，死路一条！"

话未喊完，只见城楼门旗下闪出一员大将，身形粗壮，豹头燕额，全身披挂，手挺一把大刀，瞪目骂道："无耻的叛国之徒，黑脸匹夫，认贼作父，卖国求荣，还不反戈一击，将功赎罪，更待何时?！爷们的大刀从来不是吃素的！"

"再不开城受降，尔等皆成吾刀下之鬼！"

话未落地，城楼上万箭齐发，檑木、滚石俱下，密如飞蝗，骤如暴雨。

周兵性起，先后几日发起十几次强攻，均被密集的火力杀退，周军死伤无数。硬攻不下，只好撤退在距凤州十五里的唐仓下寨扎营，另寻战机出击。周军筑垒成围，断其城中樵汲。

这时，周世宗派曹州节度使韩通前来助战，王景令他率兵驻固镇，截断蜀中援兵。就这样，凤州将士坚守一百多天，城中粮草已尽，外无援兵，军心开始动摇，每晚都有兵将缒城出降。王景乘虚而入，乘势而上，催弓弩手万箭齐发，土炮队万炮齐轰，城上蜀兵伤亡不少，四处逃窜。在火力掩护下，王景督军拼死登城，人梯、云梯像座座通天长虹，军士们敏捷似猿，攀缘如飞，跃上城楼，一举歼灭城上蜀军。

这时，东西南北城门大开，周兵像潮水般地涌入城中，见头就砍，见人就杀，王环、赵崇溥率众巷战，杀得整个凤州城天昏地暗，日月无光。王环手舞一把长刀，一刀紧似一刀，刀刀追命，如团团白光向黑脸大刀张处存砍去。张处存刀法精奇，攒足腕力，一刀直奔王环前胯。王环腾空而起，抢起大刀朝张处存脑门劈去，张处存忙举刀横架。只见刀刀相交，火光四溅，钢屑横飞，震得张处存虎口喷血，双臂发麻，战了六七十回合难分胜负。王景驱兵掩杀过来，王环坐骑支撑不住，跌地被擒。

这时蜀兵无心恋战，纷纷举枪投降，只剩下都监赵崇溥。他手中的长矛已折成两截，见周军拥来，便抢起半截长矛，飞起长腿，杀将过去，挨一个，倒一个，扫几个，倒一片。一人拼死扑杀，百人不敢上前，周兵全跳出圈外。突然，一只长钩套索空中一舞，盘龙绕柱，套住他的全身。一个趔趄，他绊倒在地，周兵一拥而上，将他绑缚擒拿。凤州五千守兵全部归降。

王景的军队浩浩荡荡进驻凤州城，即出告安民，镇抚百姓，废除后蜀暴政杂税，开仓赈济饥民。威虎镇一仗被俘的周军裨将、排阵使胡立原被关在凤州大牢，立刻放出，护送回汴京疗养。

王景坐于帐中，军士押解王环、赵崇溥二将进帐。二将怒目昂立，下拜不跪。王景离座，亲去其缚，曰："二将受惊了。兵败城破，四州八寨归周，二位将军该吐胆归降也。"

二将仍怒而不答，王景只好将他俩囚入牢中。

都监赵崇溥在牢中不吃不喝，绝粒而亡。王环被押解至汴京。

周世宗亲自召见王环，亲释其缚，叹曰："三州已降，唯王将军坚守，真大丈夫也。朕爱其才德，数以诏招降，将军不答，拼死血战，力屈就擒。虽不以死尽忠，亦忠于所事，感天地矣！朕欲一国天下，结束疆侯割据纷争局面，国富民强，必须扫清六合、席卷八荒，万民倾心，四海景仰。要成就这番事业，务必广结匡国经世之士、能征惯战之将，望将军助朕一臂之力，复兴中华，河清海宴。"

一番彻骨的肺腑之言，使王环看到了一代明君周世宗的文韬武略，匡扶宇宙的宏心壮志，看到了中华大地一统天下的前景，他后悔自己的愚蠢，不识时务，如井中之蛙，一介莽夫。悔恨、感激、敬佩之情油然而生，不禁失声恸哭！

周世宗欣赏他的忠贞勇武、孤直耿介，乃拜王环为右骁卫将军，笑曰："朕不是奖赏尔的归降，而是奖赏尔的不肯投降！"

说完，君臣都会心地笑了。

大周西征军势如破竹，锐不可当，一连拔下四州八寨，打出了大周的军威、国威。朝堂内外，群臣弹冠相庆，百姓拱手言欢。

与大周朝成鲜明相比的是西蜀王朝，朝野上下，一片凄风苦雨，一片惶恐惊慌，纷纷要求后主向大周乞和。

孟昶内外交困，令已擢为弘文馆大学士的李昊撰写求和国书，当夜派使臣飞马汴京。

周世宗坐在金殿上，宣蜀使进殿。蜀使战战兢兢呈上国书，周世宗一览首句："大蜀帝国皇帝孟昶谨致书大周帝国阁下——"便火冒三丈，怒声曰："败国之君不行臣礼之道，竟与孤平起平坐，号称大蜀帝国皇帝，胆大妄为！"

再御览全文，乃一篇骈体文。孟昶生于太原，竟致书攀乡里之情，什么"合叙乡关之分，以申玉帛之欢"。周世宗将国书一掷："迂腐，蒙昧，不晓政治、军事，安做国君？"一面向蜀使道："转告孟昶，他向朕讲和，于情于理，但满口骄矜，与朕钧礼，乃一介狂徒。朕怒其抗礼，不予理睬。责令他自珍自爱，俯首称臣，纳土朝贡，朕便罢师回朝。否则，秣马厉兵，一鼓而歼之！"

蜀主孟昶翘首以望，复书始终不至。蜀使还国，原话禀告，后主气得脸色大变，向东戟指："朕郊祀天地、登基称帝时，尔乃一卖伞小贩，偷鸡摸狗之徒，今何得藐朕如此？！"

遂与周决裂，视为敌国。今打仗不胜、求和不成，只好硬着头皮，聚兵粮于剑门、白帝，为守御之备。又修书南唐主李璟，乞他出师南方，实践盟约。

一日，周军边将捉得西蜀赴南唐密使，搜出南唐主李璟致孟昶的复信，答应整顿兵马，立即出兵北上援应。周世宗读后，拍案而起，怒不可遏，呵斥武士绑缚蜀使，推出午门斩首，曰："朕早欲南征，苦于出师无名，今日南唐李璟率先发难，把柄已握，朕不得不刀剑出鞘，挥麾南征！"

南唐是五代十国时期的南方大国，长期盘踞江淮大片地区，对外采取远交近攻，交结契丹，联络北汉，新近又灭闽、楚两个割据政权，称霸江南，威胁大周政权。满朝文武早就想南下伐唐。今闻陛下口谕，同仇敌忾，纷纷执笏出列，要求南征。周世宗安定西部边境后，兵锋直指南唐，封李谷为淮南道行营前军都部署、王彦超为副部署，挥师南下。周世宗又御驾亲征，暂罢西征，给后蜀孟昶几年苟延残喘的机会。

第十三章　风清云淡辞后位

　　云华宫里，花蕊夫人秉笔濡墨，泼墨作画，一张又一张，张张都是剑，凌空直下，力透千钧，青芒夺目，寒气逼人。阿随看了又看，不解其意，半天才嘟哝道："娘娘，你已画有百张了，怎么乐此不疲？"

　　她这才抬起头来，觉得手腕、臂膀麻木作痛，放下笔，拍拍肩头，甩甩手，望着窗外，若有所思道："吾真想化作一支剑。"

　　阿随"噗"的一声笑道："剑乃无生命之物，娘娘怎么想做剑？"

　　"不，剑是有生命的，剑锋上凝聚着爱和仇、情和恨，凝聚着武士拼死沙场和建功立业的雄心，是血与火铸成生命的永恒！"花蕊夫人仍凝视着窗外，字字铿锵，眉宇间洋溢着勃勃英气。忽地，语气中带着缕缕内疚，声音低沉下来："可惜，吾是女儿身，平日舞剑，只有花前月下、丝竹管弦中的观赏之妙，却无沙场征战、刀光剑影里的杀敌之功，全是花拳绣腿，中看不中用！"

　　一番宏论，一番剖析，阿随省事了，不仅崇拜她惊世的才华、美貌，更被她的大丈夫情怀所感动，于是安慰道："娘娘别为国事伤了凤体。胜败是兵家常事，皇上会从这两次败北中秣马厉兵，抬起大蜀的龙头。"

　　"话虽这么言，可自从八寨四州沦陷后，吾恨自己是女儿身，只能锁在深宫，黯然神伤。要是男儿多好，驰骋疆场，保家卫国。"

　　"娘娘，奴婢倒有个主意，禀告皇上，派一武官教我们习武，纵或不上沙场杀敌，作自卫也好。"

"在后宫成立一支娘子军，不仅学各种兵器，还要学布阵演习，非常时期和男儿一样共赴国难。"

"好哇，个个成了花木兰，保卫社稷，朕也少操一分心。"后主一步跨进殿门，接上话题。这段日子，他愁眉紧锁，不让太监一路张扬呼号，默默步入云华宫。适才主仆的对话，他在门外听得一清二楚，为慧妃心系国事感动。

花蕊夫人见后主归来，忙抹去眼角泪水，含着笑："陛下，你同意组建后宫娘子军啦？"

"这是桩好事，朕怎不同意？！唉，要是朝臣们都像爱卿这样急社稷所急，国家有望矣！可几十年来，朕以温衣美食养士，却全是一群窝囊废，一群不长脊梁的公狗！"

"陛下，朝廷之事臣妾不该参议，但社稷兴亡，匹夫有责，是整军经武的时候了。怯敌逃阵者，惩戒；老弱病残者，裁汰；彪勇善战者，奖励。一扫三军将骄兵惰、贪生怕死、边塞不备、甲器不修之风。乘北周讨伐南唐的喘息之机，招兵买马，广积粮草，整顿皇家禁军，给三军作出表率，上梁正，下梁才不歪斜……"

后主听着花蕊夫人滔滔宏论，惊诧地抬起头，凝视着她，没想到婀娜多姿的身躯里竟包裹着一团大气凛然的刚烈之气；剪水粼粼的双眸不只充盈着才女的诗琴书画，更流溢着大丈夫所具有的安邦治国的睿智之光。满腹经纶，刚柔相济，智勇相承，他不能不再次拜倒在她的石榴裙下，由衷地赞美道："国之大器者，唯花蕊夫人也。"

"陛下，臣妾说正经事，怎的又调侃起来？羞煞臣妾也。"

"朕说的大实话。常言'家有贤妇，犹如国有良相'是也。"后主颇有感触道，忽然眉目忧悒，"朕何尝不想重整旗鼓、雪耻除恨，可上上下下文恬武嬉，玩泄成习，朝中无大将，朝堂空矣！一纸纸圣诏，一番番廷训，不值分文，如风过耳，上面雷声大，下面几滴雨！"

"陛下勿泄气，重要的是陛下首先要振作精神，失败而不失志。吾大蜀虽丧失八寨四州，但还未到国破家亡的境地，亡羊补牢，为时未晚！越王勾践尚能卧薪尝胆，打败吴国，吾亦愿效西施，匡扶孟氏王朝。依臣妾看，朝堂忠勇之臣有之，母后向陛下举荐的高彦俦可调回朝廷，统率三军。"

"朕也将他派去夔门镇守，那是水上军事重镇，不可儿戏。况且，一个黄口小儿高怀德都敌不过，怎统率三军?！此任交与枢密使昭远吧！让他两副担子一肩挑。"

"臣妾非为高将军开脱罪责，我军全面协调作战能力差，若秦州开门接纳高将军，也许边陲战况不致如此。"

"唉，爱卿，娘子军一事交你筹办，统摄六宫。朕累了，休息吧！"后主仰卧在椅上，闭目养神。花蕊夫人从阿随手中接过锦被，轻轻覆在他身上。

翌日，三宫六院的妃嫔、女官、宫娥、采女接到慧妃懿旨，个个珠钗环佩，粉黛异妆，齐集颐颜殿，不像是来开会，倒像举办五彩斑斓的花展一般，一个比一个妖冶多姿。她们都是遵旨而来，表明对慧妃领衔的衷心拥戴。花蕊夫人站在高高的殿台上，看到偌大的殿厅挤得满满的，花枝招展，燕语声声，感激之情溢于言表，笑容可掬道："谢谢皇姐皇妹的大驾光临，慧妃在此表示由衷感谢了。"说完，彬彬有礼地深深一揖。

"报告慧妃娘娘，三宫六院全都到齐，只有昭容李艳娘未到。"阿随一身戎装，一溜小跑上前，像军士般立正报告。

花蕊夫人兴奋的脸上掠过一丝不快，仍笑容可掬地说："皇姐皇妹们，感谢你们对慧妃的拥戴、支持，祝皇姐皇妹永远年轻、漂亮！"

雷鸣的掌声经久不息，花蕊夫人沉浸在无比激动中："今天召集众姐妹，是奉皇上口谕，成立后宫娘子军。国难当头，举步维艰，我们要和皇上一体，共蹈艰险，为国分忧，成立一支后宫娘子军队伍。不仅习文，更要习军，不仅强身健体，更要学到军事本领，像北魏的花木兰一样，共赴国难，为国杀敌！至少，大蜀巾帼不能成为社稷拖累，一旦周兵席卷而来，吾等不能做虎口之食、砧上之肉，任人宰割。不能让大蜀天子做亡国之君，君辱臣耻……"

一番情深意切、慷慨激昂的陈词，感动了每一个妃嫔宫女，众口一词高呼："誓与大蜀共存亡！"

"保卫天子，不做亡国奴！"

声浪此起彼伏，在殿内外久久回荡。众姐妹争着报名参加娘子军。

这时，一辆珠帘彩锦的辇车在一群侍女簇拥下，摇着清脆的铃铛，铮铮钬钬地缓缓而来，在殿前徐徐停下。少顷，一位高耸着朝天发髻、袒胸露背的贵妇人下了车，迈着金莲娉娉婷婷地扭着，头上的珍翠钗环随着莲步有节奏地摇动，铮铮作响，鲜红的盛装迸射出光芒，刺得人眼睛直冒火花。来至殿阶前，向花蕊夫人微微欠欠身，这就是昭容李艳娘。众姐妹见她傲慢不恭的样子，都非常鄙视和愤恨，有的扭过头，眼不见心不烦；有的扭身吐口水；有的咕咕哝哝，悄声骂着："臭婊子不自尊，贱货！"

花蕊夫人耐着性子，婉言道："昭容皇姐想必已知后宫成立娘子军一事吧，皇姐有武术、舞蹈的天赋，习武不难，报个名吧！"

"舞枪使剑是男人们的事，吾昭容是侍候皇上的，供皇上宴乐。皇上龙体康泰，就是国之大福，吾之幸也。"

"皮之不存，毛将焉附？！大周来犯，国人都图安乐，必国破家亡。到那时，君不君，国不国，妃嫔又去侍候谁呢？！吾辈练点武功，以备不时之需，也是忠君爱国之举！"

花蕊夫人一席肺腑之言，说得李艳娘低下了高昂的头。

当天报名便有五六百人，按寝宫分为六个支队，各执红、黄、蓝、白、绿、紫六色彩旗，由迁客省使赵崇韬为总教官，花蕊夫人为总监。每个分队有正副队长、正副教练。每天拂晓，校军场上彩旗猎猎，戎装鲜亮，娘子军迎着晨曦，披着霞光，练习各式兵器——剑、戟、枪、刀、戈、矛、弓、箭；操演各种战阵——攻、守、进、退、聚、散、开、合。只听得娇声盈天，兵器铿锵，英姿飒爽，风韵飞扬，组成了后宫一道亮丽的风景线，给糜烂的后宫注入一股新的活力。

朝堂上，文武大臣分班侍立两旁，后主坐在龙椅上愁眉不展道："大周挥兵南下，征剿南唐，南唐一灭，而伐荆南、湖南两国，下一个目标则是吾西蜀。前番周世宗只用一个偏师，便轻而易举地拔下了八寨四州，下一步却是用倾国之兵力大举入侵，我大蜀危在旦夕。今荆南贞懿王高保融两次派使臣和递国书，劝朕归周纳贡称臣，朕虽加以拒绝，仍心中无数，是战是降，望众臣献策。"

李昊出班奏曰："荆南贞懿王高保融遣使劝我西蜀称藩于周，又致书陛下劝其做大周臣民。微臣以为，从之，则君父之辱；违之，则周兵必至。吾诸将能拒周乎？！"

王昭远执笏以奏："臣以为，以陛下圣明、江山险固，岂可望风屈服！况吾益州沃野千里，天府之土，民殷国富。北有剑门天险，东有白帝为障，道路险塞。周兵即至，粮草辎重不继，只能以急战为利。而吾军却以坚守为益，旷日持久，周朝兵老而却矣！吾等秣兵厉马，已为今日，臣等请以死保卫社稷。"

一席话，说得后主愁眉舒展，连连点头，令李昊起草回书，再次拒绝高保融的劝说，并令赵崇韬、孟贻业、赵思进、韩保贞等引兵六万，分屯水陆要隘，助战抗周。授王昭远三军总领，整顿禁军，协调作战。

军国大事议妥后，鉴于国事举步艰辛，而储位久空，须建储立嗣，亦分国忧，免滋物议。几位重臣联名上书，要求册立嗣君。

后主曰："众卿所言极是，是册立储君之日。朕幼子玄宝七岁夭折，元子玄喆、次子玄珏也长大成人。玄喆好文，玄钰好武，轩轾难分，众卿权衡谁为储君？！"

立太子历来是国之一大难题，常诱发皇子相争，后妃成仇，宫闱喋血，国无宁日，故群臣面面相觑，有口难言。半晌，王昭远出班禀曰："两位皇子都是皇上嫡出，掌心掌背都是陛下亲骨肉，这是皇室家事，臣等不敢妄议！皇上圣明，选中者必优。此事宜宸衷独断，做臣工的，唯知精忠报国。"

"好，容朕三思。"

"臣有本奏！"沉默不语的宰辅母昭裔执笏而出，"国不能一日无君，后宫不能一日无后。自陛下即位二十九年，后宫后位长缺，望陛下册封皇后，统率六宫，母仪天下。"

"皇后非花蕊夫人慧妃娘娘莫属矣！"王昭远虔诚地出列跪禀。

"慧妃娘娘才貌双绝，艺高德馨，代主六宫，堪为师表。"赵崇韬跪禀。

"慧妃娘娘，'才'，精于诗词书画；'能'，匡扶蜀室之腹；'德'，一代楷模，垂范天下。做一国之母，是最优秀的人选。"韩保贞出列鼎荐。

"文武重臣拥戴花蕊夫人做一国之母！"朝堂文武全跪地力荐，声浪四起。

重臣们异口同声拥戴慧妃为后，使后主感动不已，他为自己有这样一位德、才、貌三绝的后妃而骄傲，郁郁之怀为之一扫，驱散多日来笼罩心空的阴霾，曰："众臣的盛情，朕代慧妃谢领。朕多次欲立她为后，都遭她婉言谢绝，这次应群臣之请，她不会推辞吧！"

朝议毕，群臣颔首而去。

花蕊夫人操练归来，浴洗更衣完毕，一面坐在御椅上悠悠品茶，一面欣赏着笼中那对雌雄绯胸鹦鹉。此鸟来自青城仙山，通体翠绿发亮，尾羽、胸毛鲜红，头顶是黄色冠状羽毛，色彩斑斓如绣，配上那娇美的体态、婉转的歌喉，简直是人间极品，大自然奇妙的杰作！花蕊夫人爱不释手，每天操练归来、洗浴更衣后，第一件事便是欣赏鹦鹉，她管这对夫妇叫"空中丽人"。这空中丽人通人性，惹人爱。本来这对小夫妻正叽叽咕咕、谈情说爱，见美丽贤淑的女主人出浴而来，美艳照人，便蹲在黄金架上，伸长脖子，抖动着羽毛，脆声声地叫道："花蕊夫人——出水芙蓉，花蕊夫人——出水芙蓉！"

花蕊夫人高兴得放下茶具，乐呵呵地走到鸟笼前，打逗道："空中丽人真逗！馋嘴了吧？想吃哟！"

这时宫女双手托来盛满粟米、碎粒蔬菜、水果的银盘，花蕊夫人撮起玉指将鸟食投入缸内。空中丽人扬起右爪："谢谢，谢谢！"一头伸进食缸，贪婪地啄起食来。花蕊夫人忍俊不禁，扑哧一声笑了："小东西真逗人爱！"

少顷，鹦鹉嘎地扑腾起来，把花蕊夫人吓了一跳。宫女朝着鸟笼骂道："肚子吃饱了，又演恶作剧！看吾折你的翅膀！"

鹦鹉仍扑腾，忽而脆声高叫："皇上驾到，慧妃娘娘迎驾！"

花蕊夫人向外一望，数十宫人簇拥着一辆龙辇而来，忙整顿衣冠，率侍女出殿相迎。后主一进殿门，鹦鹉脆声叫道："皇上驾到，随儿上茶！"

惹得后主大笑："空中丽人能言善语，全仗爱卿调教！"

"陛下今日喜气洋洋，必有喜事临门。"花蕊夫人扶后主入座，笑道。

后主深情地望着花蕊夫人，从头到足仔仔细细地审视着，她还是初入宫时那么艳丽皎洁，富丽高雅，面若芙蓉，眸若秋水，发若云涌，腰若丝绦。不同的是，两潭秋水般的双眸里多了几分冷静、沉思的光泽，纤尘未染的青春气息里多了几分成熟、理智的韵味，显得更高雅出尘，超然物外。后主第一次感到：夫人胜似百万兵！她真像一尊女神，文臣武将莫不拜倒在她的石榴裙下，他为自己有这样一位夫人自豪，便意味深长地说："爱卿征服了天下所有男人，佩服，佩服！"

"臣妾言行不合礼法，违背妇道，请陛下降罪！"花蕊夫人跪曰，泪眼婆娑。

"哪里的话，朕高兴还来不及哩！"后主忙双手扶起她，"直说了吧，今日上朝，文武大臣众口一词，拥戴爱卿当皇后，这下不再推辞了吧！"

"叩谢陛下隆恩。臣妾进宫十几年，没为皇上生一男半女，深感负疚。子嗣是帝业之希望、王朝之寄托、社稷之根本，而臣妾却没子嗣，缺一大德。古人云，'不孝有三，无后为大'，臣妾无嗣，愧入主西宫，母仪天下，望陛下另择望门名媛立后，臣妾做慧妃足矣。"

"爱卿太克己复礼、养名显行了。"

"陛下，实在要册立臣妾为后，也得要臣妾为皇上生下龙儿龙女，再册封后位不迟，望皇上恪守古制，免滋物议。若皇上不答应，臣妾就跪地不起！"花蕊夫人跪着，双目盯着后主，含着期待。

后主长叹短吁："三千佳丽都觊觎着皇后宝座，争宠逐角，邀恩博爱，醋战不息。而你，却不食人间烟火，真不可思议！"

早在少女时代，她就做过缤纷的梦，当一位赫赫的皇后，辅佐天子，治理天下。入宫后，她更频频地做着这个缤纷的梦。然而，在她博览浩如烟海的典籍史书、诗词歌赋后，在长期儒学的熏陶下，她的感情升华了，变得恬退隐忍，超然物外，恪守妇道，不越古制。纵观千百年来的皇妃这一特殊女性群，或辅君创业、治国安邦而彪炳千秋；或惑主窃权乱政、淫乱朝纲而遗臭万年，无不关系社稷兴亡盛衰。她选择了前者，摒弃后者。她深谙后道，除德冠后廷外，皇后的荣辱宠贬往往取决于她能否为皇上传宗接代，生个皇权接班人，母以子贵。她深谙"物极必反，盛极必衰"的道理，她不能背专宠的罪名，更何况天子的爱是随人老珠黄而移情别恋，故她一再婉言谢绝，不做皇后，不无道理。

"陛下，为千秋帝业，勿违古制，同意臣妾的恳辞吧！"

"爱卿高风亮节，日月可鉴，朕准爱卿所奏。平身！"后主扶起了花蕊夫人，"吾俩去秦王府，看看元子玄喆学业若何？"

"这段时间忙着娘子军的事，没去秦王府，臣妾正想过府去看看。"

君妃二人坐上逍遥车，宫人、卫士前呼后拥，护驾前驱。

秦王府设在东宫。父皇的逍遥车未至，秦王玄喆便率王妃、侍女、锦卫在府门外长亭迎驾。皇辇在南书房丹墀停车。环视府宅，除占地面积、建筑雄伟不能与皇宫媲美外，绿水、假山、喷泉、花草、亭台楼阁一应俱全，特别是那树树海棠如火如血，占尽了春色。后主喜道："喆儿的府邸收拾得像天宫一般，景色宜人。"

"父皇过奖了。请父皇、母妃到皇儿南书房一坐。"

书房由四合院组成，林园、画廊将这座书院连在一起。远处飘来隐约的古琴声，给人清雅、宁静之感。

后主很欣赏地赞道："这倒是块读书的净地。"

玄喆就在这儿读书、写画，由饱学鸿儒李昊执教。

步入书法馆，四壁全挂着书画，全是玄喆的手迹。由《诗经》《楚辞》至刚出的《花间集》；由《左传》《战国策》到《史记》《汉书》；由《诸子散文》到《世说新语》；名人、名篇、名句通过他的手抄，妍美流畅，字字烁光。地上立着高高的碑文石刻，全是历代明相的名作，如李斯的《谏逐客书》、孔明的《隆中对》《出师表》，魏征、狄仁杰、姚崇的口箴，字字珠玑，分外瞩目。进入书法馆，像进入悠悠的历史文化长廊，不仅让人赏心悦目，更叫人励精图治。花蕊夫人看后，大加赞赏："纳百家之长，形成孟式书体，遒劲如山松，飘逸像流云，这是皇儿秦王潜心苦练所致，真是笔掀千层浪，墨洒万代香！"

后主大喜，即御赐秦王银器、锦缎，予以嘉奖。

玄喆爱好书法，颇具功力，但形成这一高品位的格局，确是李昊一手精心策划、刻意安排的，是为玄喆登上太子宝座搭的一级天梯。看来这表面文章收到了事半功倍之效。其实玄喆全身心投入的是声色宴游、畋猎斗鸡。

接着，后主进一步考察玄喆做储君的综合素质，从政治、军事、经济到天文地理，从历朝历代的典章制度、政坛逸事到朝纲方略、施政纲领，玄喆滔滔不绝，对答如流，照老师底稿一字不漏地背了下来。后主十分满意，曰："皇儿学有专攻，才贯古今，胸怀大志，父皇后继有人矣！但不能只停留在口头上，要学会独当一面，裁决朝政，为父分忧。"

"感谢父皇御教！父皇出口成律，咳唾成珠，皇儿没齿不忘，实践终生。"玄喆学会了迎合、奉承、吹捧的技能，这是整个朝风对他的熏陶。

看来，择储的第一次考试，玄喆交了一个极为精彩的答卷，这不能不归功于导师李昊的精心栽培。从此，玄喆事事都依赖导师，成了李昊手上可怜的风筝和木偶。

一天，李昊在南书院给玄喆讲学，什么"无毒不丈夫"，什么"亦鬼亦人""亦真亦假""亦忠亦奸""亦善亦恶"，什么"王道即诡道""臣道即奸道"，玄喆听得又刺激，又糊涂，又入迷，又不解，瞪大了眼睛，扇起了双耳。原来，玄喆一个癖性是，在思淫欲、利欲、物欲时，因为太激动了，便总是扇起那垂肩的双耳。

李昊见初见成效，便来个低八度，击中要害："近闻尔母妃辞后一事，固然赤心昭昭，素志坦荡，高风亮节，令人称道，然而太书生、才女气，仍会吃大亏。堂堂国母不做，却躬身为妃，行皇后之职，统摄六宫，何苦乃尔？！唉，天予不取，反为之累也！"

玄喆越听越糊涂，越要弄个清楚，双耳扇得更圆了，连珠般地追问："恩师，何也，何也？"

恩师一见奇效至也、火候至也，便一字一板道："古人曰，'水至清则无鱼，人至察则无徒'。皇子自省其内涵吧！"

这时，太监总管李公公入内，拖着女人般的声音唱道："秦王、相国接旨——"

二人跪地接旨。

"奉天承运，皇帝诏曰：一年一度的皇家狩猎定于明日，齐集午门外，拂晓出发，地点北苑。钦此。"

"叩谢龙恩——"

李公公走后，玄喆十分诧异："怪哉！每年围猎均在秋天草枯鹰逐的时节，今年却改在春暖花开时。年年提前一月下诏，这次却匆匆起程。"

李昊捻了捻稀疏的胡须，笑曰："几天前，帝妃二人来书院考察，几天后又急诏行猎，这不是秃子头上的虱子，明摆着的吗？"

一语识破天机，玄喆"啊"了一声，明白过来，继而愁容满面，苦叫道："御弟玄珏自幼习武，善使双箭，吾不及矣！只有甘拜下风，当众出丑！"

"看，看，看，又在犯傻，脑袋不通窍！实力打不赢，斗智更精彩！一根肠子通到底，还能胜者为王吗？！"

玄喆眨眨眼，扇着耳朵，圆溜溜的脑袋一拍，终于笑出声来。

北苑在京畿北郊十五里的磨盘山，那儿有高祖孟知祥和福庆长公主李氏的合葬墓——和陵。方圆三十里，古木参天，怪石嶙峋，珍禽走兽出没，加之帝陵、臣墓点缀，组成益州北郊一道亮丽的风景线，故被圈为禁苑——皇家园苑。内住猎户十来户，驯养禽兽，培植花木，看管建筑、陵墓，供皇家祭祖、狩猎。

这是阳春三月，百花似锦。妃嫔宫女、皇亲国戚、文武重臣、侍卫太监一行千余人出古咸阳门，过升仙桥，径向磨盘山驰去。皇辇宫车、华轿骏马、旌旗戈甲，十里不绝。其中最引人瞩目的要数那五百娘子军，紧身戎装，束甲蹬靴，如云的青丝用彩带扎起似翩翩蝴蝶，左手持弓，坐在骏马上英姿撩人。沿途百姓像蜜蜂追逐花丛一样撵前跑后地争相看着，以为是天上女神下凡。后主一身猎装，身挟弹弓，英姿勃发。花蕊夫人和昭容李艳娘侍坐在后主左右两侧，一个着一身戎装，身披一件杏黄色绣凤披风，在春风吹拂下呼啦啦地飘动，洋溢着巾帼英雄的神韵；一个浓妆艳抹，珠光宝气，和狩猎氛围极不协调。

后主看着这支娘子军队伍来劲了，叫道："慧妃，咏一诗赞这支巾帼队伍吧！"

"臣妾看着她们的今天，老是爱回眸昨天、向往明天。"花蕊夫人眼前浮现出娘子军们初学骑射的娇憨羞怯，不无感动地吐出心绪：

> 殿前宫女总纤腰，初学乘骑怯又娇。
> 上得马来才欲走，几回抛镫抱鞍桥。

"好诗！红装成武装，来之不易，一大义举。"

"陛下谬赞了，只不过是点缀后宫而已，尚无战斗实力。"

抵达磨盘山，只见山势巍峨，松柏森森，古藤盘结，流泉飞溅。杜鹃簇簇绽放，十里香布满山崖，一幅山水画屏突兀眼前。进入花蔓编织的穹形拱门，是一块平地，曰"御坪"。车轿全停在那儿，人人单骑上山。北苑用柳条、刺槐、藤蔓、篱笆隔成若干围场，根据禽兽不同分布，取了各种名儿：百鸟林、麋鹿苑、虎豹沟、猴子岩、老鹰嘴、熊猫岭等。

李公公宣旨："皇上口谕，猎者可自择围场狩猎，黄昏时分鸣金为号，汇集御场，评比猎物。"

话音落地，人们各自结伴入山狩猎。嫔妃宫女、娘子军自随后主去百鸟林。这是一片果树林，桃花开得大红大紫，灼灼其华。梨、李、苹果花儿也占尽春色，如雪似银，不施胭脂，却秀色可餐。串串樱桃醉了，像一嘟噜、一嘟噜小铃铛似的，摇曳着。手腕粗的葡萄藤爬满竹木架棚，似仙鹤飞天，似龙凤呈祥。幼蔓新叶鲜亮如溪，纷披若瀑，别有一番韵味。这儿栖息着画眉、黄鹂、翠鸟、杜鹃，还有松鼠、野兔、羚羊，丽鸟佳兽和睦相处，繁衍生息。蓦地，呼一声，一群鹅黄的小鸟扑棱棱地扇起翅膀，腾空而起，飞离枝头，星星点点，像春节绽放在夜空鲜黄夺目的礼花，发出"嘎——嘎——嘎——"的鸣声，如珠落玉盘，清脆悦耳。

"黄鹂、黄鹂！"宫女们惊喜地叫道。

也有不怕人群的黄鹂，大概情正浓、意正切，还双双戏逐，绕树飞舞，宛若美丽的音符在林间上下滑翔，发出挑逗的"啊——儿""啊——儿"的鸣叫。

"啊——儿——这是一对夫妻正谈情说爱，不忍离去啊！"不知哪位宫女冲口高叫，惹得妃嫔宫女们开怀大笑。后主开弓搭箭，嗖的一声，一只黄鹂来不及叫一声便坠地而亡。宫女们狂了，嗖嗖嗖，无数箭镞朝鸟群射去，一只只美丽的黄鹂发出凄厉的叫声，应弦而落。妃嫔们欢叫着，狂奔着，抢夺猎物。花蕊夫人不忍用箭射这美丽的天使，从侍女手中接过弹弓，安上黄金弹，披枝穿木，绕树藏身，击落一只只麻雀。后主乐了："爱卿身手不凡，击落空中飞鸟，想必诗意又蕴酿成熟了，哈哈！"

花蕊夫人嫣然一笑，看着那红艳艳的樱桃，激情奔涌，朗朗上口。

三月樱桃乍熟时，内人相引看红枝。

回头索取黄金弹，绕树藏身打雀儿。

"妙哉，妙哉！末一句更是传神之句！"

"陛下，臣妾送皇上一只红腹锦鸡——"一个娇柔的声音飘来，李艳娘和她的侍女捧着一只红腹锦鸡欢呼雀跃，一阵风似的跑到后主跟前炫耀着。

"真美！翠绿的羽毛，金黄的脖子，红红的嘴壳，是自然奇妙的杰作！"

艳娘见后主夸奖她，更带劲了，绘声绘色地讲述射猎情景："可不，这是一只五彩缤纷的雄锦鸡，它正张翼展尾，和雌锦鸡引颈交喙时，臣妾藏在树丛里，箭镞瞄向了它，嗖的一声，雌锦鸡跑了，它负了重伤。"

花蕊夫人在一旁听着，同情锦鸡的不幸遭遇，不知怎的竟涌出了眼泪。

却说秦王玄喆，本来带一支人马去猴子岩戏猴，玩够了，便开弓"啪啪啪"地扫射，抬着一溜黄澄澄的猴儿来领赏。但见此情此景，母妃的泪水唤醒了他，他足上擦油，和随从们溜了。黄昏时分，他用头盔盛来一窝鸟蛋，白生生的头盔里还垫了一层闪亮的黄锦缎，生怕划破了蛋儿。

后主见了，满脸不悦，皱着眉头道："这就是尔的猎物？"

"不，皇上，秦王他……"一位内侍站出来帮主子解围，秦王用肘将他一拐，抢前一步："春天是草长莺飞、禽兽繁衍的时节，儿臣沿途见到不少獐子、斑羚、猕猴、相思鸟，可它们不是拖儿带母，就怀着崽儿，挺着大肚皮。民间有句俗语是，'劝君莫打春来鸟，儿在巢中望母归'，儿臣只好放下手中箭，捧走一窝雀儿蛋，回宫孵化出鸟儿再放回自然。"

"啊，皇儿仁教有德，善莫大焉！"花蕊夫人感动得插嘴道，双眼向着后主，"玄喆仁慈为怀，是储君之料，陛下应嘉奖才是。"

"好，好。嘉奖，嘉奖！皇儿的仁德在众臣面前给父皇撑了龙面！"后主一迭连声赞美。这时的玄喆诡谲地笑了，从内心更感激老师所授的玄学。

褒王玄珏领一队人马越山涧、攀山崖、穿林海，去虎豹沟打虎擒豹。他的老师是起居舍人陈鄂。陈鄂秉性耿介，忠心不二，爱犯颜直谏，弹劾浊官，朝外很有名望，朝内却非议不少。有其师必有其徒，玄珏亦直来直去，不会阴谋。这时他想的是肆意驰骋，射猎猛兽。

可转了好一阵子，连一只松鼠都没见，更别说虎豹豺狼了。他的副手便扬着脖子，模仿公鹿的发情声"呦呦"地叫起来。一会儿，远处林中也传来"呦呦"的叫声，那是母鹿在找寻公鹿。他们立即隐藏起来，拉开弓，搭上箭，恭候母鹿大驾光临。呦呦的求偶声此起彼伏，声音越来越大，母鹿越来越近，三丈、两丈、一丈，母鹿正扯起嗓子"呦呦"高叫时，玄珏快速一箭，直奔喉头，母鹿身亡。为了钓"大鱼"，玄珏只好以母鹿为钓饵放至林中，所有人等均跳出禁区，隐匿密林，等"鱼"上钩。

半天过去了，什么也没见，林中一片寂静。忽然，前面传来沙沙的声音，像铁骑踩在厚厚的落叶上一般。又听见"咔嚓""咔嚓"树枝断裂的声音，玄珏凝神屏气地听，两眼鼓得像铜铃，左手持弓，右手上弦，紧张地瞄着。

忽然，一股腺臭味袭来，接着是"嗷嗷"的咆哮声，犹如闷雷，一只吊睛白额大虫蹿将出来，只觉山摇地动，林木飞旋。只见它铜铃般的双眼闪着阴森森的绿光，两只铁耙般的前爪扬起，纵身一跳，蹿了一丈多高，又猛地一射，扑到死鹿面前，虎须扇动着，哑铃般的眼睛四处扫射，然后张牙舞爪地撕扯，狼吞虎咽地撕咬起来。说时迟，那时快，玄珏使出连珠箭，也许是过度紧张，一箭射中大腿，二箭射中前胛，三箭射中左眼，始终射不到要害处。这时，老虎疼得满地打滚，"嗷嗷"直叫。忽然，一翻一扑，铁耙般的巨爪伸向玄珏的脸门，龇牙咧嘴。他"啊呀"一声，后退几步，吓出一身冷汗，撞在一棵大树上。大树"咔嚓"折成两段，重重地打在老虎头上，老虎"嗷嗷"惨叫而死。

玄珏才从惊吓中回过神来，翻身上马，向御场急驰。十几个壮士，抬着大虫尾随其后。

御场上，人欢马叫，大家沉浸在后主的嘉奖中。

"啊，老虎！"不知是谁惊叫一声，众人的目光齐刷刷地投过去。只见落日的余晖中，十几个全身甲胄的武士抬着一只吊睛白额大虫呼啸而来，豪气万丈；那一头斑斓的猛虎在夕阳晚照下，像一尊庞然雕塑，一动也不动。后主见玄珏射毙山中之王，大喜过望，连声赞道："皇儿智勇双全，射虎英雄！御赐百两黄金。"

"叩谢隆恩！"玄珏跪谢。

夜幕来临，皇辇、彩车、华轿、马匹均亮起了大红宫灯，照得夜如白昼，灯的长河浩浩荡荡向京都流去。

夜深了，后主和花蕊夫人兴致未减，只听得花蕊夫人燕语声声："元子玄喆为皇嗣之长，仁厚有德，才华不凡。陛下遵立长子古训，选贤用能，当立玄喆为储君。"

"爱卿之言正合朕意，立玄喆为太子。"

三日后，后主孟昶驾临朝天门，昭示天下，立秦王玄喆为皇太子，颁布特赦令，赏赐国人大酺三日。封褒王玄珏为保宁军节度使，检校太傅。

第十四章　凌烟楼坠扇风波

转眼到了盛夏，七月流火，赤日炎炎。后主在摩诃池泡腻了，突发奇想："慧妃，快更衣吧，今夜十五月儿圆，我们微服出游，去香雪园登凌烟高阁纳凉赏月。"

"就臣妾和陛下去？不要皇舆彩辇？"花蕊夫人惊喜道。

"徒步游玩。带阿随和几个便装锦衣吧，人多了反而累赘！"

"遵命！"花蕊夫人欣欣然飘袂而去。

不一会儿，一翩翩公子来至前殿：头戴绣花儒巾，身着粉色锦袍，明眸皓齿挺俊逸，像一位学识丰赡、才高八斗的儒雅之士。后主看傻眼了。只见那书生双手抱拳，声如泉鸣："仁兄有礼了！恕小弟姗姗来迟！"

后主感到面熟，似曾相识，又记不起在何时、何地仙会。他正要开口垂询，只见宫女们捂着嘴俯下头偷笑。他醒悟了，一把拉着花蕊夫人，笑道："以假乱真，戏弄天子，该当何罪？！"

花蕊夫人这才抬起秀眼，四目交视，站在自己面前的不是一国之君，而是峨冠博带的谦谦君子，忍俊不禁，"扑哧"一声笑了起来，后主更是哈哈大笑，眼泪直淌。

黄昏，君妃二人从后门联袂出宫，阿随男仆打扮，紧随其后，再远处便是一队便衣警卫。他们沿着金河西行，岸边花木扶疏，竹柳纷披，河水蜿蜒似带，水面白帆点点。河风徐徐吹来，暗香盈袖。这一奇特的出游，对花蕊夫人来讲，实属首例。即便是做闺中少女时，这样无拘无束的游耍也屈指可数。父亲家规甚严，长到十来岁便不得随意离开家门。故今日她特别高兴，像一只活蹦乱跳的小鹿，时而分花拂柳，时而绕树藏身，时而和百鸟齐鸣，时而惊起白鹭齐飞，沿岸纳凉的百姓向她投去钦羡的目光。

"少爷，香雪园到了！"阿随叫着。

这是金河和锦江的交汇处，江天浩阔，水波一色，浩浩的江水一泻千里，翻腾着白色的浪花。两岸石堤逶迤，几道虹桥卧波。桥上人流如潮，江面游船穿梭。他们挤上了虹桥，手牵着手，在男女混杂、童叟嬉笑的子民中拥挤穿行，别有一番风趣。慧妃一路香汗淋淋，哈哈直笑。姑娘们看着这绝色美男，像蝴蝶恋花一般紧追不舍。阿随见了，双手一扇一扇，像吆喝麻雀似的："快走，快走！女娃子家，羞不羞嘛！"姑娘们才散去！

这是一座三面临水的林园，苍松翠柏、篁竹杨柳，人人其中，暑热顿消。酒铺茶阁、食肆果店比比皆是。四方竹桌、竹椅搭在树荫花棚之下，泡上盖碗茶，便是露天茶社。友朋满座，茶香四溢，听蝉叫鸟鸣，看烟波风月，说古道今，天南海北。川戏高腔，扬琴清音，檀板说书，酣歌醉笛，烘托了茶文化氛围。市民们带上几个锅盔，便可美美地泡上一天，故管此园称为香雪园。园中亭榭楼阁，以凌烟高阁为最。这八角名楼相传建于北魏，临水屹立，上下五层，斗拱翘角，金顶黄脊，绿瓦红柱，突兀在浓荫簇拥中，飞翼于蓝天白云之上，既丽且崇。晋人左思《蜀都赋》中的名句"既丽且崇，实号成都"由此而得。

花蕊夫人折过身，一群女子又追来，她哂笑："甩掉她们！"说完，挽着后主的手撒腿向凌烟阁疾跑，女子们也双脚如飞，穷追不止。看看又追上了，阿随两臂一伸，阻拦道："撵什么撵？黄花女子不害臊！羞羞羞！"

一群便衣赶来，堵成人墙，才将她们隔开。

沿高高石级而上，他俩登上二楼，依在露台的朱木栏杆凭栏远眺，只见长空一碧，江流千里。沙滩上，翔集着一群白鹭，一溜子渔舟披着万道霞光归来，惊起白鹭扑棱棱地展翅腾空。花蕊夫人被这画面陶醉了，吟哦起唐人王勃的名句："落霞与孤鹜齐飞，秋水共长天一色。"

"真是千古绝唱呀！诗人若生活在现在，贤弟一定要保举他为内阁学士，至少不会潦倒一生，英年早逝！"

她头轻轻依在后主肩上，撒娇道："你会下御旨吗？"

"贤弟爱才、惜才，护才之心令仁兄佩服！仁兄一定准奏！"二人哈哈地笑了。

"快看，明月从水中升起来了！"她纤纤玉指指着脚下水中月，欢快地叫道。一轮辉煌的满月从水面袅袅升起，像一面玉盘挂在柳梢上，越升越高。月光清辉似水，泻在江面，像镀上一层银。这时华灯初上，和皓月交辉。忽然，晚风吹来阵阵歌声，伴着管弦，浑厚、深沉：

> 江天一色无纤尘，皎皎空中孤月轮。
>
> 江畔何人初见月，江月何年初照人？
>
> ……

"这是多么富有诗情画意的月夜！唐代出诗人啊！"她忘情地自语。

"两位东家边吃边赏月吧！"阿随用银盘送来月饼和时鲜水果，将他们的思绪拉回现实中。这时他俩才感到双脚站得麻木了，肚中有些饥饿，依肩而坐，大口地品尝着"蜀中桂圆香"月饼。忽然，笛声飘来，歌喉婉转，珠圆玉润，娇声唱道：

> 晚来随驾上城游，行到东西百尺楼。
>
> 回望苑中花柳色，绿阴红艳满池头。

"贤弟的宫词已流入民间，誉满天下，可喜，可贺！"

"仁兄过奖，羞杀小弟了。"

"二位东家，香雪园在唱东家的诗词，去前台看看吧！"阿随跑过来，催主人去看众口齐唱的盛况。

"嘘，小声点，别露馅儿！"花蕊夫人悄声提醒她。

他俩走至前楼，楼阁蓦地亮堂起来，月光、灯光、目光全交聚在花蕊夫人身上。楼下的人群在交头接耳，争睹美容。忽然，一群孩子扯开嗓门唱起来：

五云楼阁凤城间，花木长新日月闲。

三十六宫连内苑，太平天子住昆山。

歌乐喧天，一遍又一遍。这是花蕊夫人的新作，连几岁顽童都能朗朗上口，她感动了，两腮飞霞，秋水般的明眸含着激动的泪花，她挥动着手中的玉扇向人们致意。不知是谁，人群中飞出一声惊叫："哟哦，那是当今皇上、慧妃呀！"歌声顿时被激动的欢呼声淹没，响彻夜空："吾皇万岁，慧妃千岁！"

花蕊夫人使劲地挥舞着御扇致谢，挥着挥着，不慎失手，御扇"哗"的一声呈伞状坠落到楼下，宛如天鹅洁白的羽毛在人们头上、身边飘飞着。人们沸腾了，疯狂了，都争着去抢花蕊夫人的御扇。这御扇也怪异，越过多少人头，触过多少人手，竟不偏不倚地飘到皇家梨园总领、一代魔笛——李十笛手中。他一阵狂喜，紧紧攥在手上，又和衣抱在怀里，躬着身，拱出纷乱的人群。

后主、花蕊夫人在便衣侍卫的护卫下迅速下楼，离开香雪园。

这是一个不眠之夜。君妃早去，市民们仍聚在香雪园里久久不散，争相回忆着花蕊夫人的国色、风韵。就是压根儿没见到花蕊夫人的人，也津津乐道地讲述他看到花蕊夫人沉鱼落雁之貌、羞花闭月之容。哪怕一个平常的手势，也要绘声绘色地讲述半天，竟不知晨曦来临。

皇家梨园的舍馆更是热闹非凡。优伶们堵在十笛的宿舍不走，缠着要看御扇。十笛拗不过，只好下了几条规矩才让他们传看。大伙只得规规矩矩地坐着，一睹芳颜。这是一柄龙脑香白绢折扇，张之如满弓，合之似玉片，长不过一尺，宽不过一寸。李十笛小心翼翼地打开，香艳撩人，满屋生香，真非人间之物。扇骨用象牙制成，扇面以蜀锦作料，光泽自然，制作精巧。周边绣着云凤，扇面小雪纷飞，似白梅朵朵，上有两行玉体行书："黄鹤楼中吹玉笛，江城五月落梅花。"

古朴、典雅。扇在手，暗香盈袖，暑热顿消。这种折扇，又曰聚骨扇、撒扇，原产于朝鲜，五代时期传入中国。物以稀为贵，加之是花蕊夫人的用品，时人奉为稀世珍宝。

十笛捧着御扇，走至每个人面前，人们的眼里放出奇异的光，赞叹不止，惊呼"香雪扇"。直到东方露出启明星，大伙才恋恋不舍地散去。

十笛和衣仰在床上，双手将香雪扇贴至胸前，闭着眼，花蕊夫人那出尘绝世的风姿、神韵浮现在他面前，朦朦胧胧。似乎在羊马河畔，临窗偷听他的笛韵歌声；似乎在水晶殿内，和皇上比肩而坐，醉入他的《百鸟朝凤》；似乎玉立凌烟楼，挥舞着香雪扇。渐渐地那香雪扇化作一只美丽的天鹅轻盈、娴雅地飘飘悠悠，上下滑翔，投入他的怀中，他受宠若惊。忽然，一只黑手伸来，卡住天鹅脖子，天鹅发出凄厉的嘎嘎惊叫声。他一惊，从床上腾起来，只见半床月色、一窗花影。一位冰清玉洁的美人向他走来，他趋前相拥，拥着的却是手中散发着花蕊夫人异香的香雪扇。他捧着香雪扇，走向书案，展开扇面，擎起毫笔，录下两行诗句："夜梦梅花朵朵发，晓来相思绕天涯。"最后落款，李十笛。

第二天，皇城里达官贵人、公子王孙都摇起了香雪扇，一样的折扇，一样的图案，一样的诗句。所不同的，骨架用篁竹制成，大都裱上纸，质地、做工粗糙。第三天、第四天，香雪扇风靡全京城，男女老少都玩起了香雪扇，视为怀袖雅物，十分神气。一个热天，整个巴蜀都掀起了扇香雪扇的热潮。

随着这股热潮的涌动，花蕊夫人和李十笛的桃色绯闻也不胫而走。什么他俩从小就裹在一起，一对野鸳鸯；什么花蕊夫人入宫，李十笛抛尽百万家产，混入皇家梨园，追进皇宫；什么二人经常眉来眼去，耳鬓厮磨；什么花蕊夫人被他玉笛迷住，半夜出宫找梦中情人；什么香雪扇本是花蕊夫人给李十笛的定情物，在凌烟阁上抛绣球……越编越圆，越传越神。消息传入后主耳里，他开始只一笑置之，认为那是文人的杜撰，是天方夜谭。他深信自己宠爱的慧妃是一位冰清玉洁、秉执妇道、垂范天下的贞洁女子。尽管她在他心目中有如此不可动摇的定位，但不知为什么，心里老不踏实，烦闷，气躁，隐隐作痛。回到云华宫也寡言少语，不像昔日那样缠绵、多情、痴迷。

一个早朝后，后主未乘銮舆，由几个内侍护行，徒步经过李艳娘的春华宫，铮铮琴声和婉转的歌声，像一缕夏日的风拂过他烦乱的心田。往常，他会冷漠地擦肩而过。每日下朝，路过宣华苑、春华宫，沿途妃嫔如云，争媚献诔，总想亲近皇上，得到哪怕一次的宠幸，便引以为荣，抚慰平生。正如花蕊夫人诗中所写的候宠场面：

夹城门与内门通，朝罢巡游到苑中。

每日日高祗候处，满堤红艳立春风。

这便是三千佳丽取媚君王、承恩宠幸的真实写照。面对妃嫔群立、邀宠的盛况，他的銮舆均不停留，最多揭开銮帘一角向她们投去匆匆的一瞥，或一个微笑，然后銮车向云华宫驰去。那儿有忘忧草、开心果，使他云里雾里，如沐春风。而今日，后主不由自主地循着琴韵、歌声，沿着砖石甬道，拨柳分花地朝春华宫走去。只听得弦歌悠扬、顿挫有致，伴着九曲龙池的流水，篁竹嘉林间的清风，使人愁怀顿消。啊，昭容正在弹唱他新作的《梁州序》新曲。

他抬眼一望，绮窗下，艳娘正抱琴而歌。忽然，娇俏的艳娘幻化成桃腮带露、眼含秋水的花蕊夫人。记得《梁州序》一脱手，花蕊夫人忙交梨园排练。在九曲池头、清风阁里，先是玉笛缕缕，再是箫笙和鸣，后是歌声悠然而起，旋律清新，色彩典雅，如沐浴在仙乐之中。一曲终结，她赋诗助兴，娇声吟道：

梨园子弟簇池头，小乐携来候宴游。

旋炙银笙先按拍，海棠花下合梁州。

花蕊夫人诵诗，使歌宴进入高潮。"唉，怎么又想起她！"他心里咕噜着，有意识地眨眨眼，可她的影子却挥之不去。这时，一宫女惊喜叫道："皇上驾到——"

艳娘忙将琴交与侍女，颤悠悠地出迎，宫女们尾随其后，她燕语声声："臣妾接驾来迟，请皇上恕罪！"

"爱卿平身！爱卿的仙乐使朕入迷，不请自来。"后主扶起她，笑道。

"陛下不嫌臣妾弹唱粗疏，愿为陛下高歌一曲，恕臣妾妄为之罪。"艳娘闪着媚眼，神态诡秘。

"爱卿琴歌艺技堪称阳春白雪，何罪之有！快弹上一曲，一新耳目。"

艳娘裙带飞舞，扭着腰肢，走向琴台，提袂而坐，向后主飞去一个媚眼。她调好商宫，凝眸屏气，轻捻慢拨地故意弹唱起李白的《与史郎中钦听黄鹤楼上吹笛》。

> 一为迁客去长沙，西望长安不见家。
> 黄鹤楼中吹玉笛，江城五月落梅花。

唱得哀婉动人，令人凛然生寒。后主觉着一点弦外之音，只见旋律跌宕，变得缠绵、凄美，她柔情缕缕唱道：

> 夜梦梅花朵朵发，晓来相思绕天涯。

歌声倾诉了一对痴男怨女天各一方、相思绵绵的情结，唱得字字含情、声声带泪，像一只钢针插入后主受伤的心，在旧伤痕上又添一道新伤痕，痛得他两眼迸出金星，勃然大怒："大胆！贱人安敢在寡人面前毁谤皇妃！"

"陛下息怒！臣妾不敢！这首新歌，只觉好奇，故臣妾试唱一曲，不知冒犯陛下，恕罪！况臣妾也有言在先，经陛下恩准，臣妾才敢领旨弹唱！"她跪地哀求着，泪眼涟涟，用眼角飞快瞟了皇上一眼，见他愠怒中带着痛苦，又哀声道，"臣妾愚钝，不该来雪上加霜。但臣妾忠心一片，不容奸佞亵渎圣明，欺君罔上，望陛下恕臣妾一片愚忠、耿介。"她哭里藏刀，再次点火煽风。

后主本想制裁她，一泄心中之愤懑，又见她说得有根有据，不便加罪，便"哼"了一声，奋袂而起，正言道："再听到诽谤慧妃，朕定严惩不贷！"

说完，他拂袖而去，身后是艳娘的声声号哭！

李艳娘从进宫的第一天起，便视花蕊夫人为情敌：是她，后宫佳丽三千，三千宠爱在一身；是她，夺走了皇上对她的专宠，使之芳心无寄，空守闺门。她决定报复！她自己明白，不管才、貌、德、身世，自己都处于劣势，不是她的对手。但她不放弃这种较量和努力，十几年来，她挖空心思，像一位猎手寻觅猎物一般，眼里发出凶狠的光，可没觅到进攻的机会，她的对手总是那么规范地生活着，那么温柔恭谦、才情横溢。上天终于恩赐了这一千载难逢的机遇，终于等到了这一天，机不可失，她要一举打倒她，叫她身败名裂，将她打入冷宫，乃至市井问斩，灭九族，一解积压在心中十多年的这股恶气。

于是，她用重金收买她本来不喜欢的侍女红儿，要她一字不漏地背下她编好的桃色故事去宫内外游说、传播，煽风点火。三人成虎，众口铄金，终于星星鬼火成了燎原之势。本来，一位高明的阴谋家到了火候就会变换伎俩，见好就收，坐观虎斗，坐收渔利。而她是平庸女流，只知争风吃醋，竟从后台跳了出来，明火执仗，大打出手。以为这一"撒手锏"会一举将花蕊夫人打入九层地狱，叫她遗臭万年。故每日坐临窗前，特选此二首歌曲，抚琴放歌，引鱼儿上钩。果然后主循声而入，可她没想到皇上如此痛苦、愤懑，却仍爱恋着、呵护着那个妖精。不仅没将妖精置于死地，自己反碰了一鼻子灰！险些身罹灾难。

但她感到庆幸的是，她终于豁了出去，飞蛾扑火，不就是要追求那一线光明、温暖吗?！她为了争恩受宠，顾不得惹火烧身了！但她深信，她这一把火是有回报的，起码也要伤害到对方。她就是这样一位觊觎恩宠、不甘寂寞、不顾后果的女人。

如艳娘揣测的那样，她这一煽，倒把积压在后主心中的火煽起来了。本来，他知道李十笛捧扇咏诗、续诗题扇，是文人墨客附庸风雅、倜傥之举，和慧妃毫无关系，更何况他题诗后将御物完璧归赵，拾金不昧，实属一大义举，故他准备只将他逐出皇家梨园，平息这场风波。谁知战火不息，艳娘拿出秽诗来激怒自己，今堂堂一朝天子被戴上绿帽，乃奇耻大辱，罪莫大焉。

一路上，他七窍生烟，火气万丈，突然，声如滚雷："奴才该死！起驾回宣政殿！"吓得内侍跌跌撞撞抬来皇辇，战战兢兢地扶他上辇。他坐在辇内，粗声道："宣李昊上殿。"

平日，凡决策朝事，必有他的宠臣、已擢为宰辅的王昭远，后主对他是言听计从。今日，只召李昊，李公公感到事态严重，陛下圣裁已定，要李昊拟旨，这事和慧妃娘娘有关，便小声道："臣遵旨！"

他匆匆去李府宣皇上口谕，然后向李昊小声咕噜道："今日召公进殿，和香雪扇有关，李相定在陛下面前为慧妃娘娘美言几句，一代德艺双馨的才妃不能让奸佞小人抹黑，肆意歪曲。"

"李公公放心，不但本相，满朝文武、京畿庶人都不准玷污慧妃娘娘！"说完，李相国打轿入宫，觐见皇上。

宣政殿内，只见后主剪着手，来回踱步，见李昊到，未等他施完微臣之礼，便气呼呼地嚷："反了，反了！马上拟诏，缚罪犯李十笛上殿，午时三刻在午门外，朕亲自监斩！"

李昊一听，心里一惊，幸好李公公告知，心里也有准备，跪禀道："敢问陛下，李十笛何罪之有？"

"汪洋大盗，盗窃皇宫御物。"

"在万目睽睽之下，分明是慧妃娘娘失手坠扇，他捡而奉还，胡为盗窃？"

"这……"后主支吾着。

"自古路不拾遗，夜不闭户，海宴河清，乃一代英主治国有道之标志。李十笛拾金不昧，将价值连城的国宝奉还朝廷，不但不褒奖，反枭首于市，恐怕国法不依，众心难平也！望陛下三思，勿凭一时感情用事。"

"大胆，朕还轮不到尔等鼠辈教训！"后主涨红了脖子，青筋一股股地冒，半天挤出一个罪名，"治亵渎后妃罪！"

"臣观之，娘娘与名优无可非议，一个行皇妃之妇道，一个尽微臣之臣规，未曾越雷池半步，何谓'亵渎后宫'？"

"枢密使、宰相王昭远觐见皇上——"一侍卫禀报。

后主心里一咯噔，怎么不召自来，难道又是一说客?！他便沉下脸，冷冷道："进殿！"

原来，李公公宣召以后，怕李相国说服不了后主，便径去王府"搬兵"。王昭远一听，二话没说，驱车入宫，在宣政殿门口便听到君臣二人各执一词。王昭远进殿后，行完大礼，后主便板着面孔、硬邦邦地掷下话题："爱卿若是军机大事，参本上奏；若是说情，与罪犯同罪！"

王昭远给李昊递了一个眼色，清清喉头，禀道："陛下是一国之君，手握生杀予夺大权，微臣唯命是从。但杀戮朝官一案，事关后宫尊严、朝廷威仪，臣不得不向皇上赐教，请陛下明示。"

"亵渎朝廷，那扇上的续诗就是铁证！"

"唐诗云，'垂柳管离别，梅花寄相思'。李十笛是一代魔笛之后，是当代艺坛笛圣，属骚人墨客，由笛想到梅，由梅引出相思，由听觉到视觉到幻觉，通感交织。故按闻笛生情、睹梅相思的思路去续诗抒情乃文人共性，和亵渎、淫乱是风马牛不相及的两码事，望陛下明察秋毫。"

王昭远看了看后主，他坐在龙椅上，像一头受困发威的暴狮。他摸透了后主的脾气，在狂暴的背后，是极度脆弱，乃至情感崩塌，故振振有词道："臣不旨进殿，不是说客，而是为陛下分忧而来。陛下近日有不可名状之痛苦，臣亦有切肤之痛。但身为一国天子，应有容天下之大量，两句小小的续诗闹得朝野上下沸沸扬扬，未免贻笑大方，授人之笑柄，有失帝王之威仪。臣以为，揪出幕后煽风点火之人，事态方可平息。不然，是抱薪救火，火上浇油。也许，屈死的冤鬼不止一个，而是……"

"慧妃娘娘究竟给了尔等什么好处？都为她说话、求情？！"这头暴怒的狮子累了，声调变低沉，无可奈何。

"慧妃娘娘不是一朝之后，实为一朝之母。她母仪天下的美德和空前绝后的才情使群臣景仰，臣不得不捍卫圣母娘娘的尊严！"王昭远据理力争，寸步不让。

"唉。"后主重重地长叹一声，像一只泄了气的困狮一样。想到那两句令人心悸的断肠诗，他再次感到天颜、天威的丧失殆尽，于是，这只丧气的狮子暴跳起来，吼声如雷，"再有说情者，斩！李昊拟诏，宣刑部将罪犯李十笛缉拿归案，午时三刻，午门外问斩！"

一个"斩"字，吓得在殿外偷听的阿随脑子"嗡"的一声，浑身打了个寒战，拔腿就往云华宫跑。慧妃娘娘口碑好，人缘好，就是侍卫、太监、侍女们都从心眼里热爱她，把她当偶像崇拜。这场风波不仅没使她身败名裂，相反，更尊重她的人品德行，同情她的不幸遭遇。这几日，后主少来云华宫，独自在雨露殿留宿，生闷气。慧妃待在云华宫，不言不语，不吃不喝，看花溅泪，闻鸟惊心，急得阿随无主见，叫春华、秋香细心照料娘娘，自个儿找后主评评理，纵或逆忤龙颜，誓死也要报效女主人。她刚跑到宣政殿外，就听到殿内电闪雷鸣，便屏着呼吸，偎窗偷听。这本是皇宫禁地，不召不得进出停滞。侍卫们见她是慧妃娘娘的贴身侍女，也不干涉，装只眼睛瞎，闭只耳朵聋，任她自由活动。一听，便是一个"斩"字，她才跑回云华殿报信。

云华殿内，花蕊夫人半卧在床上，人瘦了一大圈，眼睛显得更大、更深沉，整日泪水汪汪的，嘴唇发白干裂。春华、秋香送来人参汤，殷殷劝慰："娘娘，几天没吃喝了，喝口人参补补身，润润喉，皇上会明察秋毫，会戳穿这个骗局。"

"金子总是金子，一时蒙上灰尘，拂去尘土仍会闪闪发光……"秋香悻悻不平地补上一句，参汤送到她嘴边。

她那纤纤素手轻轻一推，有气无力道："喝不进去，你们去休息吧，我一个人坐坐。"泪水像珍珠般地从脸上滚过，滴落在锦衾上。她第一次强烈地感到做人难，做女人更难！女人，是男权、皇权衍生的美丽而柔弱的附庸、尤物，像高高枝头上绽葩吐香的红萼，缤纷着男人们寂寞的生活，满足着他们的情爱、性爱。一旦花败色衰，或稍不留神，便爱弛情薄；或移情别恋，打入冷宫叫你自生自灭，香消玉殒；或滥伐淫威，枭首灭族，害及无辜。女人啊女人，如落英片片，似尘，似土，似泥。想到这儿，她孤身叹息："唉，世上没有不衰的圣眷，没有不败的红花！女人，女人的命运如花自飘零，何其薄命，何其坎坷多舛啊！"说完，泪如雨下，像决堤的水。

"娘娘，娘娘，你别藏在心里，大声哭吧，哭出来，心里好受！"春华，秋香摇着她柔弱的肩头，失声痛哭。

殿内一片哭声。

"娘娘，不好了，今日午时三刻，李总领在午门外问斩！"阿随气急败坏地跟跄进殿，先声夺人惊叫道。

这一声惊呼，如惊雷碾过头顶，大家吓呆了，不知所措。就是这一声惊雷，炸醒了花蕊夫人那颗痛苦而麻木的心，像大病初愈一般，从床上弹起来："上人参汤！"

她几口喝了，哑哑嘴："白衣、白裙、白披纱。更衣！"

内侍们大眼瞪小眼，摸不着头脑，阿随磨磨蹭蹭地用玉盘托出来，给娘娘更衣。

"起驾宣政殿！"她娇靥凝霜，冷冷地下令。

宣政殿内，后主龙目喷火，巍巍地坐在龙椅上，文武百官执笏排立两侧，武士们个个盔甲闪亮，刀剑出鞘，气氛肃穆、紧张，空气像要爆炸一般。

"押罪犯李十笛上殿——"御史中丞威严地发令。

"押罪犯李十笛上——殿——"武士们拖着嗓门传唤。

李十笛被五花大绑，气宇轩昂地大步进殿。

"罪犯李十笛，可知死罪？"御史中丞当头一棒。

"臣何罪之有？"

"尔大胆！蛊惑后宫，亵渎圣上，死有余辜！"

"臣只知将无价国宝奉还皇室，完璧归赵，心地坦荡，不知拾金不昧者反判死刑，罪该万死。臣只知触景生情，借梅抒怀，不知蛊惑后宫，亵渎圣威。真是：欲加之罪，何患无辞！"

"罪犯李十笛，行刑前，有何遗言，朕尽力从其所愿。"

李十笛深知，这时的一切辩解都是枉然，大丈夫宁可站着死，不愿跪着生。死要死个干脆利落，不能窝窝囊囊，当缩头乌龟。于是，他昂首挺胸，掷地有声道："君要臣死，臣不得不死。但臣要说，爱美是人之天性，求美是人之境界。在美的面前，物己两忘，忧患全无，不为诽谤而玷污，不为死亡而战栗，这就是臣在香雪扇上续诗的全部内涵。为此而死，死得其所。面对死神，视死如归。"

滔滔宏论如黄钟大吕，震耳欲聋，令帝王敛色、群臣俯首、武士汗颜。他话锋一转，如雷贯耳："臣在这煌煌大殿上，向朝野昭示：花蕊夫人是世上美丽的极致。早年在羊马河畔，臣为她的美丽、才情倾倒，朝夕抚琴放歌，表示心曲，但这仅是一厢情愿，如石沉大海。天子选妃入宫，臣组织乐队暗暗相送十里长亭，感情得到净化、升华，由爱慕变为庄严、圣洁的崇拜，至死不渝。吾想，追求美不应该等同于亵渎美。"顿了一下。他望着尴尬的后主，曰："临刑前，和我与生俱来的是音乐，臣请求皇上恩准我为花蕊夫人献上一曲。"

"松绑！"后主木然地下旨。

他从怀里取出大、中、小三只笛子，横在嘴边，轮番吹起来，十指翻飞，上下飞舞。或一笛独奏，清丽婉柔，畅若春水；或二笛和鸣，如幽谷鸟语，上下滑行，啭向蓝天；三笛缭绕，似六月飞雪，冬起惊雷，使人们的感情在大起大落中跌宕跨越。忽然，"当"的一声，笛破音绝。他昂然出殿，像赴宴似的独自走向午门刑场，武士们一片愕然，半天才回过神来，紧紧跟上。

"午时三刻已到——开——斩——"司斩官拉着嗓门叫喊。

"刀下留人！"一声娇嗔的长鸣在空中威然地响起，花蕊夫人一身缟素，头披雪白的长纱轻履而至。刀斧手扬起的鬼头大刀倏然放下。

"慧妃娘娘上殿！"李公公像久旱逢甘雨，扬着嗓子道。

金殿又是一惊，群臣的目光傻愣愣地转向花蕊夫人。后主心里一咯噔：她来干什么?！便慌乱地站了起来，哭笑不得，道："爱卿看座！"

只见花蕊夫人白衣、素服、雪披纱，寒凛如冰，像一枝带露的梨花楚楚动人，飘然而至。躬身一揖后，启开朱唇："请问皇上，午门外刀斩何人？"

"李十笛。"

"他犯何死罪？"

"这……"后主支吾着答不上来，感到理屈词穷。又见自己相濡以沫的宠妃憔悴了一圈，怜香惜玉之情油然而生，扫去了他昔日的皇威，便和蔼地问，"爱卿为何这身打扮上殿？有事直谏无妨！"

花蕊夫人丹凤眼上罩着一层冰霜，柳眉高扬，莺声燕语："臣妾一身缟素，是在无法保护一代乐坛英杰的逆境中，为祭奠一位冤死的精魂，然后再祭奠自己。开斩吧，一个冤魂去了，第二个冤魂跟上！臣妾清清白白地来，又清清白白地去，一尘不染地离开这个污秽的世界，到那没有纷争、没有尔虞我诈的世界去！开斩吧，我把活着的慧妃交给陛下，我把屈死的徐慧交给十笛，在黄泉路上做一对文朋琴友才不寂寞。这是臣妾临终的遗言。开斩吧！"

花蕊夫人慢慢合上那两汪秋水般明澈的眼睛，长长的睫毛上挂着晶莹的泪珠，像两潭秋水池边带露的绒绒的青草，昂起高绾着秀髻的头，伸起长长的玉颈，像一副不屈的玉雕定格在堂堂的大殿之上。后主急得虚汗淋漓，惶然不知所措。大臣们也无计可施，急得干瞪眼。只见阿随和几个卫士推搡着一个宫女，直闯大殿，大声道："皇上，奴婢逮住了一个正在煽风点火、嫁祸慧妃娘娘的无耻小人！"

后主一看，是李艳娘的贴身侍女红儿，厉声道："胆大狂奴，为何编造谎言，嫁祸慧妃娘娘，从实招来！"

"皇上饶命，昭容娘娘送我黄金百锭，要奴婢在宫内外散布慧妃娘娘的谣言，什么半夜幽会等，都是昭容娘娘编好了，让奴婢一字不漏地背下来，传出去。奴婢钱迷心窍，造谣中伤慧妃娘娘，奴婢有罪，请皇上饶命！"说完，像鸡啄米似的磕头作揖，乞求饶恕！

"来人，拖出去斩首！"

"慧妃娘娘，红儿错了，红儿不该被昭容娘娘收买，平白无故地伤害娘娘。红儿知错了，望娘娘救人一命，吾家还有白发老母亲，娘娘救命……"

侍卫不由分说，将她推搡出大殿。

花蕊夫人素手一扬，道："慢！假如我现在还是慧妃，请皇上将她宽大处理，驱逐出宫，遣送还家，侍候高堂老母。"

"朕准奏！将贱人李艳娘缉拿归案，斩首示众——"

"缉拿罪妇李艳娘，斩首示众！"武士们喝传下去！

"慢！昭容娘娘编造谎言，中伤无辜，扰乱宫廷，辱我国体，实属有罪，但罪不该诛。假如昭容娘娘因我而治死罪，臣妾会遗憾终生。宽大为怀吧，她无非是争风吃醋所致！求皇上饶她一命。"

"这……"后主没想到花蕊夫人如此宽厚仁慈，容天下难容之事，想到这段时间对她的不公、冷淡、怨愤，感到内疚、自责。他要给予补偿，于是，慨然口谕："总领李十笛无罪，返回皇家梨园，发扬祖业。李艳娘蓄意制造事端，诽谤诬陷后妃，有辱国体国格，软禁春华宫，不得出宫门半步。"

"皇上圣明，万岁，万万岁！"

"慧妃娘娘高风亮节，千岁、千千岁！"

群臣们被花蕊夫人惊人的胆识、宽阔坦荡的胸怀所征服，全拜倒在她的石榴裙下，一场香雪扇风波终于平息。

第十五章 巨星在北伐中陨落

却说周世宗在显德二年（955 年）十一月，令李谷为淮南道行营前军都部署、王彦超为副部署，挥师南下，兵锋直指江南南唐。在两年多的时间里，他三次披甲执锐，率领马、步、水三军向南唐展开凌厉攻势，江淮大地除庐、舒、蕲、黄四州外，全部被后周占领。赵匡胤的精锐部队已抵长江，南唐政权处于风雨飘摇之中。南唐元宗李璟不得不从金陵（今南京市）迁都洪州(今南昌市)，派使臣向柴荣求和，条件是：

一、以长江为界，尽献江北十四州，将六十六县、二十二万六千五百户，包括庐、舒、蕲、黄四州拱手送给后周。

二、每年向后周进贡银十万两、绢十万匹、钱十万贯、茶叶五十万斤、米二十万石。

三、削去帝号，上表称臣，改称南唐国主，用后周"显德"年号。

这样，周世宗实现了饮马长江、统治江淮的南征初步方略。本可乘势渡江，挥戈直下，捣毁南唐王朝，但恐北边契丹联合北汉乘虚攻克中原，故接受南唐请降，签订了城下之盟。柴荣又在占领区施行善政，废除苛捐杂税，开仓赈济饥民，深得民心。

南征的胜利，使中原王朝的版图大大扩张，柴荣的名声大振，众望所归。荆南王高氏、吴越王钱氏，都遣使称臣朝贡，后周王朝的声威遍及天下，割据局面基本结束。

天有不测风云，人有旦夕祸福。在柴荣第一次御驾南征时，符皇后因日夜忧思战况，担心柴荣的安危，夜不能寐，心紧气闷，饮食锐减，太医频频诊治仍不见好转。柴荣闻讯，只得返回汴京。在接受文武百官朝拜后，他回至后宫，才知她身患沉疴，病入膏肓。符皇后由一群宫人搀扶着，战战兢兢出仪凤宫迎驾。世宗简直不敢相信，几月不见，爱卿判若两人：雪肌玉貌的美人形销骨立，如一具骷髅；两眼深深地陷下去，呆滞无光，面带菜黄色。

世宗看着、看着，悲从中来，泪如泉涌，失声叫道："爱卿，你怎么啦！朕出征前都是好好的，怎么现在病成这样？！快，快，不能下地，搀扶上床。"他上前一把抱着她，一步一步地走向床头，轻轻地把她放在床上，盖好锦被，然后，坐在床沿锦座上，向内侍厉声问道："御医何在？娘娘病成这样，为什么不飞章报朕！"

"别怪御医……是臣妾……不让……万岁日理万机……臣妾这点……小病……不能让万岁……分心……"她有气无力、断断续续地解释着，为御医、宫人们开脱。

这时，几位御医全跪在地上，匍匐着。

"统统是庸医！娘娘究竟得了什么病！快说！"

御医战战兢兢道："自陛下南征后，娘娘日夜思念陛下，关心战局，忧思成疾。常言，极思损心，极哀伤肺，极欲伤精，五味七情致病，非药石能医。"

"陛下，不必责备……御医……他们尽力了……"

这时，侍女抱来了皇儿柴宗训。宗训见了父皇，便挣脱宫女下跪，嫩生生地喊道："皇儿拜见父皇，万岁，万万岁！"

"哎呀，几月不见，皇儿又长高了，更懂礼仪了！"柴荣见到这四岁多的儿子，脸上才露出笑容，伸开双臂，"快，过来，父皇抱抱。"

宗训一溜小跑，跑到父皇面前，很顺从地偎着他。

柴荣抱着他，亲他小脸蛋，问："近日学什么功课？"

"太傅教皇儿学荀子《劝学篇》。"

"背一段给父皇听听。"

他下地，笔挺挺地站着，剪着手，抬起头，流畅地背道："不积跬步，无以至千里；不积小流，无以成江海。骐骥一跃，不能十步；驽马十驾，功在不舍。锲而舍之，朽木不折；锲而不舍，金石可镂……"

"好，好，皇儿有出息。打天下靠武力，坐天下靠文治，皇儿长大了，成一个大鸿儒，朕把神器传给汝，哈哈！"皇儿的到来，给这紧张、悲切的氛围注入了一股生气。

一日，世宗处理完朝政，来仪凤殿探皇后的病，只见符皇后的胞妹符二妹坐在床沿低泣，皇后在龙床上半卧着，背上垫着厚厚的锦被，气息奄奄。

符二妹见皇上进殿，忙下床拜谒。

世宗摆摆手："免礼，免礼！"

他坐在临床的御凳上，关切地问："爱卿病体好些吗？"

皇后有气无力地睁开双眼，泪水从干涩的双瞳里悄无声息地滑落下来："臣妾福薄……不能侍候……陛下……要……先……走……一步……"

"爱卿的病会很快好的，切勿悲观，朕会令御医全力抢救。"

"臣妾只有一个……遗愿……陛下若……恩准……臣妾……死而无怨了！"

"皇后别说丧气话，别说一个请求，就是十个、百个，朕都会恩准。"他轻轻地将她那枯黄、干焦的手放在自己大而厚实的手里，摩挲着。

皇后看了看坐在床沿垂泪的二妹，示意她挨着坐，然后无力地拉着二妹柔嫩细滑的双手，放在皇帝宽大有力的手中，三双手紧紧地握着，声音细若游丝："册封二妹……为贵妃，颁下金册……我走了，二妹会……照顾好……我的……训儿……我会……含笑……九泉……"

"这……不妥！皇后……"世宗红着脸，支吾着，双目含泪。

符二妹已羞得红霞满面，俯下头，泪眼婆娑。

"二妹……快向陛下……行皇妃……之礼……"

二妹徐徐下床，亭亭玉立在世宗面前，含着眼泪，施了一个大礼："皇妃拜谢陛下。"

"爱卿平身。"

周世宗为遂皇后意，只好令翰林学士打造金册，封符二妹为皇妃。

符皇后看到金册，枯槁的脸上绽出了一个凄美、灿烂的微笑，头一偏，一命归天了。

世宗恸哭不止，昏了过去。符贵妃哭成了泪人，忙唤御医。御医闻讯赶来诊断，曰："皇上是气急攻心，昏厥过去，服一药即愈。"

符贵妃用小匙给世宗一口口喂药，服完药，令内侍将皇上抬至寝宫，自己随辇护驾。

隆重办完丧事后，柴荣心力交瘁。他经历了生离死别的巨大痛苦，是符贵妃给了他温存和安慰。在她体贴入微的护理下，柴荣的病渐渐好转。每日，符贵妃将训儿唤至身边，给父皇背诗文、打趣，排解他的惆怅、失落。他感谢她，是她，填补了他生活的空白，愈合了他那颗破碎的心，给了他吞并天下的勇气。病一愈，他来不及滋补，也不顾群臣的劝说，又亲自率领五千精兵南下。

第三次南下凯旋时，第二个打击接踵而来，那便是枢密使王朴的暴逝。王朴在巡视汴口、督建斗门的任上病逝的，享年五十四岁。世宗亲往吊丧，看着文武大臣长长的送丧队伍，看着渐渐远去的灵车，他仰天长叹："天不欲我平中原，统一天下乎！胡为夺我王朴？失吾股肱、智囊耳！"

说完，失声大哭，亲往吊丧，群臣一片唏嘘。

王朴的死给他沉重一击，他又次病倒，但北伐雄心未减。

其时，契丹正处在国势衰弱的时期，契丹主耶律述律不理朝政，整日围猎、酗酒、泡女人，晚上通宵宴乐，白天呼呼昏睡，如死猪一般。他连年出兵袭击中原，连年被打得丢盔弃甲，抱头鼠窜。频频的战争加重国内百姓的负担，饿殍遍野，民不聊生，怨声载道。

一日，边报飞来："契丹主耶律述律听信巫婆谗言，好吃青年男子胆，吃了长生不老，一批批青年男子死于非命。"

柴荣在病床上看完边报，翻身下地，纵声大笑："天助吾也，昏君必败！"

遂下令三军，整装待发，北讨契丹，收复二十多年前后晋儿皇帝石敬瑭割让给契丹的燕云十六州领土。

诏令一下，群臣哗然，都为皇上龙体担忧。宰相范质进谏："陛下宵衣旰食，日理万机，积劳成疾。龙体初愈，需加保养。待龙体康复，北伐不迟，何故匆匆出征？！"

王溥出列奏曰："陛下龙体康泰，是固一国之本，朝祚连续。为社稷大业着想，皇上切勿立即北讨。"

世宗笑曰："众爱卿言之有理，可契丹主昏庸残暴，绝灭人性，天怒人怨，正是天赐朕讨伐良机。若不抓住机遇，乘势而伐，机遇稍纵即逝，悔之晚矣！况朕病体已愈，圣意已决，卿不再谏。"

世宗急令侍卫亲军副都指挥使韩通为先锋，龙捷左厢都指挥使高怀德、侍卫亲军步军都指挥使张令铎为左、右先锋，引马步水三师三万人马先行出发，由汴水过黄河，至沧州候驾。令殿前都虞候、许州刺史赵匡胤率水师、步骑五万随驾亲征。

其时，显德六年（959年）三月三十八日。

御驾抵达澶州，澶州节度使、殿前都点检张永德接驾，率步骑二万，向沧州进发。

在沧州，三路大军汇集，整整十万之众，组成浩浩荡荡的北伐铁流，向北挺进。北伐军为削平夷狄、收复失地、统一华夏而战，士气高昂。一路兵不血刃，势如破竹，仅用了四十二天便收复了三州十七县、一万八千三百六十户口。世宗又马不停蹄，以日行二百余里的速度向辽南要隘——幽州进击时，他昏倒在马背上。众将忙扶他下马，抬至瓦桥关行宫。御医诊治，是操劳过度，伤其心脾，需卧床静养。在行宫里，御医精心治疗、调理。十余日，龙体有所好转，可慢慢披览奏章，处理军务。北伐军也屯驻瓦桥关，休整一段时间，待世宗痊愈后，再北上伐辽。

一日，世宗索阅地图，从皮囊里取文书，一方长二尺、宽五寸的木牌落在地上，他捡了起来，上有五个朱色大字："点检当天子。"他大吃一惊，吓出一身冷汗：皇帝行宫是非常禁地，戒备森严，谁敢在天子头上动土？！决定一查到底，追查出来，斩头灭族，他大喝一声："来人！"

内侍蜂拥而至，垂手侍立。

忽而又想，此事非同小可，不宜声张，以免动摇军心。于是，无可奈何地挥挥手，示意内侍退下。他有气无力地将御笺放置公文袋中。

晚上，世宗一夜未眠，辗转反侧，高级将领的面孔从他眼前——闪过，他都摇摇头。最后是那身高马大、智勇俱全、风流倜傥的张永德定格在自己眼前，挥之不去。难道是他？他现任殿前都点检，是郭太祖郭威之驸马，与朕有郎舅谊，历任禁军统帅，战功赫赫，声名远播。朕登基以来，对他恩宠有加，他不至于篡夺皇位。想到这里，他感到自己太书生气了，没有帝王的眼光和胸怀。历史上为夺皇位，子杀父、臣杀君、皇子反目、后妃成仇的血淋淋的事实还少吗？远的不说，后晋的开国儿皇帝石敬瑭，原是后唐二代皇帝明宗李嗣源的驸马，结果怎样呢，逼得第四代唐主李从珂及其家室登玄武楼积薪自焚，葬身火窟。难道张永德不可重演石敬瑭篡位的丑戏吗？想到这儿，他七窍生烟，喷出一句火辣辣的呼喊："不，决不能让他阴谋得逞！"说完，昏了过去，吓得御医、内侍不知所措。

翌日早晨，范质、王溥、赵匡胤入寝殿探病，见世宗龙体如此虚弱、憔悴，无法再挥麾北上讨辽，进言班师回朝，待圣体康复再次北上。世宗已知自己心力交瘁，适应不了战地生活，又怕张永德反叛，后院起火，便同意班师回京。即下旨：改瓦桥关为雄州、益津关为霸州，意雄霸北方，纪念北伐之举。令陈思让率三万兵马驻守雄州，韩令坤引五万兵马屯驻霸州，共同抵御契丹南侵。前方军务安排妥后，五月八日，大队人马从雄州起驾回京。

路过澶州，作短暂停留，张永德入殿进谏："陛下龙体欠安，四方疆侯幸灾乐祸，唯恐天下不乱。澶汴远隔千里，望陛下速返京都，以镇人心。"

世宗的气正无处出，便劈脸一道符，硬邦邦道："寡人对四方疆侯了如指掌，可汝福浅命薄，怎堪当此重任！"

张永德蒙住了，丈二和尚摸不着头脑，半天回不过神来，心里咕噜：陛下平日礼贤下士，对吾恩宠有加，今日何出此言？！疑窦未开，又听到世宗厉声叫道："汝退下！越远越好，朕即启驾。"

张永德诚惶诚恐地退出，忙部署兵马，列队送皇上起驾。

回京将息几日，世宗精神好些，便颁发诏书，册封符贵妃为皇后；宗训为梁王，任左卫上将军；次子宗让为燕国公，任左骁卫大将军；范质、王溥为宰相，兼参知枢密院事；魏仁浦为中书侍郎、同平章事兼枢密使；赵匡胤为殿前都点检兼检校太傅，慕容延钊为殿前副都点检；都虞候韩通兼宋州节度使、检校太尉。文武百官人人论功晋级加冕，皆大欢喜，唯独张永德免去殿前都点检，任检校太尉，群臣为此窃窃私语，为张驸马无辜撤职不平。

从此，赵匡胤掌握大周最高军事权，统率三军，威震朝野。

柴荣为国事操劳过度，加之"点检当天子"的阴影像幽灵一样整天缠绕着他，使他食不甘味、寐不暖席，健康状况急转直下。一个晚上，符皇后给他服完药，盖好锦裘，坐在床沿侍陪，他看了看如花似玉的年轻皇后，不无感慨道："爱卿，朕的日子不多了，对不起你！撇下两个皇子，让你盛年守寡，寂寞无主，苦度一生……"

"陛下春秋鼎盛，福寿绵绵，何出此言？"

"这是爱卿在宽抚朕，若苍天有眼，再给朕三十年，十年打天下，十年养黎民，十年致太平，朕一生足矣！而今，统一大业才开了一个好头，朕便要撒手人寰，死不瞑目也！"

"陛下要节思、节哀，龙体是社稷之根本，龙体康复，一统天下指日可待。睡吧，夜深了。"

接连几天，柴荣昏迷不醒，汤水未进。到了六月十九日，忽然有了精神，感到肚中饥渴，吃了一些粥米饭。他知是回光返照，大限已到，反更镇静，召来范质、王溥、魏仁浦、赵匡胤四臣入殿顾命，嘱立梁王宗训为太子，以正国本。

"朕将孤儿寡母托付四卿，太子年幼，望四卿倾力辅佐，完成华夏统一大业，永葆社稷安宁。"

四臣跪地，下拜哭曰："我等不负龙恩，倾力辅佐太子。"

侍立身边的符皇后，一手牵着七岁的太子，一手抱着不满两周岁的燕国公宗让，两眸噙着泪水，俯首哭泣。

世宗还想说什么，只见干裂的嘴唇一张一合翕动着，蜡黄、干枯的脸上滚着泪珠，说不出一个字来。

万岁殿里一片哭声。

一颗巨星陨落了，一代明君仙逝了。他壮志未酬，英年早逝，怎不叫人失声恸哭呢！他走了，来不及完成时代赋予他的历史使命，带着遗憾，带着忧患，匆匆地走了，享年三十九岁。显德六年（959年）六月十八日，汴京，万岁殿。

六月二十日，柴宗训枢前即位，史称恭帝，时为七岁，仍用显德年号，不改元。尊符皇后为符太后，追谥先帝柴荣为睿武孝文皇帝，庙号世宗，葬于庆陵。

第十六章　陈桥兵变兮皇袍加身

　　幼帝宗训嗣位，年仅七岁，不谙国事，徒挂虚名，一切军国大事由宰相范质、王溥裁决。新帝即位，文武百官又有一番升迁：改许州节度使赵匡胤为宋州节度使，仍任殿前都点检、检校太尉；范质为萧国公；王溥为右仆射；驸马张永德为许州节度使，封开国公。唯宋州节度使韩通调任郓州节度使，仍为侍卫亲军马步军副都指挥使。

　　辽主耶律述律，整日沉溺酒色，不思国事，更无扩张野心，失了三州十七县后仍无动于衷，向左右曰："燕南本属中原领土，今还中国，不足异矣！"

　　北汉蠢蠢欲动，但屡战屡败，又见雄、霸二州有重兵镇守，不敢轻举妄动。这对后周来讲，算是边陲平安。可朝廷内部却在悄无声息地起着变化，朝官们三个一朋，五个一群，交头接耳，频频往来，聚众宴饮，久久不散。一大批昔日和赵匡胤相好的高级将领更是形影不离，什么"布衣之交""毛根朋友""义社十兄弟"等由地下活动转入地上活动，他们常聚集赵府，指点江山，激扬文字，煮酒论英雄，一张以赵匡胤为中心的高级将领关系网形成，越扩越大。渐渐地，圣令不畅通，如世宗驾崩前，为控制重臣权力集中，互相制约，另起用翰林学士王著为相，四位顾命大臣唯唯应诺，一出殿门便窃窃议论："王著整日沉在醉乡，何德何能为相？诸公勿泄圣语，免节外生枝。"

　　王著因此被拒于相门之外。而今，孤儿寡母坐上龙位，谁又把她母子俩放在眼里！倒是赵匡胤在他们心目中成了不是天子的天子，众将唯他马首是瞻，麇集在他麾下，唯令是从。范质、王溥倒是忠心耿耿地辅佐幼主，但二人宽厚、迂腐，缺乏政治家的锐敏眼光，看不到表面平静的朝堂上潜伏着一股汹涌澎湃的暗流，正荡涤着、颠覆着大周王朝，要将两代皇帝血染的江山葬身在汪洋大海之中。一殿前文官曾在范质面前进言："幼主新立，太后弱妇，主幼国疑。当今世道，是武人称帝之天下，赵匡胤战功卓著，誉满朝野，现军权在握，一呼百应，不可不防，免去他殿前……"

范质没等对方说完，便打断他的建议，不以为然，曰："未免太杞人忧天了。赵匡胤虽战功卓著，却资历不深，禁军将领数十计，都是早年随先帝打天下、纵横沙场的老将，纵或有变，也轮不到他。更何况他和先帝是八拜之交，密友加兄弟，是先帝使他由通缉在逃犯一跃而成将军。此人忠勇仁义，不会做出叛主篡位的事来。"

他说得如此肯定，这位文官只好摇首而去。在范质心目中，真正篡位的不是赵匡胤，而是官至淮南面水陆发运招讨使、检校太师、河南尹向拱。向拱原名向训，周恭帝宗训即位后，为避周恭帝名讳，改为向拱。此人老谋深算、德高望重，几年前西征伐蜀，以他为副帅，一举收复四州八寨。世宗征服淮南时，他留守京都，主持军务。世宗凯旋返京，他又坐镇淮南，三代帝王对他恩宠有加，权重位高，要颠覆大周政权，易如反掌。想到此，他便草拟诏书，报符太后圣裁。第二天，圣诏下达，免去向拱招讨使实职，任命西京留守，仍做检校太师。位高权削，解除了周朝一大隐患的威胁，范质这才长长地舒了一口气。

可这位对大周帝国忠心不二的老相，哪里知道，在他不足为虑的地方潜伏着深重的危机，一股改朝换代的暗流在悄悄地汇集着、奔涌着，汇成汹涌澎湃的狂澜，使大周一夜之间换了天地，大周变大宋。

那是一个风雪交加的寒冬腊月，人们一年紧张地劳作，终于松弛下来，正忙着准备新年的礼品、年货，欢欢喜喜迎新春佳节。高怀德的府第，红灯高挂，蜡梅飘香，一派新年喜庆气氛。高怀德及夫人——赵匡胤胞妹赵美蓉，正在和三岁的儿子嬉戏、打趣，小校来报，军师苗训过府拜访，夫人便抱着孩子退出厅内。高怀德见了苗训，大喜，把手一招："请——"

苗训，字光义，四十多岁，是西岳华山希夷老祖陈抟的弟子。自幼博览群书，学富五车，精通兵法，洞识玄机。天文地理、医卜星相无一不通。本有一番宏图大志，但生不逢时，遇上兵荒马乱的年月，王朝一日三变，朝令夕改。冲冲杀杀，换来换去，仍是国主昏庸，奸臣当权，国无元气，民不聊生。他渴求一盖世英雄力挽狂澜，一统天下，结束这四分五裂、苦不堪言的局面。于是，他穿起了道袍，腰系水火丝绦，头戴诸葛巾，脚蹬水袜云鞋，手持羽扇，扯起"卜"字招幡，以卖卜算卦为名，云游四海，寻觅济世英主，广交天下豪杰，一振华夏。后经人举荐，方遇良主柴荣。柴荣见他形象出尘，洞识古今，封他为护国军师；他见柴荣是开创帝王百世之业的英主，有一番医世济才的宏图大略，便乐意协助其安邦治国。

几年前，周世宗御驾亲征天井关，苗训能掐会算，算得柴荣要在百沙河遇险，便暗派高怀德隐在河谷截杀救主，才演绎出"周世宗身陷白沙河，高怀德仗义救明主"的惊天动地的故事，化解了两家世仇，使一代名将之后有了出头之日。今日恩师来访，他怎不喜出望外，整冠出迎呢！

高怀德还来不及走出大门，苗训已笑盈盈地跨进门槛，沿甬道径直朝大厅走来。只见他面似冠玉，眉清目秀，三绺美髯在胸前飘拂，给人仙风道骨之感。

"晚辈来迟，恩师见谅！"高怀德老远便拱手相迎。

"无须客气，自家人。"他朗声笑着，二人携手入厅。

侍女用金盘托来茶水，呈上糕点水果。他呷了一口茶，啧啧称赞："是龙井吧，好茶，好茶。"

"前次征讨淮南，托人弄来几包地道的龙井，恩师若喜欢，学生就送上几包。"

"当面道谢！"苗训拱手相谢，又双目瞟了瞟侍人。

高怀德会意道："尔等下去！"

男女侍从诺诺而退。

"高将军近日听到什么风声吗？"

"朝野上下对那块圣牌上的谶言议论纷纷，都说要变天了。"

"其实，'点检当天子'早在后汉刘承祐做皇帝时，吾师陈抟老祖就有此预言，开始吾不理解，现在，已露出端倪。"

"什么端倪？恩师但说无妨。"

"将军可闻赵点检和吾师对弈，输掉华山一事否？"

"早有耳闻，那时家兄大闹御勾栏院，被刘承祐狗皇帝通缉，四处流浪。路过华山，正逢陈抟老祖与虬髯张鼎对弈。家兄是个棋迷，不知陈抟老祖是个神人，竟答应以华山为赌注，和老祖对弈。家兄连输三局，只好守诺，立下字据，将华山输给老祖。那只不过是戏言而已，未必当真？"

"古人云：'溥天之下，莫非王土；率土之滨，莫非王臣。'帝王对弈，输掉一座华山，如庶民甩一粒黄土，这个中情由你真是一无所知？"他捋着美髯，意味深长地问道。

"啊——呀——这榆木脑壳不抵用！"高怀德对着自己脑袋重重拍了一巴掌，如梦初醒，"我怎么想不到这上面去？还一直以为陈抟老祖和家兄荒唐了一点！今日恩师一点拨，云开雾散，看到真龙天子下凡了……怪不得在家兄身上发生了许多奇奇异异的事。"

苗训一语道破了事情的真谛，他清晰地看到了当今天下的走向，看到了一个崭新的王朝将轰轰烈烈地应运而生。

"将军记得乃兄作的一首题为《日出》的诗吗？"他引而不发地问。

"记得，记得。"高怀德像孩子似的背了出来：

> 欲出未出光辣达，千山万山如火发。
> 须臾走向天上来，赶却流星赶却月。

"这首诗，你感触怎样？"

"过去只感到气势宏大、磅礴，给人振奋。现在才深深感到诗言志，充满气壮山河的帝王之气。"

"梁、唐、晋、汉、周经历五十余年，换了五个朝代，十二个皇帝，唯独周世宗有一统华夏的才干，可惜英年早逝。现在，七岁蒙童当皇帝，能永葆国祚，信服四夷？非也！非也！必有真主出世，振臂一呼，八方云集，中国才能统一，百姓才能安宁。"

"家兄素重义气，和先帝是患难朋友，岂肯夺周室江山？！他会效法诸葛孔明，像辅佐阿斗那样辅佐皇帝，鞠躬尽瘁，死而后已。"

"诸葛孔明智而不智，不择明君辅佐，一味愚忠，到头来积劳成疾，陨落五丈原。苦心经营的蜀国仍毁于阿斗之手，落得'出师未捷身先死，常使英雄泪满襟'的历史悲鸣。前事不忘，后事之师，吾等不能重蹈覆辙，要拥立真主即位，天下才能太平。"

"恩师有何锦囊妙计？"

二人一阵低语，直到夜幕降临，才比肩入厅就餐。

显德七年（960年）正月初一，符太后和幼主宗训坐乾元殿，接受文武百官朝拜，庆贺春节。朝拜结束，君臣步入广德殿，举朝同宴。酒至半酣，镇州、定州边境告急，妄言北汉主刘钧联合契丹，趁幼主登基，兴兵五十万自土门关入寇，大举南下，锐不可当，请新帝发兵保边。

太后是大家闺秀，不谙军政。幼主宗训更不知事理，只知嬉戏，任凭范质裁决。范质不辨真伪，反复琢磨，把几个带兵统帅排了又排，最后落在赵匡胤头上。范质将挂帅人选告禀太后，太后曰："范爱卿宣旨吧，哀家信得过你。"

范质立即在乾元殿大宴上朗声宣旨："殿前都点检赵匡胤引兵马八万，为北征兵马大元帅。殿前副都点检慕容延钊为先锋，引兵五万。侍卫亲军马军都指挥使高怀德、侍卫亲军步军都指挥使张令铎、虎捷右厢都虞候张光翰、左监门卫将军韩令坤等各将领率水陆两军随征，会集北征，悉听兵马大元帅统一调遣。令殿前都指挥使石守信、殿前都虞候王审琦警卫京都。"

众将赍旨而去，文武大臣鱼贯出殿。范质看着将帅个个威武骁悍，雄姿不减当年，心里悬着的石头落下了，充满自信，为自己卓有成效的调兵遣将而庆幸。可不是嘛，殿前副都点检慕容延钊乃太祖郭威的旧部，随二帝转战南北，立下汗马功劳，二帝因此对他恩宠备至。他做先锋，率五万兵马，实际上是对赵部掺沙子、插钉子，彼此相互制约，有效防止兵变。想到这儿，他舒心地笑了，他是最后一个笑微微、捋着胡须走出大殿的。

身为首席顾命大臣，不用战略的眼光去审时度势，就会被表象迷惑，陷入死胡同。他哪里知道，慕容延钊、张光翰、王审琦、韩令坤和主帅赵匡胤都是在夹马营里的毛根朋友。慕容延钊虽长赵匡胤十来岁，也素为莫逆。加之大伙聚在柴荣的麾下，在南征北讨中建立了深厚的情谊，为自己有这样一位大智大勇的统帅而骄傲。

这时，汴京城里哄传着一个骇人听闻的消息："出兵之日，当立点检为天子。"城内秩序大乱，许多殷实人家、富豪大户纷纷挈眷逃至外乡。宫内却静如池水，无一丝波澜。赵匡胤听到这些传闻，又惊又喜，喜的是儿时占卜的梦将成现实。那时他才十来岁，路过河南商丘高辛庙，那儿菩萨灵验，他兴冲冲进庙占卜自己的命运。先祈祷做个小校，又祈祷做个节度使，两卦都不应，他叫道："难道要我当皇帝？"说罢，将圣卦一掷，果然应了皇运。

从此，不论遇到多少艰难险阻，冥冥之中，一个无比辉煌灿烂的前途、一个五彩缤纷的梦总是频频向他招手，给了他生活的勇气和排除困难的力量，圣笅上的谶言和汴京的流传更使他感到离九五之尊只一步之遥，他怎不兴奋呢！但同时又感到不安，甚至恐惧，在这节骨眼上，在他未做出改朝换代的大动作之前，流言四起，这不是干扰了他的部署、搅乱他的阵脚吗？砍头灭族是小，义举夭折为大！这、这，怎么是好？！他不能功亏一篑，故忧心忡忡回到家，向老母杜氏禀报："母亲，外面风言四起，说'出征之日就是点检称帝之时'，不知如何是好？"

恰巧他一胞妹在厨房擀面，闻言后，从厨房蹦出来，铁青着脸，操起擀面棒朝哥哥就是几闷棒，叱道："大丈夫临大事要敢作敢为，当机立断，自裁自决，跑回家来婆婆妈妈闹什么！"

这一顿棒训如清醒剂，使赵匡胤更坚定了信心，向母亲道："孩儿出征，以防不测，母亲携全家去郊外僧寺定力院暂避一时，待成功之日，孩儿亲自接驾母亲返回。"

杜氏虔奉佛教，早晚焚香诵经，自是愿去僧寺，道："大丈夫志在四方，家中之事有为娘料理，不必牵挂，放心去吧！"

大年初二，先锋慕容延钊率兵先行。

初三，赵匡胤统各路将领兵马和谋臣赵普、苗训、李处耘、楚昭辅等出陈桥门北上，留京畿的范质、王溥、魏仁浦、张永德、韩通、石守信、王审琦城郭十里相送，北伐队伍浩浩荡荡，蔚为壮观。

数十万大军抵达离京都四十五里的陈桥镇时，日头已渐偏西，赵匡胤下令就地驻扎，夜宿一宵，翌晨前进。中军帐设置在镇上的东岳庙，这是一座庞大的唐式建筑群，有九龙十八殿，修建于五代初年，红墙绿瓦，斗拱翘角，雕梁画栋，滚龙盘脊。登临黄河大堤，面对滚滚河水，真有"龙腾虎跃"之奇观。

军队忙着扎营造饭。护国军师苗训独立郊野，仰观云气。他有一个积习，凡往一地，喜欢上观天象，下俯地理，周访民情。只见西边天上红霞万朵，云蒸霞蔚，一片波光潋旎的云海。忽然，天色倏地一下昏暗起来，接着，一片漆黑，如夜幕骤至。他大吃一惊，只见一日沉没在乌云翻滚中，渐渐露出一丝光辉，那么微弱，那么昏暗，时刻都有被吞没的危险。在昏暗的日头下面，复出一日，格外光彩照人，大地也因此光亮了许多。两日比肩，一明一暗，摩荡搏击，他又是一大惊，不禁大呼："难道果真是天命？"

"什么天命？"旁边一人怪异地问。

他更是吃了一惊，吓出一身冷汗。扭身一看，乃赵帅麾下的谋士楚昭辅，他才舒了一口气："尔是赵大帅的亲吏，不妨直言，泄露天机。天日者，君王之象也。两日并空，两君并立。尔看西边那一日昏暗无光，几乎被吞没，应验皇帝宗训；东边一日光艳无比，应验在殿前都点检身上。看来，周朝气数已尽，该改朝换代了。"

"只有改朝换代，中国才太平，那七岁娃娃懂个屁！"

二人比肩联袂回营。楚昭辅将这一奇特天相的昭示传出去，一传十，十传百，整个军营一片哗然，一片沸腾。

率先举义的是侍卫亲军马军都指挥使兼江宁节度使高怀德，他聚众演说，慷慨陈词："孤儿寡母，何德何能作为周主！我等拼死疆场，白白为他送命！不如应天顺人，拥立点检为天子，南征北讨，一统华夏，共享荣华富贵，家中父老乡亲也过安稳的日子……"

一呼百应，众将异口同声："高公道出众将心声，拥赵点检为皇帝！"

"拥点检当皇帝！"军士们围了个里三层、外三层，一齐振臂高呼。

都押衙李处耘道："点检忠孝仁义，未必赞成！这是大事，吾等和点检胞弟匡义将军商榷，让他告白点检，点检只需把头一点，大事成矣。尔等各自回营，把肚子装饱，明晨有好戏看。"

众兵将才慢慢散去。

高怀德、李处耘等来至匡义寝所，一一告之，匡义曰："这是天大好事，吾求之不得。不过，这改朝换代、拥立新帝一事非同小可，需和几位军师商议，依计而行，不可轰然而起，轰然而散。"

于是派亲信赵普、苗训二人来寝所商议。

赵普，字则平，幽州蓟人。契丹频频入侵，赵父赵迥举族迁徙常山，后徙洛阳。赵普胸怀大志，沉默寡言，非梧桐不栖，故一直隐居山林，不肯出仕。后遇赵匡胤举荐给周世宗，柴荣唯才是用，便赍上礼品请赵普出山，拜为军事判官。柴荣南下伐唐，赵匡胤父亲赵弘殷随军征战，病卧滁州，世宗令他侍候赵伯。赵普朝夕服侍，勤勤喂药送汤，赵弘殷分外感激，曾在儿女面前表白，认他为宗亲。赵普足智多谋，世宗甚爱，擢为推官、掌书记。

赵普曰："拥立点检为天子，是大势所趋，人心所向，时势造英雄，英雄造时势，毋庸置疑。重要的是如何拥立。吾以为，首先召集各路将领统一认识，统一行动，形成拳头，形成核心。吾观诸将，整个殿前司系统、侍卫司系统都是点检的亲信、旧部，自会拥立新天子。只是张令铎、王彦升等吾心中无数，应做好个别将领的疏导工作，才能确保兵变万无一失。"

高怀德紧跟着插话："世宗北征时，我和令铎领兵赴沧州，关系密切。此人勇武过人，正直宽厚，看不惯韩通的骄横跋扈，对点检的军事才华、待人接物很是信服。应该说，此人虽不是点检旧部、亲朋，但也是自己人，信得过。吾愿做他的争取工作。"

"张令铎一事交高将军落实。王彦升呢？"匡义问。

"王彦升是驸马张永德部将，自从张永德无缘无故地被世宗皇帝撤除殿前都点检一职后，他对周氏王朝失去信心。加之新帝即位，主少国疑，他更感心灰意冷。现在拥点检为天子，是众望所归，他会顺应这一大势。"苗训分析道。

"王彦升的工作由苗军师出面协调，定保无虞。"赵普沉着地布置，"第一步做好将军们的工作，做深，做细，做妥，确保万无一失。第二步，做点检的工作，由匡义将军、苗军师和我出面谏言，要晓之以理，动之以情，从统一华夏的大势出发，说得他非担此大任不可。即或同意了，他不会开口承诺，只要他不执意推辞，拥立新君一事便大功告成。"

众将领命而去，做各路水陆两师的工作。

就这样，"点检当天子"御牌也好，初一边境战事吃紧也好，正遇上日全蚀，三者巧合一起，导演了一场轰轰烈烈的陈桥兵变、黄袍加身的历史喜剧。

天刚拂晓，东方露出第一道曙光，各路将士披甲执戈，齐集在点检寝所山呼万岁。赵匡胤假寐，直到匡义、苗训、赵普入室，他才做睡眼蒙眬的样儿披衣下床，一听是拥立他做皇帝，他连连摆着大手："使不得，使不得，吾和先帝桃园结义，先帝待吾恩重如山，才有今日显赫地位，吾怎能恩将仇报，乘虚而入，从孤儿寡母手中窃过神器?! 吾不做窃国大盗，背后世骂名。"

赵普曰："众将士拥立点检为天子，不是乘人之危，乘虚而入，而是应天顺人，不可逆转，是为了完成先帝未尽的统一大业，让老百姓安居乐业。这宏大的遗愿，孤儿寡母能完成万分之一吗? 只有点检挺身而出，挑起这一大梁，华夏才能走向统一。先帝深明大义，在九泉之下也会感激你的。望点检以社稷为重，忘却小我之情，服从大我之义，挑起天子这一重任。"

赵普一席话，说得赵匡胤哑口无言，沉吟片刻，曰："待吾出去看看众将士。"赵匡胤被一群将领拥出大殿，只见大坝上各路兵马执刀环列，众口一词："我等无主，愿拥点检为天子。"

声音如雷贯耳，滚过茫茫的大野，在黄河两岸回荡。

赵匡胤被这热烈、壮观的场面，被这发自内心的呼唤激动得眼眶湿润，声音颤抖着："先帝尸骨未寒，吾不能……"

话未说完，只见都指挥使高怀德双手托着黄灿灿的龙袍，不由分说，由众将披在他身上。所有将士一齐行大礼顶礼膜拜，山呼万岁的声浪和奔腾的黄河水组成时代的交响，震撼着中原大地。

诸将请皇帝上马，回师京都，受禅登基。

赵匡胤道："要吾回京，得依三件事：第一，太后、幼帝，吾当北而事之，尔等勿惊犯；第二，朝中众臣是吾比肩同僚，不得欺凌；第三，市井之物，府库宝器，不得妄自抢夺，妄杀一人。听命者赏，违命者斩。这三件事是铁的纪律！众将士做到，吾回京；做不到，吾誓死不回。"

众将士齐呼："谨遵圣旨，谨守臣规。"

赵匡胤即派客省使潘美和楚昭辅先行。潘美去告知石守信、王审琦二将军维持京畿治安，迎接新帝入京，再告之宰相范质、王溥拥立新帝一事。楚昭辅去赵府禀告，保卫家人。又令王彦升率铁骑三千入城维持治安，自己整顿军马向汴京挺进。

楚昭辅快马来至定力院，杜母正在大雄宝殿上闭目合掌，焚香祈祷，保佑儿子平平安安回京，荣登大位。楚昭辅见杜母虔诚念佛祷告，进入太虚之境，不敢贸然入殿打搅，便侍立殿外。只见殿内正中是一尊祖胸叠腹、笑口大开的弥勒佛坐像，体态丰润，面容慈祥。两侧是四大天王的塑像，个个手持神器，威风飒飒。这时，杜母祈祷已毕，坐在殿前微眯着眼，手捻佛珠。

楚昭辅进殿行完大礼，曰："微臣拜见太后，奉天子之命，迎慈驾回京。"

"爱卿何出此言？"

楚昭辅便将陈桥兵变、黄袍加身的经过娓娓道来，听得杜母心花怒放，表面却淡然处之，曰："吾儿平生奇异，素有大志，今日果然应验圣笺谶言。"

这时，赵匡胤的夫人王氏、杜氏、韩氏，弟弟廷美、光赞等均进殿围了上来，听说赵匡胤当了皇帝，个个眉开眼笑。在楚昭辅三千兵马的护卫下，赵氏一家安全返回赵府。

潘美将拥立点检为天子一事告知石守信、王审琦，二人乐得合不拢嘴，笑曰："吾等早盼着这天啦，终有出头之日了。"

原来石、王二将和赵匡胤早就是布衣之交，又是义社十兄弟成员，是赵匡胤庞大的高级将领中的核心人物，他们怎不为此欢欣鼓舞！随即调动兵马，严加京畿警戒，确保新帝登基。

三月五日上午，皇宫崇元殿内，符太后和恭帝宗训在内侍簇拥、搀扶下，升殿坐堂，接受文武百官朝拜。正在廷议陈桥消息时，一侍卫军官不顾卫士阻挡，朝金銮殿踉跄奔来，气喘吁吁道："不好了，陈桥兵变，赵点检被拥为天子，几十万大军已抵京都！"

这一军报不啻为晴天霹雳，范质像触电一样瘫在殿上，群臣吓得全身颤抖，筛糠一般。符太后吓得脸色惨白，泪水夺眶而出："尔等保举赵匡胤北伐，不去讨贼，反夺皇位，这，这怎么处置？"

殿内一片沉寂。符太后涕泪涟涟："先帝和他情同手足，今尸骨未寒，便来夺大周江山，这忘恩负义之徒，就任他为所欲为？！众卿也该说个子曰呀！"

她无助地乞求着，回答她的是七岁幼帝宗训被吓坏了的惊乍乍的号哭声。

范质被哭声震醒，爬了起来，一把拉着王溥的手，泪如雨下："都怪我俩轻信边报谎言，不识真面目，仓促派兵，招来灭国之祸。"

王溥仍吓得不知所措。忽然，一声惊雷乍起："火烧眉睫，二公还不行动，更待何时？"

范质擦眼一看，是禁卫军副都指挥使韩通。只见他膀大腰圆，豹头环眼，一脸杀气，道："韩公有何良策，力挽狂澜？"

"火来水淹，兵来将挡。京中有禁军三千，末将即召禁军保卫城池。二公飞章告急，传檄各镇，勤王救驾，何患逆贼不平！"

"可远水解不了近火！"

"末将召令禁军去了，二相快拟诏！"

韩通从卫士手中夺过长矛，飞身上马，向宫外急驰。想到自己和赵匡胤素来有隙，让他安安稳稳当上皇帝，自己只有死路一条。于是，横下一条心豁出去，朝马屁股上狠抽一鞭，那马受惊，狂奔起来。正出宫门，迎面一标铁骑拦道，一位将领朗声叫道："韩将军快下马接驾，新天子驾到。"

韩通横眼一看，是驸马张永德旧部王彦升，顿时双目喷火，吼声如雷："什么鸟天子！撒泡尿照一照，哪个像？！真天子自在禁中，接什么鸟驾！尔等是大周臣民，大周对尔等不薄，胡何助纣为虐，为虎作伥！我韩通绝不做无情无义之徒！"说完，又狠狠朝马屁股打了一鞭，向韩府驰去。他要结集亲兵，携上家眷，杀出一条血路投奔北汉，东山再起。

王彦升本性残忍，尝嗜吃人肉，今日遭到如此奚落，便拔刀砍去，韩通已蹦出数丈。他纵马挥刀疾追，韩通扬鞭急驰。刚进府门，来不及关门，王彦升已举起大刀朝韩通奋力劈去，刀起头落，把韩通劈成两半。他杀红了眼，飞起大刀将韩通一家百余口杀尽斩绝，才退出韩府，出城迎接新君。

赵匡胤引军从明德门入城，令将士一律回营，自己回赵府。一家人见赵匡胤安全回来，转忧为喜。这时，军校罗彦环将范质、王溥等旧臣拥入赵府，立于阶下。赵匡胤见了比肩旧僚，感到自愧，泪水纵横："吾受先帝厚恩，被三军拥立为帝，身不由己，委实愧对世宗皇帝。"

范质正要搭话，列左右两侧的罗彦环、王彦升抽刀出鞘，厉声叱道："我辈无主，众将拥点检为天子，还不下拜？！吾等鬼头刀是不吃素的。"

吓得范质和众僚诺诺后退，一齐山呼万岁。

赵匡胤忙下台阶，扶范质、王溥二相入厅而坐。

范质曰："明公既为天子，如何安排幼君？"

赵普插言："请幼主法尧禅舜，举行禅让大典！"

赵匡胤曰："太后，幼主，吾尝北面臣事，早已下令三军，不得轻慢。"

范质曰："那就召集百官，举行受禅庆典。"

"烦二公替吾召集，吾不得薄待旧臣。"

言毕，范、王二公辞退，入朝召集百官。又去太后、幼主处，奏请母子二人搬入别殿。

初六早晨，皇宫崇元殿举行禅让庆典。

文武百官穿着节日盛装，早列于崇元殿外御园两侧，恭迎新帝。全副武装的将士金盔闪亮，铠甲挺拔，持戈列队。一队队巡逻兵不时持枪而过，威武肃穆。崇元殿两侧的钟鼓楼上鼓乐齐鸣，赵匡胤在石守信、王审琦等将领的簇拥下，健步登上御园的丹墀。百官在御园里列成方阵。乐止，兵部侍郎窦仪出列，宣读恭帝宗训禅位诏书：

> 天生烝民，树之司牧。二帝推公而禅位，三王乘时而革命，其揆一也。惟予小子，遭家不造，人心已去，天命有归。咨尔归德军节度使、殿前都点检兼检校太尉赵匡胤，禀天纵之姿，有神武之略，佐我高祖，格于皇天，逮事世宗，功存纳麓，东征西讨，厥绩隆焉。天地鬼神，享于有德；讴歌讼狱，归于至仁。应天顺人，法尧禅舜，如释重负，予其作宾。于戏钦哉，畏天之命。

窦仪宣读完毕，赵匡胤拜受诏书，太监、宫女捧出皇冠、皇服，侍候赵匡胤穿戴。只见赵匡胤身着九彩龙袍，头戴金色皇冠，十二条旒玉垂在面前，闪闪发亮。在宫女簇拥下，器宇轩昂，步入崇元殿，登上御座九五之尊，即皇帝位。接着，文武百官朝拜，"万岁、万万岁"的声浪在皇宫震荡。

赵普宣读第一道诏书，大意为：一、国号为宋。二、宋朝以火德兴王，旗号赤色。三、改元建隆。四、京都汴京。五、大赦天下。六、优厚周室，符太后为周太后，恭帝宗训去帝号为郑王，入西宫。七、周朝旧臣按旧供职。八、追赠韩通为中书令，厚礼安葬。九、赐御弟匡义为光义，擢殿前都虞候；慕容延钊为殿前都点检；赵普为枢密直学士；范质为侍中；王溥为司空兼门下侍郎；魏仁浦为尚书右仆射兼中书侍郎。十、参与陈桥兵变者，人人加官晋爵一级。

从此，东方古国出现了一个大帝国宋朝，开国皇帝赵匡胤，史称宋太祖。

第十七章　侠肝义胆救艳娘

正当中原风云际会、瞬息万变，一个崭新的大宋帝国在后周腹肚里应运而生时，后蜀皇帝孟昶仍过着花天酒地、醉生梦死的生活。出于对花蕊夫人香雪扇风波的补偿，这个夏天，他微服简从，偕花蕊夫人去离京都百多里的什邡县龙居寺避暑，文武大臣、梨园子弟、侍卫侍女数十扈从。

龙居寺位于什邡县湔氐乡龙居山麓，始建于隋朝大业年间（605 年），依山傍水，重重殿宇、亭台楼阁掩映在苍松翠柏中，隐没在山岚云霞里，像一座气度恢宏的神仙别府。一踏进这片禅林，顿觉凉风习习、清丽可人。

寺前有"鹤舞""龙盘"二峡，真像白鹤亮翅，青龙升天。危崖矗天壁立，瀑布倾天而下，一束束、一股股联缀成绸练，争流，跌宕，咆哮，气势磅礴，涛声十里，宛若银河落九天。飞瀑直泻崖下的神龙潭，潭水呈墨绿色，翻着白浪，仿佛真有一条蛟龙潜入其间。危崖上镌刻着四个苍劲的大字——"双峡飞龙"，赫然瞩目，后主纵声赞道："水中雄杰矣！这真是一块龙穴宝地！"

寺门前，松柏盘桓，古藤纷披，一对石狮雄视两侧。门楣上镶嵌着四个鎏金大字："龙居古刹"。

进入寺门，便是一方红照壁。上书"嘘气成云"，由两株黄桷兰左右拱卫，黄色的花朵怒放，发散出幽香。转过照壁，便是假山、花园、画廊、幽径，将古庙群缀成一片。

后主诣寺，只见山门洞开，钟鼓声声，一位银髯飘飘的方丈身披紫色袈裟，手捻佛珠，率众僧早出山门，伏地相迎。

后主大喜，曰："免行大礼！"

"两位施主乃当今皇上、皇妃，贫僧能面君，便是福缘！"

"禅师何以知之？"花蕊夫人感到怪异，问之。

"三月前，贫僧预知天子行幸古刹，故将庙堂修葺一新，不周之处，乞天子垂罪！"

"何罪之有？朕敕封大师为预知禅师！"后主说完，令侍女呈上文房四宝，写好敕封。预知禅师领旨谢恩，众僧欢腾，上前拜谢后主、慧妃。

一日，后主和花蕊夫人在侍从簇拥下，来至古荷塘，坐在波心亭里，捧筋赏花、采莲。只见水面田田翠叶在夏风吹拂下像摆动的舞裙，舞起了一朵朵奇葩，白如雪，红似霞。水珠儿在花叶上滚动、闪烁，宛若出浴的美女翩翩起舞。这时，十来只画船下水，每船两名宫女，锦衣绣裳，荡着楠木浆，唱着《采莲曲》：

> 荷叶罗裙一色裁，芙蓉向脸两边开。
>
> 乱入池中看不见，闻歌始觉有人来。

孰为花香，孰为粉香？孰为罗裙，孰为荷叶？孰为脸庞，孰为荷花？裙叶难分，人花莫辨。只听见菱歌四起，画船穿梭，溅起朵朵雪浪，惊起群群白鹭，乐得后主和花蕊夫人笑声不断，后主曰："花蕊，朕已沉浸于醉乡了，卿再来一个锦上添花，吟诗助兴吧！"

花蕊夫人心中早已充满诗情画意，便颔首笑吟：

> 翠辇每从城畔出，内人相次簇池隈。
>
> 嫩荷花里摇船去，一阵香风逐水来。

宫词一出口，随行的李十笛马上谱曲，梨园子弟便悠悠扬扬地吹奏起来，婉约，清丽，在花海烟波间弥漫开来。人们还沉浸在美妙的旋律和意境中时，花蕊夫人又口占一首：

内人追逐采莲时，惊起沙鸥两岸飞。

兰棹把来齐拍水，并船相斗湿罗衣。

梨园子弟奏乐以和，后主亲执檀板边击边唱，群臣争献媚词。

内侍宋光浦见后主耽于酒色，忧心忡忡，便摆头叹息，借敬酒吟词献上诗人胡曾的忧患诗：

吴王恃霸弃雄才，贪向姑苏醉绿醅。

不觉钱塘江上月，一宵西送越兵来。

声音悲壮，饱和着忧国忧民的情怀。后主听后大怒，赏花吟诗的兴致一扫而光，正色道："危言耸听，影射时局，扫朕雅兴，拖下去朝杖一百！"

群臣惊愕的目光齐刷刷地投向慧妃。花蕊夫人会意，向后主曰："宋卿所歌者虽不合时宜，但忧患意识难能可贵。古人言，'千人之诺诺，不如一士之谔谔'，陛下要广纳善言，方可励精图治，免了这一百廷杖吧！"

后主见慧妃说情，气消了一半，但他在众臣面前要保持一国之主的尊严，只好强打着精神给自己下个台阶："蜀中富庶，国库充盈，百姓不知饥馑，与中原兵燹战乱、饿殍遍野相比是天壤之别，胡何讥讽寡人，耸言惑众?！"

"当今中原，自周世宗全方位推行政治、经济、军事改革后，治愈了战乱的创伤，兵锋之下，所向披靡。赵匡胤代周立宋，其文治武功和柴荣比肩，不可小视。陛下不必去计较宋卿的诗谏！"花蕊夫人道。

"好，好，依慧妃所奏！"

一波刚平，一波又起，这时边关探子来报："皇上，宋军已攻陷荆、湖二地，平王高继冲、周保权已举二国降宋！"

这一边报不啻为一声晴天霹雳，震得孟昶一屁股跌坐在龙椅上，半天说不出话来。

原来荆湖地区有两个割据政权：一是以荆州（今湖北江陵市）为中心的南平政权，管辖荆、归、峡三州，南平王高继冲，为荆南末代国主；一是以潭州（今湖南长沙市）为中心的统治湖南的政权，君主为周保权。这是两个奇特的小国：国势单弱，既无年号，又没设皇帝。从建国至今，几代君王都给中原政权称臣纳贡，君主皆被封为节度使，但政令仍是独立的。君主周保权被宋朝封为武平节度使，八岁继位。因主尚幼弱，不谙政务，大将张文表起兵谋反，周保权便向宋朝飞书示援。惺惺惜惺惺，被封为荆南节度使的南平王高继冲也为周保权呼吁，向宋朝求救。

宋太祖看完两国表章，拍案大笑："朕久欲南征，收复荆、楚二地，可出师无名，今日天赐良机矣！"说完，遂派大将慕容延钊为湖南道行营前军都部署、李处耘为都监，率兵三万南征。临行前，赵匡胤密召二将："出征楚国湖南，必向荆南国的南平假道，南平国力不武，乘势颠覆，削平！"

乾德元年（963年）二月，慕容延钊带上宋太祖的诏书，假道荆南，兴兵讨伐楚国叛贼。荆南节度使高继冲接到诏书，和群臣商量，皆曰："引狼入室矣！借道是假，并吞是真。荆南国弱，气数已尽，不如早日归降大宋，免受刀兵之苦！"

高继冲摇头叹息，只得率百官备上降表，附录荆南三州十七县版图、户口册，开城门出降。宋太祖册封高继冲为马步军都指挥使。

宋军兵不血刃，削平了荆南政权，马上挥师湖南。叛将张文表原本是个草包司令，周保权派大将杨师瑶征剿时，潭州一仗，两将交战三个回合，张文表便滚马就擒，斩于曹市。周保权高兴还来不及，便听到宋兵压境，兵临城下。他吓得缩成一团，浑身颤抖，泪涕交下："引狼入室，自取灭亡矣！"最后依葫芦画瓢，仿效荆南，乖乖归顺宋朝，献上湖南十四州、六十六县图册呈交宋太祖。太祖封他为节度使，见他年幼，带职入京读书，连同眷属，待成人后，再安排官职。从此，荆、楚两地轻轻松松并入大宋国土。

宰相李昊是前蜀老臣，习惯于举国投降，他见后主吓得魂不附体，乘机道出自己的主张，露出投降派嘴脸："荆、楚是战略要地，东拒南唐，北临大宋，西制巴蜀，南控南汉。现在两地归入宋土，我大蜀失去东方屏障，完全暴露在对敌前沿，臣为陛下谋，不如向宋称臣，免受兵戎之劫。"

平日，在花蕊夫人的眼里，李昊虽然妻妾成群，爱阿谀奉承，但仍不失为满腹经纶、精忠为国的鸿儒。可今日，竟成了不顾国体的苟且偷生之徒，她激动得涨红了脸，双目直愣愣地望着后主。后主仍怔怔地坐着，默然不语。

王昭远原本就是利禄熏心、见风使舵的小人，见花蕊夫人异样的表情，便故意装模作样地高谈阔论，博得主子欢心："蜀道险阻，外扼三峡，宋兵纵是三头六臂，也飞渡不过这重重铜墙铁壁的天险，李公何故如此长敌人志气，灭大蜀威风?！"

王昭远这剂强心药果然灵验，后主听了，僵硬发木的脸上露出一丝生气，慢腾腾道："汝等皆若王爱卿这样振奋精神，同仇敌忾，蜀无忧、朕无忧矣！"

说完，后主求救的目光转向了花蕊夫人，这是他多年来养成的习惯，低声道："慧妃聪慧绝世，你发表高见，众臣听听。"

"臣妾妄言朝政，未必适宜！陛下既征求臣妾意见，作为国人不能不议。臣妾以为，敌国尚未出师，便吓得魂飘魄散，失去斗志，倾国出降，实乃社稷之悲哀。若只恃险坐守，盲目乐观，险不足恃，败绩即至，也是兵家大忌。兵家曹刿说得好：'夫战勇气也。一鼓作气，再而衰，三而竭，彼竭我盈，故克之。'大敌当前，重要的是君臣结同心、鼓勇气，方能众志成城，保吾社稷！"

众臣报以热烈的掌声。

这时，只只画舫满载而归，一齐划向波心亭。照惯例，要评它个奖项，由后主、慧妃亲自颁奖。可今日，却显得很冷落，无人问津，侍女们不知何由，随着人流怏怏而去。

接连几天，后主情绪波动，闷闷不乐，花蕊夫人一再宽慰，燕声喃喃："陛下，亡羊补牢，为时未晚，只要君臣同心，局势会急转直下，化险为夷。"说完又陪后主朝观日出，晚赏新月，弦歌荷池，醉卧松林，看白鹤戏水，听稻田蛙鸣。就这样，直至荷残秋凉，他们才起驾回京。

自大周收复秦、凤、成、阶四州后，蜀国北方失去了屏障；现宋太祖派兵南征，不费兵刃，戡定荆、湘，使后蜀东面防线崩溃，宋朝对其形成一个东北钳形包围圈。蜀国成了宋朝囊中之物、俎上之肉，朝不保夕，故朝野上下再度陷入一片恐慌之中。加之后主出游消夏，几月未归，群龙无首，社会动荡，人心惶惶，街头巷尾、茶肆酒楼的讽刺诗铺天盖地，矛头直指朝政、时局。如写诗谏的张立，又写一首《芙蓉诗》，成都老少皆诵：

> 去年今日到成都，城上芙蓉锦绣舒。
>
> 今日重来旧游处，此花憔悴不如初。

一首谏诗热潮未退，一首诗谣又席卷而来，此为成都人朱长山的诗：

> 烦暑郁蒸无处避，凉风清冷几时来？

寓意是：全蜀如蒸无处避，廉风清令几时来？据说，此二句传至宋朝，太祖赵匡胤闻之，心有灵犀一点通，不禁拊掌大笑曰："蜀民思吾来伐也！"遂派数万大军，水陆两路伐蜀。

后主返回皇城，山南节度判官张廷伟便登门拜访王昭远。此时的王昭远是一个红得发紫的人，权倾朝野，炙手可热，既是知枢密院事，又兼宰辅，军、政、财权集于一身，府库金帛恣意取用，如取家产一般，任其挥霍。虽无真才实学，却以三寸不烂之舌博得后主赏识，处处对之言听计从。

张廷伟曰："王公寸功未立，竟身居高位，显耀朝野，倘若众臣交相弹劾，皇上也爱莫能助。何不潜约北汉，令其并州发兵南下，渡黄河，直指汴京。我蜀兵由南郑发兵，出六百里的子午道，直取长安。宋军南北夹击，关中三辅之地方可传檄而定。其功垂宇宙，乃诸葛武侯再世矣！不仅国威大振，相公也声威远播，公私两得耳。"

王昭远听后，满脸过剩的脂肪更油光可鉴，笑曰："诸葛亮六出祁山，含恨而殁。我王某若一举拿下长安，就是超诸葛了。"说完，朗声大笑，笑得窗户咯咯作响，似乎长安城已攥在他手中，正挥师东进，直捣汴京。"好，够朋友！如果有那么一天，张兄当一个节度使恐怕还嫌小了点。"说完，又是一串纵笑。

次日早朝，后主在金殿和文武大臣商议安邦治国之策。朝廷分两派，一派以李昊为首的主降派，一派以王昭远为首的主战派。两派各抒己见，针锋相对。

李昊曰："当今大宋土广民强，东临大洋，西连秦陇，南踞长江，北接北汉，辖一百一十八州，占中国天下三分之二。雄师百万，猛将如云，兵精粮足，将士用命，兵锋所至，无坚不摧。若我西蜀要兵刃相见，如驱犬羊与虎豹斗耳！依臣之见，避战趋安为万全之策。"

王昭远执笏出列："金戈跃日，怎能避战？！铁骑声声，何以趋安？！君不闻破巢之下，安有完卵乎？这是三岁小孩也明白的事理，宰相胡何违背常理邪？！"

李昊据理力争，振振有词："臣观宋廷，有吞吐天地、一统海内之志，纵横天下之能，若我蜀称臣纳贡，便不会兵刃相加，荆楚两域也开了先例，我后蜀何不择其善者而从之？！"

王昭远寸步不让，声若洪钟："相国胡何卑躬屈膝到如此地步？！他有雄师百万，我有重重天险；他有吞吐天地、一统海内之志，我有胸怀韬略、腹藏机谋之能；他纵横天下，长途跋涉，我以逸代劳、奇袭疲师，安有不胜之理？！若潜通北汉，挥戈南征，我军出子午道，挥师北伐，宋军受南北夹击，腹背受敌，胡何不能削平熊罴之师？！"

本来，后蜀这只衰破的老船早已搁浅在沙滩上，经王昭远这么一侃一吹，破船立即驶向了金戈铁马的风口浪尖。孟昶也不想失去至高无上的天子之位，便同意了王昭远的神侃，曰："不再廷议，敌来我打！"

散朝后，后主在殿内秘密召见三人，他们是枢密院大程官孙遇、兴州义军裨校赵彦韬及杨蠲。

孟昶曰："宋军对吾蜀虎视眈眈，现荆、楚二域归宋，下一个鲸吞目标便是吾大蜀。吾蜀不能束手待毙，要联合北汉，南北出兵夹击，宋军必败。三爱卿为谍至并州，暗约北汉主发兵，一路怀揣蜡丸锦书，小心谨慎，乔装打扮，择小路潜行，不可泄密，贻误军机。大蜀之存亡寄托在三爱卿身上，望不辱使命。归来之时，便是三爱卿飞黄腾达之日，朕举国宴嘉奖！"

说完，侍女手托玉盘上殿，孟昶从盘中取出用黄绫包裹的蜡丸帛书，交给孙遇。孙遇双手接蜡丸帛书，藏至贴身的衣兜里，捏了又捏，藏至停当后，三人跪地齐呼："不负皇上重托，不辱使命！"

三人走后，孟昶才伸了伸手臂，嘘了一口气，感到身心疲惫，正要离殿回云华宫，忽有侍女云儿气喘吁吁来报："禀陛下，昭容娘娘身患重病，欲见陛下一面。"

"何疾？"

"不知何疾！前段日子娘娘夜夜失眠，神情恍惚；这段日子不思茶饭，呕吐不止，瘦如枯槁。"

自香雪扇风波后，一年有余，他没再去过春华宫，但感情的丝缕仍牵系着那个妖娆风骚的女人，牵系着那个舞姿出神入化、勾人魂魄的女人。几次他都想去宠幸她，但一想到当着众臣面下达软禁她的口谕，又怎好收回成命呢？！今天，机会来了，他一定要去看望她，于是，向内侍道："宣翰林医官前去就诊！"

銮驾停在春华宫台阶上，艳娘被一群侍女挽扶着早已侍立殿外相迎。后主一下龙辇，便瞥见艳娘一张蜡黄、瘦削的脸，昔日一朵花，今日一苗草，不禁眼眶湿润，忙上前挽扶，曰："爱卿何疾？如此形销骨立！快，上床躺躺！"

艳娘眼里滚着泪水，无力地摇了摇头，被一群侍女扶上床，后主在一旁坐着。

一会儿，老太医进殿，向皇上和艳娘参拜后，在御床边落座，一面把脉，一面询问病情，一面絮絮叨叨："人之百病皆生于气，气运经络。气脉不调，血脉不息，便百病丛生。娘娘的病，皆源于气，怒伤肝，恐伤肾，虑伤脾。娘娘睡不着，吃不好，在于五味七情，应节思……"说完，他乜斜着眼，静静地号脉、察颜，忽然，浑浊的眼里放出喜悦的光，双膝跪在地上："恭喜，恭喜！皇上，娘娘喜得龙种！"

这一声道贺如五雷轰顶，震得全殿人目瞪口呆，一个个像钉子钉住似的。只见艳娘"啊"的一声尖叫，昏倒在床上。后主脸色大变，红一阵，白一阵，额上的青筋突突直跳，像条条盘曲的蚯蚓，眉毛、胡子立起来了，半晌，咆哮道："淫妖，贱货，这孽种何来？"

无人回答，只见侍从们跪了一地，哭泣着，老太医方知闯了大祸，夹着药箱悄悄溜走了。

"朕，朕居然被戴上绿帽子，这是朕前世造的孽呀！"他声嘶力竭地吼着，怒向云儿，"小贱人，尔胆敢和淫妖狼狈为奸，辱朕皇门！倘不如实禀奏，抄斩九族！说，是谁？！"

"皇上去行宫消夏，只有御医莫德行往返寝宫给娘娘治病，说娘娘遇邪，要闭门独诊，做侍女的只好听命于主子……"

"来人，将这小贱人拖下去，就地处斩！"话音落地，宫门外闪出几个武夫，将云儿搡出去，如逮一只小鸡，只听到小女子惨烈的呼叫声。

"缉拿奸夫，午门处斩！"孟昶吼叫着。侍从们吓得止住了哭，空气像要炸裂、燃烧一般。

少顷，卫侍来报："陛下，钦犯几天前倾家畏罪出逃，不知去向。"

"传谕两川边寨、各水陆码头，设下天罗地网缉拿钦犯，立即处斩！"孟昶气急败坏，红着双眼，"将淫妖打入冷宫！"说完，悻悻而去，

几个武士扑上前，将艳娘掀下地，反剪着手，推推搡搡押出春华宫。只听见艳娘撕裂人心地喊叫："皇上，臣妾不是……故意……是……"

回到云华宫，花蕊夫人递上人参汤，温婉道："皇上，喝口参汤，这么晚下朝，累坏龙体！"

"什么龙体，龙体！绿帽子，绿帽子！"他双手愤然一打，御杯"当"地坠地，参汤给花蕊夫人漾了一身。只见他用两只拳头拼命地砸着自己的脑袋，"为什么给朕戴绿帽子，为什么……"

他歇斯底里地叫着，颓然地坐在御椅上，趴下头，耸着肩，像小孩般地哭了。

"陛下，何事令陛下如此悲愤？！臣妾愿为陛下分忧！"

"还有谁，那窑子里铸出来的淫妖！"后主抬起头，眼泪汪汪，"花蕊，你是朕唯一的爱妃、知音，你代朕去冷宫审讯她，待她招供画押后，明日午时三刻，午门斩首。"

这不啻是一声惊雷，花蕊夫人来不及换装，只是揩揩被濡湿的罗裙，二话没说，携几个侍女，出了寝殿，向冷宫疾走。

冷宫是用大条石和泥坯筑起的平顶房，前蜀留下来的，是皇妃、女官违规关押的天牢。时节深秋，枯草哀哀，黄叶飘落，墙上爬满了枯藤野草，蛛网尘屑在萧瑟秋风中颤抖着。这哪里是住房，分明是一座破败不堪、卧在荒

郊里的坟墓！

监守见娘娘探监视察，忙打开狱门，随着“哐啷”的开门声，一股霉烂腐臭味扑面而来，呛得花蕊夫人不住地咳。阿随一面轻轻给娘娘拍着背，一面噘着嘴道：“娘娘，回宫吧！这种淫妇犯不着让娘娘关心，跟她一起受罪！”

“别这种口气，她好歹也是一个人，是一位有才华的女子！哀家怎能不关心她！”说完，她大步跨进门槛。

屋内幽暗，潮湿，头上蛛网密布，足下老鼠横行。人踩在地上，老鼠叫，尘土飞，真是一座人间地狱。屋角里，借着开门的亮光，一女囚披头散发，蜷缩在稻草丛里呜咽哭泣。

“罪妇，慧妃娘娘看你来了，还不……”监守厉声道，话未吼完，花蕊夫人摆摆手，监守只好将冒出喉头的话咽了回去。

艳娘听到花蕊夫人来看她，失神的双眼顿时亮了，心里升腾起一线希望，忙从草堆里爬出来，跌跌撞撞扑上去，双膝跪在地上，头捣蒜似的磕着，哀求道：“慧妃娘娘救我，我是受害者，不是淫妇……”

“皇姐，别这样，起来好好说。”

“我是罪犯，我不是故意的，我是身不由己，望娘娘在皇上面前为我说几句好话，我艳娘不忘娘娘的大恩大德……”

“起来，起来慢慢说。”花蕊扶起了她，她俩面对面坐着，一段孽缘展现在眼前……

那是几个月前的事，艳娘被幽禁在春华宫里快一年了，后主从未去宠幸过她。她是个一天也离不开男人的女人，像掉进冰窟一般。周围的侍从也因此疏远、冷漠她，即便侍候也是表面应付。整日里，她胡思乱想。白天，看花溅泪；晚上，对烛发神。时而忏悔，不该编造谎言去中伤慧妃，结果是搬起石头砸自己的脚；时而感激，感激慧妃娘娘高风亮节，不计前嫌，将她从黄泉路上拉了回来；时而怨恨，为什么天子要三宫六院，七十二嫔妃，三千佳丽！为什么宫女要寂守空房，从一而终?！早知如此，何必当初入宫；时而向往，向往那一夫一妻、男耕女织的田园生活，向往那比翼双飞的鸟，那嬉戏水波的鸳鸯；时而恐怖，幽禁、幽禁，何年何月是个尽头啊？她深知，宫娥失宠，朝不保夕，说不定哪天天颜震怒，不仅自己香消玉殒，连白发苍苍的老父亲也会血染长袍。

想着，想着，她变得神经兮兮，半夜里往御花园跑，说有人要杀她，她要出宫，要和老父亲相依为命。几个御医轮换着给她看病，开镇静处方，病情有所控制。当她听到皇上和慧妃娘娘要去行宫避暑，几月后才归，她又彻底病倒了，于是老太监请来太医莫德行。

莫德行一听说是给昭容艳娘诊病，来劲了，一双鱼泡眼乐得睁开了一条缝，他在心里嘀咕，他的桃花运来了。皇妃又怎样，皇妃也是女人！特别是艳娘，勾栏院泡过的女人更是骚性十足，经不住诱惑。那荆南贞懿王高保融的宠妃不是我几搞几骗便成我口中食、床上肉啦！这次我又要故技重演了！于是，匆匆挎上药包，随老太监进宫。

艳娘慵倦地半卧在御床上，身着薄如蝉翼的睡裙，透过低低的领口，那高高隆起的酥胸、深深的乳沟全看得清清楚楚，一丝邪念闪过他心头：我若能捏一捏，哪怕挨一挨她那雪白的、富有弹性的胸乳该多好！今生今世也不枉在人世上走一圈。他坐在椅上，一手托着她的素手，一手梳理着她手上的指纹，低低自语："恕微臣直言，娘娘生命线长，可活百岁。婚姻线短，刚走一段，便隐匿而去。可惜，可惜！"

"啊，吾的福相命薄啊！"艳娘绝望地叫着，一双媚眼直勾勾地望着莫德行，似乎乞求他给一条活路。

他诡谲地笑了："娘娘少安毋躁，天无绝人之路。那条婚姻线断了，可在密集盘旋的纹路里，又生出一支蜿蜒而去，看来娘娘的婚姻线是延伸了，却不能从一而终，要遇新主才能续伸……"他贼眉贼眼地试探着，嘴角浮出奸笑。

"皇上要撵臣妾出宫……"她沮丧地说。

他引而不发，避开话题，故意转入把脉。忽然，脑门的深沟皱成一团，脸上的肉瘤哆嗦着："娘娘得了一种怪病，只是……"他故意支吾着，瞟了瞟周围侍从。

艳娘会意，忙挥手令他们退下。

"恕微臣斗胆，娘娘得的是春癫症，阴阳失调、阴盛阳衰所致。若用阳物冲击，方能药到病除。"

一语击中艳娘要害，她羞赧地俯下头，娇嗔搪塞："太医略知一二，并非全然耳。"

"娘娘不必讳疾忌医，若皇上将雨露分给娘娘一二，阴阳合德，娘娘凤体自然康复。可惜皇上将宠爱集于慧妃娘娘身上，娘娘只能望性兴叹、画饼充饥了。"

说到艳娘伤心处，她竟呜咽抽泣起来。

他乘虚而入："皇上既然朝朝寻欢，夜夜作乐，娘娘也用不着过分守节，蓄上一个面首不是填补了空白吗？！"

艳娘摇了摇头。

这时，太医色眯眯的双眼睁得更大了，射出一道令人发怵的精光，像疯狗似的在艳娘脸上舔来舔去，淫欲的毛孔似乎也胀大了，曰："微臣虽精瘦、丑陋，但阳物伟岸，足以使天下女人癫狂。不信，试一试吧！"说完，像一只饿狼扑过去，干瘦的、长满肉疙瘩的长驴脸在艳娘丰润、白嫩的脸上来回蹭着，干枯的手伸向了女人的禁区。

艳娘见他奇丑无比，像一只苍蝇趴在她身上，准确地说，像一只癞蛤蟆。她阵阵恶心，凛然道："放肆，住手！癞蛤蟆想吃天鹅肉！"

他吓了一跳，才知艳娘并非乱伦女。又听到一阵脚步声，他才一骨碌弹下床，端坐在就诊椅上，一手捋着那部胡须，一手从囊中取出药物，若无其事道："娘娘服完此药，若仍有不适，下官随喊随到，时刻侍候娘娘，直至痊愈！"说完，扬长而去。

艳娘服完药，只觉体内阵阵发热，一股野性的春潮翻涌，像岩浆在奔突、汹涌一般，冲击着道德、理性的防线；像牲畜的本能发情，像野兽的兽性发泄，不能自已。她慌乱地抓着，遍床打滚，口里不停地嚷着："快，请莫太医，请……"

莫太医遵旨而来，见艳娘的癫狂，皮笑肉不笑道："别急，娘娘中了邪，鬼魂缠身，微臣画符念咒，驱鬼除魔，凤体自然会愈。只是其他人等不得入室，否则，符不显灵，鬼蜮难驱！"

"尔等都下去吧！无本宫的口谕，不得入内。"艳娘尖声叫道。

内侍诺诺而退。艳娘见室内无外人，再不敢端起娘娘架子，一下跪在地上，哀求道："你给我解药吧，我受不了啦！"

"今日的天鹅娘娘，也给我这癞蛤蟆下属求饶了？哈哈哈！"他一张长驴脸奸笑着，"好吧，解下你的裙裤，我给娘娘治病！"

艳娘行尸走肉般地脱了个精光，听了指挥。他猛地脱下身上披的那张人皮，赤身裸体地一步跨上去，一把抱起艳娘，在她脸上、身上又啃又咬，双手又摸又揉。这时的艳娘像块发泡的白面团，任他打磨、揉搓。玩够了，才将她放在床上，重重地压在艳娘丰腴、富有弹性的身上。艳娘野性勃发，接受他一次又一次地占有、发泄。就这样，二人颠鸾倒凤，整整狂了一夜。

艳娘的药性过了，一切恢复平静，见身边睡着的不是那温文尔雅、充满肉感的皇上，而是一个满脸肉疙瘩、眉眼鼻子拧在一起的丑陋无比的男人，不觉伤心地哭了，骂道："癞蛤蟆，丑八怪，你糟蹋了本宫，本宫要奏禀皇上！"

"皇上迟早都是亡国奴，结果比我更惨。大不了，逃之夭夭，何惧之有？！"

"你卑鄙，害得本宫好惨！"说完，艳娘又哀哀哭泣。

他咧着蛤蟆嘴笑了："不鬼不丈夫，不骗不丈夫，不毒不丈夫。你这只白天鹅送进我这蛤蟆嘴里，哈哈哈……"说完，他又压在她身上，"别后悔了，其实，一个晚上，你比我疯狂，真是比女人还女人！"

"求求你，别给我吃春药……"说完，又是一阵伤心的哭泣……

这血泪的控诉，触动了花蕊夫人那颗善良、慈悲的心，对眼前这位可怜巴巴的女人产生了深切的同情——她也是受害者，不能让她雪上加霜，旧伤痕上添新伤痕，于是，她宽慰道："皇姐，你不是淫妇，你是受害者，暂在冷宫里待着，我会救你出苦海！"

"谢谢娘娘大恩大德！前次，我忌妒、伤害你，你却宽宏大度，不计前仇，反把我从不归路上救了出来。大恩未报，又复一恩，罪妇真羞愧得无地自容。慧妃娘娘，今生今世艳娘无法报答娘娘，二世变牛做马也要还报娘娘生死之恩！"说完，又磕了几个响头，号啕痛哭起来。这是忏悔的哭，是告别旧我的哭，是大彻大悟的哭。似乎，只有眼泪才能洗刷她的耻辱、她的过失，乃至罪恶。蓦地，她那失神的双眼射出坚定的光芒："娘娘，答应罪妇一个请求吧，给我堕胎药，打下肚里这个孽种！"

"胎儿何罪？怎能杀生？"

"我不能让那魔鬼的魂再附在我身上，我不能再把我永远钉在羞耻柱上！娘娘若不答应，我愿击柱而死。"说完，艳娘的头向石柱撞去，顿时，鲜血喷涌，昏了过去……

云华宫里，花蕊夫人向后主讲完这个血泪的故事，道："陛下，罪魁祸首是莫德行，布下天罗地网也要把他抓回来，绳之以法，枭首示众。而艳娘，实属受害，若判以死刑，实在冤枉！"

"冤枉，冤枉，你处处为她鸣冤叫屈，谁又为朕摘下这顶绿帽子，洗刷这奇耻大辱？！嗯？"他霍地站起来，龙袖一甩，愤然而去。走了几步，又扭过头，悻悻地道："谁胆敢为淫妖说情，与淫妖同罪！"说完扬长而去。

是夜，后主没来云华宫幸寝。那轮辉煌的圆月从东山冉冉升起，又向西山缓缓下沉，花蕊夫人在床上辗转反侧，一夜无眠。玉漏五更，仍想不出营救艳娘的方案，急得她浑身上下沁出了一层冷汗。明日午时三刻，陛下要在午门前亲自监斩艳娘，天亮前必须要救出艳娘。

她急呀急，索性从床上翻起来，披衣下床。就是这么一"披"，她想出了点子！对，来个偷梁换柱，李代桃僵。于是，她悄悄叫醒阿随，在她耳畔低语一阵。阿随一听，眼睛鼓得铜铃大："娘娘，欺君之罪是要灭族的呀？！况且，对这种女人犯不着作出这种牺牲！"

"救人一命，胜造七级浮屠，何况她身心俱受伤害，不能见死不救。你快去安排下皇辇，取出皇符，快！"

这时，月儿隐没了，东方现出启明星，大地一片迷蒙。主仆二人来至冷宫门口，几个监守见了皇符，便打开狱门。花蕊夫人道："没有吾之口谕，谁也不得入内。"

监守诺诺连声。

花蕊夫人径直朝冷宫里走去。艳娘一夜也未睡，听见开门声和花蕊的声音，便摸索着迎上去："罪妇叩见慧妃娘娘！"

"皇姐别拘礼！"花蕊夫人悄声道，便将营救计划告知艳娘，要她全面配合。艳娘一听，摆着双手："不行，不行，罪妇不能让娘娘为我代罪受辱受刑！"

"在这节骨眼上，顾不得那么多了，快更衣吧！不然，天亮了就功亏一篑，全盘皆输，到那时，皇妹就爱莫能助了！"

艳娘只好和花蕊夫人换了罗裙，打扮一番，和阿随走出冷宫。没走两步，艳娘双膝跪地，声泪俱下："娘娘，你是大慈大悲的观音菩萨，大恩不言谢，我艳娘要重新做人！"

"快走！御花园内有辆皇辇等着。出了宫，暂避野庙，待风头一过，找个老实人家过日子吧！"

艳娘这才和阿随走出牢门，向御花园走去。

午时三刻已到，后主孟昶威严地坐在午门前监斩。两边武士肃立，盔甲闪亮，刀剑出鞘。

刀斧手如八大金刚分列两侧，刀光跃日。三声号炮一响，李总管传旨："押罪妇李艳娘——"

"押罪妇李艳娘——"武士们扯长脖子一路传呼。

只见"李艳娘"五花大绑，被群武士押上午门，低头站立。在这一刹那，后主心里泛起阵阵狂澜，是憎恶？是怜悯？是悔恨？说不清楚！昔日艳娘翩翩起舞的丰姿和女人味十足的床上风光一一浮现在眼前，他知道错斩了，该听慧妃的劝告，但天子一言，金科玉律，不能更改。

于是，他声音低沉道："艳娘，临刑前有何遗言，朕尽力满足你！朕会以皇妃之礼下葬，照顾好你的父亲。"

"臣妾无什么遗言，只期皇上保重！在白骨堆上不再添冤鬼，以仁义治国、国泰民安！"

"怎么是花蕊的声音？！"他愕然了，以为是错觉，"艳娘抬起头，朕为你送行。"

"罪妇有罪，不敢抬头！"

"抬头无罪！朕准你抬头，看上最后一眼！"

花蕊夫人只好冷冷地抬起头，那么冷艳绝伦、清雅丰润，像一尊汉白玉雕塑的女神。

"爱卿，这怎么是你？！"他愣了半晌，惊诧不已，哆哆嗦嗦地问。

"臣妾一再进谏皇上，罪在莫德行，艳娘是无辜的。可皇上让罪魁逍遥法外，却将弱女子当替罪羊。出于无奈，臣妾只好潜释艳娘，代赴法场，以此换回陛下的良知。臣妾欺君罔上，触犯刑律，任陛下处置，死而无怨。"

皇上震慑了，他为花蕊夫人的有胆有识震慑了，但不能容忍她的欺罔之罪，为维护天子尊严，言不由衷道："慧妃，你如此欺君，本该灭族，但鉴于高风亮节，将尔打入冷宫，面壁一月！"

午门的文武百官、狱吏武士，皆为花蕊夫人的举动震慑了，一齐跪地为花蕊夫人说情，众口一词道："娘娘高风亮节，流芳百世！乞皇上网开一面！"

"慢！"李太后闻讯颤巍巍赶至午门，厉声道，"谁敢处置我花蕊皇媳？！她深明大义，爱憎分明，何罪之有？！不仅不该问罪，还应当是满朝文武效法之楷模！大蜀的将士在沙场上若有这种无畏精神，何愁敌不过宋军？！"

"谨遵慈训！"后主脱口道。

"太后千岁、千千岁！"众臣心悦诚服，异口同声。

太后上前，令武士释缚，向花蕊道："走，他不要你这皇家媳妇，哀家要，和哀家一起住慈寿宫，少惹是非！"说完，一把拉着花蕊夫人的手走出了午门。

第十八章　众口一辞先伐蜀

　　乾德二年（964年），刚一入冬，汴京城纷纷扬扬下着大雪，接连几日不断，整个都城成了一片银色世界。天空无飞鸟，路上断行人，人们都躲在家里，围着火炉取暖。

　　是夜，宰相府里红灯高悬，蜡梅飘香。赵普拜相后，宋太祖视他为星月、股肱，事无巨细，悉以咨商。有时朝中未决之事，一到晚上，太祖便驾幸赵宅，商议要政，故赵普退朝回家，恐太祖御驾光临，仍峨冠博带，不敢更衣。这时，赵普用完晚膳，和门客们话道："今夜大雪纷飞，主上想必不会来矣！"

　　一门客曰："天寒地冻，大雪封门，就是寻常百姓也不会出门，更况贵为天子，岂肯轻易外出？！相国日理万机，辛苦操劳，放心安寝。"

　　赵普闻言，深信无疑，遂回内室。林夫人忙给他更去衣冠。正待就寝，忽闻叩门声，门吏来报，言圣上驾到。赵普来不及穿朝服，便衣出迎，只见朱门外，太祖巍然屹立在风雪之中，黄罗伞下，身旁两个侍卫扈从，便慌忙跪拜于雪地上："臣赵普接驾来迟，且衣冠不整，请皇上治罪。"

　　太祖一把扶起他："今夜大雪，卿断朕不出，何罪之有？！不必多礼，进书房再叙。"

　　说完君臣联袂入室。太祖曰："朕约晋王光义同往，怎还未到？"

　　赵普正要搭话，光义已至书房。君臣骨肉，聚集一堂，分外亲切。

太祖曰："羊羔美酒，发热驱寒，卿家可有备乎？"

"有，有！"赵普连连点头回答。

话音未落，婢女呈上一桌酒菜，热气腾腾，香味扑鼻。太祖大喜，即令围着火炉，喝酒吃菜，一面大声喊道："林嫂子，老弟来府，出来陪客吃菜！"

林夫人闻言，款款而出，落落大方，殷殷劝酒，推杯换盏。酒至半酣，女主人退席。

太祖曰："当今尚有八国未平，北方的辽国、北汉；西部的后蜀；东部的南唐；南部的闽、吴、南汉、吴越。朕寝不安枕，食不甘味。他国尚可缓图，唯北汉并州，勾结契丹，时来侵扰，朕欲北伐中原，再挥戈南下，爱卿意若何？"

"北汉弹丸之地，国力不武，攻下太原，不费兵刃；但其与辽邦毗连，边患便由我大宋独挡矣！不如先征诸国，削平各路，到那时，区区弹丸黑子，何觉虑哉？！——轻轻松松归我大宋版图也！"

"英雄所见略同，朕早有此意，今日故用此话来试探耳！"太祖朗声笑道，"图南，又从哪国开刀动手？"

"先从巴蜀下刀。巴蜀号称天府之国，水旱从人，不知饥馑。自唐末以来，未遭战争浩劫，民丰物阜。孟昶昏庸无能，荒疏朝政，官吏腐败，将骄兵惰，边塞不备，甲器不修，正是伐蜀良机。先伐蜀国，取其粮食供军需，再伐南唐、南汉……纵横天下，吞吐日月，统一大业，指日可待。"赵普宏论滔滔。

太祖频频点头称是。最后，三人复计伐蜀细则，夜阑人静，话锋仍盛。林夫人又重摆酒宴，送酒流觞，开怀畅饮。一年多来，太祖是第一次心旷神怡，出征西蜀的激动使他暂时淡化了母亲、后妃相继逝去的悲伤。

一年前的夏天，太祖正踌躇满志施展皇权，杜太后突然病危，太祖朝夕侍奉，不离左右。太医进进出出，药不离口，仍未见起色。杜太后自知病入膏肓，药物无济，便秘宣匡胤、赵普进慈宁宫滋德殿。匡胤见母亲形容枯槁，气息奄奄，不禁眼泪纵横。

太后看着匡胤，有气无力道："汝可知得国称帝的缘由吗？"

匡胤含泪答曰："皆仰仗祖考、太后之荫庇，才有臣儿之皇位。"

太后一通干咳之后，吃力地摇摇头："非也！是周世宗以幼儿主天下，主少国疑、群心不服所至！若世宗再活十几年，长君即位，汝焉能得天下？！"

太后顿了一会儿，继续说道："汝百年以后，传位于光义，光义传光美，光美再传汝之长子德昭。国有长君，社稷万幸。汝不可逆言。"

太祖见母亲弥留之际仍惦念社稷，不禁顿首涕零："皇儿谨记，不违母训。"

太后干枯的脸上泛起一丝笑意，向赵普曰："汝和皇家，情同骨肉，汝速将哀家言笔录下来。"

赵普即于榻前，写下遗言约书，在末尾署上五字"臣赵普谨记"。太后笑了，令人装入金柜之中，贴上封条，藏于密室，派人掌管，精心珍藏。赵太后才闭上双眼，撒手人寰。享年六十岁，葬于安陵。

大丧刚过，太祖还沉浸在哀痛之中，皇后王氏驾崩。皇后丧期未过，又传宠妃韩素梅自尽身亡的噩耗。韩素梅和赵匡胤青梅竹马，早在洛阳夹马营内就是天生一对，两小无猜。自王皇后薨逝，宋太祖便有立韩妃为后的意思，怎奈她因父母双亡，迫于生计，有过一段勾栏院生涯，故群臣纷纷谏言，抨击她立后一事。韩妃闻之，羞得无地自容，便悬梁自尽。匡胤抱尸恸哭，将韩妃埋葬太后、皇后陵侧。这一连串打击，使赵匡胤陷入痛不欲生的境地，直到今晚，才从失去亲人的痛苦中解脱出来，去干一番惊天动地的伟业。

却说孙遇三人乔装成商人，一路走走停停，吃吃喝喝，走了两月才到汴京。正值大雪初霁，化雪比下雪冷，三人身上裹着裘皮披风，缩着头，将挽着丝缰的手揣在袖筒里，住进相国寺东门大街的春宵巷。

人还未下马，一群穿红着绿的妓女便扭着腰肢，伸出玉臂，勾着他们的脖子，拉拉扯扯拥向红楼，三人在小楼泡了一个通宵。次日天明，妖女们缠着三人不放，孙遇曰："爷们出去走走，逛逛大街，晚上再风流吧！"

说完，三人出了妓院，朝朱明门外走去。一路所见所闻和想象中的汴京大相径庭：街道宽阔、整洁，市面繁荣，高楼鳞次栉比，人们熙熙攘攘，眉开眼笑。一队队全身武装的巡逻兵不时走过，民不惊，狗不叫，秩序井然，河清海宴，一片祥和、吉祥。他们不禁一震：中原五代长期混战，民不聊生，尸横遍野，短短几年，却产生如此巨变，看不到战乱创伤，真是奇迹！赵匡胤治国有方啊！

来至皇城外，蔡河、汴水、闵水三江汇合处，水面浩渺，战艇如云，据说宋太祖经常到此检阅水师，观看演习。出于谍报的本能，他们来到江畔，窥视军事实力。这时，江畔上人头攒动，人群如蚁。太阳升起来了，霞光照在水面上，浮光跃金，一碧千顷。只见战船击水，旌旗翻飞，随着鼓擂炮响，时而方阵，时而八字，时而螺旋，时而长形，变幻莫测。加上那震耳欲聋的喊声、水声、鼓声，气势恢宏，场面激烈，调动自如，演阵有序，如临三国赤壁大战。杨蟠忍不住冲口而出："如此强大，谁敢在太岁头上动土，老虎口里拔牙！"

赵彦韬狠狠地白了他一眼，在大腿上捏了他一把，悄声道："小声点，别暴露身份！"三人才挤出人群，飞也似的溜出河畔，逶回妓楼。

三人自奉命潜使北汉起，便各自在心里敲起小算盘来：赵彦韬深谙孟氏政权处于风雨飘摇之中，倾圮亡国是迟早的事。自己是陕西人，祖籍在中原，无亡国之忧。一心想投奔宋朝，可以蜡丸锦书做敲门砖、觐见礼。但鉴于孙遇、杨蟠是蜀人，降宋有后顾之忧，心里虽蠢蠢欲动，却不敢坦露心迹。孙、杨二人呢，已知社稷倾于旦夕、个人前途灰暗渺茫，降宋吧，家眷悉在蜀中；不降吧，迟早都是亡国奴。故一路闷闷不乐，愁肠百结。三人走一路，吃一路，酒肉穿肠过，打不起精神。

今日见皇城外宋师水军演习，如五雷轰顶，魂飞魄散，精神支柱全坍塌了。三人在妓院酒楼里，一人搂一个妓女，调情、酗酒，发牢骚。时而执觞狂饮，时而号啕大哭，时而指桑骂槐，哪里是堂堂朝廷使臣，分明是失魂落魄的无赖、狂徒。只见杨蟠愤懑地一拳擂在桌子上，杯盘碗盏"哐啷啷"砸在地上，吓得妓女喊爹喊娘，尖着嗓子逃出大门。杨蟠红着脸，骂道："臭娘们，老子还没做亡国奴，怕，怕个卵！"

"杨兄别跟婆娘们一般见识，车到山前必有路嘛！来来，陪为兄喝一杯，今朝有酒今朝醉！"孙遇站起来，抱着一坛酒，跟跟跄跄，边蹿边喝，酒液从坛口倾泄下来，把他淋成一个落汤鸡。

赵彦韬眨着绿豆般的小眼，想吐出在心里锤炼千百次的话语，将他俩引渡到弃暗投明、在伐蜀中立功的高度，但不到火候不发话，不见兔子不撒鹰。他默默地看着这一切，静静地喝着闷酒。

忽然，门外传来卦板声，由远而近："怨吾苦吾，损吾害吾。走出怪圈，地阔天宽。"

一个身穿褐色道袍、面如冠玉、手持"卜"字招幡的道人跨了进来，口里仍絮絮唱道："怨吾苦吾，损吾害吾。走出怪圈，地阔天宽。"见了三人，双手抱拳："三位兄台在此，幸会，幸会！"

说完，将招幡立于墙上，不待对方邀请，挤身入座，曰："贫道有口福，多双箸子无妨！"说完，竟举杯自酌，夹起酒菜来。

赵彦韬浮肿的脸上眨着小眼睛，道："先生认错人了吧！尔与吾辈素不相识！"

"哪里，哪里，皇城外看水师，已成故交了。"他向杨蠲道，"这位兄台与贫道相知，岂不闻兄台看了水师演习，竟感慨大叫：'如此强大，谁敢在太岁头上动土，老虎口里拔牙？！'"

"尔是何人？"杨蠲霍地站起来，厉声问道。

"吾乃游方道士，以慈悲为怀，占卜为生。占吉凶祸福，驱妖魔鬼怪，逢凶化吉，遇难呈祥。好结江湖朋友，替人消灾避祸！"道人梳理着那三绺美髯，自我介绍，"怎么，兄台不欢迎贫道？"

赵彦韬见他谈吐不俗，飘然若仙，不敢怠慢，一迭连声道："哪里，哪里！四海之内皆兄弟也。"一面又向外高叫："堂倌，上酒菜！"

四人各坐一方，边吃边喝，边喝边聊。道人曰："有朋从蜀中来，不亦乐乎！喝喝喝！"说完，自己举杯一饮而尽。

三人心里一怔，不禁紧张地问道："先生何以知之？"

"哈哈哈，凭你们那一口浓重的蜀音！"

三人这才舒了一口气。

赵彦韬道："不瞒先生，吾辈从蜀中来，去北方做一笔药材生意。先生是中原人，知药材行情，愿先生赐教一二。"

"眼下蜀药滞销，北药走俏，但北药南调，豆腐盘成肉价钱，要大亏血本，大伤元气。三位兄台莫若以蜀药换北药，方可保本，进而大发。"

"请先生进一步指点迷津。"

"兄台可知汴京流传的药物民谣否？"

"聆听先生教诲。"

道人清了清嗓门。站立起来，打着卦板，朗声吟道：

> 告白使君子，黄连利于疾。
>
> 通草联远志，草蔻不保夕。
>
> 当归不能归，芙蓉花谢也。

"汝是何人？"三人大喝一声，触电般地站立起来，同时喝道。

"此乃大宋护国军师苗训，尔等鼠辈死期已到，还不如实招来！"门外闪入一群彪形大汉，怒目道。

吓得三人双膝跪地，全身如筛糠："吾等愿降，望军师开恩！"

"起来，起来，既是朋友加兄弟，坐着说话无妨。说句实话吧，众兄一出川，就进入吾大宋谍网之中。下榻这一妓院，吾就紧随其后，亦步亦趋。吾见尔等有弃暗投明之意，便不带敌意，举杯同饮，借此乘势诱导，为吾所用是也。蜀国孟昶昏弱，王气已尽，何不应天顺人，仗义来归！"

孙遇扫了赵、杨一眼，曰："皇上治国有方，天下归心；军师火眼金睛，神妙过人。小弟三人诚心归宋，望军师在皇上面前保举。"说完，将三人身份、出使任务一一和盘托出，又从贴身衣兜里取出蜡丸、锦书，双手交与苗军师。

苗训双手接过蜡丸，知这不是一般的国书，是关系到一统华夏、关系到皇上下一步重大军事部署行动的密敕，心里沉甸甸的，庄重地剖开蜡丸，取出密敕一看，果然是孟昶致北汉主刘钧的书札，心里一阵激动，不禁笑曰："人说蜀中无人，依愚看，张廷伟是一个大大的人才！若照计而行，刘钧和孟昶同时出兵，南北夹击，我军危矣！三位兄台为大宋伐蜀立了头等大功，富贵利禄包在苗某身上！今夜委屈一下，过吾舍下榻，明晨随吾早朝，觐见天子。"

三人感激涕零，同声道："唯公是命！"

崇元殿上，宋太祖威严地坐在龙座上，御览苗训呈上的密敕，上面写道："早岁曾奉尺书，远达睿听。丹素备陈于翰墨，欢盟已保于金兰。洎传吊伐之嘉音，实动辅车之喜色。寻于褒、汉，添驻师徒，只待灵旗之济河，便遣前锋而出境。"

太祖阅后，大笑曰："讨伐西蜀，正愁无名，孟昶却来飞蛾扑火，朕出师有名矣！"

遂将原敕掷于地上："孙遇三人何在？"

"正在宫门候旨！"

"宣三人进殿。"

三人匍匐而入，行完大礼。太祖曰："尔等为朕伐蜀立了头功，朕自有重赏。"接着，垂询西蜀朝中、宫中情况，他们一一作答。太祖留他们去兵部画一幅西蜀军用图，详细注解关隘、卫戌、装备等情况。

正要退朝，锦衣通奏使进殿，报传真天师杜光庭关门弟子、高足，蜀国太医莫德行觐见天子。太祖早闻"学海千寻，辞林万宗，扶宗立教，海内一人"的杜光庭先生大名。虽天师仙去多年，但对这位在道教上承唐启宋的重要人物仍十分钦佩、怀念。师高弟子强嘛，他的高足一定超法绝俗，便传谕上殿。

殿门前，数百名剽悍的卫士列队甬道两旁，个个头盔铠甲，怒目圆睁，吓得莫德行干柴般的身子缩短半截。俯下头，龟缩着，战战兢兢穿过用戈矛架成的隧道，然后再踏上红地毯铺成的台阶，匍匐进殿："罪臣莫德行参见万岁，万岁，万岁岁！"他拖着干涩的嗓子行完大礼。

鸭子般的声音使太祖才知他进殿："平身！站着叙话！"

莫德行抬起那用筷子般的脖子插在肩上的瘦脑袋，一脸的肉疙瘩婆娑着，太祖看了感到特别腻，在心里叫道：杜天师的高足怎么是这种人不人、鬼不鬼的丑类？但又一转念，人不可貌相，海不可斗量，不能以貌取人！又仔细一看，那一部胡须倒有几分魏晋遗风，宛若嵇康再世，于是，不再挑剔长相，道："大师为何来投奔大宋？"

"古人云，'良禽择木而栖，贤臣择主而事'，孟昶溺于淫乐，昏聩庸腐！朝堂大臣湎色敛财，文恬武嬉。而皇上有雄霸天下之志、经天纬地之才、礼贤下士之德，朝野上下尚武修文，一派生机。愚臣早有归宋之心，此次趁孟昶偕花蕊夫人出游之机，乔装边民，卷家出逃。愚臣无叱咤风云之才，却有悬壶济世之技，愿为皇上龙体万寿竭心尽力，死而后已。"

这番早在心中背得稀流烂熟的话语，像兴奋剂，说得太祖眉开眼笑，连声赞叹："不愧为杜天师的得意门生，不错，不错！"

在莫德行的话中，提到花蕊夫人，太祖早有耳闻，于是兴致勃勃问道："据说花蕊夫人是一位才貌双绝、德艺双馨的皇妃，堪称天下第一绝色，果真如此吗？"

提到花蕊夫人，莫德行有切齿之恨。他知道，艳娘此次逃不出她的手心，暗自庆幸自己足下擦油，逃之夭夭。他想从才貌德诸方面竭力贬低、丑化她，极尽毁谤、诬蔑之能事，但又怕重演汉朝画师毛延寿点破王昭君之画像、酿成倾国之祸的悲剧，自己掉脑袋不说，九族皆诛。不能，不能搬起石头砸自己的脚！忽而又忆起历史上桃花夫人的故事：春秋时期，河南有个息国，息国国君夫人息妫，美若桃花，国王甚是宠爱，封她为桃花夫人。一次，蔡哀侯在楚王面前，赞美桃花夫人之美貌，简直是天上仅有、地上全无。楚王听了，立即挥师伐息，息亡。桃花夫人被掳楚宫，做了楚妃。为色亡国的史实何其多矣，吾要蜀国为花蕊夫人而亡！他在心里叫着，于是伸长一条瘦瘦的脖子，拖起公鸭嗓音，侃侃而谈：

"然也。论其美，蜀中一段俚语便是花蕊夫人美若天仙的真实写照：'天下美女莫若西蜀，西蜀美女莫若青城，青城美女莫若花蕊。增之一分则太长，减之一分则太短；着粉则太白，施朱则太赤。眉如青山，粉如芙蓉，腰如束素，齿如含贝。嫣然一笑，倾国为之动容，倾城为之增色，天下一绝色也。'"

"她的才华呢？"太祖饶有兴趣地问。

"才华横溢，天下第一才女！诗词歌赋、棋琴书画样样精湛。舞胜玉环，诗比文姬，画若薛涛，琴过昭君。她有百首宫词在西蜀流传，更是卓尔不群，妇孺皆诵。全咏宫事、宫景、宫情，信手拈来，婉约多姿，卓异天成，真是句句生香、字字含情！"

"卿写几首，让朕先睹为快！"

太监即呈上文房四宝，侍女磨墨濡毫，莫德行挥笔直抒，一气写了四首。

　　　　春风一面晓妆成，偷折花枝傍水行。
　　　　却被内监遥觑见，故将红豆打黄莺。

龙池九曲远相通，杨柳丝牵两岸风。

长似江南好风景，画船来往碧波中。

夹城门与内门通，朝罢巡游到苑中。

每日日高祗候处，满堤红艳立春风。

罗衫玉带最风流，斜插银篦慢裹头。

闲向殿前骑御马，挥鞭横过小红楼。

"好诗！真是锦心绣口、妙笔生花！"宋太祖看了眉开眼笑，"再来两首！"
莫德行见宏运降临，靠花蕊夫人发迹，更是心花怒放，又急书两首。

嫩荷香扑钓鱼亭，水面文鱼作队行。

宫女齐来池畔看，傍帘呼唤勿高声。

内人深夜学迷藏，遍绕花丛水岸傍。

乘兴忽来仙洞里，大家寻觅一时忙。

"真是诗中奇葩！"太祖忘情地赞美，遂册封莫德行为随驾翰林医官。

莫德行这一觐见礼，更坚定了宋太祖的伐蜀信心，看来，他要重复楚王伐息的故事了。

几天后，太祖上朝，廷议伐蜀大政。首先，赵彦韬出示巨幅西蜀军事图，上有关塞寨堡、方位行程、兵力配备、府库粮。由孙遇、杨蠲系统、精细地主讲。

太祖曰："西川沃野千里，民殷国富，加之江山险固，东锁夔门，北扼剑门，易守难攻，自古以来便是王业之基、兵家必争之地。如秦灭巴蜀，秦益强，终并吞六国；汉高祖刘邦派萧何留收巴蜀，东定三秦，才打败项羽，以成帝业；三国刘备以蜀为基地，创建蜀汉，形成三国鼎立……由此可见，收复巴蜀在实现一统中的战略意义。众爱卿各抒己见，形成共识，形成拳头出击，加速统一的步伐。"

一石激起千重浪，文武百官群情激动，共议伐蜀一事。

枢密承旨曹彬从容出列，曰："西蜀虽弹丸之地，却有金汤之固。道路险塞难行，正如诗人李白所写：'蜀道难，难于上青天！'加之南夔门、北剑门，乃全蜀咽喉、两川锁钥，是成败之口、兴亡之门，不可小视。但险不足恃，可恃者军心也，人心也。中国一句俗语，'人心齐，泰山移'，没有飞不过的天险屏障。刘备取西川为基地，广布恩德，收买人心！然后图汉中，六出祁山，名垂青史。平蜀，不仅是征服土地，更是征服人心！"

凤翔节度使王全斌昂首出列，大声道："臣等仰仗天威，谨遵庙算，限期三个月拿下西川！"

右厢都校史延德出班叫道："西川一地，倘在天上，人奈何不得。倘在地上，就是掘土三尺，也会一鼓而平！"

"汝等果敢用命，朕何忧乎？"太祖大喜，转向王全斌，"凡克城寨，只需收其兵器、铠甲、刍秣粮食。所得财帛，悉以分给将士，朕只得其土地，其余无所求矣！"

众臣叩首谢恩。

太祖任命出征将士名单：

> 忠武军节度使王全斌为西川行营凤州路都部署（北路凤州路主帅）。
> 武信军节度使崔彦进为西川行营凤州路副都部署（北路副帅）。
> 枢密副使王仁赡为西川行营凤州路都监。
> 宁江军节度使刘光义为西川行营归州路副都部署（东路主帅）。
> 枢密承旨曹彬为西川行营归州路都监。

诏令宣读完毕，太祖意味深长地口谕：

第一，工部尚书在右掖门前、汴水河畔，给孟昶修筑府第五百间。第二，保证孟昶归降，其家眷一律不损伤分毫，安全送至汴京。

乾德二年（964年）十一月，北宋水陆两路大军共六万余人，分别从凤州、归州南下伐蜀，赵彦韬为向导。

第十九章　国破似秋风扫落叶

花蕊夫人自潜释艳娘、代赴法场后，穿着道服、戴上道冠，摒处慈庆宫，朝夕为国祈福、侍奉太后，不问朝政。后主下朝归来，虽有三宫六院陪伴，他可驾着逍遥车恣意玩乐，去各宫宠幸妃嫔，但总感到缺少什么，老提不起精神。每次去慈寿宫向太后问安，总想借此召回花蕊夫人，又怕太后数落，只得怏怏离去。眼下元旦逼近，成都又下了多年不见的大雪，瑞雪兆丰年啊！他兴致勃勃地要把暖阁装饰一新，接花蕊夫人回宫。于是，欲在桃符上题诗联语，给佳节气氛抹上一层喜庆色彩。

所谓桃符，是古时习俗，在两块桃木板上画上神荼、郁垒二门神，悬挂门之两侧，以示辟邪除恶。照往常，他可以找翰林学士幸寅逊、欧阳炯等大手笔，或宰相李昊撰句，今日，他要亲自拟句题符，给花蕊夫人一个惊喜。他在御书房里来回踱步，琢磨了半天，终于想出了佳句，忙奋笔直书：

新年纳余庆；
佳节号长春。

"喜庆横溢，气势恢宏，绝妙之至！"在场的文武重臣连声喝彩。只有八十毫耋老臣幸寅逊心里一惊，一种不祥之兆掠过心头：宋国皇帝赵匡胤的诞辰不是称"长春节"吗？宋国江陵知府、参知政事（副相）不是叫吕余庆吗？他欲说又惧，哑然不语，直到宋军进入成都，太祖派吕余庆为成都府事，负责两川行政事务，人们才恍然大悟：后蜀皇帝的题联似乎预示着宋伐蜀的历史必然。这是中国历史上第一副春联，由蓉城传遍全国。从此，中国就有了春节家家门上贴春联的习俗，历千年不衰。他称得上中国楹联的鼻祖。

孟昶陶醉在开先河的佳句中，津津有味地欣赏着。忽然，兴州刺史蓝思绾告急："宋主赵匡胤派王全斌、刘光义分兵两路攻蜀。北路军王全斌自凤州入境，南下攻克万仞寨、燕子寨、千渠渡口；东路军刘光义自归州入境西进，长驱直入，势如破竹。"

后主闻言，大惊失色，举起的毫笔竟坠落于地，溅起团团墨汁。

常以诸葛孔明自诩的首席宰相王昭远，晃动着圆溜溜的脑袋，拨弄着手中的铁如意，意气扬扬，大侃剑门、夔门之天险，侃宋兵劳师远征，必然葬身于锁钥两地。

孟昶见他如此镇定、乐观，惊魂稍定，问曰："爱卿何以迎敌？"

"兵来将挡，水来土掩。臣正想收四州，定关中，出祁山，伐中原，直搏长安，问鼎汴京，颠覆宋国，在此一举！"说到这儿，那柄铁如意空中一挥，"要让那赤脸大汉赵匡胤刮目相看，今日之域内，竟是谁家之天下！"

王昭远牛皮哄哄地吹上了天，后主又有了自信："既然如此，王爱卿为北路统兵大元帅，赴剑门关外迎敌。"

"愿陛下借臣三万精兵，叫宋兵有来无回，全军覆没，扭下王全斌首级来见陛下。只是那东路……"

"卿勿虑，夔门是川东锁钥，就是偏将把守亦可保无虞，更何况有名将高彦俦坐镇，必无一失。"

"古人云，'智者千虑，必有一失；愚者千虑，必有一得'。依臣之见，派武守谦为都监，协助高彦俦督战，更会稳操胜券！"

"王爱卿忠心体国，凯旋归来，朕重加赏赐！"孟昶一扫脸上的惊骇，即下令，"王昭远为北路拒敌统兵大元帅，赵崇韬为北路都监，韩保贞为招讨使，李进为副招讨使，武守谦为夔门守军都监。"

当天，王昭远在校场点兵十万，北上拒敌。韩保贞、李进做前部先锋，当即出征，增援兴州。

三日后，王昭远率兵北上，左仆射李昊在京都北郊武担山举行饯别盛宴。

武担山是一小山丘，高七丈，方圆几十来亩。相传公元前 3 世纪，这儿平坦如砥。开明王娶甘肃武都女为妃，皇妃来至成都，不服水土，香消玉殒。开明王怀念她，令武丁到武都挑土，在此垒坟为山，取名武担山。青冢前立一方晶莹的开明石镜。两千多年来，世人在此修亭筑塔，植树养花。蜀汉昭烈帝刘备曾即位于武担山之南，前蜀高祖王建集步骑三十万讲武于此山，故武担山誉满天下，是古之观光胜地。司马相如、李白、杜甫等骚人墨客到此凭吊，留下脍炙人口的诗篇。达官贵人、文人墨客常在此送别同僚故人。

太阳升起一竿子高了，王昭远和都监赵崇韬率大队人马来到武担山。只见他头戴软翅儒巾，身着轻裘玉带，手执一柄铁如意，意气风发，大有诸葛孔明羽扇纶巾的派头。李昊出亭相迎，在帐中设宴款待，歌伎舞姬频频进觞，管弦清歌悠悠助兴。

酒至半酣，李昊持银觥致祝酒词："都统北去，必功显大蜀、名播四海，为竹帛所书、丹青所绘。老臣濡墨以待，为都统勒碑纪功。但愿一路凯歌高奏，凯旋而归，那时，老臣率文武大臣在此为都统接风、洗尘。"

王昭远听了李昊的礼赞，更神气活现，举杯仰脖，一饮而尽，笑曰："区区寸功，何足挂齿，得鸿儒显贵如此夸奖，三生有幸。"

李昊谦虚道："哪里，哪里，当今诸葛威震宇宙，老臣能附骥尾，实乃大幸！"

王昭远见堂堂一品官员用"诸葛垂宇宙"之类的美词来盛赞他，更得意忘形，将手中那铁如意一挥，指着那满脸刺花、狰狞丑陋的骑兵，大声道："老夫何止克敌？何止夺回秦、阶、成、凤四州！？而是要率领这三万雕面恶少，克长安，出潼关，定中原，易如反掌。"

王昭远口吐狂言，满嘴大话，李昊心中不快，但这是做主为客送行，只好克制自己，笑道："诸葛孔明一生用兵谨慎，愿都统谨记！"

"武侯辅弼君主，谨慎过度，只打开三国鼎立的局面，不能纵横捭阖，并吞八荒，包举宇内，一统天下。前圣阙失，吾当记取。"

李昊见他如此骄狂，无话可言，又频频劝酒。直至晌午过后，酒醉饭饱，王昭远才起身离座，将铁如意在空中绕了一圈，戛然一收，竖立空中。那铁如意十分神奇，就那么一个空中定格，顿时军中鼓乐齐鸣，旌旗翻飞，三军开拔，向北而去。

李昊见他骄矜的背影，只顾摇首："骄兵必败，骄兵必败矣！"

却说蜀军正副招讨使韩保贞、李进率五千兵马去增援兴州，走至路上，听到兴州已破，兴州刺史蓝思绾弃城逃至陕西西县。韩、李二人便率部去西县，与蓝思绾会师。五千兵马屯于西县城外，依山背城，安营扎寨，结阵而守。

宋军马军都指挥使史延德引前军来至西县城下，韩保贞站立寨楼绣旗下，急令李进开门出战。李进挺戟出马迎敌，二马相交，枪戟并举。史延德大喝一声，手起一戟，将李进刺于马下，喝道："给吾绑下！"

城头上，韩保贞见副招讨使李进落马被擒，便纵马提刀，引兵冲出城门，扬声大叫："贼将休逞凶，可认得大蜀招讨使、侍中韩保贞否？"

"别用官衔唬人，包括你们的孟昶佬儿统统都是草包！"话音落地，史延德便拍马舞枪，直取韩保贞。二人战了几十回合，韩保贞战得大汗淋淋，身子不支，刀法逐渐凌乱。后蜀兵将几十年未经战阵，哪是宋军对手！只见史延德舞动长枪，上下翻飞，左右盘旋，似蛟龙出海，如长虹贯日，将韩保贞罩在一片银光之中。蓦地，长枪闪着一道白光，向韩保贞的护心镜戳去。韩保贞用刀一磕，身子前倾，翻身落马，大刀"当啷"一声坠在地上，又一下弹起，飞出丈远。史延德轻舒猿臂，将韩保贞就地提起，众宋兵一拥而上，将他绑了个严严实实。

史延德驱兵大进，乱杀乱砍，可怜的蜀兵大部分成了刀下之鬼，少数蜀兵临阵出逃，向成都方向遁去。蓝思绾在城里吓得战战兢兢，开门投降。

王昭远闻此败讯，遂列阵罗川，准备拒敌。这时，宋军副都部署、北路副帅崔彦进、马军都监康廷泽引兵赶到。只见蜀兵沿嘉陵江扎下无数营寨，拒河而守，一座浮桥横亘东西。桥上，乱云飞渡；桥下，白浪滔天，十分险峻。崔彦进思忖道："照常规，该拆桥断路。王昭远不拆浮桥，足见尔等不是贪生怕死之徒，他要背水一战，破釜沉舟，吾等不可小视。"

马军都监康廷泽曰："此人好读兵书，不务兵事，心高才疏，狂傲不狷，会重演失守街亭，做马谡第二耳。"

步军都指挥使张万友接道："不入虎穴，焉得虎子！末将愿领一千精兵，飞夺浮桥，削平敌寨，探个真真假假、虚虚实实。"

副帅崔彦进看着这虎头虎脑、彪悍勇武的部属，打心里高兴，扬声叫道："好样的，不乘此飞夺浮桥，更待何时？"

话音未绝，张万友引一千精兵冲向桥头堡，喊杀声、鼓角声、金戈声响彻河谷。守桥蜀兵见宋军如天兵天将飞来，仓皇出战。张万友大驱兵马，挥动大刀、长矛，骤如风雨，冲杀过来。蜀军哪是对手，且战且退，被踩死的、跌进江中的不计其数。宋军如砍瓜切菜一般，只见血肉横飞，人头滚滚落地，嘉陵江水霎时一片猩红。蜀军弃桥而奔，逃至蜀营。王昭远见状，令溃军退守漫天寨。

漫天寨依山而建，一面背负悬崖绝壁，一面俯视滔滔大江。从山脚上望，那营寨像长在古树上、挂在白云间、嵌在悬崖上一般，一条毛毛山路弯弯曲曲地通向寨内，易守难攻克。王昭远仗自己兵多粮足、天险固守，假作镇定，挥着铁如意道："胜败乃兵家常事！笑的日子在后头！"说完，一串"哈哈"。

宋军先锋史延德引兵屯在山下，每日派兵卒轮番对着蜀寨叫阵，王昭远置之不理，向将士曰："别理泼妇骂山，战争胜负是打出来的，不是骂出来的。春秋时期兵家曹刿在《曹刿论战》中指出，'一鼓作气，再而衰，三而竭'，待他兵老之后，吾等一鼓作气，杀向山下，疲兵必败。"

"大帅英明，似诸葛孔明再世！"众将心悦诚服，异口同声赞美。

一个中午，宋军骂得口干舌燥，正在开饭，王昭远挥着铁如意，驱兵下山，大吼道："冲呀！一鼓作气，贼兵必败！"

将士们在他指挥下，倾巢出击，像串串蚂蚁搬家匍匐下山。

史延德驱兵出寨，将阵摆开，当先出马，怒声大叫："来者莫非'失街亭之马谡'耳，快快受降，饶尔不死！"

王昭远挥刀绰马，扬声喝道："可知本帅是谁？当今诸葛孔明王昭远大帅！尔等无名鼠辈，敢侵吾国土，定叫尔有来无回！"

遂二马相交，斗了十余合，史延德佯装败走，王昭远挥刀紧追。追至十余里，来到一座黑松林，一裨将进言："宋军不战而退，此地必有埋伏，大帅不可穷追。"

王昭远朗声大笑："本帅已探明，宋军北路军仅一万之众，吾是彼几倍，何足惧哉?!"

话音未落,忽然一声炮响,宋军北路副帅崔彦进引一标军马斜刺里杀出,厉声大叫:"三国马谡,认识本帅崔彦进否?"

王昭远见他引兵不过三千,讥笑道:"区区兵马,不觉言战,快下马受降,本帅在皇上面前保举尔做兵部尚书。"

崔彦进大笑道:"死到临头,还在嘴硬,去见尔等的先帝吧!"

说完,崔彦进挥刀纵马,杀将上去,王昭远举刀相迎。二马相交,二刀并举,战了十几个回合,崔彦进拖刀诈败急走。王昭远见这支不战而败的队伍,横刀大笑。笑声未止,金鼓齐鸣,左边闪出康延泽,右边闪出张万友,两军冲刺过来,将蜀军拦腰截断。王昭远这才意识到自己中了敌人奸计,怕漫天寨有失,不敢恋战,拖刀便走。

这时,史延德、崔彦进杀了个回马枪,四支军马将王昭远围在垓中,刀光如雪,剑影纵横,金戈跃日,旗幡漫天,王昭远吓得丢盔弃甲。这时,赵崇韬掩杀过来,杀出一条血路,王昭远才保住这条狗命。遥望漫天寨,寨上插满大宋旌旗,鼓乐喧天,他吓出一身冷汗,只好向利州溃退。

这时王全斌带大军南下,向利州进发,王昭远吓得风声鹤唳,望风而逃,渡昭化桔柏渡口,焚去桔柏浮桥,退守剑门。

王全斌兵屯剑门关外,只见七十二峰横亘东西百余里,嶂峦起伏,犬牙交错,齿仞参差,倚天似剑,似七十二头雄狮横天耸立,筑成一座不可逾越的天然屏障,正如李白所吟,"蜀道难,难于上青天"!剑门历来有蜀北屏障、西川咽喉之称。王全斌深知这一仗是关系平定后蜀与否的关键一仗,不敢掉以轻心,且探听到水路刘光义将军的战报再作计较。

却说东路大军统帅、西川行营归州路副都部署刘光义,率禁军步骑一万余人,出汴京南薰门,直下江陵,入归州。在归州又调集诸州马步水三军一万余人,共三万兵马,战船五百艘,轻车万乘,组成一支浩浩荡荡的讨伐大军,由归州进发。浩阔的长江面上,水龙战艇开路,运兵船居中,辎重船、民船最后;火炮船列队南北护航;传令小艇穿梭游弋,往来传递军令。船只百里,千帆竞渡,旌旗蔽日,号鼓震天,真是威武雄壮、气吞山河。

刘光义站在名曰"海鹘"的中军坐舰上，此舰头低尾高、前大后小，左右船舷的浮板形若鹘鸟展翅，凌空翱翔。他一身戎装，束甲蹬靴，腰悬青龙宝剑，肩披白色鹤氅，全神贯注，望着远方，江风吹来，鹤氅呼啦啦地飘拂。两侧分别是都监曹彬、水军都指挥使宋延渥。他们无暇欣赏两岸雄奇瑰丽的山水，无暇观赏搏击云天的群群水鸟，无暇聆听两岸崇山峻岭传来的阵阵猿声，满脑子只有一个意念：攻下夔门，直逼成都。海鹘就是他们运筹帷幄，令出法随的中军帐。

刘光义，涿州范阳人，膂力过人，随周世宗征淮南，迁涪州团练使，领铁骑右厢。宋太祖时，擢侍卫马军都指挥使，领宁江军节度。他回到舱内，召开诸将军事会议，手指着挂在舱壁上的军用地图，道："东路军的第一个主要目标是克下夔州。夔州是入川的第一个门户，两岸危崖壁立，如擎天柱石；百川汇聚门下，夺路争流，素有'夔门天下雄'之称。加之夔门守将高彦俦是蜀中名将，深通韬略，善晓兵机，能征惯战，勇武过人，给攻陷夔门增加难度。吾军要不惜代价攻破夔门！它和剑门一样，是全川锁钥，在军事上具有重要的战略意义。拿下夔门，如得川东，事关重大！"

监军曹彬言道："临行时，太祖告诫，'此次是逆流而上，慎勿以舟师争胜，当先以步骑陆进，出其不意击之！俟其势却，即以战棹夹攻，取之必矣'。这是吾军克敌制胜的法宝，务必谨记、遵循。要破夔门，必先破巫山。吾以为，首先研究攻克巫山的方略。"

曹彬，字国华，有名的儒将。早在后周时，便随太祖征战南北。在周世宗时期，战功赫赫，虽是周室近亲，却靖恭守位、清介廉谨，在朝野声名鹊起。宋初，太祖仰慕他的德才，视为股肱心腹。刘光义听了他的发言，满意地点了点头，曰："请监军出示方案。"

曹彬根据最新谍报，他作了条分缕析："巴东是巫峡入口处，沿峡江北岸，是巫山十二峰，蜀军分驻松木、三会、巫山三个寨堡防守。其中，具有军事实力的是巫山寨堡。山寨依山傍水而筑，东临大宁河，南面长江，西北是崇山峻岭，山路崎岖，是'一夫当关，万夫莫开'的险隘。守将南光海有勇有谋，绝非等闲之辈，必派精兵良将攻打。拔了巫山寨，三会、松木二寨便望风而降。"

诸将不住地点头称是，被监军精到的分析而折服。

"末将愿将巫山寨连锅端，请将军派末将去抢头彩。"

曹彬抬头一看，此人方面宽额，浓眉环眼，虎背熊腰，声如雷鸣，乃归州路行营马军都指挥使张廷翰。他初为后汉主新校。周初，迁护圣指挥使，跟同世宗，擢铁骑右第二军都虞候，是历三朝名将。

"张将军，巫山寨易守难攻，将军……"曹彬思忖道。

"知难而进大丈夫，末将愿立军令状。"

"好，领五千兵马，拿下巫山寨来见本帅。"刘光义高兴得大叫，"还要什么条件？"

"末将想借大帅帐下'爬山虎'二将军。"

诸将哧哧地笑，嘀咕着。

董龙、董虎霍地起立："末将听令。"

"好，本帅遣二将做尔副手。"

三将拱手齐道："得令！"

接着，令步军都指挥使李进卿领三千人马攻松木寨；先锋都指挥使高彦晖领三千兵马攻三会寨。主帅、监军自率大军进击沿江州县。兵分四路，各自准备实战。

夔州守将高彦俦自探马来报，北宋归州东路军已从汴京出发的消息后，便对沿江布防做了进一步部署，他和都监武守谦驾着战舰巡视水面。巫山寨是要寨，南光海在岸边摆了八十门火炮封锁江面，寨内设防井井有条。临行时，他拍了拍南光海壮实的肩头，大声道："好样的，等待报捷佳音。"

"不负将军重托，南光海誓与巫山共存亡！"

高彦俦满意地笑了，他对自己的部属深信不疑。

他是五年前出镇夔州，把守川东门户的。在瞿塘峡口，赤甲山雄踞江北，白盐山壁立江南，连峰峭峙，双峰欲合，在滔滔急流里形成一座雄奇的大门，遂称夔门，又曰瞿塘峡。人行在水上，如舟从地窟来一般，奇险诡谲。加之江心那堆巨礁乱石，随着江水的潮起潮落，形状各异，似马似象，似龟似鳖，使多少船只在这儿触礁，多少生命在这儿葬送，多少思夫梦在这儿破灭，这就是谈礁色变的滟滪滩，又叫犹豫石。舟行此处，彷徨不前，退缩而去，以古谣为证：

> 滟滪大如马，瞿塘不可下。
>
> 滟滪大如象，瞿塘不可上。
>
> 滟滪大如袄，瞿塘不可触。
>
> 滟滪大如龟，瞿塘不可窥。
>
> 滟滪大如鳖，瞿塘行舟绝。

面对这只拦路虎，宋军也会望而生畏，裹脚不前。高彦俦并不恃险而守，除在两岸绝壁上列数十门火炮封锁水面外，又在白帝城江面上筑铁索浮桥。桥上筑栅三层，设有瞭望棚。东来敌舰一入峡江，被浮桥所阻，寸步难行，就是天兵天将，也插翅难飞。高彦俦为自己严密的设防满意，他要将宋军的敌舰统统葬身这鬼门关里，葬身于鱼腹之中。

宋舰驶入巫山三峡。人说，"放舟下巫峡，心在十二峰"，将士们哪有心思观赏这神奇秀丽的景色，只见江水奔腾咆哮，战舰时而跃上浪尖，时而跌进波谷，一会儿大山逼立，"石出疑无路"，一会儿又峰回路转，"云开别有天"。不少将士是北方人，习马不习水，一路晕船、呕吐，五脏六腑和这脚下江水一样翻江倒海。但他们是铁打的汉子，从不叫苦叫病，吐完了，仍紧握兵戈，时刻准备，只等一声令下，他们就奔赴战场，操戈杀敌。

由张廷翰带领的五千兵马，这时已弃船登岸，像只只猿猱攀缘在岩石树丛中。来至巫山寨，坐落在重峦叠嶂的巫山之中的山城，前俯大江，背倚绝岭，东面坡度较缓，草木丛生，一条平整宽阔的山路从山脚通向寨堡。寨门一开，精骑下冲，攻击力度势不可当。只见寨上旌旗猎猎，工事坚固，灯号整齐，战马嘶叫。张廷翰不无感叹："南光海治军严整，名不虚传，吾军远来，贵在速决呀！"

随即下令将士埋锅造饭，翌日决战。

南光海见山下旌旗蔽日，兵甲闪亮，一场鏖战在即，令兵马枕戈待旦。

次日五更，宋兵城下叫战。城楼上，一杆大旗刺破蓝天，上书斗大的"南"

字。大纛下，屹立着一员大将，方脸短髭，金盔金甲，手执一把大刀，威风飒飒，此乃南光海将军。

他怒目圆睁，声若惊雷："宋将听着，宋主不仁，欺孤儿寡母，窃取神器，遭万世唾骂。今日又来抢占吾蜀土，涂炭生灵。这不仁不义之主，早该枭首示众，尔等反为他卖命。反戈一击，为时未晚，勿做吾刀下冤鬼！"

"快开门受降，吾饶汝不死，否则，明年今日是汝祭辰！"

张廷翰话音未落，城楼三声炮响，檑木、滚石、箭矢大作，飞流直下，宋军伤亡不少。一阵狂轰滥炸之后，南光海持刀跨马，冲出寨门，驱动两千兵马，挥戈下山，冲入敌阵。

张廷翰挺戟出战，一牙将高叫："杀鸡焉用宰牛刀，待末将出马，生擒活捉！"说完，挺枪骤马，交战数合。

这牙将哪是南光海的对手！南光海刀起之处，将他劈成两段。另一牙将见了，抢起双锤，催马接战，又战了数合，南光海将大刀从空中一劈，牙将双手震得发抖发麻，双锤落地。要不是张廷翰眼疾手快，挺戟杀来，第二位牙将又成了他刀下之鬼。

且说那张廷翰见南光海挥着大刀，上砍下杀，左削右砍，连折他二员彪将，怒发冲冠，大吼一声，杀将上去。二马相交，刀戟并举。一个戟光闪闪，快如掣电，一个刀影飞舞，捷如猿猱，二人戟来刀往，不见人影，只见白光，不分胜负。正杀得性起，忽然城头擂鼓鸣金，南光海只得跃出阵地，收兵回营。原来在二将杀得难解难分之时，守城裨将怕宋兵趁主将阵前厮杀，带一标军马掩杀上山，一举拔寨，便急忙鸣金收兵。

一连几天，双方交战，各有死伤。

张廷翰见久久拿不下寨堡，在中军帐里急得团团转，他忆起东路军开拔前，太祖口谕："和水军交战，不可强攻，只能智取。"

"好一个智取！传董龙、董虎二将进帐。"他用拳头对准脑袋一击，大声叫道。

"末将到！"

张廷翰睁眼一看，董龙、董虎手持棕绳、棕衣、爪钩到，他兴奋地叫道："又要耍老花招啦？好好，和本帅想在一起了！快，快说二将军的爬山方案。"

"几天来，硬攻不下这个鸟寨，我和兄弟气得肝火冒，便背着大帅去探路径。从山背后爬上山巅，一看这鸟寨的后门竟挨着这一断崖，我俩乐得差丁点儿叫出了声，栽下崖去。"董龙开口道。

"这一带是板壁崖，刀切斧削，不长树木，二位将军怎攀缘上峰巅？"张廷翰饶有兴致地问。

"那崖缝里不是长有一蓬蓬的岩棕？那也是树呀！不，是救命稻草！吾兄弟俩飞将上去，用砍刀刮了一张张棕皮，搓成棕绳，拴上抓钩，朝岩壁上一甩，爪钩钩住岩壁，几拉几扯，扯不动了，爪钩就抓住了老岩层，我们便抓着绳子往上爬。甩一道爪钩，爬一段岩，几甩几爬，不是上山顶了吗？"董龙边说边比画，说得张廷翰眼眨胡子翘，拍着龙虎兄弟的肩膀，一迭连声笑道："好样的，好样的，哈哈，好个爬山虎！"

张廷翰在用兵上从不陶醉，惊喜之后，又是一个疑虑："上山容易下山难，板壁岩像和尚的脑壳一样光秃秃的，怎能攀藤附葛而下？"

董虎笑微微道："元帅勿虑，三国时，魏国大将邓艾不是裹毡坠岩摩天岭吗？吾何不乘棕翅飞下板壁岩呢！"

"奇迹，奇迹！"张廷翰听得入了神。

"大帅请看！"董虎在地上铺开一对长一丈、宽三尺，薄如蝉翼的翅膀，那是用树枝为骨架、棕皮为羽毛的羽翼，然后将这对翅膀捆在身上，伸开双臂，扇着扇着，一股风顿时刮起，翩翩飞旋。

张廷翰看了，乐得合不拢嘴："妙哉，妙哉！"

在极度的新奇和兴奋中，三人进一步研究了破寨方案，那就是：正面猛攻，背面奇袭，南光海就是三头六臂也必败无疑。

南光海通过连日来的交锋，见敌方实力强大，不敢贸然下山，只令坚守，窥视战机，给对方出其不意的袭击。

接连两天，山下宋兵不分昼夜，摇旗呐喊，击鼓鸣金，放箭佯攻，虚张声势。蜀兵惊恐，以为劫寨，驱马出营，不见一军。回营欲歇，金鼓又齐鸣，呐喊震地。就这样，东门放箭，西门呐喊，西门放火，东门擂鼓，搅得蜀军人心惶惶，坐卧不安。在这声东击西的战术掩护下，董龙、董虎二将带着他原山寨那帮爬山虎兄弟二十人，个个身揣干粮，手持绳索、爪钩，背负棕翅，腰悬大刀、铜锤，向后山疾进。他们甩爪钩，抓棕绳，攀悬崖，越峭壁，像只只爬山虎，在后山上凌空攀登，飞崖走壁，终于爬上了山顶。

下半夜，他们吃饱喝足后，在两腋插上翅膀，向山下放出一枚火箭。顿时，一团橘红色的火焰拖着长长的尾巴划破黎明前的黑夜。他们站在崖畔，个个挺胸、收腹，然后纵身一跳，顿时身边刮起呼呼的风声，身子轻飘飘地飞起来，像岩鹰一般凌风而下。飘呀，飘呀，嗖嗖嗖，落在后门墙上。

张廷翰看到这红色信号，急令排排弓弩手开弓放箭，那一只只火箭裹着硫黄、油渍，嗖嗖嗖，飞蝗般射向寨堡。寨堡着火了，浓烟滚滚，火舌冲天，风助火势，火借风威，整个巫山寨变成一片火海。南光海指挥守军扑火，突然，一标人马从后门奔杀过来，锤戟刀剑盘旋，左冲右突，如入无人之境，蜀军挨上就亡，碰着就死，杀得蜀兵往前门拥。蜀军挤破寨门，夺路而逃。张廷翰大队人马冲刺上来，杀得蜀兵血流成河，尸骨遍寨。

南光海乱了阵脚，指挥失灵，他心中只有一个信念，要与寨堡共存亡，于是挥舞大刀，匹马纵横，宋兵纷纷应刃而亡，倒了一坝，无人再敢接战。就在南光海上下挥刀、左右逢源时，爬山虎董氏兄弟对着南光海的马蹄，将爪钩一抛，一拖，一扯，马骑几蹦几跳，失蹄栽倒，将南光海掀下马背。南光海见大势已去，大吼一声，站将起来，只见伤痕遍体，双眼喷血，他横刀向颈，轰然倒下。

蜀军见帅头阵亡，纷纷投降。张廷翰慕其忠烈，按照将帅阵亡之礼埋葬了他。

巫山寨捷报传至中军帐，宋军一片欢腾。不多时，松木、三会二寨也传来拔寨喜讯，三喜临门，士气大振。刘光义、曹彬兀立楼船前头，令水师溯江而上，全速前进。时值寒冬，江风凛冽，水手们却挥汗如雨，奋力疾划，无一人叫苦叫累。全军上下，心中只有八个字：飞夺浮桥，攻克夔门！

"赵将军，此地离浮桥多远？"

"五十里！"随军向导赵彦韬答道。

"全速前进！"

"全速前进！"水军都指挥使宋延渥大声传达统帅命令。

"离浮桥多远？"

"二十里！"

"停止前进！"刘光义大声命令道，转身对身后将士道，"浮桥是座铁锁关，一索横江，万船莫过，要夺夔门，必先夺浮桥！本帅和监军率部分别从南北两岸登陆，抄小径直插敌营，以迅雷不及掩耳之势两岸夹击，斩断铁锁，毁掉浮桥。宋将军指挥水师乘势冲过那江的浮桥，在白帝城十里摆兵布阵，封锁江面。大军一到，全面出击，岂有攻不破的夔门天险！"

宋延渥声若洪钟，铿锵答道："遵命！冲过浮桥，封锁江面！"

宋延渥，河南洛阳人，系后唐庄宗外孙，后汉祖驸马都尉，其地位贵盛，鲜有其比。此人智勇双全，谦恭下士，受将士拥戴。周世宗时，擢右神武统军，滑州节制。恭帝即位，加开府仪同三司。宋初，加检校太师，忠武军节度使。

刘光义布置完毕，和曹彬各引二千人马，弃船登岸。马尽勒口，人皆衔枚，星夜倍道潜行。拂晓之前，两路步骑已抵浮桥。借着残月星光，只见夔门峻岩绝壁，危崖欲坠，礁石上耸立着两根擎天铁柱，七根铁链横亘南北，锁江而卧。上有三层栅栏，绝江断流，真是一道铁门关，万船莫进来！加上两岸炮火封锁，要夺下浮桥，难于上青天！

刘光义重视困难，但首先是蔑视困难，他牙关一咬，大手一挥："冲击炮台！"

只见前卫将士像蛟龙出海，飞向高地。这时，蜀军炮手们还在呼呼大睡，见天兵天将到，个个乖乖投诚，宋军兵不血刃，占领了高地炮台，几十门火炮对准浮桥开炮。轰隆隆，火炮在浮桥上开了花，腾起道道冲天水柱。

守桥牙将袁德宏被炮声轰醒，率部仓皇出战，只见火炮、火箭、檑木、滚石俱下，打得他趴在地上抬不起头，守桥蜀兵炸死无数。这时，浮桥起火了，火光照红了水面，烧红了江天。两岸步骑冲上去，杀得蜀军败如山倒，纷纷坠河而死。霎时间，江水被血染红了，蜀兵尸体横七竖八地漂浮着，像尾尾发泡的死鱼被巨浪裹挟而去。袁德宏也被人脚马蹄践踏而死。浮桥化成了灰烬，铁索在烈火中断裂、熔化。这时，宋延渥的船似箭一般驶入浮桥，和两岸步骑会师，向夔门进击。

却说蜀中名将高彦俦正巡视在江边，翘首以望巫山寨传来佳音。探子来报，巫山寨失守，南光海将军阵亡。他血气冲顶，一阵昏眩，没想到这支训练有素的水师会全军覆没，更没想到这位能征惯战的将领会困于垓下阵亡，他紧紧地闭着眼睛，嘴唇哆嗦着，半天吼了一声："再探！"

还未等探马来报，只见浮桥火起，他大叫一声："不好！"便驱五百只战船去增援浮桥水军。西北风嗖嗖地刮着，风高浪急，顺风顺水，船行若飞，像脱缰的野马驶进浮桥。这时的浮桥已化成灰烬，只见蜀军一个个如砧上肉、地里瓜，任人宰割、杀戮。他挺立船头，气得双目喷火，胡须倒立，拽开铁弓，神箭、飞刀唰唰出手，宋军一个个应弦而亡。蜀军见主帅奋不顾身，将士勇气倍增，只见刀枪绰绰，剑戟棱棱，杀得宋军一片狼藉。宋延渥逆水行舟，招架不住，后退十里，高彦俦驱兵追击，战船如飞。

忽然，瞿塘峡里，战旗蔽日，金鼓齐鸣，戈戟如林，杀声震天，如山崩地裂一般。拔巫山寨的张廷翰、董龙、董虎从北岸杀来；拔松木、三会寨的李进卿、高彦晖从南岸杀来；主帅刘光义、监军曹彬从南北夹击；宋延渥纵水师杀个回马枪，五军合兵围剿。

刘光义扬声高叫："败师不言战。来将何人？敢驱兵对抗吾百万雄师？"

"本帅坐不改姓，行不改名，姓高名彦俦，乃夔州兵马大元帅，尔等纵主演出陈桥兵变、黄袍加身的丑戏，今又纵兵入侵，荼毒黎民，人神共愤，恨不得生啖汝肉，以雪此愤！"

"蚍蜉撼树谈何易！识时务者为俊杰！吾奉劝高将军顺应大势，为华夏一统出力，别为昏君孟昶卖命！"

"住嘴，谁与虎狼为伍！"他双手抱拳，向刘光义道了声，"请了，请了，夔门相会！"语音未落，他的船头早已朝西，船尾朝东，凭着水熟，像离弦的箭一样驶了老远！

宋军气得吹胡子瞪眼，飞棹直追，但不悉水路，不敢穷追。

夔州（今白帝城）坐落在长江三峡北岸，是瞿塘峡两端的入口处。三面环水，一面依山，居高临下，易守难攻，据水陆要津，扼全蜀咽喉。刘光义率步骑水三师来至夔门城下，只见四周城门紧闭，吊桥高悬，便就地扎营，把夔门层层围困，如铁桶一般。

时值严冬，天降大雪，一片冰封雪飘，宋军冻病的战士不少，元气大伤。攻下夔门，改善给养，成了全军上下的迫切愿望。刘光义令士卒一批又一批去城下骂战，骂他个昏天黑地水倒流，可高彦俦来个冷水烫猪不来气。搭云梯攻城吧，蜀兵居高临下，火炮、箭镞、檑木、滚石如冰雹骤雨咆哮而来，将士一片片倒下，形势对宋军不利。刘光义为此召开几次诸将会议，要大家献计献策，结果一无所获。

夔州中军帐内，也在召开诸将会议，讨论拒敌方略，高彦俦曰：

"三寨沦陷，浮桥烧毁，夔州失去屏障，给吾军构成威胁。但不利中要看到有利，宋军千里跋涉，一路征战，天寒地冻，贵在速决，吾军深沟高垒，坚守城池，不与交锋，以老其师。待他师老粮尽，锐气怠尽，那时，敌疲我打，领兵袭之，一鼓歼敌，无往不胜！"

都监武守谦骄矜自恃，振振有词，提出异论："此非上策。彼军长途跋涉，以老其师，吾以逸待劳，虎虎生威，这是其一。彼军人地两疏，不习水性，吾土生土长，轻车熟路，这是其二。彼军立足未稳，吾军固若金汤，这是其三。故统帅分析未免灭吾师威风，长彼军之气！本将军愿引兵五千，开门搦战，斩刘光义、曹彬狗头献于麾下。"

"若要交锋，必当败绩！"高彦俦斩钉截铁道。

"吾败，吾愿斩吾首级；吾胜，公斩首级于吾。"武守谦骄横无礼，针锋相对。

"放肆！"高彦俦平日从大局出发，装点糊涂，今日见他盛气凌人，出此下策，便厉声喝道，"军令如山，谁敢抗令？！以军法论处！"

武守谦见高彦俦动了真格，一声不吭，不敢犯上，心里窝了一肚子火气。

一天，两天，三天，宋兵在城下叫骂，污秽龌龊，不堪入耳。武守谦听不下去了，自率一千兵马，绰刀纵马，闯出城门，拥过吊桥，杀上前沿。

张廷翰挺戟纵马，粗声叫道：

"来者何人？阳关有道你不走，地狱无门自来投！"

武守谦横刀立马，厉声答道："本帅姓武名守谦，夔州兵马都监。竖子姓名道来。"

"大宋归州路行营马军都指挥使张廷翰，快下马受降，免尔一死。"

"本帅领了军令状，来取汝项上之头，祭巫峡将士。"

"竖子口吐狂言，看本帅铁戟！"

二马相并，刀戟相交。武守谦抡起青铜大刀，呼呼生风，刀影绰绰；张廷翰挥起乌龙铁戟，寒光闪闪，舞若银蛇。二人战了十几个回合，武守谦渐渐乱了刀法，只有招架之功，无还手之力。这时，董龙从右翼抡双锤飞马奔来，董虎从左翼举板斧骤马杀来。武守谦见状，吓出一身臭汗，勒马潜逃，三将飞马紧追。

守桥蜀兵见都监奔命，忙放下吊桥，武守谦纵马飞上吊桥，董龙、董虎的坐骑也四蹄着地，两马并驱，八蹄腾飞，宋军铁骑也呼啸而至。护城将士见宋兵像黄河决堤一般涌上吊桥，驶进城门，便放下铁缆，各自逃命。两军进城，展开巷战。董龙抡起铜锤，弧光闪闪，一锤打在他背脊上，只听到"哎哟"一声，武守谦滚鞍坠地，又是一道弧光，脑袋被砸成肉酱。

高彦俦正在帅府筹谋退敌一事，他自语道："对，坚守城池，不与交兵，半月之后，宋军自然师老而退！"

话刚落地，贴身卫士慌慌张张进帐禀报："大帅，宋军打……打进城来了！"

"什么？"一声禀报，如晴天惊雷，震得他目瞪口呆，乱了方寸。

"武监军私下出城请战，兵败而返。宋军乘势拥入城中，监军阵亡。"判官罗济浑身是血，牵一匹紫骓骝马入府禀告。

"天折吾矣！"他痛心疾首呼号，"只凭血气之勇，开门出战，招此惨败矣。"

"大帅，夔门失守已成定局，吾等无回天之力，现有坐骑在此，逃回京都吧！"罗济低声道。

"昔日，吾失秦州，今复失夔州，纵主不杀吾，吾以何面目见蜀中父老？"他抬头看着窗外，北风怒号，光秃秃的树枝在寒风中颤抖着，发出呜呜的哀鸣。

"大帅，宋军快包围帅府了！"一侍卫报告。

"大帅，事已至此，降宋吧！看在全军将士和满城百姓的分上！"罗济乞求道。

"老幼百口悉在京都，若为一己偷生，举族何负？"说罢，他取出身上符印交与罗济，"尔快策马返京，代吾将符印呈送皇上，言彦俦有负皇恩和顾托，吾力竭矣。"说完，花白胡须颤动着，清泪滑落下来。

罗济双膝跪地，泪眼婆娑，双手捧着符印，捧着老将军那颗拳拳之心，擦干眼泪，向老将军深深一揖，跨上鞍，头也不回地疾驰而去。

这时，刘光义、曹彬已驱兵入府。

高彦俦见罗济远去，面对熊罴之师，反更平静、坦然。他整了整衣冠，朝西南拜了三拜，端坐在虎皮帅椅上，环眼圆睁，胡须倒立，像一只雄视三军的巨虎。

"大厦将倾，一木难支，老将军纵有通天本事，也救不了风雨飘摇中的孟氏王朝！弃蜀归宋吧！"

刘光义敬重这位名噪天下、勇武忠烈的老将军，不忍他死在自己的兵锋之下，这是一统华夏的栋梁之材，故有理有节地劝他弃暗投明。

高彦俦默然无语，声音平静、低沉道："人各有志。点火吧，二十年后又是一条好汉。"

跟随他多年的将士一齐跪下："大帅，宋军是仁义之师，降宋吧！"

"点火！"他下令，在死神面前，义无反顾。侍卫只好点燃周围的帷幕。只见烈火熊熊，火光冲天，高彦俦化作了冲天火烛，照亮了夔州大地。

刘光义、曹彬看着，看着，默默地摘下头盔。宋军将士也纷纷脱帽，向这位以身殉国的老将军致哀。

高彦俦治军严整，体恤将士，故他葬身火窟后，夔州的巷战又持续了三天三夜。夔州将士的拼死抵抗，激怒了宋军将士，他们见蜀人就杀，不分军民，偌大的一座名城变成了一座大屠场。监军曹彬见状不妙，向刘光义进言："欲平巴蜀，重在安民。如此屠城，后患无穷。"

刘光义纳谏，遂下令三军："滥杀平民、无辜者，斩；烧民房者，斩；抢劫民物者，斩；奸淫民妇、民女者，斩！"

四个"斩"字，军纪顿时肃然，得到蜀民拥戴，蜀民们纷纷提壶携浆慰问宋军。刘光义又下令，以统兵大元帅之礼厚葬高老将军，于是老将军的旧部武将和地方官员皆归顺宋朝。宋军就地整休，发衣御寒，杀猪宰羊，慰劳将士。夔州城又恢复了昔日的安宁、兴盛。

短暂的休息，给宋军注入新的活力。他们向西北挺进，一路所向披靡，沿岸的万、施、开、忠等州郡次第开城门请降。曹彬飞章驰书，将捷报一路送往汴京宋太祖，一路送往北路军王全斌总帅。

王全斌接到东路军捷报，又惊又喜又忧，怕东路军先抵成都，抢了头彩，即召集众将会议，商议克剑门之法。帐外，大雪纷飞，朔风怒号。忽报朝廷使臣驾到，王全斌率众将出帐相迎。只见使臣双手捧着貂皮大衣、皮帽等御品径直帐中。众将摆案焚香，跪地接旨："西征将士苦寒，斗霜冒雪，解裘帽驰赐前线统帅全斌。告谕诸将，不能遍及也！"

原来，汴京的腊月也是滴水成冰。宋太祖坐在讲武殿里，身着紫貂皮大衣、头戴紫貂皮大帽临朝视事，向左右大臣曰："朕貂皮被服，体尚觉寒，更别说西征将士乎！彼等穿戴单薄，冒严寒，斗风雪，何以御寒？"遂解去裘帽，遣使节驰千里送王全斌。

王全斌双手接过赐品，感激涕零，向东北方向下拜，感激皇上体察之恩、解衣之情。诸将也非常感动，士气大振，决心攻下剑门，直捣成都，尽效死力，感恩图报。

王全斌道："东路军已攻克天险夔门，一路凯歌，挥师成都在即，而吾北路军却困在剑门，逾越不了这座天险，实遭朝野耻笑，怎对得起皇上天高地厚之恩？！望诸将用计，三五日必攻下剑门。"

昔日拔四州八寨的主帅，今日北路军步军都军头、先锋都军头向训率先发言："末将掳了一个蜀中侦卒，吾以酒肉厚赐，要他指点入蜀路径。他言益光（今广元市昭化镇）白龙江东，在大小剑山里有一小径，名曰'来苏'，世人不知，蜀军更未在此设防，可从那条鸟道绕道去剑门关南的青缰店（今广元市双合村），便与官道相通。吾军派一标人马沿来苏小径去剑门关南的青缰店，南北夹击，何愁剑门不破？"他边说边在墙上画着地图。

一语激起千层浪，众将为这最新的消息欢欣鼓舞，会场气氛顿时活跃起来，争先恐后提出问题。

"青缰店离剑门关多远？"副都部署崔彦进问。

"二十里。"

"从益光到青缰店需行军几日？"都监王仁赡急问。

"山里人只需两三天。"

"这条来苏秘径可靠吗？"短小精悍的王全斌问道，语气里带着怀疑。

"凭军人直觉，这一条秘径应该是确信无疑。这位侦卒是中原人，有政治头脑，他期盼南北统一，老百姓过好日子，又立下军令状……"

王全斌倏然抬眼，眸子里射出一股多日不见的精光，兴奋道："好，派千骑精兵，沿来苏路直插青缰店！"

"末将愿往！"向训主动请缨。

"末将愿往！这个任务属于马军！"马军都指挥使史延德请缨。

"由史延德将军飞骑出击，两天内拿下青缰店！"

"遵令！"

"向老将军随本帅大兵团作战，自有妙用。"

向训见史延德争着出征，便让年轻将领去建功立业，双手抱拳："遵命！"

宋军工兵夜以继日，造好白龙江浮桥。

史延德即率一千精骑，由降卒引路向来苏路急驰。一路高山深渊，奇峰叠嶂，爬危崖，越山涧，穿云海，在没有路的崇山峻岭里攀缘而进。他们头上顶着山，足下踩着山，鼻子碰着山，背上背着山。有时，大山挡着去路，却又峰回路转，曲径通幽，真是："所穷道尽疑无路，门启洞开又一层！"

如此艰难的山里行军，折腾得军士亦惊亦喜，哭笑不得。但军令如山，谁也不敢唠叨。降卒在前面开路，时而攀藤附葛，跃上一个峰巅，时而抓着古藤，荡入深谷。山岚氤氲，暮霭沉沉，只只苍鹰在脚下盘旋，发出尖厉的怪叫。

就这样，爬来爬去，飞来荡去，两天后抵达剑门关南面的青缰店。史延德令将士宿营造饭，自己带着十几个将士去勘察地形。果真剑门关名不虚传，是一座雄关天险。七十二峰高耸入云，似把把利剑刺破蓝天，绵亘百里。在大山中断处，两崖对峙，其势如门，故曰"剑门"。关门上耸着三层箭楼，有垛垛、瞭望哨、射击口。关上战旗猎猎，刀戟闪亮。关楼下是用条石砌成的拱形城门，两扇大铁门紧闭，大书"剑门关"。敌人来犯，关上城门，真有"一夫当关，万夫莫开"之势。史延德不禁大大地抽了一口冷气。

蜀兵统帅王昭远耳闻数千精骑屯兵关后，吓得脸色骤变，面如土色，浑身乱颤，忙引大军退出剑门，进驻汉源坡，只留下几个裨将守关，美其名曰，率师阻兵南下，实际是放弃剑门，弃关而逃。

次日凌晨，一枚火箭划过夜空，驶向关北。关北燃起烽火，王全斌驱兵大进，冲向剑门关。蜀军本不是宋兵对手，又三军无主，腹背受敌，便无心迎战，还未交锋，将士们便纷纷弃关而降。王全斌本是杀星，他挥动大刀，不管降与战，见蜀兵就杀，一个也不放过。剑门关被冲开了，宋兵一阵阵狂杀淫戮，一阵阵砍瓜切菜，守关蜀兵一排排倒在血泊之中，全军覆没，无一生还。

　　夔门失守、剑门沦陷的败报传至成都，朝野震惊，一片惶恐。后主孟昶即召众臣进殿，廷议退敌之策。群臣面面相觑，一言不发。李昊硬着头皮出班禀奏："臣以为，王昭远恃势骄恣，心高气傲，才疏学浅，华而不实，剑门失守是之必然！他难当此大任，应阵前易帅，否则，成都难保矣。"

　　"良将何在？谁堪当北路拒敌统兵大元帅之任？"孟昶激动得站起来，目光巡视着群臣，皱着眉头问。他多希望，从天而降一员骠将，力挽狂澜，扭转乾坤！然而，大殿静悄悄的，个个沮丧着脸，耷拉着头，连大气也不敢出，像经过霜打雪欺的蔫茄子一般。他失望了，颓然地跌坐在龙椅上。

　　是呀，数十年偃武修文，文官儒雅，武将风流，昔日良将，大多凋零，剩下膏粱子弟沉溺美色，斗鸡围猎，早将社稷抛之脑后。国难当头，谁能挺身而出，驰骋疆场，为国捐躯？！冷了半天，李昊半眯着肿泡的老眼，慢腾腾道："依臣看来，派谁做三军统帅都不适宜，王昭远第一个就不买账，况且阵前易帅，将帅不和，乃兵家大忌。最好派太子玄喆挂帅出征，王昭远才会俯首称臣。"

　　后主望着玄喆，心里咕噜：他虽然二十多岁了，却不懂兵阵，只好围猎，能担此重任？想到自己十六岁登基，锄奸兴政，于是决定太子挂帅，只有太子挂帅，王昭远才会宾服。

　　玄喆不知战争为何物，只觉得大元帅头戴金盔，身被金甲，神气十足，威风八面，甚是好玩，于是出列禀奏："父皇宸断，儿臣愿挂帅出征，共赴国难！"

　　后主闻言，不胜大喜，没想到老长不大的太子，一下子变成了顶天立地的英雄，于是开口道："此任关系重大，朕禀报太后再作圣裁。"

　　廷议结束，后主去慈寿宫拜谒太后，借此接花蕊夫人回宫。

　　慈寿宫里，太后和花蕊夫人正指挥宫女、太监张贴新年字画，摆盆景，挂红灯，挂彩练，过一个吉祥如意的元旦。见皇上驾到，忙放下手中活计。

238 | 绝代皇妃花蕊夫人

后主向太后问安后，一本正经道："母后，皇儿一事禀报，王昭远镇守剑门，事关社稷生死存亡。皇儿怕他轻敌失守，欲募二万新兵由玄喆挂帅出征，助其一臂之力，请母后明示。"

后主有意隐去剑门失守的严峻现实，他不愿一生为社稷奔波、操劳的母后和自己相濡以沫的爱妃花蕊夫人为国事担惊受怕，不愿让她们承受本该由男人们承受的灭顶压力。

"哀家一再告诫陛下，王昭远素不习兵，夸夸其谈，安能挂帅御大敌？今日始悟，亡羊补牢，为时未晚。派皇孙挂帅，不在打仗，而在激励三军抗敌，哀家无异议！"李太后深明大义，爽快作答。接着，声音带着几分悲切，"听说夔门失守，败在武守谦手下，他仗王昭远权势，不听军令，贸然开城出击，引狼入室，致使高老将军引火自焚，多忠烈的武将！大蜀就缺这堂堂血性男儿！"

"母后，别再伤感，保重龙体，高将军死得轰轰烈烈，名垂千古，应为他的壮举而自豪才是！"花蕊夫人劝慰道。

"好，好，有了皇媳宽解，哀家不再忧戚。募兵一事需大量军需，当前国库空虚，宜将宫中金银财帛悉发三军。重赏之下，必有勇夫，只要全军上下众志成城，将士用命，抗敌必胜。"

太后识大体，明大义，豁达乐观的情绪感染了花蕊夫人，她动情地说："臣妾回宫，将吾的金银首饰、古玩珠宝悉数捐出，捐赠朝廷，奖赏三军！"

"皇媳，国难当头，你回宫去吧，陛下需你助他一臂之力！"

孟昶听了，喜形于色，有了花蕊夫人在他身边，他踏实多了。花蕊夫人虽不干政，但后主问及于她，出于对社稷的一片忠心，她会谏言献策，说得孟昶不住点头，依计而行。十几年来，孟昶离不开这朵解语花、忘忧草。他上前拉着慧妃的手，一齐跪下："感谢太后圣明！"

久别胜新婚，君妃二人高高兴兴告别太后，返回正宫。

次日上朝，后主口谕："太子玄喆为北路军拒敌统兵大元帅；侍中李廷珪、同平章事张惠安为统兵副元帅，引兵二万，增援剑门。"

校场上，李廷珪、张惠安不分昼夜，操练兵马。后宫里，太后和花蕊夫人率宫女制戎装，织锦旗；后主翻阅古兵书，亲自设计锦旗图案，宫里宫外，一片繁忙。

出师日期定在十二月二十五日。京人听说太子挂帅出征，很是惊诧，家家都起了个早，涌至大街上、街沿边、窗台上看热闹。太子银盔、银甲，骑大白马，走在最前头，真像个白马王子。后面是旌旗队、仪仗队、炮兵队、骑兵队、步兵队，如百万雄师，浩浩荡荡从北校场开拔，出北门，威武雄壮，轰轰烈烈。可天不作美，竟下起大雨，飘起雪花，将士们冻得瑟瑟发抖。旌旗被打湿了，那是花蕊夫人指挥宫女们用她的上品绢绸制作而成，将士十分珍爱，便取了下来。有的卷着旗走，有的光着杆子走，有的挂着旗走。因为旗上的图腾古涩难懂，将士不知反顺，不少人倒着拿，惹得百姓哄笑。顿时军容大减，哪像一支皇宫御林军，倒像一群聚啸山林的乌合之众！

人们见了，都预感出征不利，一层浓浓的阴影笼罩在京城的上空和人们的心里。来至武担山，太子东宫的妃嫔优伶早在那儿等候，香车华轿，衣厢镜屏，绵延十里。太子坐在香车上依红偎绿，嬉戏笑闹，哪里是率师出征，分明是拥姬妾、携乐队游山玩水！

就这样，一路淫乐，一路赏景，头天宿新都，二天憩广汉，三天住德阳，四天歇罗江，五天抵绵州。时值除夕，准备过了三天春节再上路。忽然探子来报，汉源坡一仗，蜀军全军覆没，王昭远、赵崇韬被擒。玄喆吓得脸色大变，瘫在车上，像一堆颤抖的肥肉。这块肥肉半天才尖着嗓子号哭起来，像三岁小孩要娘一般："放吾回宫，放吾回宫。"

于是前军做后军，后军做前军，从绵州连夜开拔，沿途烧杀抢掠，奸淫妇女，无恶不作。宋军未至，西蜀百姓也遭到了一场空前未有的浩劫，盼宋军拯救他们于水火。

却说王昭远一到汉源坡，便传来剑门失守的败讯，吓得魂不附体，浑身哆嗦，小便失禁，一屁股跌坐在床上，面无土色，羽扇纶巾、铁如意在床上翻了几个跟斗之后，跌在地上，失去往日的神气。

都监赵崇韬见他那丧魂落魄的丑态，心里感到阵阵作呕，挖苦讽刺道："都统，你常说水来土掩，兵来将挡，当今王全斌驱兵杀来，你还是拾起你的铁如意、羽扇纶巾，像当年诸葛孔明那样，坐在战车上指挥若定，转危为安！胡何吓得战战兢兢，如筛糠一般？！"

照惯例，王昭远会暴跳如雷，以犯上之罪将尔打入十八层地狱。可今日，他不计较这些，反低声下气道："赵将军，别取笑仁兄！小弟知仁兄不习兵马，不知交战为何物，连马骡不如矣！来，来，来，将军拿吾这铁如意去指挥三军，吾飞章禀报皇上，令尔为都统，吾做监军。或者，吾做你鞍前马后的侍卫。"说完，他撑起来，跟跟跄跄地拾起铁如意，双手颤抖着递给赵崇韬。

赵崇韬一把夺过铁如意，用力一折，断成两截，大手一挥，往地上一掷，大声怒吼："呸，谁稀罕汝这破玩意儿！贪生怕死、酒囊饭袋之徒！误国误民！"骂完，头也不回地冲出中军帐，令小校挂起紧急旗号，鸣金击鼓。集合三军，出战迎敌。

这时，宋军也沿剑门皇柏大道急驰南下，如狂风骤雨，席卷而来。只见旌旗蔽日，黄尘滚滚，金鼓震天，马嘶人叫。不等赵崇韬摆阵布兵，马军都指挥使史延德便令弓弩手万箭齐发。只见箭镞呼啸着，像飞蝗般地射向蜀阵，蜀兵纷纷应弦而死，兵阵大乱。史延德绰刀纵马，杀出一支铁骑，枪戟并举，横冲直撞，杀得晓日无光。接着，凤州路都监王仁赡引精骑从左冲上去；步军都头向训引军从右杀出来。蜀兵本身怯战，见宋兵以大兵团作战，排山倒海而来，吓得个个举械投降。那王全斌杀红了眼，哪管降与不降，又是一阵滥杀滥剁，蜀兵身首分离，如满地的瓜菜。

赵崇韬见状，怒目圆睁，苍眉倒竖，大吼一声，如山崩地裂。只见他绰槊跃马，驰入垓中。那铁槊上下翻飞，寒光闪闪，如长虹贯日；左右盘绕，弘光万道，似雪花纷纷。他一槊一个，连槊死宋兵数十人，真有万夫不当之勇，宋兵吓得不敢近身，连连后退。

王全斌向都监王仁赡问计，王仁赡曰："兵法云，'将在谋而不在勇'，此将有勇无谋，不足惧战！"于是翻身下马，着地一滚，大刀起处，马蹄断落，痛得赵崇韬的坐骑"咴咴"大叫，几蹦几跳，几翻几簸，赵崇韬滚鞍下马，被生擒活捉。

汉源坡前坡后，沟里沟外，全是蜀军横七竖八的尸体。真是，尸骨成山，血流成河。五万蜀军生还者，寥寥数人。

血战结束，王全斌坐在王昭远睡过的胡床上问："怎么不见那诸葛孔明？"

"听山民讲，有几个官兵模样的朝西落荒而逃。"

"追，不惜一切代价，生擒这一人之下、万人之上的西蜀假诸葛！"他下了搜捕令！

那王昭远趁赵崇韬在垓中血战时，脱下甲胄，穿上便服，惶惶如丧家之犬，在两名贴身卫士的警卫下，跨上坐骑，溜出营寨，朝西逃亡。逃至半路，见后无追兵，索性坐将下来，边揉腿，边哭道："一笔难写个'王'字，这王全斌竟然六亲不认，'本是同根生，相煎何太急'！何以逼吾上绝境？"

"统帅是成都人，王全斌是山西太原人，非一个祖宗，他怎念这同宗同族之情？还是上路吧！"一个侍卫宽慰道，声音带着几分鄙弃。

"是啊。吾总爱犯天子之狂迷和痴想病！唉，从现在起，吾不当统帅，叫我汪掌柜吧，连祖宗给吾的姓都要改，有人问及，就说吾是商人，还家奔丧的。唉，'远去英雄不自由，远去英雄不自由'！"他讴着罗隐的诗句，又放声大哭起来，两只眼睛都哭肿了，像吊起的红葡萄。

二侍卫相互递了一个眼色，恐吓他："都统，不，汪掌柜，赶路吧，宋军追上来了。"

他听到"宋军"二字，忙揩干眼泪，踩在侍卫的背上，慌不择路，骑马奔逃。

至东川地界（现四川三台县），时至黄昏，他早累得气喘吁吁。见一家农户，便一屁股坐在阶沿上，赖着不走。侍卫只好将马拴至房后竹林，敲门进屋，向山民借宿，言掌柜回家奔丧，给山民一包银子。山民见他是富商，便烧鸭炖鸡，进行款待。用完餐，便引他们在粮仓里住宿。那儿四壁厚墙，无窗无孔，朔风吹不进，雪花飘不到，虽然霉气冲鼻，倒还暖和。睡至半夜，忽然马蹄声声，一片狗吠，沉重的敲门声响了，他吓得失声大哭。侍卫双手直摆："汪掌柜，不能哭，快藏柜子底下。"

他止住泪，一头拱进柜子底下。柜脚矮，人臃肿，挤不进去，屁股全露在外面。听到屋外一个粗声粗气的声音："有蜀军逃将住宿否？"

"没……没有……"房东支吾着。

"藏匿逃犯，与逃犯同罪，老实交代。"

"只有三个客商住吾家，他们是回家奔丧的。"

"带路！"

只听得"哐啷"一声，仓房大门被踹开了。柜子旁，三只屁股朝天，颤抖着。

"出来，不出来，老子宰了你！"史延德厉声道。三人战战兢兢爬出来，跪在地上，其中一人道："我家掌柜出门经商，闻老夫人仙逝，特回家奔丧！"

"为何鬼鬼祟祟藏匿柜底？"

"怕官兵挖眼睛、割舌头、削耳朵。"

史延德一双如鹰般的眼睛冷冷地瞅了瞅那位奔丧的掌柜，只见他圆溜溜的头，圆溜溜的脸，一双哭肿了的发泡的眼睛，倒像一只发酵蒸泡的白馒头，见他对老母如此孝敬，便放缓了语气："起来吧！大军是不伤害良民的！"

忽然，从房后竹林里传来"唏咧咧——"的马叫声，王昭远脸色顿时大变，吓得全身发抖，牙齿打战，恨一时疏忽，没处理好自己的战马。史延德大半生是在马背上度过的，辨声识马，厉声大叫："战马，胡来战马？"

话一落地，卫士从竹林里牵出三匹膘肥体壮、骁勇刚烈的战马，其中一匹浑身雪白，四蹄火红，正摇鬃嘶鸣，如雷贯耳，一看就是一匹罕见的良骥。玉羁金勒，马项上挂着一簇红缨，华贵已极。

"狗娘养的，快说，汝是何人？！不然，老子一刀捅死你！"

史延德扑上去，瞪目大喝，一手抓住胖子的衣领，像掐面团似的在他手上转了一圈，又重重地掷在地上。那胖子嗷嗷哭了起来，全身哆嗦："吾姓王，名……昭……远……"

"好一个假冒的诸葛亮，差点从本将军胯下溜走了。"史延德揶揄道，又威严地发令，"将三人拿下，绑赴京都。"

宋军兵将居然不相信，眼前这位贪生怕死的软骨头，就是大名鼎鼎的北路拒敌统兵大元帅，就是以诸葛孔明自诩的权倾朝野的蜀国宰相！现实终归现实，宋兵一拥而上，将他绳捆索绑，像押一头肥猪似的押送汴京。

宋太祖为招抚人心，非但不杀，还封他为"左领军卫大将军"。不过，"假冒的诸葛亮"的"美名"早成为了他的新头衔，变成了一堆北宋茶余饭后的笑料罢了。

第二十章　更深漏长帝妃泪

后主孟昶见玄喆丢盔弃甲逃回宫中，吓得六神无主，双泪直流。还是花蕊夫人沉着："陛下，战事还未到山穷水尽的地步，召集诸将议一议，也许还有转机。"

"宿将凋零，新将惧死，武将何在？——怪朕平日偃武尚文，不修战备！一切晚矣，悔矣！"孟昶哭诉着。

"石老将军是廉颇转世，可以力挽狂澜。"花蕊夫人力荐。

石老将军姓石名頵，古稀老将，系后晋高祖石敬瑭宗族，时为凤州防御使。广政十年，石将军举凤州来降，英勇善战，是蜀中名将之一。孟昶早将他遗忘，现经花蕊夫人提起，才恍然大悟，即下诏召见。

石頵上殿，见文武大臣分列两侧，神态黯然，闷声不响。

后主曰："现在夔门、剑门相继失守，吾军失去东、北屏障，无险可守，石将军有何退兵妙策？"

"依老臣之见，失地不能失志。东、北屏障失守，还有一片蜀地可坚守。蜀中山河，易守难攻，宋兵远来，势不能久。吾军聚兵坚守，不出三月，宋军必师老退兵，吾军鼓而攻之，方转败为胜！"

后主纵看群臣，无一人披挂出征，不禁涕然泪下："吾父子以温衣美食养士四十年，一旦临敌，不能为吾东向发一矢。虽曰坚壁扼守，谁能为吾坚守蜀土？"说完，涕泪涟涟。

探马来报："宋军已入魏城，马上开拔成都。"

朝廷一片骚然。

石頠知船已下滩，积重难返，大势去矣，便叩拜后主，怏怏出宫。举目一望，四海茫茫，国破家亡，何处是吾安身之所？！他卸去官服，摘下官帽，向云遮雾锁的青城山走去。

李昊吊着两个眼袋，摇着一个瘦猴头，趁此又重复他的投降老调。迫于无奈，孟昶只好挥泪顺从，令李昊拟降表，派通奏使伊审征赍表诣魏城，向王全斌请降。

李昊回家奉诏草拟降表，倒是轻车熟路、信手拈来之事。早在公元925年，前蜀灭亡，王衍降后唐庄宗李存勖时，便是他亲拟降表。三十年后的今天，后蜀灭亡，又是他代孟昶挥笔降书。历史就是如此绝妙地重复、滑稽、微妙、捉弄！不过，这次拟表，他无愧色，他认为，后蜀降宋是大势所趋，是小溪归大海的举措。加之娇妾铺纸把墨，大有红袖添香、秉笔直书之快慰，故凌空落墨，洋洋洒洒，一泻千里。降表略云：

> 先臣受命唐室，建牙蜀川，因时事之变更，为人心之拥迫。先臣即世，臣方卝年，猥以童昏，谬承余绪。乖以小事大之礼，阙称藩奉国之诚，染习偷安，因循积岁。所以上烦宸算，远发王师，势甚疾雷，功如破竹。顾惟懦卒，焉敢当锋？寻束手以云归，将倾心而俟命。
>
> 当于今月十九日，已领亲男诸弟，纳降礼于军门。至于老母诸孙，苟延残喘于私第。
>
> 陛下至仁广覆，大德好生，顾臣假息于数年，所望全躯于此日。今蒙元戎慰恤，监护抚安，若非天地之重慈，安见军民之受赐。臣以自量过咎，尚切忧疑，谨遣亲弟诣阙奉表，待罪以闻。

写完后，他摆头晃脑地欣赏他的得意之作，向娇妾炫耀道："虽是降表，却是锦绣。大宋天子御览后，不会亏待文臣雅士，那时仍锦衣玉食、养尊处优。"

"只要有这么一天，谁当皇帝都成，有奶便是娘啊！"娇妾滚在李昊怀里，娇滴滴地撒娇，脆生生的笑声使李昊忘了一夜的劳累。

东方露出第一缕晨曦，李昊伸了一个长长的懒腰，推开娇妾，站了起来。他知道，在这历史的转折关头，这份降表分量沉沉，它是关系着蜀国的走向、前途之大事，关系着蜀中臣民的生死存亡。他不能再沉溺于温柔乡，由娇妾拨弄，洗面理须，加冠束带，又喝了半碗人参汤，才匆匆离府进宫。

刚出大门，一群市民指指戳戳，骂骂咧咧，见他出府，便一窝蜂地散去，掷下一串讥笑声。他莫名其妙，则见府门、墙壁上贴着一张张纸条，上书"世修降表李家"，感到热血上涌，头一阵阵昏眩，心里像打翻的五味瓶。"哇"的一声，嘴一张，肚中的人参汤呛了一地。被娇妾梳理得纹路清晰、自然舒畅的胡须，已被呛湿了，成了一绺绺的黏滑布。随身卫士七手八脚地揭下这张张纸条，追捕这群闹事者，他摆了摆手，哑着声音，艰难地道："打轿进宫吧，由世人耻笑，老臣无回天之力啊！"

说完，一头拱进轿里，一种羞辱感第一次爬上心头，流下了几滴浑浊的老泪。

大殿上，后主看完降表，放声恸哭，两旁的文武大臣也俯首痛哭，全殿一片号哭、唏嘘声。这是一个王朝末日来临的哀鸣，是亡君孤臣对社稷大厦倾颓的祭奠！

李公公佝偻着背，托着玉盘，哭泣道："皇上，盖玉玺吧，时间不早了。"

孟昶这才抬起头，双手颤抖着，接过国玺，无力地举在空中，久久地落不下去。

这时，太后在花蕊夫人搀扶下，颤巍巍步入大殿，举着龙头拐杖，气喘吁吁吼道："朝纲不整，奢靡荒逸，才有今日的家破国亡！花蕊，你替吾用拐杖打毁我宗庙社稷的畜生、逆子！"

花蕊夫人扶着太后婉言道："太后息怒，关键时刻君臣同心，协力抗敌。陛下下旨，派臣招抚逃回兵将，令八方勤王。我们还有两万多禁军，坚守成都一月，勤王之师一到，内外夹击，江山可保。陛下，下旨吧，覆巢之下，安有完卵！"

太后："尽力图守，尽其人事。若守不住，以死谢祖宗！不辱孟氏门庭！"说完，昏倒在花蕊夫人身上。

花蕊、侍从、御医忙将太后扶上皇辇回宫抢救。

"陛下，按慧妃所言，莫无道理！但征召宿将，多已凋零，兵器多已腐朽，就是孔明再世，也无回天之力！"

"陛下，为了皇室家族的生命，盖玺吧！"

"皇上，为了蜀中百万父老……"

后主闭上双眼，涕泪纵横，嘴角蠕动着，突然大吼一声："高祖，太后，儿臣悔之晚也！儿臣对不住你们了！"终于挥起御玺，重重地按下去，按下去，他的身子也随着玉玺倒下了……

通奏使伊审征双手接过装有降表的金匣，快马加鞭地向魏城驶去。

王全斌接过降表，喜出望外，没想到休养生息三十年之久的孟氏王朝如此不堪一击，如此顷刻覆没。于是传令下属，杀猪宰羊，大办宴席，犒劳三军，全军上下一片欢腾。

宴庆结束，王全斌令马军都监康廷泽率一千精骑打头阵，随后蜀通奏使伊审征进驻京城。任务有四项：一是安抚孟昶，确保孟氏家族的生命、财产安全；二是军械收缴入库，整编蜀军；三是封存所有库存、图籍；四是维持治安秩序，加强警戒，平稳接掌政权。又令先锋都指挥使张疑引马步军两千，在成都北郊接应，以防哗变。不得都监康廷泽的命令，勿擅自入城。二人遵命整顿军马，星夜急驰，驻扎在李昊钱别王昭远的武担山下。

次日天明，后主、胞弟彭王孟仁裕率百官出城，迎接使节康廷泽及其先锋部队。康廷泽走在街头，商肆林立，色彩纷呈，市民潇洒，人流如织。两旁芙蓉抽枝吐翠，株株红梅凌风绽放，给古老的成都带来浓郁的春之气息，无一点战乱的破败、萧条景象和兵临城下的惶恐、纷乱之感。这是大宋天子期望的祥和局面，他要把沃野千里的天府之国纳入宋朝的版图，不是将富庶的巴蜀砸个稀巴烂。想到此，康廷泽情不自禁地向彭王道："好一个天府之国，好一片锦绣山河！"

彭王奉迎道："敝国诚心诚意给贵国一个锦绣山河！"

"谢谢，听说官家仁厚，蜀中父老拥戴他，今夜吾欲谒见官家。"

"敝国亡君早准备迎客晚宴，恭候大驾！"

入夜，在蜀宫便殿专为马军都监康廷泽举行一场国宴，孟昶无限凄凉、惶恐、悔恨，强作欢笑为贵宾洗尘。筵席一结束，李昊、李廷珪等送康廷泽走后，孟昶便步履仓皇地径直去慈寿宫拜谒太后。

云华宫寝殿里，罗幔深垂，宫灯如豆。几天来，不知为什么花蕊夫人眼皮直跳，心绪不宁，枯坐灯前，无心读书，总有一种预感。皇上盖了御玺，后蜀亡了！一场灭顶之灾如洪水猛兽一般劈头盖脸地席卷而来，她心悸、纷乱、忧郁。

忽然，阿随慌慌张张进来："娘娘，不好了，宋军进城了！"

"什么？重说一遍。"她吓呆了，不相信自己的耳朵。

"宋军进城了。"

"数万禁军，怎不抵抗？"她瞪大了惶恐的眼睛。

"皇上他，他交了降表，由彭王开城门，迎宋军进城！"

"天啦！"一声惊叫，花蕊全身战栗，倒在龙椅上，闭上眼睛，两行清泪直流，悲恸欲绝，"吾等成亡国奴了！"

"娘娘，老太后正在动用家法，赐皇上一死，快去解危吧！"慈寿宫的小红急匆匆地闯进来，劈头叫道。

她泪光扑闪，长长一声叹息，有气无力，拖着铅样的脚步走出寝宫，皇辇在慈寿宫园林里落轿。她下了辇，直奔太后寝殿。只见皇上双膝跪地，太后怒不可遏，横眉瞪目，将宝剑"当"的一声甩在地上，声音铿锵："自行裁决吧！汝先去先皇那儿报到，哀家紧紧相随。"

说完，老太后跌倒在宽大的龙椅上，老泪纵横，显得那么苍老、无力。

花蕊夫人忙奔上去，扶起太后，泪眼婆娑："太后请释慈怀，事已至此，缓缓图之！常言，事缓则圆也！越王勾践卧薪尝胆，不是打败吴王夫差，灭吴兴越、重返家园吗？"

"蚍蜉撼树，谈何容易！军库国粮封存，蜀兵已改编，哀家手无寸铁，能敌熊罴之师？"

"留得青山在，不怕没柴烧。事缓则圆，瞅机遇吧！"

太后听慧妃相劝，睁开老眼，擦干眼泪，又是一番数落："哀家一再教诲这不成器的东西，要他整饬朝纲，起用人才，做一个上承慈养、下安黎庶的皇帝！可他置若罔闻，打击了一批宿将老臣，又重用了一批奸人佞臣，误国误民。若不委王昭远为北路拒敌统帅，而命赵崇韬挂帅，剑门怎会失守？若不派武守谦做夔门守军都监，高彦俦怎会城毁人亡？两座天险无虞，宋军怎会势如破竹，进驻成都？！如今，高祖在马背上打下的江山被他断送，世袭宗庙被他出卖，还不明正典刑，一申国纪家法，更待何时？"说完，呜呜大哭起来。

"太后节哀，皇媳仰体慈意。陛下治国不力，酿下国破家亡的灭顶之祸，是终天之悔，罪在不赦。可国难当头，兵入京畿，若陛下自裁身亡，谁出面收拾这一残局？谁与之虚与委蛇？若立即撕毁降表，现国库封存，蜀兵整编，吾无一兵一卒，纵诸葛复出、子牙更生，亦如之何也？！倒激怒王全斌纵兵掳掠烧杀，京畿将夷为平地，变成人间地狱，不知多少蜀中父老做刀下鬼、蹄下尸。太后，免陛下一死吧！"

太后一听，不无道理，只好收回慈谕，改口道："听皇媳规劝，免死不免罪。起来吧！"

孟昶叩首道："慈恩浩荡！"

一场后宫风波才告一个段落。

两天后，王全斌率领大军，趾高气扬地进驻成都，孟昶率领满朝文武到北大门迎接宋军入城，并向王全斌递交退位诏书，颁发各州县；又将西蜀四十六州、二百四十县、五十万四千户口图籍一一奉上。从此，历时三十一年（934—965）的后蜀灭亡。时间：乾德三年（965年正月）。从出师至灭蜀，只用了六十六天。历史是如此惊人地重复，前蜀历时三十四年（891—925），被后唐灭亡只用了七十天。

王全斌派通事舍人田钦祚以八百里急报，日夜兼程，将降表、退位诏书送至汴京，献上贡品和俘虏。

几天后，刘光义、曹彬引东路军抵达成都。王全斌见东路军姗姗来迟，俨然一副伐蜀第一功臣的姿态自居，居高临下地接见了东路军，并放纵西路军为所欲为，认为打天下的是他们，享天下自然是情理中事、天经地义。

赵匡胤接到王全斌的表奏、贡礼，大喜。在检点这批贡品时，见一七宝装饰的溺器，心中感到秽气，下令毁掉，一面愤愤道："胡何送此秽亵之物？汝以七宝饰尿器，当以何器贮食？奢侈暴殄达到如此地步，亡蜀必矣！"

这时，通奏使传呼："亡蜀大臣孟仁贽上殿——"

孟仁贽匍匐入殿，行了大礼，双手呈上降表和退位诏书。宋太祖展纸细读，眉开眼笑，览毕，向孟仁贽道："尔官家诚心拜降，朕不会亏待尔等。长途跋涉，身心劳顿，不妨回馆驿休息。静候诏令。"

"皇恩浩荡，臣虏感激涕零。"孟仁贽诺诺出殿。

次日，太祖给孟昶复函：

> 朕以受命上穹，临制中土，姑务保民而崇德，岂思右武以佳兵？至于临戎，盖非获已。矧惟益部，僻处一隅，靡思僭窃之愆，辄肆窥觎之志。潜结并寇，自启衅端。爰命偏师，往申吊伐，灵旗所指，逆垒自平。
>
> 朕尝中宵怃然：兆民何罪？屡驰驲骑，严戒兵锋，务宣拯溺之怀，以尽招携之礼。而卿果能率官属而请命，拜表疏以祈恩，托以慈亲，保其宗祀，悉封府库，以待王师。
>
> 追咎改图，将自求于多福；匿瑕含垢，当尽涤于前非。朕不食言，尔无他虑。

诏令速率家属赴京授职，蜀中大夫以上官员随行，量才录用。任命参知政事吕余庆知成都府事，负责两川地方政务。

吕余庆赍旨赴蜀上任，一到成都，王全斌、刘光义、孟昶等城外相迎，联袂而行，齐集府衙，焚香设案。由田钦祚拆开黄封，高声宣旨："吕余庆知成都府事……"

孟昶一惊：吾那开山之作第一春联，"佳音号长春，新年纳余庆"……莫非天意佑宋灭蜀，早有图谶？想到此，他无可奈何地摆了摆头。真是天道宋主，地酬余庆，天意难违，难违！

吕余庆一到，便倾情安抚蜀民，下令整饬纪纲，减免赋税，减轻徭役，降低盐价，释放无辜，进一步加强对西蜀的控制。王全斌虽然专横跋扈，但吕余庆早在太祖做节度使时便是其帐中掌书记，现又是以宰相之职兼知成都府事，和当今天子关系非同一般，故不敢当面异议、顶撞，只好他打他的锣，吾敲吾的鼓，我行我素罢了。

孟昶接到圣旨，看了诏书，怏怏回到后宫，将手中黄封往桌上一甩，坐在龙椅上久久发呆。花蕊夫人递上香茗，他浅浅地啜了一口，长长叹了口气，泪如雨下。花蕊夫人知情况不妙，便放好香茗，接过诏书一览，左右一看，悄声道："复诏故意混淆入侵和被侵的界限，将伐蜀的理由推得一干二净，将伐蜀的野心冠以冠冕堂皇的字眼，这有什么办法呢？胜者为王，败者为寇，只有认命了，只有面对现实，陛下应想开些。"

其实，花蕊夫人心里在哭。她和孟昶一样，在信念和感情上接受不了这一现实，她只好忍着痛宽慰自己的夫君，不能火上浇油啊！

"哎，吾不该生长在帝王家，才有如此浩劫。"

"嘘——"花蕊噘着红唇，轻轻道，"墙外有耳，悄声些。"

"明日，你我劳燕分飞，各自东西。我走水路，你走旱路，孤身北上，朕无力保护你了。"说完，又是一串泪水。

"吾要和陛下、太后一起走水路，好一路侍候陛下、太后。"

"君令难违，各走各的路吧！"

"不，吾要走水路，侍候陛下、太后。"

"皇媳，别任性，君令难违，由不得你我啊！这个中情由，你该知道一二。"不知什么时候，李太后拄着龙头拐杖颤巍巍地进来，坐在椅子上，点着拐杖道。

"太后！"花蕊夫人再也憋不住了，一头扑进太后怀里，哇的一声，像孩子般地哭了，好久，好久。她抬起泪眼，喃喃道，"太后，若有不测，我徐慧定能洁身自好，尽其妇道臣节，报恩全节，不清不白地苟活，不如痛痛快快地死去！"

"皇媳，太后深信孩儿的人品、人格。可想过没有，你都痛痛快快去了，你的夫君怎么办？两个皇儿、一群皇孙怎么办？到那时，孟氏一族难道真的绝种？不留一根香火？"太后爱怜地抚摸着她那蓬松的发髻，深深痛惜自己的羽翼被狂风暴雨打湿了，折断了，再也无力庇护这个才貌双全、尽忠尽孝的皇媳了。

"太后，皇媳生亦难，死亦难，该怎么办啊！请指点迷津！"她在太后怀里抽泣着，呼唤着，像孩子期盼奶娘一般。

"孩子，做女人难，做亡妃更难！"太后鼻子一酸，泪水扑闪闪地流了出来。她进入古稀之年，第一次流泪，"为了孟氏家族，你忍辱负重吧！"

"陛下若有勾践复国之志，儿臣愿做第二个西施！"花蕊抬起泪眼，望了一下后主，后主形容惨淡地垂着头，一声不吭。她无助地复倒在太后怀里，伤心地哭起来。

三人相向哭泣，窗外的春雨淅淅沥沥下着，泪水绵绵，春雨绵绵，似乎这个世界全浸泡在绵绵泪雨之中，直到樵楼响起三更，太后才在侍女搀扶下默默离去。

后主和花蕊夫人通夜未寝，二人凄凄惨惨，相拥坐到天明。一支哀婉的歌在窗前缠绵飘荡，那是汉朝苏武出使匈奴与妻子的诀别诗。

> 结发为夫妻，恩爱两不疑。
>
> 欢娱在今夕，燕婉及良时。
>
> 征夫怀远路，起视夜何其！
>
> 参辰皆已没，去去从此辞。
>
> 行役在战场，相见未有期。
>
> 握手一长叹，泪为生别滋。
>
> 努力爱春华，莫忘欢乐时。
>
> 生当复来归，死当长相思。

唱到"生当复来归，死当长相思"时，二人泣不成声，连老天也感动得春雨如注，守卫的军士也俯下了头，不忍驻足聆听。

第二十一章　葭萌题壁断肠词

次日，天色微明，两百艘新造的船只早泊在宫外的锦江面上。在宋兵警卫、监护下，蜀中的皇亲国戚和大臣们穿着素衣素服，鱼贯进入船舱。最后上船的是孟昶和李太后。太后面色凝重，一脸肃然，在侍女搀扶下上船。孟昶发福的身躯显得浮肿，一张蜡黄、泡肿的脸，一双红肿木然的眼睛，他萎缩地步入船舱。他们是由锦江到宜宾、夔门，进三峡，顺水而去。

花蕊夫人着一身素洁的罗裙，仍是那张洁白如玉的脸，那一头高盘的云髻，那一双水汪汪的丹凤眼，只不过眼眶里蓄满了忧伤，忧伤的眸子里充盈着一股随时都要决堤的泪水。在侍女搀扶下，轻移玉步，向辇车走去。全副武装的宋骑列队肃然，目送着夫人上车。虽然她已成了女囚，但有太祖"特别保护"的圣旨，上至统帅，下至士卒，无一人敢怠慢、无理。这时的军士早被夫人令人心颤的冷艳、高华所折服，怀着敬意目送她上辇车。在辇车旁，紧跟着的是阿随，她骑在马上，提缰挥鞭，身手矫捷地在车前辇后护卫着凤驾，密切地注视着周围的动静。

本来，掳上北行，花蕊夫人不带侍女，她将自己的金银首饰全分给了她们，要她们出宫回老家，找一个殷实人家过日子。侍女们却泪痕满面，不接赏银，是死是活，要跟夫人去汴京，侍候夫人终生。夫人挥泪道："吾是亡妃，任人宰割，前程凶多吉少，吾自身难保，更无力庇护众姐妹。若看到你们因吾受屈，过非人之生活，于心不忍，生不如死矣！"

说完，泪如雨下，侍女们才一一接过赏钱，依依惜别。只有阿随跪泣不起，曰："夫人对我恩重如山，奴婢的命是你给的，奴婢的名字是你起的，前途纵是刀山火海，奴婢也要跟随着你。随儿，随儿，一生跟随夫人，永不变心。"说完，大哭不起。

"忠主之心感人肺腑，吾想你应有个好归宿，别跟吾去受辱受罪。"

"夫人不允，奴婢愿死在你的御剑之下。"说完，阿随唰地抽出壁上御剑，横向颈上一抹。夫人眼疾手快，一手按住剑柄："罢罢罢，随吾北上。说实在的，吾也舍不得离开你。"

阿随这才破涕为笑，随夫人北上京华。

辇车行至梓潼县境内，天色将晚，司号吏高声传叫："上亭铺驿到，就地夜宿！"

上亭铺，不是唐明皇避乱幸蜀闻铃处吗？她在心里咕噜，匆匆下轿，看看这曾浸泡过大唐天子唐明皇眼泪的上亭铺。可是，春雨潇潇，夜色茫茫，除了风声、雨声、人声、马嘶声，大地一片沉寂。入夜，她睡在床上，辗转反侧，思贯古今。

两百多年前，开元盛世皇帝李隆基，史称唐明皇，荒疏朝政，和杨贵妃玉环朝夕行乐，军国大权落入贵妃胞兄杨国忠手里。杨国忠贪赃枉法，蛊君乱国，导致安史之乱。贼兵攻破长安，唐明皇和杨贵妃仓皇出逃奔蜀。行至马嵬坡，六军哗变不发，斩了杨国忠及全家首级高挂驿门，要求皇上将杨贵妃割恩正法。唐明皇被迫赐贵妃白绫自尽，六军才继续西行。后战乱平息，肃宗即位，玄宗为太上皇，启跸还长安。行至上亭铺，住在这座庙宇行宫里，霖雨纷飞，夜不能寐。渐渐地，耳畔飘来《霓裳羽衣曲》的乐曲，一位丰腴的丽人醉韵犹酣，翩翩起舞，似奔月嫦娥，飘逸的长裙泻满繁星的辉煌。

"贵妃，我的爱卿。"他喃喃自语。

这时，阵阵晚风吹得庙檐铜铃叮当作响，像贵妃亲昵地呼唤"三郎，三郎"——他的乳名。

他蓦地坐起来，大声呼叫："贵妃，我的爱卿，你在哪儿？"

太监高力士在隔壁侍睡，闻声赶来。明皇曰："快开殿门迎接贵妃，贵妃来了，她在呼唤三郎。"

高力士苦笑道："皇上，不是娘娘唤三郎，是屋檐风铃在叮当！"

"啊，是风铃在叮当！"

他思绪回到了现实，痛苦地摇着头："江山、美人全没了，活着又有何用？"说完，眼泪纵横。唐明皇仿此声作了一曲《雨霖铃曲》聊表哀思。从此，上亭铺又曰郎当驿。

想到这段帝妃哀婉、凄美的爱情故事，花蕊夫人愤愤不平："贵妃何罪之有？为什么要逼她自缢，六军才发？女人的命运如此怪异叵测，人生险恶，人生如梦啊！"

由此，想到家乡的老父亲，他可安好？想到自己的夫君和太后，他们今泊何处？该过三峡了吧！但愿巫山神女保佑，抵江陵，会汴京，这是她唯一的精神支柱和期盼。就这样，蒙蒙眬眬，睡到天明，直至阿随送来早餐，她才困倦地起床，梳妆用膳。

其实，就在花蕊夫人遥思亲人的时候，老父亲闻讯女儿被押解北上，气绝身亡。押孟昶的船正泊江陵。宋太祖早派礼部侍郎窦思俨去码头迎接。

窦思俨曰："臣离京时，面奉谕旨，代天子向国母老夫人问安，请国母接受使臣大礼谒见。"

"使不得，使不得，待罪外臣，无僭越之礼。"太后感到意外，没想到千里之外的大宋天子还垂念老朽，连连摆头摇手。

窦思俨执意要拜，太后只好站在座椅一侧还礼。

"陛下为国母和殿下在右掖门外汴水河畔，造府邸五百间，现装修已毕，迎国母、殿下乔迁新宅。"

"皇恩浩荡，戴罪外臣感激涕零。"孟昶见太祖如此垂爱老母，重视礼仪，冷却的心才开始有点活力。

在这种和悦的氛围中，次日黎明，他们弃船登岸，改水路为陆路，踏上北去的征途。

过了梓潼，进入剑门山区，道路崎岖，满山杜鹃花开，红艳艳的。花蕊夫人改坐辇为骑马，像一只远离巢邑的孤雁，晓行夜宿，来到了蜀国边陲葭萌萌古镇（现广元市昭化镇）桔柏渡，摆渡过去，便是刘备当年的发祥地葭萌了。这是二水汇合处，江面浩阔，波涛澎湃，嘉陵江一到水涨便呈黄红色，白龙江则呈青白色。一到夏天，河水猛涨，二江相碰，溅起几丈高的水花，又各自夺路奔流，像两条长龙戏浪飞腾，船行水上，构成二龙负舟之奇观，故留下许多神奇的传说。如唐明皇幸桔柏渡，便有双鱼夹舟开路、双龙负舟引航之说。据说唐明皇认为这是天降吉兆，预示乾坤扭转，便在东岸歇驾，摆宴三天庆贺。果然，事隔不久，安史之乱平息，唐明皇回京。从此，桔柏渡东岸沙滩改叫摆宴坝。

花蕊夫人通史，过此渡口时，她迎着风浪，屹立船头，欲占卜自己的未来。她虔诚地期待着双龙负舟、双鱼跃帆的奇观，可河面风平浪静，除船舷犁开层层浪，远处不时漂来杂草碎片外，全是一片天蓝蓝、水蓝蓝。她彻底失望了，泪水和着江水向东流去。

晚上，下榻葭萌驿站。这儿四周环山，宛若天然城廓。这儿，远离川西平原，地控秦陇，势扼巴蜀，是全蜀咽喉、锁钥，历来为兵家必争之地。三国时的蜀国便是发于斯，兴于斯。看着这倚天似剑、黑黝黝的群峰剪影，听着那一声声凄厉的杜鹃啼鸣，她想到明天一过，便是异国他乡了，去国离乡之情油然而生。由此，想到远在青城孤苦伶仃的老父亲，她被匆匆掳去，来不及和他老人家话别，不肖的子孙呀！她内疚，深深地责备自己。想到夫君和太后，他们该改乘辇车北上了。她若和夫君一起押解北上，该是多好，彼此有个照应，苦中有乐啊！想着，想着，不禁吟起了李白的诗句：

蜀国曾闻子规鸟，宣城还见杜鹃花。

一叫一回肠一断，三春三月忆三巴。

这是她此时感情的真实写照。那满山的红杜鹃不是故乡青城的羊角花吗？传说那是贵阳皇妃风闻夫君望帝遇难，哀哭过度，化作洁白的杜鹃花。望帝禅让出奔，思念妃子，满山哭喊着"贵贵阳，贵贵阳"，他栖息在杜鹃树上，叫呀，哭呀，鲜血一滴滴落在白色的花瓣上，变成了红杜鹃，他化作了杜鹃鸟……

这是一个刻骨铭心、令人荡气回肠的帝妃爱情故事，多像苦难中的她和后主啊！她恨不得为故土、为故人殉情，化作带血的花、啼血的鸟。国难家仇一起涌上心头，悲从中来，不能自已，便命阿随呈上文房四宝，泪眼婆娑，一字一泪在驿站墙壁上泼墨走笔，写出词曲牌《采桑子》。

> 初离蜀道心将碎，
> 抱恨绵绵。
> 春日初年，
> 马上时时闻杜鹃。

抒发了她对故土的乡愁，失去河山的悲哀，真是断肠人泪写断肠河山，一字一句皆血染！写完上半阕，她悲愤过度，昏了过去。阿随抱着她，哭泣着，呼唤着，直至天明。待她苏醒过来，宋军又催她登程上路，她只得跨上御马，挥泪北上。

不知过了多少年，一位好事文人过此，补了下半阕：

> 三千宫女如花面，
> 妾最婵娟。
> 此去朝天，
> 只恐君主宠爱偏。

词工鄙陋，如狗尾续貂矣！燕雀焉知鸿鹄深沉的爱国情、亡国恨啊！

花蕊夫人上八百里秦川，改乘皇辇。辇车过了长安后，一向洒脱、矜持的晋王赵光义沉不住气了，他匆匆来相国府，向赵普道："花蕊夫人即将抵达汴京，相国作何安排？"

"禀报皇上，直送后宫吧！"老练、持重的赵普知晋王和他皇兄一样，早就恋慕花蕊夫人的绝代风华，故装糊涂道。

"蜀国新降，孟昶健在，便将花蕊夫人掳进后宫，不怕世人非议？"

赵普猛抬头，四目相对。他看到眼前这位刚进入而立之年的晋王那灼热、奔放的目光，无可奈何道："臣亦这样想过，但君令难违，只好如此而已。"

"不行，为了大宋帝国的国体，为了天子的盛德，不能做出让后人戳脊梁骨的事来。应犯颜直谏，将花蕊夫人送回孟昶身边。"

晋王是皇上的胞弟，执掌开封府尹，新擢为中书令，在一人之下、万人之上，实权超过宰相。更重要的是，他比当今皇上小十几岁，是太后生前既定的皇位继承人，赵普不敢违背他的意志。其实，就赵普本人，也觉得太祖这样做过分了一些。今见晋王态度如此明朗，他便一口答应，面谏皇上，趁早改弦更张。

赵光义见赵普答应面谏皇上，紧绷的心弦松弛下来，连声道："赵相国公忠体国，佩服，佩服！"

这些天，他为花蕊夫人独走剑门蜀道忐忑不安，他深知这就意味着亡妃直入汴京后宫，将成为当朝皇上的尤物、玩品。他认为，自己既然和皇帝是胞兄弟，就该平分秋色：他独揽皇权，自己该独占美色，不能熊掌和鱼兼而得之。因为这样，赵光义在胞兄皇袍加身后，趁皇兄征剿周朝旧臣李筠时，自己代理朝中政务、做宫廷总监之际，自由出入禁地后宫，利用频频去仁寿宫向杜太后问安侍膳的机会，四处散发金银，收买人心。侍卫、宫女得了他的贿赂，自然手软口软，处处为他说话，牵线搭桥。到了后来，赵光义甚至勾搭皇兄的后宫嫔妃。

哨马来报，花蕊夫人已车过洛阳，赵普才急急进殿，谒见天子，曰："亡妃花蕊夫人即来汴京，陛下如何安置？"

"截留后宫待令。"太祖不假思索道。

"陛下这样做，恐怕授人以口实。孟昶健在，即掠人之美，不怕众人异议？"

"成大事者，不拘小节也！堂堂一国之君，夺个美人算什么？"

"非也。陛下，要成就天下霸业，一统华夏，不仅是靠天子的雄韬武略、武力征服，更靠他的盛德布天下、仁义霸天下，才能使四海归心、列国宾服。现后蜀刚降，亡君未逝，便掠人之美，夺人之妻，不怕九州离德、世人物议？"

赵普的犯颜直谏，如一记警钟长鸣，将太祖从对花蕊夫人的单相思中拔了出来，不住点头道："然，然！"

遂下诏，将花蕊夫人送至皇家别墅玉津园。

孟昶比花蕊夫人提前径诣汴京，太祖派御弟晋王赵光义出郊相迎。

孟昶忙率降臣拜谒，叩首道："戴罪降臣孟昶率子弟臣僚拜谒晋王殿下，千岁万福！"

晋王纵目一望，足下跪了一大片皇子王孙、文武僚臣，个个素衣素服，诚惶诚恐。亡君孟昶跪至最前面，显得浮肿、颓唐。顿时，一种雄霸天下的快感充盈全身，他纵声大笑，复又像一代明君包囊万物那样恭谦道："贤王请起，众卿请起。你们千里跋涉，一路风尘，辛苦了。吾代表皇上聊表慰问之诚！免去大礼。"

一阵寒暄之后，由礼仪官前行，孟昶全家住进汴水畔的豪宅玉津园。

主客入座后，晋王笑道："这是皇上专为贤王建造的王府，贤王满意否？"

孟昶埋头进园，无心顾盼，听晋王这么一说，挤出一个笑意："感激圣上皇恩浩荡，感激晋王恩深似海！"

赵光义笑容可掬，从孟昶的宗庙陵寝，到太后妃嫔、皇子王孙都一一垂询，最后直奔主题："听说贤王有一宠妃——花蕊夫人，貌若天仙，才贯古今，只身走剑门蜀道来京，不日即到。吾已奏禀皇上，来京后直奔玉津园。夫妻重逢，久别胜新婚，庆贺，庆贺！"

自城破惜别，夫妻各奔东西一月有余，不知夫人消息，孟昶分外眷念，今晋王提起，他感激涕零："托晋王洪福，撮合夫妻团圆，吾将结草衔环报效晋王千岁！"

"这点小事，不足挂齿，日后有什么需要本王的地方，包在本王身上！"

没想到，这个权倾朝野的晋王如此善解人意，体贴入微，孟昶激动得五体投地："叩谢晋王鸿恩，祝晋王寿福无穷！"

几日后，花蕊夫人进玉津园，拜谒太后、后主。见太后白发苍苍，满脸皱纹，一下苍老了十岁，后主全身浮肿，神情萎缩，花蕊双手抱着他俩放声大哭。三人抱成一团，痛哭不止！

五月十六日为受降日，太祖举行隆重的受降大典。

拂晓，花蕊夫人泪光盈盈，托着降服，怯生生地侍候孟昶穿戴。孟昶白冠素服，脖子上垂着一段三尺白绫，僵立着，如临丧吊唁一般。他凄然大哭："老母在堂，吾穿上这身孝服，罪该万死啊！"

二人又是一阵拥头痛哭。

花蕊夫人劝道："来到矮檐下，不得不低头！这半天一过就无事了，忍着吧！为了孟氏宗庙。"

这时，玉津园热闹非常，枢密院、礼部、皇城司、开封府的官吏都来了，接引孟昶入宫，参加受降盛典。

队伍前面是宋朝官员，一个个身着华服，骑着高头大马，排成方阵，春风满面，趾高气扬。后面是三十三位降臣，由孟昶领衔，骑着马，一字形拉开，个个白冠素服，脖系白绫，一个个哭丧着脸，萎靡不振。队伍两边和后面是皇城司下属的禁卫军"护送"，甲胄鲜亮，彪悍勇武，戈戟刀剑，虎虎生威。这强烈的反差是出奇的不和谐，却昭示了"胜者为王，败者为寇"的朴素真理。征服者耀武扬威，战败者忍辱含垢。队伍走过宽阔的天街，两旁是看热闹的市民，你推我搡，争相抢看。孟昶如行尸走肉一般，不是去受降，而是去赴死，活着不如死去。早知今日受奇耻大辱，莫如当初战死沙场或城破自缢身亡痛快！他追悔莫及，硬着头皮，颓坐马背，终于来到明德门外。

只听得景阳钟响，如黄钟大吕，震耳欲聋，那是天子在崇元殿升殿，步入九五之尊宝座。文武百官和降王降臣肃立明德门外。

受降大典开始，只见鼓角齐鸣，乐声大作。孟昶引仁赟、玄喆、李昊等三十三位降臣跪在白色毡毯上，将降表用双手举过头，以颤抖的声音大声宣道："戴罪外臣孟昶，向大宋天子呈交降表和礼单，聊表诚情。"

阁门使李廷宽接过降表、礼单，走过长长的甬道，来至崇元殿御案前，高声宣读降表、礼单。读毕，殿前禁军抬着用锦帛覆盖的礼单陈列殿内御台上，一一检验：黄金八百两，玉腰带两条，银锭一万两……

太祖口谕，李廷宽赍旨出殿，在明德门外宣旨："赦免孟昶等三十三降臣之罪。授孟昶开府仪同三司、检校太师兼中书令、秦国公等御职，领上镇节度使俸禄，赐袭衣、玉带、黄金鞍勒马，金器千两，银器万两，锦衣千件，绢绸万匹。赐国母金器三百两、银器三千两、锦绮千匹、绢千匹。子弟、官属按品级赐袭衣、金玉带、鞍勒马、车乘、器皿等。"

孟昶等三十三降臣拜叩大礼，山呼万岁！

衣库使送来袭衣、御冠。窦思俨替秦国公孟昶卸去白绫、白冠、素服，穿上一品大红锦袍，扎上通龙凤犀带，其他降官均一一更衣。

孟昶等三十三人身着朝服，手捧牙笏，入崇元殿拜谒皇上。太祖坐在金光灿灿的龙椅上，笑道："众爱卿平身，一路辛苦了。国母可安好？"

在满朝文武中，听到天子尊太后为国母，孟昶虚荣心得到满足，一扫素服过街的奇耻，笑道："托陛下鸿福，臣母康泰。"

"家眷都安好？"

"亡妃、二子均颐养于陛下赐的豪宅，感谢皇上天高地厚之恩！"

"朕用兵伐蜀，是不得已而为，意在结束自唐末以来诸侯纷争、四分五裂的局面，统一华夏，让炎黄子孙团圆。现在，北汉、南唐、吴越、闽粤等地均未一统，望秦国公助朕一臂之力，收拾旧河山。"

"以陛下马首是瞻，臣愿附骥尾，为中华统一竭心尽力！"

晚上，太祖在大明殿举行国宴，款待蜀中降臣。席间，歌舞升平，觥筹交错，一片祥和。

第二十二章　杯酒夺美人

　　朝宴已毕，孟昶径直回玉津园。前脚人一到，后脚阁门使李廷宽到，宣赐御物。孟昶全家整顿衣冠，焚摆香案接旨。只见几百辆宫车挤满大院，揭开黄绫，全是金银珠宝，璀璨夺目，将玉津园照得亮如白昼。国母的御赐之物全由锦衣卫士直送国母殿中。花蕊夫人的礼物也有十箱，全是首饰绸缎、字画古董。

　　夜深人去，太后让儿子、媳妇坐在身边，小声问道："赵家天子若何？"

　　"高大魁伟，面若重枣，剑眉虎眼，耳大如扇，一看就是饱经风霜、历尽忧患、在马背上打天下的开国皇帝。"

　　"为人若何？"

　　"是有道明君。仁厚旷达，体恤人情。在大典上，当着满朝文武，几次呼太后为国母。"孟昶答道。

　　太后无语，停了一会儿，安排道："有来不往非君子。明日，我率儿媳妇入宫谢恩才是。"

　　翌日，李太后率孟昶妻妾乘轿入宫拜谢。太祖闻之，龙颜大喜，他的"宽厚降臣，遍赏金帛"看来已立竿见影，坐等花开。趁此，名正言顺地一睹美人的花容月貌，借慰渴念。于是，令大内皇辇将她们接至内殿，妃嫔扶掖，皇帝降阶，口称国母，礼仪厚重。李太后匆忙出轿，欲行大礼，反被赵氏妃嫔扶住，受了皇帝一拜，曰："国母年高德望，如朕之母，怎有下拜之礼？请坐，请坐。"

"皇上如此降礼，折煞老身了，老身叩谢皇上大恩大德。"太后施礼后入座。

孟昶眷属一一上前拜谢。挨到花蕊夫人拜谒时，太祖只觉眼前一片亮丽，一股浓淡相宜的香泽沁入肺腑。他瞪大龙眼，一位如花似玉的少妇亭亭玉立眼前，似洛神出浴、嫦娥下凡，倾国倾城之美惊得他眼发直，心颤抖，灵魂出窍，神魄颠倒，半天说不出一句话来。在恍兮惚兮中，只听得娇声软语："臣妾徐氏见驾，虔祝皇上万寿无疆！"

这本是普通客套话，但出自花蕊夫人之口，在他听来，如莺歌燕语，呖呖动听。只见她盈盈下拜，如迎风柔柳，婉丽婀娜。他忘情地伸开双臂，想搂着这位温馨如玉的女人，一吻芳泽，却见李太后正襟危坐一侧，凛然不可侵犯。他才方知不是巫山幽会，而是太后率亡妃拜谢。他伸开的手缩了回去，笑中有几分尴尬："久闻花蕊夫人盛名，果然国色天香，幸会，幸会！"

为不失皇威，他努力避开眼前这一美人的诱惑力，和太后话起家常："国母从天府之国来到酷热的中原，还习惯否？"

"承蒙皇上垂怜、体贴，如至家中，习惯，习惯。"

"国母若不习惯，戚戚怀故土，朕派人送国母回川。"

"臣妾本太原人，倘得归老并土，吾之平生大愿矣。"

太祖听后大喜："待朕平了刘钧，即还国母所愿。"

太祖尽管在和太后话家常，心却系在花蕊夫人身上，不停偷觑着，掷去多少飞眼，看得花蕊夫人脸飞红霞，像一朵夏日醉玫瑰。她羞赧得不敢正视，只好俯下花容。

"皇上，娘娘们早准备齐备，等皇上、太后大驾光临！"一位侍女一溜碎步小跑进来禀道。

"好，好，巡游一下后宫，国母今后好常来常往！"

在宫女、内侍引导下，太祖陪杜太后入谒六宫，兴致勃勃地给她们解说宫内的一草一木、一亭一物。临别时，太祖一再邀请太后随时入宫玩耍，他会随时奉陪。太后不断称谢，向太祖告别。太祖一送再送，目光不离花蕊夫人的身。

待他们一一上轿远去，太祖仍屹立在那儿，痴痴地望着。六宫佳丽三千，过去自以为她们美轮美奂，无人可比，可今日和花蕊夫人一比，个个花容顿失，如东施与西施相比。他心猿意马，空落迷茫，几日都睡不暖席，食不甘味。通过几夜失眠、折腾，他下决心，宁可遭天下人非议，也要把花蕊夫人抢到身边，来个金屋藏娇。于是，一条毒计爬上心头，他不得不如此了，无毒不丈夫！

几天后的一个下午，太祖召孟昶进宫赴夜宴，孟昶立即乘车入大内。是夜，华灯初上，宴厅摆好一桌山珍海味、玉液琼浆，四名穿着华美宫装的丽人像花朵般绽放在御桌四角，频频敬酒，殷殷夹菜，气氛分外温馨、祥和。酒席上，君臣二人推杯换盏，其乐融融。太祖更是殷勤、豪爽，无尊卑之分，无君臣之别，时而张口饕餮，时而举杯豪饮，时而煮酒论英雄，时而戏说话南北。他已有了几分醉意，嗓门更洪大，酒话更粗俗："昶兄，朕特为你准备一桌蜀菜，什么烧鸡戏虾米，青菜滚豆腐……全，全是地道蜀味，经典菜肴，吃了更想蜀中婆娘。哈哈……"

孟昶喝得晕晕乎乎，见皇上降阶吃喝，如荡江湖，他更是舍命陪君子，喝得天旋地转，什么美姬起舞、弦歌一堂，全然不知。直喝到夜半三更，烂醉如泥，太祖才令锦衣扶他上轿回府。

当晚无事，只是醉得人事不醒。次日晚上醒来，太祖又令太监召孟昶入宴。这时的孟昶已头重足轻，两眼昏花，站不起来，只好托来使向皇上表示谢忱。整整一天未进米粒，花蕊夫人送来稀粥，吃了两口便往外呛，上吐下泻，胸中像压着一块石头，喘不过气。急召成都随驾的侍医诊治，只见孟昶面若枯叶，不断抽搐，欲吐吐不出，又不停发干呕，小便失禁。侍医愣住了，再诊脉，脉号不上，他惊问："秦国公吃了些什么食物？"

"昨夜去大内和皇上共宴，回府便昏睡如泥，一天一晚才醒来。"

侍医惊慌失措"啊"了一声。

"他中了毒吗？"花蕊夫人瞪大双眸，急切切地问。

"王爷中……哦……说不清，只是……"他含含糊糊，吞吞吐吐，不知所云。

"恐怕是南夷的瘟疫，那儿瘴气多，暑天最盛行，怪吓人的。"玄喆咧着嘴道。

"南方有这种怪病，可中原却无这一病例。"侍医固执道，突然想到了什么，吓出一身冷汗，言不由衷地应付道，"也许是痢疾，是痢疾……吾开点止泻药，吃下去试试！"

一剂止泻药下肚，止住了泻。孟昶开始喝点流汁之类的食物，花蕊夫人见他有了好转，才深深吁了一口气。这几天，丈夫突然发病，来势凶猛，她顾不得吃饭、睡觉，整日守在病床边精心护理，递汤递水，喂药喂饭，脸上的红晕消失了，显得消瘦苍白，像冰清玉洁的雪美人，更加楚楚动人。

"花蕊，你为我形容憔悴、脸色苍白，为我吃尽苦头，我对不起你——"后主的声音是那么虚弱、伤感。

"别说这些，好好养病吧，过两天，我陪你到花园走走，看看那红红的花、绿绿的叶，听听百鸟的啁啾、溪水的鸣唱……"

"这个世界再美也不属于我了，只能如杜甫所言，'感时花溅泪，恨别鸟惊心'，平添一番惆怅罢了！"

"别那么伤感，日子会好起来的。"她强作微笑，宽慰道，嘴角却挂着沉沉的苦涩。

"花蕊，别自欺欺人了，你心中和我一样苦。假如我早去，你要善待老母和儿孙，为了他们，你……"说到痛处，他泪流满面，大颗大颗的泪水和着鼻涕流到胸前。

"别尽说这些断肠话，你的病不是好转了吗？应庆幸才是……"她含着泪，用纤纤素手封住他发白的嘴唇，一边用御巾给他擦眼泪、鼻涕。无声的泪水却悄悄滴落在自己的手背上。

他无力地闭上眼睛。

三天后，后主的病势直转急下，全身发黑，浑身剧痛，大吐大泻，七窍来血。花蕊夫人派人禀报皇上，皇上派来御医，瘦削的肩头上插着一根瘦长的脖子，一双鱼泡眼半睁半闭，那不是糟蹋艳娘的莫德行吗？花蕊夫人先是一怔，眸子里射出两道冷若冰霜的寒光，娇声叱道："你来干什么？走，秦国公的病好了，不需要你这种人。"

"夫人还在忌恨庸医弃暗投明？其实，当今世界，不仅君择臣，臣也择君。错投了主，反戈一击或弃之而去，乃是识时务之俊杰，何必耿耿于怀！夫人不是亦重新选择了一代明君吗？庸医今日是奉新主圣旨来救死扶伤的，望夫人笑纳。"说完，那带着邪恶的目光在花蕊夫人冰清玉洁的脸上舔来舔去，充满了幸灾乐祸。

夫人傲然屹立，两道明若秋水的眸光咄咄逼人，逼视着这一衣冠禽兽，厉声道："滚，别脏了我的寝殿！好一个择君而侍之俊杰，原来是一个不知人间还有'羞耻'二字的小人！你淫乱后宫，逼艳娘陷入死境，自己却脚板擦油，溜之大吉！你连禽兽都不如！滚，滚，滚！再不滚，我喊待卫了！"

一串"滚，滚，滚"似一柄利箭，戳穿了莫德行伪善的外衣，他战栗不安，怕原形毕露，便转攻为守，露出狞笑："讳疾忌医，等着收尸吧！"

话未落地，只见孟昶蓦地坐将起来，瞳孔大张，放出异样的光，食指直勾勾地指着这一败类。莫德行吓得大汗淋漓，夹着尾巴，连连后退，夺路而逃。

这时的李太后，也许是一种心之感应吧！突然心脏急剧跳动，像怀揣脱兔一般怦怦直跳，一对眼皮上下不停打架、闪动。她似乎意识到什么，和谁也不说话，提起龙头拐杖，迈着金莲，往儿子寝殿小跑。未曾入殿，便听到一片令人心碎的哭喊声，忙奔进殿门，黑压压一屋人在悲号哭泣。她的脸色一下子刷白，踉踉跄跄跌了进去。咚的一声，一屁股跌坐在椅子上，拐杖飞出丈许。她木然坐着，望着儿子那僵硬的尸体，老泪纵横，嘴哆嗦着，终究没吐出一个字来。

花蕊夫人抱着孟昶，呼天抢地哭成了泪人："夫君啊，你醒醒呀醒醒……我和太后……不能没……有你呀……"她哭着，吼着，使劲地摇着，要把他从酣睡中摇醒过来！她昏倒在后主身上。

阿随见夫人昏了过去，吓得直喊御医。御医就诊，说是气血攻心，无大碍，将自己随身带的药汁给夫人喂在嘴里。夫人苏醒过来，看到丈夫干瘦如柴，只剩下一张皮，又号啕大哭起来。

阿随边哭边劝："夫人，您不顾命地哭，伤坏了贵体，谁给后主做丧事？！您再看看太后，她，她……"

夫人朝太后望去，太后像一尊要倒不倒的泥塑木雕，双眼空洞无神，脸上挂着泪痕，呆痴痴地倚在木椅上。夫人的心又像插了一把钢刀。她努力抑制着自己的哀痛，擦干眼泪，走向太后："太后节哀，官人猝然暴病，儿媳不忍让太后牵挂、痛心，便密不相告，以为吃吃药，加上精心护理，官人会痊愈。没想到，他竟如此凄然地离开我们……"说完，又是一串止不住的眼泪。

太后欲哭无泪，她深知，亡国之君没一个能逃出厄运，都是这种下场，是历史之必然。毒害亡君如捏死一只蚂蚁，踩死路边一苗衰草一样。她看透了人生，看透了政治，故玉津园都在哀哀恸哭，独她有泪无声。她颤抖着站立起来，用苍老无力的手端起了酒杯，缓缓地以酒酹地，神情那么虔诚，那么专注，那么凄凉。寝殿哭声停住了，只听见一个凄厉、苍老的声音道："汝苟且偷生取羞于今，不死于社稷，不死于沙场，却为降王不明不白死于斯。悲矣，哀矣！吾所以忍死者，因汝在矣！汝已去，吾今生何用？！"

说完，她闭着眼，摇了摇头，拄着龙头拐杖在侍女搀扶下颤巍巍地去了。侍女们给她浴身、梳妆后，她静静地卧在床上，不吃不喝不言语。

到了第三天，她令花蕊夫人独自到床前。这时的太后已形销骨立，脸如干瘪发皱的霜叶，唯有眼窝里那哀怨的光才使人感到她的一线生机。她拉着媳妇那纤纤素手，有气无力道："皇媳，太后无力庇护你了，孟氏血脉要靠你庇护。吾观之，皇上对你一往情深，为了延续孟氏烟火，保护孟氏子孙，你要顺从圣意，忍辱负重……这是吾唯一的遗愿，切记，切记……"

说着说着，她声音细若游丝，听不到声息了，干枯的双手松开了，垂在软软的锦被上，她化作一缕魂魄追寻她的先王和皇儿去了。走时，她那么安详，嘴角上挂着一丝凄苦的笑，睫眉上有隐隐的湿润的泪滴。

花蕊夫人陷入亡夫的悲恸之中尚无法自拔，又经历太后绝食而逝的哀痛，这双重的打击接踵而来，使她痛不欲生，几次缚绫自缢，都被细心护理她的阿随搭救："夫人，想开些！你去了，谁荫庇这群皇子皇孙？老夫人的遗言不是成空话了吗？你这样做，对得起黄泉之下的太夫人吗？"

这一连串的问话像庄严的使命一般，她默默地扛在自己柔弱的双肩，苟活了下来。女人难，亡妃更难！在皇权、男权桎梏下，她苦苦承受着，熬煎着，挣扎着，含着眼泪办理丧事。

太祖闻之，废朝五日，素服发哀于大明殿，追封孟昶为楚王，谥恭孝，令发官库钱财助丧。又令鸿胪卿范禹护丧事，将太后和孟昶的灵柩由千名甲士护送至洛阳北邙山下葬。

北邙山在洛阳城郊，从东汉光武帝起，便是历代帝王的墓区、陵园。皇苑巨墓，帝陵累累，古木参天，奇花遍地，一般臣民无法享受这死后的殊荣，无法进入这一禁地。

太祖厚葬死人的场面是做给众人看的，尤其是做给花蕊夫人看的，他不仅要征服一个国家，更要征服这个国家的亡妃美人的心。

这次送葬规格不谓不高，声势不谓不大，吸引着沿途看热闹的人们，都称太祖大慈大悲、仁义满天下。但更吸引人心的，是那别具一格的一群黄鸽的送葬。金色丰润的羽毛，长长的红嘴壳，圆圆的眼睛，扇尾一张，如孔雀开屏，这便是稀世珍禽扇尾鸽，花蕊夫人管它们叫蓝天佳丽，正如孟昶在蜀宫将毛色如芙蓉的芙蓉鸥封碧海舍人、三品鸟一般。这蓝天佳丽时而振翼苍穹，时而群立灵柩，像鸽子花绽放在蓝天，像黄孔雀开屏在田野。这是花蕊夫人的杰作。她早年在蜀中除了嗜花，就是爱鸟，她说这些是大自然的精灵，给人美好和纯真。到汴京后，她的兴趣更往鸟儿们身上倾斜，她喜欢亲自喂水送食，喜欢去窗前放飞。鸟儿也通人性，一到进餐时分，它们一只不少地飞回来了，围着美丽的女主人讨食。

这次，去几百里的洛阳，花蕊夫人提出黄鸽送葬，太祖认为这只不过是祭奠而已，也同意了这一特别的葬礼。

葬礼用了半个月，主持丧事的朝官回京缴旨，花蕊夫人也随同送葬队伍返回府邸。

次日，花蕊夫人进宫谒见太祖，感谢助丧之恩。太祖闻讯大喜，忙整顿衣冠出殿相迎。只见她一身缟素，眉衔破家之愁，眼含亡国之悲。粉脸凝霜，桃腮滴泪，像梨花带雨，玉骨姗姗，风韵楚楚。趁花蕊夫人盈盈下拜谢恩时，他将她轻轻扶起。男人粗壮的大手一接触那柔滑的腰肢和羊脂般的肌肤，情感的激流便化作热血在体内涌动，酥软、麻醉。花蕊夫人见他拥着自己，出于女人的警戒，她轻轻一滑，溜向一边，那双盈盈欲滴的眸子惊骇地看着他。这一看，勾住了这位陈桥兵变、黄袍加身的开国皇帝的魂魄，他神魂颠倒，不能自已。他像捉鱼般地逮着她，紧紧地拥抱着。只听得轻轻细语声："皇上，臣妾有孝在身，请……"

话未说完，夫人那温慧如玉的柔体又一滑，像美人鱼似的游向一边，耳畔飘来低低软语："有孝在身，请自重！"

这话像带刺的玫瑰，刺痛了他至高无上的心，他却感到美美的，挺有韵味。他睁目一望，殿内屹立着内侍、宫女，个个俯首窃笑。

赵匡胤自我解嘲道："请坐。朕只不过慕你横溢的才华而已。爱卿博学多才，请问，这首宫词出自何人手笔？"

"臣妾孤陋寡闻，愿皇上赐教。"

太祖清了清喉头，眉飞色舞道：

> 罗衫玉带最风流，斜插银篦慢裹头。
>
> 闲向殿前骑御马，挥鞭横过小红楼。

花蕊夫人一听，心里咕噜：他怎么知道是吾之作品，还倒背如流？这是描写宫娥承恩争宠的心态，以求宠幸，不觉粉腮含羞，轻语道："这是宫中的靡靡之音，皇上别羞辱臣妾了。"

"难得，难得，宫词之精品。趁天子出游之机，宫女绰鞭骑马，用佯装偶过御前的特殊方式来博得天子青睐，承恩获幸。有趣，入木三分！"太祖饶有兴趣，又吟一首：

> 秋晓红妆傍水行，竟将衣袖扑蜻蜓。
>
> 回头瞥见宫中唤，几度藏身入画屏。

"这是臣妾初进蜀宫的幼稚之举，多年不与了。"

"率真无邪，活泼可爱，朕喜爱这颗纯情的童心！"

"这只不过是反映宫中闲情逸趣、日常琐事的雕虫小技罢了，比之天子气吞山河的黄钟大吕，却是天壤之别，自愧不如！"

"爱卿能记诵朕的拙作？"

花蕊夫人掠过一丝笑意，莺歌婉转：

> 欲出未出光辣达，千山万山如火发。
>
> 须臾走向天上来，赶却流星赶却月。

"朕初通文墨，打油诗而已。没想到朕年轻时逃避朝廷追捕、四处漂泊流浪的随意文作爱卿亦能吟诵，知音难觅啊！"

"诗言志。《日出》一诗气势磅礴，展示了陛下在身逢绝境时的帝王气象，更令人钦佩！"

太祖一听，如沐春风，惬意、舒坦。他第一次感到和绝代才女在一起，本身就是一种享受，美丽天成。他感到他的谈诗论道已悄悄拉开爱情的序幕，他要进一步蹈礼循诗，沿着诗情画意走下去，直至完完全全拥有她，拥有她那如诗如画的身心。他进一步单刀直入，窥视她比外壳更美丽动人的内心世界。

"天意要让朕一睹夫人芳泽，才叫蜀亡。爱卿可知亡蜀原因所在？为朕口占一首述亡国诗若何？"

陛下的触角伸向了她内心深处的痛处，她的眼前浮现出蜀国君臣耽于享乐、文恬武嬉、将骄兵堕、军不能战的情景，亡国哀痛如潮奔涌。于是，她脱口而出一首《亡国诗》：

> 君王城上竖降旗，妾在深宫哪得知。
>
> 十四万军齐解甲，更无一人是男儿。

太祖连声喝彩："好诗，绝唱！爱卿，为朕亲笔书写这首佳作，如何？让朕好好品味！"

花蕊夫人凌空运笔，一气呵成，淋漓尽致地表达了她对蜀国君臣昏庸懦弱、兵不能战的愤慨和深沉的亡国之痛，揭示了后蜀灭亡的根本原因。这是一首千古不朽的绝唱，令须眉汗颜、壮士振奋。

大宋天子捋着胡须，看了又看，爱不释手，完完全全倾倒在她用才情和美貌编织的石榴裙下，一迭连声赞美："绣口锦心，千古绝唱，字字珠玑，价值千金啊！爱卿虽巾帼裙衩，胜过须眉男子！"

花蕊夫人凄然一笑，起身告辞，言回府处理善后事宜，太祖只好联袂相送。

一个黄昏，太祖派内侍召花蕊夫人赴宴，花蕊夫人向阿随曰："臣姐不敢去，怕老太后的遗言成真，我该怎么办啊！"

"是难躲不过，为了孟氏九庙之祀，夫人还是忍辱负重吧！"

她闭着眼，静静地流泪。女人啊女人，为什么生活得如此艰难、破碎、沉重！

内侍在一旁催轿："夫人，上路吧！天快黑了！"

花蕊夫人只好拜别亲人，在阿随陪同下，悒郁进宫。

辇车在太祖寝殿长廊上落轿，迎来四个宫女，其中一个女官模样的，笑道："阿随随我们去玩吧，让夫人觐见皇上。"

"这……"阿随支吾着，被这群宫女嘻嘻哈哈地卷走了。

寝殿里，中央顶壁上悬挂着一盏垂着金色流苏的用夜明珠装饰的银色组灯，将殿内照得一片通明。四周墙壁是一对对描金彩绘的龙凤喜烛，高高地插在荷花形的烛台上，红色的火焰欢快地跳动着，给殿内镀上一层扑朔迷离的红晕。殿内盆花散发出缕缕清香，加上远处飘来典雅的丝竹细乐，真是余音袅袅，香气氤氲，将殿内的喜庆、祥和氛围渲染到了极致。

殿内仅他二人对坐着，桌上盛满了佳肴，太祖不停地给她夹菜，殷殷地劝她饮酒。她脸上挂着微笑，心里流着血和泪，像那燃烧的红烛一样。要是在蜀国，尽管她不胜酒力，也会为孟昶频频举杯助兴，或展卷吟诗，或挥笔著文，或翩翩起舞。可今夜，她千千情结积郁心头，愁肠万转，哪有心思陪天子豪吃畅饮?! 她微微抿着酒，徐徐地夹起自己碗里的菜肴，轻轻地咀嚼着。忽然，她抬起头，抬起那双被深深忧郁浸泡得更水灵、深沉的丹凤眼，莺啼呖呖道："陛下，夜深了，臣妾该回府了！"

"花蕊，留在宫中侍候朕吧，朕不能没有你！朕知道爱卿眷恋故国和故人。朕伐蜀不是为了单纯地开疆夺地，而是结束十国纷争、疆侯割据、同胞自相残杀的混乱局面，一统华夏，让百姓共享太平。夫人深明大义，要从天下大势出发，走出心中的郁积。"

"臣妾来汴京多时，感受到皇上秣马厉兵、扫清六合、席卷八方、削平四海的雄才大略，吞吐日月、匡扶宇宙的凌云壮志。我钦佩，也拥护！"

"那爱卿就做朕的贤内助！让大宋繁荣昌盛，河清海宴！"太祖高兴得站了起来，上前拥抱她。

她又一滑，悲凄地说："太后、夫君新亡，臣妾要服丧三年，尽妇道之德，履传统礼仪，这是人之常情。望陛下体谅未亡人的心境，尊重亡妃的人格。"

酒是人的情，是人的胆，也许是两杯酒下肚，她心胸更澄明、恣放，语言更率直，忧郁的双眼闪着一种更执着、清纯的光泽，白皙的两颊抹上一层淡淡的玫瑰色，显得那么凄美、悲壮，楚楚动人。

太祖怎会放过这含在嘴里怕化、揽在怀里怕飞的美人儿，他想到了杯酒释兵权的故事。那是他即位不久，一个草枯鹰逐的深秋，他一反往日的忙碌，召令昔日跟他一起打天下、战功赫赫、权倾朝野的将帅十兄弟石守信、高怀德、张光翰等随驾狩猎。将帅们在崇山峻岭中恣意驰骋，开弓射箭，收获了丰盛猎物。中午，君臣围坐一起野餐，觥筹交错，好不尽兴！突然，太祖仰天长叹："皇帝不好当呀！自登基以来，朕未睡一个囫囵觉，没吃过一顿开心饭，没真正痛快过！"

众帅愣住了，不解地问："陛下，这是为什么？"

"复杂又简单，九五之尊，谁不向往？"

众帅吓出一身冷汗，战战兢兢道："天命所致，谁敢异念？吾等跟随陛下出生入死，忠心不二，日月可鉴！"

"众卿和朕乃生死相交，肝胆相照，毋庸置疑。怕就怕尔等部下心怀异志，有朝一日，黄袍加在尔身上，尔纵是忠君重主，恐怕也骑虎难下了！"

"臣等愚昧，请皇上明示！"

"曹孟德在《短歌行》中写得好：'对酒当歌，人生几何？譬如朝露，去日苦多。……'虽然情调低沉、伤感，但也道出人生之真谛！众卿跟随朕苦了一辈子，还不是为了过太平盛世、高官厚禄、封妻荫子的日子。既如此，莫如解去兵权，任一个荣誉高官，置良田豪宅，挟伎欢宴，颐养天年。朕愿和众爱卿结为儿女亲家，皇亲国戚，风光显赫，两相无猜，免去征战之苦、案牍之劳。"

"金石之言，造福万代，皇恩浩荡，臣等感激不尽！"

就这样，在轻轻松松的酒席上，不通过喋血斗争，赵匡胤就悉数解除了老臣宿将的军、政、财大权。这就是历史上有名的杯酒释兵权。今日，面对令人垂涎的美人加才女，他要故技重演，来个杯酒夺美人。于是，他故作豪爽、宽容，笑曰："服丧节欲，坚守贞洁，令人钦佩之至！朕令人护送爱卿回府，但要陪朕侍饮。这个要求不过分吧！"

花蕊夫人只好强装笑脸，陪太祖侑酒。她手持银觥，一股色泽红亮、晶莹剔透的琼浆像泉水般注入金杯，芳香四溢。太祖把酒相望，然后脖子一仰，咕噜咕噜喝个杯底朝天，接连饮了三杯。当花蕊夫人为他斟第四杯酒时，他粗大黧黑的双手紧紧攥住那双纤纤玉手，大咧咧道："来而不往非礼也，夫人敬朕三大杯，朕只回敬夫人一杯，若何？"

"臣妾本是滴酒不沾，今日陪陛下饮酒，早过量了，下次再补吧！"

"朕乞夫人今日赏光，不负圣意。"

花蕊夫人为了摆脱纠缠，只好从命。只见她用春葱似的手指握住酒杯，轻轻上举，嘴角荡出一个浅浅的苦笑，徐徐送至唇边，微微一抿，含进嘴里，缓缓浸咽。顿时，玫瑰花似的小嘴更红艳欲滴，润泽喷香，两潭秋水般的眸子更柔情似水、深不可测，纤秀、柔软的身姿微微地左倾右斜，像微风中的杨柳，袅袅婷婷，饮出了女人的千娇百媚、风情万种。这是一种天生丽质的美，一种凄楚悲怆的美，难怪贵妃醉酒传为历史佳话，经久不衰。

看着，看着，他如痴如醉，趁势揽她入怀。她天旋地转，恍恍然欲仙，飘飘然若梦，仿佛和后主在醉梦中神游，超然于天地万物间。她燕语声声："臣妾醉了，扶臣妾上床吧。"

太祖紧紧搂着她，那么柔若无骨、软玉温香。他狂热地吻着她的发际、雪额、香腮、红唇，她含情脉脉，娇嗔道："老夫老妻的，还是那么狂野。"

太祖血液奔涌，欲火中烧，将她紧紧地抱着吻着，抱上御床。他褪去她的罗衫，被她绝世的美艳惊呆了。

莹白细嫩、富有弹性的肌肤散发出诱人的光彩和香泽，那高耸的酥胸、束素般的腰肢、丰满的臀部、修长的大腿，勾勒出女人曲线的波涛，像绝妙的玉雕，每一个细部都刻画得那么完美无缺。赵匡胤感激造物主给他造化了这一部经典杰作，将女人的美淋漓尽致地展示出来，毫无保留地赠给了他。他感到他是世界上最富有、最幸福的人，他拥有了天地间的两个尤物，一是江山，二是美人，熊掌和鱼兼而有之，他怎不豪情万丈！这时，雄性的躁动如火山爆发，情爱和性爱在体内燃烧，他狂烈地吻遍她的全身，将灼热、肥厚的嘴唇压在她玫瑰花般的红唇上，宽阔、壮硕的胸膛贴在她那高耸、润滑的酥胸上。她伸出两只光洁的玉臂，紧紧搂抱着他，以女性的全部柔情回报着他一次比一次更狂暴的性爱。

一弯新月挂在树梢，几粒寒星闪烁着。她一觉醒来，发觉一只大臂搂着自己，发出雷鸣般的鼾声。她惊骇了：皇上怎么睡在自己身边？只见他古铜色的身躯赤裸裸的，在柔美的灯光下溢彩流光，块块肌肉隆起，彪悍壮实，饱经风霜的脸上挂着满足的笑意。再看看自己，也赤身裸体的，肌肤上还留着他雄性发情的湿濡濡的印迹。她迅速扯过锦衾掩体，双手捂着脸嘤嘤哭泣。哭声惊醒了太祖，他就势搂着她，像诓小孩似的："别哭，你已经是朕的人了！朕一定好好待你，像孟昶待你一样，不，比孟昶还爱你！"

长长的睫毛覆盖着她的双眼，羞耻、委屈的泪水从两汪深潭里流出来，挂在那张俊美的脸上，像清晨带露的百合，清纯雅致。太祖爱怜地用绢巾为她揩擦，吻干她的泪水，絮絮道："花蕊，你太美了！鲜花无法和你比拟，只有那风姿绰约的花蕊才能和你相比，朕仍赐你为花蕊夫人。你不仅美丽，更是富有智慧的女人！汉朝卓文君、魏国蔡文姬、唐代薛涛比你也逊色一筹，朕册封你为慧妃吧！从现在起，你就是朕的宠妃，你的儿子就是朕的皇子，朕会善待他们……花蕊，人死了不能复生，况且，朕按太后、王公的礼仪厚葬他们，你应该走出悲伤，爱现在活着的人吧！朕虽是大宋天子，也是凡人，需女人的温情……"

花蕊夫人静静地听着，止住了哭，当她听到"你的儿子就是朕的皇子"时，她忆起了太后临终遗言，感到默默守望中一种情感的交流、心灵的沟通。

更何况，她的肌体被他完全占有了，她别无选择，只有默默承受。她睁开眼睛，脸上浮起凄楚的笑意："陛下金口玉言，一诺千金？"

"承诺是金。天子口里无戏言！"太祖说完，肥硕、彪悍的身躯又压在她娇柔的身上，她做了他实际意义上的女人。

次日，太祖下诏，册立花蕊夫人为慧妃，住进了玉真宫。仁赟为云麾将军，检校太傅；玄喆为镇州驻泊兵马都铃辖；玄钰为右神武统军。孟氏一族在花蕊夫人荫庇下，无一白丁。

第二十三章　天下未平蜀先乱

太祖自醉酒逼幸花蕊夫人后，被她的美艳才情倾倒，三宫佳丽、六院粉黛在这位不同凡艳的佳人面前全黯然失色。他夜夜宠幸玉真宫，迷醉在旖旎的温柔乡里。

玉真宫和所有后宫一样，都有精美、辉煌的楼阁亭榭、雕梁画栋。所不同的是，在太液池畔，多了画舫、乐楼、鸽阁。每天，太祖天不亮上朝，她也同时起床梳妆。早饮一毕，自去池畔楼阁消磨时光。尽管太祖对她宠冠六宫，呵护备至，夜夜宴乐，朝朝欢娱，每日退朝径自还宫和她调侃作乐，她仍提不起劲，仍含颦带忧，水汪汪的双眸像浸泡在泪水里一般，默默看着太祖，偶尔闪过一个清丽的浅笑。最是这凄美的一笑，更使太祖勾魂，以为是神韵天成，美到极致。于是，太祖更用那粗犷、豪爽的爱去疯拥狂亲。她伏在他怀里，如一只柔顺的猫。这强烈的反差，使太祖一次次地占有她，不能自已。而她，身在宋宫，心在蜀地，夜夜勉承雨露，日日思念故人。

一日，纵目荷塘，见田田荷叶如闪光翡翠，勾起昔日在蜀中和孟昶嬉戏宴乐、抚琴吟诗的情景，不禁痴情缕缕，春心无寄，为纪念那段逝去的爱情，便泼洒丹青，默默作笔。先画了一幅孟昶登基图，皇冠皇袍，神采奕奕，在百官朝贺中健步登上九五之尊。她品味着、回忆着，泪水一颗一颗滴落在画面上，润湿了一大片。她摇了摇头，那是明目张胆地触犯天颜，赶紧惶恐地焚了。只见画纸变成焦片，像只只黑色、灰色的蝴蝶翻飞着，最后落入盆中化成灰烬。

她似乎悟出了什么，孟昶狩猎爱穿猎服，挟弹弓。她又重新铺开画纸，捕捉形象，抓住画中人的主要特征和爱好，画成一个寻常挟弹人。左侧立一趄趄武神，那是开国元勋赵廷隐；右依一金童，手捧香果，那是儿时玄喆。看呀看，她满意地苦笑了，轻轻自语："相思何其难耶！"

从此，每每太祖一走，她便悬挂墙壁，香花顶礼。一次，太祖早朝提前归来，匆匆来至画厅，见墙上高悬画像，嶙峋巨石上坐一紫衣挟弹者，宽脸硕耳，浓眉大眼，怀抱木琴，抚弦而歌，看上去神足意浓，笔画丰厚，栩栩如生，呼之欲出。既非佛祖，又非凡人，似曾相识，却又忆不起来。他是谁呢？太祖心中一片狐疑。但见案头香烟袅袅，红烛高照。花蕊夫人正顶礼膜拜，那么虔诚，那么专注，太祖进殿她竟然全不知晓。

"爱妃所供何人？如此焚香礼拜？"

轻轻一句问话如惊雷轰顶，震得她惊魂失魄，脸色如霜，心突突地跳。她告诫自己，要沉住气，不能露馅。她缓缓站起来，急中生智，凄然一笑："此蜀中送子神仙张仙像也！传说妇人虔诚供拜，可得子嗣。臣妾想为陛下生一龙子，巩固天子恩宠。"说完，偎着太祖，不胜娇羞。

太祖抚着她的发际道："张仙既是送子神，爱卿又如此虔诚，何不供养静室，早晚香花宝炬供养。供在画殿众画之中，岂不亵渎仙灵？"

"臣妾想专设祭堂，怕陛下斥之为异端，触犯朝规，故躲躲闪闪，背着陛下取出来小祭。"

"爱卿多虑了，处处规范言行，难能可贵！从今日起，无须搬上搬下，择间静室日日供养。"

花蕊夫人如释重负，盈盈下拜，娇啼婉啭："谢陛下恩泽。"

从此，孟昶的画像悬于静殿，花蕊每日焚香点烛，早晚膜拜，寄托哀思，在晨风暮色里奏起了安魂曲。

宫中妃嫔闻之，均想得子见嗣，以葆荣华富贵，于是纷纷来玉真宫求索神像。花蕊夫人本性宽厚温柔，不厌其烦地为她们画像。三宫六院，到处悬挂画像，蔚然成风。民间也悬挂张仙送子画像。画铺生意更为火爆，每日千张均不够销售。家家香烟袅袅，户户顶礼膜拜。张仙送子的神话被炒得沸沸扬扬，经久不衰，愚弄了君君臣臣，父父子子，影响了后世人。这段香火姻缘成就了送子张仙，民间俗称张仙送子神由此而来。后人对此有书评：

> 怀旧诡说是神灵，阴阳两界情难分。
> 一片痴情动天地，古今岂止息夫人。

一个早晨，太祖邀花蕊夫人去近郊狩猎，花蕊夫人正在水晶帘下对镜梳妆，一头靓丽的青丝像瀑布般倾泻而下，光泽鉴人。只见在玉指纷飞中，一朵朵云髻如黑牡丹般绽开，发出阵阵清香。太祖坐在一旁观看，心神俱醉，心里默想：美人在水晶帘下梳妆竟是一桩美事，怪不得古往今来，那么多骚人墨客吟诗作赋，乐此不疲。朕戎马倥偬大半生，今日才一睹韵事，享受这天然情趣。妙哉、妙哉！不禁吟诵起来：

> 慢梳鬟髻著轻红，春早争求芍药丛。
> 近日承恩移住处，夹城里面占新宫。

花蕊夫人一听，太祖在吟诵她的旧作，不禁几分羞赧道：“皇上又在羞辱臣妾了，臣妾不再对皇上梳妆。”

说完，用御梳轻轻捶打太祖肩膀，太祖一面故作夸张，叫嚷“疼疼疼”，一面夺过御镜对着夫人叫“美美美”！花蕊夫人追逐着，捶打着，太祖后退着，嬉笑着。夫人够不着，便别过脸，假作娇嗔又自顾自地梳妆起来。镜子在太祖手上拨弄着，镜周围以云龙为框，烘托着皎月般的明镜，辉煌夺目。

突然，右下方镌刻着一排小字——“乾德四年铸”跳入眼帘，赫然瞩目，刺人心弦，太祖脸上笑容顿消，疑惑重重：朕改元前，曾谕百官，考遍年号，勿与前朝重复。赵普拟“乾德”年号，说无帝王用过。孟昶是“乾德”三年归降，显然这个“乾德四年”不是朕的年号，便问花蕊夫人道：“御镜何来？”

花蕊边绾云髻，边答曰：“是臣妾从蜀宫带来的日用品！”

“乾德是他的年号？”

“非也。他嗣位时，沿袭父皇知祥年号，为明德，后改为‘广政’，直至蜀亡。"

"此镜上的年号又是哪位帝王的呢？"

"臣妾不知。臣妾只知使用，不兴考证。"花蕊夫人何尝不知是前蜀王衍的年号，她知宫闱复杂、诡谲，少说为佳，少惹是非。

"唔，唔，如此看来，是前蜀年号无疑。"他自解道，一面催花蕊夫人上路。

花蕊夫人梳妆、更衣已毕，只见她头戴金冠，一袭金色紧身衣裤，外罩深红色披风，身佩弓箭，骑上黄金骠马，英姿飒爽，光彩照人。身边侍女紫衣紫裤黑披风，各持弓箭在手，整装待发。太祖喜上眉梢，骑上他心爱的胭脂马，二人并辔而行，驰出后门，五百羽林轻骑警卫，沿汴河畔而去。

这是花蕊夫人第一次跟他出游狩猎，野趣横生，猎物丰厚，直至黄昏返宫。

次日上朝，太祖坐在大殿上，劈头盖脸就问："'乾德'年号，前朝可曾有过？"

群臣你看我，我瞅你，个个摇头，均说不曾有过。赵普首相俯首不语，只有大学士窦仪出列，朗朗奏道："据臣所知，前蜀王衍曾用此年号。"

赵普的头更俯下去了。太祖白了他一眼，曰："怪不得御镜上有'乾德四年铸'的字样。窦爱卿博学多才，宰相应起用能人治政。"

赵普当众被露短，羞愧难当，脸红到脖子上了，一迭连声道："是，是。"

朝臣们见太祖如此赏识窦仪，窦大人提副相是迟早的事了。

太祖已确有此意。一次，太祖问赵普："窦仪是相才，提为副相若何？"

赵普，北宋开国第一谋臣，一位有远见卓识的政治家，足智多谋，又身体力行，但却专权，一生不好辞章、古籍，酷爱孔子《论语》。赵匡胤做节度使时，见他手不释《论语》，方问："治国平天下，《论语》何用？"

他神秘兮兮笑曰："半部为将军打天下，半部为将军治天下，是也。"故史称他一部《论语》治天下。

据说他死后，遗物里只有二十篇《论语》，这自是后话。本来，窦仪刚正廉洁，又有满腹经纶，二人联手，珠联璧合，相得益彰，可谓黄金搭档。可赵普专且忌，堂堂一品，怎容下僚揭短，于是曰："窦仪文艺有余，理政不足。"

太祖听后，默然不语。

窦仪冲口而出，本亦后悔，又闻赵普诋毁，更忧心如焚，郁郁寡欢，不久积郁而逝。太祖哀其才华，以相国之礼厚葬。

没过几天，蜀中飞报，是西川行营都部署王全斌发来的十万火急的信，言文州刺史全师雄聚众十万，号称兴蜀军，反叛作乱，前去征剿的先锋都指挥使高彦晖阵亡，宋兵败北而还。成都危急，上表求救。

赵匡胤大惊失色，曰："天下未平，蜀中先乱，何也？"遂和众臣商议救援之事，适逢蜀中父老扶老携幼来汴京告御状。太祖立即接见他们，详细了解情况，方知全师雄聚众作乱的真相，遂令礼部将上告蜀人妥善慰抚、安置。

原来，责任归咎王全斌的腐化失职。两路军入川，纪律迥异。归州东路军刘光义、曹彬约束军队，执法严明，无一将校士兵敢以身试法，对百姓秋毫无犯；而以王全斌为首的凤州北路军收复西蜀后，自以为立下不世之功，烧杀抢掠，为所欲为，百姓怨声载道。王全斌进驻成都后，整日泡在蜀宫，和宫女们淫荡取乐，宴饮共欢，不理国事、军事，纵容军队掠取财帛，奸淫妇女，恣意骚扰，蜀民苦不堪言，视宋兵为豺狼虎豹。

曹彬见状，甚感忧虑，多次苦谏严律兵纪、班师回京，王全斌一笑置之："打天下是爷们，享天下也该爷们！什么军纪不军纪，让他们轻松轻松，过几天神仙日子，不犯王法！"说完，一串"哈哈"。

曹彬只好摇头而去。

就这样，好端端的局面被西路军搅成一锅不可收拾的糨糊。街上铺店紧闭，路断行人，西蜀首府上空愁云笼罩，只有蜀宫灯火辉煌，弦歌不绝。

成都北校场里，集结着三万放下武器的蜀兵和少量家属，他们像狗豕一样被关在集中营里，一日两餐，糠菜充饥，个个饿得皮包骨头。瘟疫四起，饿死、病死的不计其数。每日狱卒像拖狗豕一样将尸体拖出牢房，抛入荒郊，任狼撕鸟啄，甚至将重病号也当死尸一样暴尸郊野，降卒苦不堪言。

一次，两个喝得酩酊大醉的宋兵闯入集中营，像军犬似的东闻西嗅，上翻下踢。他俩是来拖死人病号去野葬的，不期然发现一小女子，虽然蓬头垢面，衣衫褴褛，却不失清丽，一双大眼睛灼灼照人。他俩全身都酥了，龇牙咧嘴狂叫："哈哈，还有一只白天鹅，够爷们享受！"

说完，袖子一抹，像捏小鸡似的将小姑娘轻轻提起，搂着、啃着，踉踉跄跄抱出牢房。小姑娘拼命挣扎着、呼叫着，声音十分凄厉。姑娘她爹拖着醉汉的腿，磕头求饶："长官行行善，我一家七口全死在你们刀下，只剩下这唯一的亲骨肉了，你们不能伤天害理……"

那醉汉不容分说，足一蹬，将老汉跌倒在地，口里骂道："去你娘的！"

降卒们激愤了，怒吼道："放下，不准抢人，我们也是人！"

"你们也是人？一帮饿鬼见阎王去吧！"骂完，醉汉搂着姑娘而去。

降卒拥上去争夺姑娘，一场武斗爆发了。

"住手！"

冷冷的一声，如晴空霹雳，双方被震撼了，僵立着，只听到小姑娘的抽噎声。只见一面目清癯、目光犀利的官员挥着手臂，从衙卒簇拥中凛然挺身而出，这就是手持尚方宝剑的成都知事吕余庆。吕余庆正率一队衙役巡示，忽闻北校场闹事才匆匆赶来。本来这是军中事，自有军法裁处，地方官无须过问。可军法在哪里？他多次向王全斌进言，王均置若罔闻。眼看兵患成灾，危及国运，他只得越俎代庖了。

"你是何人？敢管咱爷们的事？"醉汉醉醺醺地问道，嘴角翻着白沫。

"此乃孟昶神联中'新年纳余庆'的成都府知事吕余庆大人。"一个衙官道。

"就是天垂余庆的吕大人？可惜你只能安民，不能管军，哈哈哈……"一个军校身份的醉汉仍处在酒醉后的眩晕之中，酸不溜秋道。

吕余庆一听，火从心起，铁青着脸，厉声叫道："拿下狂徒！本大人有尚方宝剑在此，谁敢抗旨不遵！"

两个醉汉先以为是闹着玩的，没把地方官放在眼里，现听到尚方宝剑才知动了真格，吓得魂飞魄散，酒已醒了大半，忙跪地求饶。衙役一齐上前，收了他俩的兵器。

吕余庆环顾四周，监牢里的蜀兵一个个衣衫褴褛、形容枯槁，趴在窗柱上呆呆看着，要不是那一双双空洞无力的眼睛，还以为他们是一群群从古墓里挖出来的骷髅呢！看着，看着，他心碎了。这不是大宋天子的王法，矫枉必须过正！他"唰"的一声，从腰间抽出尚方宝剑，在空中重重一挥，瞪目叱道："代天执法，就地开斩！"

随着一个"斩"字，宝剑起处，两颗人头滚滚落地，吓得监守的宋兵个个瞠目结舌，连连后退，方知王法军纪触犯不得。降卒们一个个感动得泪水长流，山呼万岁。王全斌知晓，吕余庆铁面无私，和太祖有着不寻常的情谊，心里虽然咕噜不快，嘴上却不敢吭半句，还怕此事牵连自己，在圣上面前不好交代，只好下令整治军纪。

吕余庆这重重的一拳，对西路军起了警钟的作用，但哪能个个制服？士兵们仍背着上司掠财淫女，鱼肉百姓。

这时，太祖诏至，令将西蜀降兵整编为奉义军、怀德军，离蜀赴汴，从优从厚发给旅途生活费用，每名"装钱"十千。天子盛德，降兵无不感激涕零。东路军一接到圣旨，便给降卒一一发放，如数到位，而西路军却迟迟未动。原来王全斌不仅嗜杀好淫，也贪财如命，他认为对降卒待遇过于宽厚，便想趁机大捞一把。于是，擅自主张，克扣蜀兵军饷，只发一半。蜀军无不愤恨，行至绵州（今四川绵阳），一人登高一呼，鼓噪叛乱，万人揭竿而起，杀了羁押官兵，占领州衙门。

军队组织起来了，谁做首领呢？士兵们困惑了，一个军人站在高阜上，大声道："国不可一日无君，军不可一日无帅，群龙无首，不是办法，吾推举文州刺史全师雄为帅！"

众人视之，乃原后蜀皇帝孟昶驾前侍卫谢行本。

"全师雄将军治军有方，可去哪儿找他呢？"

"听说全将军及家属已抵绵州，住在郊外。"

"大概是涪江一带……"

义军七嘴八舌，一个以谢行本为首的寻帅组兵分几路，进行寻找。

却说全师雄携家眷八十余口离开文州，去京赴阙。来至绵州，适逢蜀军哗变，他怕卷入反叛旋涡，一家老小便屯驻城东郊区全家湾。这儿有一条小溪名芙蓉溪，一到秋初，芙蓉朵朵，碧波荡漾，两岸菁竹丛丛，柳条纷披，煞是好看，故叫芙蓉溪。这一带姓全，都是一个本家，全将军一家住进全家深宅大院，足不出户，谢绝会客。每天拂晓，全师雄一人扛几支钓鱼竿，提一个竹笆篓出门，黄昏归家。每天出门，都一再嘱咐家人、门岗，大门上锁，二门紧闭，和外界禁绝往来，为的是不被义军裹胁而去。

这天，全师雄来至溪边，桃李斗艳，醉戏碧波，他沉浸在美丽的春色里。也只有此时，纷乱的心才有点平静，才有息影林泉之感。他讴起了南朝风流天子李煜的《渔父》：

浪花有意千重雪，桃李无言一队春。
一壶酒，一竿身，快活如侬有几人。

一棹春风一叶舟，一纶茧缕一轻钩。
花满渚，酒满瓯，万顷波中得自由。

讴着，讴着，他无奈地摇了摇头，坐在溪边一块光溜溜的石头上，垂下鱼竿。只见浮子沉下去，又浮上来，浮上来，又沉下去，接连数次，这分明是一条大鱼上钩了，要是以往，他会惊喜迅捷地将竿儿一提、一抛，一条银色大鱼便乖乖躺在毛茸茸的草地上。可今日，他无知无觉，两眼痴呆呆地望着水面，纹丝不动。

"绵州天翻地覆，全将军却来桃花源垂钓，真有雅兴！"

全师雄侧身抬头惊看，身后围了一群军人，其中一个有些面熟，但一时忆不起来，那人哈哈一笑："贵人头上多忘事，几月不见，将军就不认识小弟啦？"

"啊，谢大人大驾光临，愚兄失礼了。"他认出来了，过去进京朝拜，谢行本总是威风凛凛地侍立孟昶殿前，十分神勇，今日却和蔼许多，脸上多了几分风霜之苦。他立身拱手施完礼后，曰："下官戎马半世，不求腾达，只求隐退还林，孤翁垂钓，度过余生。"

"覆巢之下，岂有完卵乎？宋军无恶不作，草菅人命，没把蜀人当人，命都没了，还能垂钓？！小弟静观大人垂钓许久，实乃姜太公钓鱼，非钓鱼，有所思也。"

"吾不想卷入改天换地的旋涡，后退一步自然宽了。"

"众兄弟揭竿而起，不是求飞黄腾达，而是要做个堂堂正正的蜀人，救同胞出苦海，不受皮肉之苦、胯下之辱，过一个正常人的生活。现在将士也自发起义，军中不能没有帅，望将军不负众望。"

"本人才疏学浅，武艺平平，既无临战经验，又无指挥才干，不是当帅才的料。谢大人是皇上贴身保镖，智勇过人，是最佳的统帅人选，何须他求！"

"国难当头，收复失地，重振河山，乃军人天职。将军文韬武略，传扬天下，望不再推诿。"

"谢大人，不好了！京畿传来噩耗，后主被赵匡胤毒死身亡，花蕊夫人被掳入宋宫，封为慧妃……"一个探子匆匆来报。

"可是当真？"

"从北边来的人都这么说。绵州城里正聚众哀悼后主，要为后主、花蕊夫人雪恨。"

全师雄听到后主猝亡、花蕊夫人逼幸，黯然神伤，默默地向汴京方向拜了又拜，蜀兵们均俯首默哀。谢行本见全师雄软了下来，向同伙飞了一个眼色，众兵蜂拥而上，不由分说，将全将军搂起就跑，直至衙门口。

衙门口的坝子里，围着黑压压的一群人，秩序井然，正在听一男一女的义唱。男的四十来岁，头发蓬松，不修边幅，清瘦中带几分书卷气，正横吹着一管三尺长的巨笛，口边还有两支小笛，随着手指翻飞，时而三管齐鸣，如千军万马驰骋沙场，似洪水猛兽奔腾呼啸；时而一管独鸣，如小泉呜咽，苦雨悲鸣。女的三十多岁，虽穿着常服，却掩盖不了美人风韵，声音清丽，带着磁性，和着笛声字字血、声声泪地唱着，唱得听众心如潮涌，热泪纵横。忽而旋律变换，显得出奇的平静，她一字一板地唱着：

君王城上竖降旗，妾在深宫哪得知。

十四万军齐解甲，更无一人是男儿。

唱到最后二句，哀戚中多了几分悲愤、谴责，歌声更悲壮、高亢、深沉，唱得男儿个个俯下了头颅，真是无面见江东父老了。

坝子寂静无声，一个苍凉的男声响起来："乡亲们，你们知道这千古绝唱是谁写的吗？是绝代皇妃、旷世才女花蕊夫人！"

"花蕊夫人千岁，千千岁！"听众动情地呼喊着，那呼声像一声春雷滚过人们滴血的心空，滚过沉沉的旷野。

"花蕊夫人解押赴汴，宋主问她西蜀亡国的原因，她蛾眉一蹙，口占、题写此词。宋主听了赞叹不已，称她锦心绣口。悲歌壮志，这首词也变成蜀人痛定思痛、卧薪尝胆、重整旗鼓的精神力量。乡亲们，我们要做顶天立地的男子汉，要以牙还牙，以血还血，拿起刀枪收复失地，将北狼赶出蜀西……"苍凉的声音变得更慷慨激昂、铿锵有力。

只见歌女手捧钱钵，走向蜀人，一面侃侃有辞道："我们不能做亡国奴，今天义演就是要大家有钱出钱，有力出力，团结一致，抵制外侮，要蜀人治蜀，还我蜀国……"

话未讲完，只听见乒乒乓乓的铜钱铁币投向钵子的声音，钵子装满了，钱袋装满了，人们还在捐赠着。

全师雄看着、听着，被这沸腾的场面吸引着了，他激动地问谢行本："这一男一女是何人？技艺非凡，很有鼓动力？"

谢行本手搭凉棚审视着，看了半天才一拍脑袋，惊叫一声："哎呀，那不是昭容李艳娘、圣手李十笛吗？"说完，一把拉过全师雄的大手，拨开人群，向中央挤去。人未拢，声先到："娘娘，圣手，你们辛苦了！"

这卖唱的一男一女在异地他乡听到熟人呼叫，甚是惊异，举目一望，乃蜀宫后主殿前侍卫谢行本，忙迎上去。

谢行本敞开大嗓门，如黄钟大吕一般："乡亲们，这义唱募捐的男女是何许人也？一是皇上的昭容娘娘，二是大名鼎鼎的魔笛李十笛大师。"

经他一介绍，人群如滚油锅里渗入一滴水，顿时炸开了。人们拥挤着，万头攒动，都竞相争看娘娘容颜，高喊着："赶走王屠夫，打到成都！打到汴京！"口号声响彻云霄，久久不息。

全师雄在见到昭容娘娘的那一刹那，他的感情信念产生裂变，他感到自己是"十四万军齐解甲，更无一人是男儿"中的软骨头、懦夫、逃兵，自愧自己不如女流。他忆起了一串串啸聚山林、揭竿而起的大英雄，陈胜、吴广、黄巢……要把"王侯将相宁有种乎"变为现实，他决心汇入这一历史潮流，力挽狂澜。

"这就是义军大帅全师雄将军！"谢行本大声宣告。

他大步跃上高阜，做就任演说："弟兄们，拥戴吾做大帅，吾本不才，仅是文州一小小刺史，但国难当头，只好奉天受命。第一步，收复成都，收复全川，赶走北狼，重建蜀国。第二步，直捣汴京，统一中国。"

他用惯有的威严目光扫视全场，见群情激动，掷地有声道："本帅宣布，义勇军取名为兴国军。原蜀宫殿前侍卫谢行本为副帅。弟兄们要举起义旗，团结一致，一反到底，打回成都！胜利是属于蜀人的。"

大帅言语不多，却煽起了军民灭宋兴蜀的热情，稳住了他们浮躁的心。

这艳娘和十笛是怎样走在一起来了？原来，艳娘逃狱后，自知无脸见人。又得知老父早已去世，身边无一亲人，便隐姓埋名，走到哪儿黑，就在哪儿宿，四处漂泊流浪，无一个准儿。不觉来至绵州郊区西山，见满山松柏郁郁葱葱，条条小溪潺潺而下，云缠雾绕，缥缥纱纱，倒是个神仙去处。于是，沿山路而上，来到一座道观——仙云观。

这是道教圣地，传说西汉文坛巨匠扬雄在此遇仙，经文曲星点拨作法，日夜苦学，成就了功名，故此地留下一个"子云亭"。亭旁有一池水，一年四季不盈不枯，是扬雄挥毫走笔、汲水成章之地，曰"洗墨池"。洗墨池不远处有一玉女泉，传说玉女爱上这才高八斗、风度翩翩的书生扬雄，每日晨昏都偎窗凝视，可这书呆子只知倚窗苦读、临池挥毫，全无视玉女一片痴情。玉女泪如泉涌，长年累月，滴泪成泉，直至扬雄上京求名、金榜高中。艳娘爱上这块圣土，便绾结成道，做了仙云观的女道士。她整日焚香祈祷，赎罪自新。

一日，一个穷愁潦倒的文人进观躲雨，她正在殿内默祷，只听得一个熟悉的声音叫了一声"艳娘"，她心一惊，脸上肌肉抽搐了一下，仍秀目紧闭，不紧不慢道："这儿只有女道士净土法师，没什么娘娘，想必施主认错人了。"

"娘娘化成灰，吾也认得，娘娘睁眼看看吾是谁？吾是李十笛啊！"

昔日，艳娘在宫中尽管卖尽风骚，李十笛总是瞧之不起，特别是香雪扇风波和怀孕丑闻披露后，更是疾恶如仇。不知为什么，在国难家仇面前，他居然原谅了她，见到她如他乡遇故知一般，禁不住惊喜而亲昵地呼叫起来。

"汝真是十笛大师？"她睁开了秀眼，一双润湿的眸子忽闪着，上下打量着他，只见站在眼前的不再是风流倜傥、才华横溢的天才艺术家，倒像一位失魂落魄的江湖艺人，要不是腰间别着的长笛，她还以为他是一个乞丐呢！

她喜出望外，眼里迸出早已熄灭了的火花，但她为自己过去的行为忏悔、羞愧，复又俯下了头，闭上眼，声音带着几分凄凉："昔日的艳娘早死了，吾是艳娘胞妹！吾知道她欠了大师和花蕊夫人很多情和债，只得来世补偿。大师去吧，别打搅她胞妹平静的生活！"

"娘娘，我找你找得好苦，真是踏破铁鞋无觅处，不期今日在此相逢。国难当头，我们还有什么个人恩怨可计较呢？过去的事就让它过去吧，应着眼现在和将来。"

她闭着眼，无一丝表情，只见两片干裂惨白的嘴唇启开了，低低吟咏着一首诗词：

> 老大初教作道人，鹿皮冠子淡黄裙。
>
> 后宫歌舞全抛掷，每日焚香事老君。

"这是花蕊夫人的宫诗！你是娘娘，你心没死！你要从屈辱、悲苦中解脱出来，十笛四处寻访你，就是要和你一起做些对蜀国有用的事情。"

"吾常为过去忏悔、悲切，圣手既不摒弃吾，就叫吾艳娘吧！"她徐徐抬起泪眼，"圣手日子过得还好吗？"

"叫吾十笛吧。自破城后，王屠夫四处张贴皇榜寻吾，言宋主以十万重金奖吾去汴京办皇家梨园，大批艺术人才北迁，包括黄筌父子也携画北上。吾不能一身侍二主，为五斗米折腰，便沿金牛道北上，准备在离天三尺三的剑门山区隐居，搜集整理诗词、乐谱，偷度余生。一面沿途寻访你的行踪，想和你一起完成未竟事业。目前吾正在搜集、整理《花蕊宫词》。近日，从北边传来花蕊夫人的新作，答宋太祖《亡国》口占一首，读后催人奋进，蜀兵十四万，无一是男儿，怎么不亡国啊！"

"大半年了，没听到花蕊夫人的消息，她还好吗？"

"亡妃有什么好运！后主被药死后，花蕊夫人又遭逼幸。据说她去了宋宫，只写了这唯一一首宫词，便封笔了，可见她的日子也不好过。"

"啊！"她陷入深深的痛苦之中，眼里噙着泪花，"你唱唱她的新作。"十笛唱了起来：

> 君王城上竖降旗，妾在深宫哪得知。
>
> 十四万军齐解甲，更无一人是男儿。

"这是一只进军号角，激励蜀军重整旗鼓，拼死疆场，只是曲调低沉，悲切了一些，让人感到压抑。末句应悲愤、高亢一些，激起将士兴军、国人兴国的激情。"

二人推敲着，歌咏着，一首悲壮昂扬的战歌从这儿升起，叩醒了巴蜀大地，叩开了千千万万父老乡亲的心扉。

"走，下山去，歌声是兵器，是战鼓，是号角，投入战斗吧！"十笛激动地说，一面拉着她下山。就这样，二人联手，义演募捐，为中兴救国四处奔波、呐喊。

绵州暴动的消息传至成都，王全斌震怒，即派重兵围剿，曹彬进言："吾闻全师雄是裹胁而致，决非本意，乱兵也非他下属，只宜招抚为主，攻心为上，申明大义，做好攻心战，晓之以理，动之以情，让暴乱自息。逼不得已，才以进剿，打击首恶顽固者。"

王全斌采纳了这一方案，即派马军都监朱光绪率一千精骑，直奔绵州。

朱光绪乃武夫悍卒出身，残暴贪婪，嗜杀好淫，他连夜赶至绵州。这时的义军除留少数老弱病残守城外，全在郊县收复失地、驻守城池。他纵马挥戈，率领铁骑冲入城内，见蜀兵就杀，见蜀人就砍，这群弱势群体哪是他的对手？！一个个像枯枝败草一般片片倒地。一路滥杀狂戮，直捣州衙。州衙卫卒尚不知怎么回事，便身首分家。杀到后宅大院，只见红楼珠帘，想必是全师雄的家眷住地。则见一小女子，长得如花似玉，轻柔多姿，他翻身下马，一把拉着，问："你是全师雄的什么人？"

"女……儿……"小女子吓得战战兢兢，像一朵颤动的娇花。

"哈哈哈，没想到这乱臣贼子还给爷们养了一个嫩闪闪的小妞，算爷有艳福！"说完，将小妞搂上马背，裹在怀中，粗声重气道，"传本帅口令，除这小妞外，全家老小，一律斩尽杀绝。"

口令一出，铁骑如狼似虎，扑向红楼，见男的就杀，见女的就淫，不分老嫩，不嫌美丑，就连全师雄的老母也没逃过淫杀，全家八十口人无一生还。全女见状，昏了过去。待她醒来时，才知自己一丝不挂地躺在牙床上，下身湿漉漉的，阵阵剧痛，像皮肉撕裂一般。耳畔鼾声如雷，一个胡子拉碴的大黑汉子正像死猪一般扯呼打鼾。

她"啊"的一声翻将起来，从床上弹到地上，温柔的羊羔变成一只复仇的困兽。她披头散发，两眼迸出仇恨的火花，一阵狂撕乱扯，将墙上、窗棂上的大红"囍"字撕个粉碎，顺手操起桌上的贺金喜银向那黑大汉狠狠砸去。黑大汉一夜"狂轰滥炸"太困了，以为在战场上拼杀，只有招架之功，无还手之力，砸得他大包小眼血流如注。他努力睁开睡眼，见全女乱发下那对复仇的眼睛，他惧怕了，嗷嗷直叫："别砸我，别砸，我是你相公！"

"我砸死你这禽兽，你糟蹋了我的身子，又杀了我的全家，我和你不共戴天！"说完，又是一阵子金条银块打去。

只见她高举一只瓷瓶，一步步向他逼去。他大手一推，瓷瓶打落在地，随着一声巨响，她一头撞在柱子上，鲜血喷涌，卧在血泊之中。他狂奔过去，抱着她，哭叫着："美人儿，我不是有意的，不是……"

全师雄听到全家老小毙命惨死，气得口吐白沫，昏了过去。待他醒来，便铁了心，咬牙切齿，暴跳如雷："不灭老贼，誓不为人！"遂自称兴国大王，召令兴国军，杀回绵州，将绵州团团围住。

朱光绪跃马挥剑，出城迎敌，叫道："昨日来叫战，汝是老丈人，方可让汝三招。今日小女子一死，汝却是老奸贼，本将劝汝回营收尸祭奠，别做本将剑下死鬼！"

"禽兽，畜生，本王正是来取汝狗头，将汝碎尸万段，祭奠冤魂！"声如狮吼，吓得朱光绪的坐骑连连后退，惊嘶不已。

只见"嗖嗖嗖"，刀风骤起，一口水泼不进的钢刀挟着寒光直奔朱光绪的头顶。那朱光绪见"刀劈华山",大吃一惊,身子一偏,来个"双剑托日",架住大刀。只见二马相交,刀剑厮杀,一刀变三刀,三刀化九刀,只见刀光,不见人影。那剑也变幻莫测,一剑变三剑,三剑变九剑,刀光剑影,不分胜负。全师雄运气向空中一腾,如蛟龙腾空,朱光绪也朝空一跃,似鹞子穿云。全师雄忽如蛟龙钻海,朱光绪也鹞子扑食般地俯冲而下,可他慢了半拍,只见大刀起处,坐骑的后蹄被削了一块,疼得烈马遍地打滚,左翻右旋,将朱光绪抛入三丈之远。

全师雄正欲生擒,忽闻收军鼓响。原来二人战得起性时,谢行本见远处尘土滚起,旌旗蔽日,数万宋军铺天盖地而来,故而鸣金收兵。全师雄只好下令围攻绵州的义军立即撤退,向彭州方向转移。

王全斌是一介嗜杀成性的武夫,在曹彬劝阻下,他仅派一千精骑抚剿,这哪能过瘾?!散会后,又令西川行营凤州路副都部署崔彦进、步军都指挥使张万友、先锋都指挥使高彦晖、通事舍人田钦祚前去平乱剿杀。曹彬闻之,立即阻拦,进言将这兵变急报朝廷,由皇上圣裁。王全斌不以为然,粗声道:"几个泥鳅翻不起大浪,无须惊动圣上,只等报平乱捷报就是。"

义军向彭州突围,刺史王继俦、都监李德荣仓皇出城迎拒。二人哪是全师雄对手,未战几合,李德荣死于刀下,王继俦身被八刀伏在马背,紧抱马颈,单人独骑逃出彭州,向成都狂奔。来至辕门,一头栽进大帐内。

王全斌正要大发雷霆,见他浑身是血,忍着气,发问:"李德荣都监何在?"

"阵亡!"

"军队呢?"

"全军覆没!"

"汝回来做甚?"王继俦原是凤州路的壕寨使,驻入成都后,负责押送孟昶进京,他趁机向降君勒索宫女、金帛,王全斌便改派他去彭州做刺史。没想到他又失守,于是王全斌怒不可遏,喝道:"打入大牢!"

王继俦一阵痉挛,不待押缚,头一偏,气绝身亡。

王全斌声嘶力竭地骂道:"全师雄,狗杂种,造你娘的,老子剥你皮,抽你筋,把你碎尸万段!"

全师雄占领彭州以后,声威大振,自封"兴蜀大王",大开幕府,任命官吏，掌握兵权的节度使就一连封了二十多个。成都周围十几个县州如灌县、郫县、新繁、导江等全是起义军据守。形势十分严峻，王全斌被弄得焦头烂额，像热锅上的蚂蚁，一天三次打探彭州的局势。

崔彦进一出成都，便分兵两路：一路由他和步军都指挥使张万友率领走北路；一路由先锋都指挥使崔彦晖和通事舍人田钦祚率领走南路。这样可分散全师雄兵力，让他两面受敌，应接不暇，然后，会师一处，直取彭州。这个方案显然是正确可行的，可宋兵对蜀中地形不熟悉，两眼抹黑，而蜀兵善于山地游击作战，打一枪，换一个地方，换一个地方，又打一枪，真是草木皆兵，风声鹤唳，宋兵叫苦不迭。

先锋高彦晖和副手田钦祚来至导江一隘口，两面山峦壁立，怪石嶙峋，箐竹葱葱，古柏参天，只觉一股杀气，正疑有埋伏。忽然"呛啷啷"，一阵锣响，冲出一标人马，挡住去路，旌旗开处，马上昂然屹立一员蜀将，银盔银甲，双眼喷火，后面是蜀军手执戈矛，一字摆开，怒目相向。

"叛军听着，快缴械投降，免吃刀下之苦！若执迷不悟，老爷子这刀正好开荤，你这班散兵游勇不够爷爷一刀餐！"

那蜀将冷笑两声，破口大骂："强盗，惯匪，北狼！你们从汴京一路烧杀抢掠，来到成都，无恶不作，没把蜀人当人！今天，老子替天行道，为千千万万死难蜀人报仇！"

话未落地，一柄寒光闪闪的长矛直戳崔彦晖的心窝。崔彦晖一闪，一个旋身使出钢刀折矛斩戟，震得蜀将虎口开裂，差点削去双指。蜀将长矛上下左右翻飞，如万道弧光，刺得崔彦晖老眼昏花。他发起性来，挥刀乱劈。二人刀来矛往，斗了几十回合，蜀将见对方武力超群，不可力敌，便卖了一个破绽，拖矛而遁。崔彦晖知山道险恶，天色已晚，怕中埋伏，也不追赶，令军士出得隘口，安营扎寨。

刚过山嘴，忽闻呐喊声震天动地，万弩齐鸣，箭如猬毛，宋军死伤无数。蜀军蚁聚蜂屯，万马纵横，铺天盖地而来，宋军大乱。田钦祚见其势如猛兽，忙跳出圈外，掉头南逃。将士见副帅逃遁，无心恋战，也临阵脱逃。尾军一截截消失，只剩下力敌的崔彦晖和他的几个亲兵，被围在垓中。崔彦晖胡须一掀，怒目圆睁，挺刀拍马，纵横砍杀，但寡不敌众，最后战死在导江山谷。

北路崔彦进、张万友的军队也不好过，在强渡涪江时，艄翁全是义军探子，将他们引入暗礁急流处，要不是援军赶来，差点全军覆没。

王全斌又派马军指挥使张廷翰、步军都监张煦率军剿讨，都大败而归。他吓坏了，看到了群鱼起大浪、草莽出英雄的现实，第一次感到曹斌每次苦谏的分量，于是令参军上疏，表奏蜀兵叛乱、成都危急，乞圣上决断。

这时的义军已占领了邛、蜀、眉、简、资、雅、陵、嘉、东川、果、遂、合、瑜、荣、戎、普、昌等十七州，全啸聚全师雄麾下，伐宋保蜀。全师雄以彭州为中心，取绵州，攻汉州，直逼成都。

赵匡胤看了奏表，了解了暴乱的真相，勃然大怒，举柱斧猛击御案："王全斌、朱光绪违旨妄为，格杀勿论！"

群臣吓得战战兢兢，俯首低眉。赵普出列："陛下暂息雷霆，暴乱是朱光绪直接引起，立即正法，死有余辜。王全斌戴罪立功，待平乱回京，再作制裁。"

"王全斌骄恣淫逸，放纵部下，统驭无方，无法无天，免去统帅之职。朱光绪就地正法，立即执行。杀鸭子给鹅看，朕拭目以待，不法将士还敢为所欲为？"

"禀陛下，阵前易帅乃兵家大忌，诏令王全斌改过自新，戴罪立功！"

太祖深谙兵法，不能凭一时激怒不要兵道，于是改口谕：

"客省使丁德裕听令，朕御赐尚方宝剑一把，西去整军治蜀，上杀贪官军霸，下惩恶卒歹民，整饬纪纲，保护良民，违旨则斩，不可软手！"

丁德裕双手接过御赐尚方宝剑和下达王全斌的圣令，由峡路入蜀，星夜急驰。这时金牛蜀道全被义军截断，他只好由峡路水道溯江而上，再取道内江、资州、简州，直奔成都。

第二十四章　宋史最血腥的一页

这时的成都成了一座孤城，风雨飘摇，岌岌可危。王全斌在宫中束手无策，惊恐万状。忽地想起伐蜀出兵时，太祖给他的专诏，令他在危急时启封，他即令曹参军拆封宣旨。别看王全斌平日神气活现，不可一世，肚子里却没一滴墨水，斗大的"一"字认成抵门杠。据说，一次在殿上令他宣旨，他战战兢兢，接过圣旨，倒起拿，口洞开，半天吐不出一个字来。他急得汗水四渗，转向太祖结结巴巴道："禀皇上，臣愿擎刀枪杀敌，不捧圣旨宣诏，臣拿不动这……"

惹得满堂大笑，太祖也笑出了眼泪。

从此，每次邮件往来，他也不再装腔作势，而是令参军展读。曹参军启封后朗声读道："每制置必与诸将佥议。"

"通知诸将火速来帐中议事。"他不敢再独断专横。

诸将齐集，他开门见山地发话："乱军十万，猖狂透顶，扬言五日内拿下成都。城内有三万降卒，一旦做内应，里应外合，大势去矣，众将兄弟请拿主意！"

这三万降卒，包括妻孥家眷、老弱病残，全幽禁在南校场，原准备从水路押送赴阙，一场兵变改变了他们的命运，留也难，去也难。诸将你看我，我看你，拿不出计策。

"杀！杀！统统杀光！"

王全斌嗜杀的本性又一次抬头，他鼓起铜球般的一双血眼，火光四射，声如狮吼！

"杀，统统杀光！"诸将们杀气腾腾，一个个涨红了脸。

"降卒何罪之有？岂能枉杀无辜！他们在夹城里是一群手无寸铁、奄奄一息的骷髅，其中大部分在我军伐蜀中未放过一箭一枪便缴械投降。这样的降卒能杀尽斩绝吗？大宋尚未统一，如此滥杀降卒，异邦他国能望风归顺吗？"曹彬第一个站出来反对，说得有理有节。

"远水解不了近火，老子只顾眼前，不顾后路！"王全斌认为这是书生之见，只能纸上谈兵，故鲁莽地回绝了。

"三万降卒中有七千属老弱病残，毫无战斗力，可释放归家。目前，南方路畅，二万三千降卒可沿水路而下，若遇叛军堵江截夺，再杀不迟！"凤州路马军都监康廷泽赞同曹彬之见。

"干脆大伙放下武器，去当花和尚算了！"王全斌气得铜球般的眼珠挺了出来，牙齿咯咯地响。

众将听了，一个个圆睁着虎狼般的血眼："杀！杀！杀！一个不留！"

这时，探子来报："叛军刘泽率三万步骑，向成都进击；梁州军校宋德威、虎捷指挥使冯绍文叛变；遂州牙将王可僚兵变；嘉州虎捷指挥使吕翰率部叛变……"

王全斌听得牙齿咯咯响，须发竖起来，攥起拳头向桌案砸去，似困兽般地咆哮："杀！杀！杀！"

三万名降卒像猪羔般被从夹城押了出来，形同死去几年的干尸，双眼深深陷下去，如两个黑洞，因长期关在黑牢里，一见阳光，反更睁不开眼睛。他们佝偻着背，揉着眼，叽叽咕咕打听着什么。一听说押他们去汴京，浑浊的双眼燃起了新的希望，悄悄邀约同乡、战友同上一条船，相互照应，生之喜悦给那张张干瘪、枯黄的脸注满了活力。他们挪动着，拥挤着，拥向了外城。

这时，内城门哐啷一声关了，落了锁。外城门紧闭，关得严严实实，三万俘虏像旱池塘里的烂泥鳅，挤得张口喘气。城墙上，弓弩手围了几大圈，一声炮响，箭发弩开，千万只乱箭齐发，像飞蝗，像骤雨，像闪电，像雷鸣，像排山倒海的惊涛骇浪。凄惨的号叫，痛苦的哀鸣，震耳的怒吼，尖厉的谩骂，瓮城里一片鬼哭狼嚎，血雨腥风。血流如注，血肉横飞，如带箭的刺猬，似血染的枯草，一片片倒下了。

一个时辰过去了，瓮城全空了。又一个时辰过去了，哀号声没有了。再一个时辰过去了，瓮城死一般沉寂，只见平地涨起几尺高的血水，尸体一个个漂浮起来。地在战栗，天在震怒，铺天盖地的大雨倾盆而至，冲开了紧闭的城门，血水涌向街头，涌入锦江。尸体堆积如山，尸体顺流而下，河水断流，河水是血，整个成都笼罩在恐怖、杀戮的气氛中。

这是中国历史上一场罕见的同胞骨肉大屠杀，是宋初历史上最惨绝人寰、最血腥的一页。

成都百姓敢怒不敢言，有血性的男儿悄悄邀约，再次赴汴京告御状。

丁德裕取道简州，来至成都东大门。城门紧闭，不许任何人进出。城墙上三步一岗，五步一哨，胄甲鲜亮，战旗猎猎。丁德裕只好鸣镝传书，一支缚着书信的响箭射进城里，适逢曹彬视察战地，接过书信，展纸一看，乃丁德裕手迹，即令开门迎客。

中军帐内，丁德裕取出密封的黄锦卷筒，王全斌、王仁赡、吕余庆、刘光义、曹彬、崔彦进跪在地上，恭听诏旨：

"朱光绪为非作歹，乃兵变之罪魁祸首。为振肃军纪，安抚黎民，就地正法。钦此。"

众将山呼万岁。

次日，成都文武百官聚集益州府衙门大堂，也特邀百姓来衙门参加公审。大堂上，正襟危坐着军政六大要员，他们是吕余庆、王全斌、王仁赡、刘光义、曹彬、崔彦进，两边是胄甲簇新、持戈肃立的刀斧手。

"押朱光绪上堂！"司仪官高叫着。

只见朱光绪五花大绑，被一群赳赳武夫押上大堂。开始，他还不很在乎，认为触犯刑律的比比皆是，最多革职归田。当他被从大街押过，看到街两旁围观百姓愤怒的眼睛和惊雷般的怒吼，以及拳头、石头向他砸去时，他吓得屁滚尿流。一押上大堂，见六大要员雄视大堂，武士屹立，才感到自己罪孽深重，形势严峻，像一颗泄气的皮球瘫在地上。

随着朱光绪被解押至公堂，围观的百姓越来越多，都想看看大宋王法是真是假，是严是松。大堂内外秩序井然，鸦雀无声，都屏着呼吸听主审大人的审讯。

吕余庆厉声问道："下跪何人？"

"朱光绪。"

"任何官职？"

"原御厨副使，现任凤州路行营马军都监。"

"全师雄被裹胁叛乱，汝领何公务？"

"奉王帅之命，赴绵州招抚。"

"汝是招抚，还是进剿？"

"招抚治乱应以武力做后盾，吾想先施一威，让叛军归服。"

"汝是仅施一威，还是大开杀戒？绵州城的乱军和全师雄一家八十口全死在你的大刀下，这是招抚吗？施威吗？"

"这……"他支吾着。

"目无军令军纪，该当何罪？"

他低下头，答不上来。

"汝霸占全师雄的掌上明珠为妾，可有此事？"

"不是霸占。是她，不，是她心甘情愿嫁给吾的。"

"你杀了她全家，她还仇将恩报，自愿嫁给你，世上有这一道理吗？若是她情愿，为什么她起而反抗身亡？是她家人情愿，为什么老丈人见女婿何以大动干戈，不是可化干戈为玉帛吗！"

"这……"他理屈词穷，无以对答，围观者忍俊不禁，堂下一片哧哧笑声。

"大胆狂徒，铁证如山还强词夺理，大刑侍候！"吕余庆是沉稳、有耐性的官员，这时气得铁青着脸，大喊用刑。

刀斧手一拥而上，朱光绪自知难逃法网，叫道："吾知罪了，知事、宰相念吾追随皇上南征北战，吃尽刀兵之苦，是胜利冲昏头脑，一时妄行，从宽处理吧！"

一旁录供的刑曹参军拿出供状，让他画押，他全身颤抖，按上拇指。吕余庆接过供状，看了看其他要员，个个点头默契。吕余庆道："朱光绪，你还有什么话要向家人交代，本大人转告。"

话一出口，全堂哗然。朱光绪知必死无疑，一反贪生怕死之状，直直跪立，大声道："咎由自取，不及妻孥。吾立战功，皇上自会优抚家人。"

"朝廷会善待、优抚家人，你放心走吧！"吕余庆声音低沉，互为袍泽，真有恨铁不成钢之感，忽而转问大堂，声音铿锵，"朱光绪霸占民女，滥杀无辜，奉旨审讯，均是事实，就地正法，以儆效尤。"

随着刑令箭当当坠地，朱光绪被插上死囚标签，绑缚市井，枭首示众。各大街小巷，大小城门均张贴谕旨，蜀民以手加额，家传人颂，对大宋天子有了新的认识。

斩处朱光绪的同时，太祖又接连下了两道诏令：一道是令客省使丁德裕为西川都巡检使，引进副使王班、内班都知张屿同为副使，领兵平乱；二道是令康延泽为川东七州招安巡检使。这两道圣旨如齐天大圣头上的紧箍咒一般，压得王全斌抬不起头，他愤愤不平道："康延泽文武双全，战功赫赫，受皇上重用，吾等没说的。独丁德裕那厮，既没名望，又无战功，凭什么夺吾等平乱指挥权？"

"皇上这样做，想必是激将法，看吾等能不能拿出昔日伐蜀的神威，一举平乱！"曹彬揣摩着官家的良苦用心，若有所思道。

"说得有理，曹将军！在杀降卒时，本帅忌恨你有意作梗。现在服你了，你是对的。"他霍然而起，兴奋大叫，"祸是我等闯的，我等要拿出当年勇来收拾祸患，交一个好端端的西蜀给皇上看。"

"对，吾等不能闭门不出，当缩头乌龟！齐心合力，大干一场，叫他们飞蛾扑火，自取灭亡！"刘光义兴奋地说。

于是，众将群策群力，王全斌宣布了进军路线的方案：分兵三路，北路直取新都、广汉，由康延泽率部；西路捣郫县、灌口，由王全斌、王仁赡引兵；中路攻新繁，活捉全师雄，由刘光义、曹彬带兵。

"两翼包抄。拦腰夹击，关门打狗，这是全歼叛贼的最佳方案，痛快！"曹彬对王全斌居功骄恣、贪图享乐的劣根性是痛绝的，对他的实战指挥才能和知错就改的直性子，是欣赏的，故第一个站起来支持王帅的作战部署。

"光义、国华（曹彬字），新繁距成都五十里，你们摸黑出发，天亮前攻城，下午返回成都。成都空虚，只崔彦进防守，力量单薄，这是我军的根本，不能有所闪失！"

"请都帅放心，吾等不辱使命。"刘光义、曹彬在伐蜀中没先取成都，实感遗憾，现在都帅把主攻任务落在自己肩上，正是效力之时，故二将既兴奋又过瘾，精神抖擞，铿锵而答。

开完会，二将帅回帐，召步军指挥使李进卿、马军指挥使张廷翰来商议后，只令军士配硫黄、硝烟、火油等易燃引火之物，赶制增添二万支火箭。

是夜，中路军起更开拔，口衔枚，马摘铃，不拉民夫，西瓜炮、百子连珠炮、床子弩、云梯全用马骡驮运。蹄子用布片、棉花裹紧，只见四蹄腾飞，悄无声息，借着夜空点点星光急驰。几袋烟的工夫，新繁县便隐隐约约进入视野。刘光义令将士原地休息，取出干粮，掬泉而饮。人加食，马添料，人马饭饱水足，晨风吹来，精神百倍。然后，李进卿率军抄西门，张廷翰引军袭南门，刘光义取北门，曹彬攻东门。小小城池被中路军围绕三匝，水泄不通，如铁桶一般。座座炮台高筑，个个箭手列阵，只待信号一响，全军出击。

全师雄的队伍昨夜喝了个庆功酒，个个烂醉如泥，昏昏而睡，全然不知自己已成瓮中之鳖。

突然，一支带响的火箭腾空而起，划破夜空，这是进军的号令。四座城门外的宋兵裹着硫黄、火油、硝烟的火箭如飞蝗般飞入城中，城里着火了，火光冲天，照红了大地。接着众炮齐发，城里一片惊叫声，军民像热锅里的蚂蚁四处逃窜。全师雄被人叫马嘶惊醒，忙披挂出营，只见一片火海，尸体狼藉。他声嘶力竭地吼："灭火御敌，灭火御敌！"

回答他的是隆隆的炮声、嗖嗖的火箭声、噼噼啪啪的燃烧声和凄厉的叫声，他失去了昔日指挥若定的魅力，双臂一伸，仰天长啸："天灭吾矣！"

身旁的副帅谢行本曰："统帅勿虑，天无绝人之路，吾昨日巡逻，发现城西一高阜下，一条地道直通锦江，吾等逃出去，再作计较！"

于是，全师雄和他的亲兵们骑马挥刀，穿过火海，找到了入洞口，沿地道逃遁。

这时，城门外宋军除用火力征服外，展开了宣传攻势，擂鼓呐喊："被裹胁反叛者，既往不咎，归来免死！"

"打开城门，逃走不追！"

"……"

城内蜀兵不见主帅，群龙无首，今闻此言，蠢蠢欲动，又见城外军旗铺天盖地，上书斗大的"刘"字、"曹"字，知是东路军的两位统帅，不是王全斌的"魔头军"，便咬耳嘀咕。一会儿，东城门开了，冲出一支举手投降的队伍；西城门开了，拥出一群弃城归降的人马。北门、南门开了。就这样，亡的亡、降的降、逃的逃，三万之众的新繁军，只剩下几千人马随全师雄逃至郫县。

中路军不到午时，就全面结束新繁之战。刘光义率师返成都，曹彬留下打扫战场。蜀军除少数阵亡外，降军一万五千多人。曹彬对俘虏从优，愿返回原籍的发给盘缠路费，愿留下归队的改编入皇家军。接着，安民告示，任命下濠寨都监郝守浚为新繁县令，告诫新任官员，严禁骚扰百姓，要善治爱民，镇抚城池，然后率部返蓉。

新繁一仗，打出了宋军的威风，全师雄的义军形势急转直下，一蹶不振。残部到了郫县，还来不及喘气，又与王全斌、王仁赡的西路军遭遇战。一方是溃不成军的惊弓之鸟，一方是寻觅战机的讨伐大军，两军接上火。自然是全师雄残部一败涂地，损兵折将五六千人。全师雄身被数十剑，带着亲兵奋力突围，冲出一条血路，仓皇逃奔灌口。他的部将、原陵川指挥使元裕被生擒，王全斌将他千刀万剐，极刑处死。

全师雄逃至灌口，守将袁廷裕出寨迎接，杀猪宰羊犒劳将士，全师雄封他为陵州刺史。二人正布置兵力时，忽闻王仁赡率部追奔而来。

全师雄驱兵出寨应战，袁廷裕策马紧随。全师雄忍着伤痛，纵马挥刀，一道令人发怵的寒光直逼王仁赡项上，想来个颈上餐刀，干净利落。王仁赡头一摆，一柄方天画戟直戮对方面门。两马盘旋，兵刃相撞，火星飞溅，当当直响，真是棋逢对手，将遇良才，战了二十多个回合，双方不分上下，杀得天昏地暗，日月无光。

全师雄本想借袁廷裕的兵力扭转战局，重整旗鼓，谁知他使出了浑身解数，不仅敌不过王仁赡，更觉体力不支，两眼昏花，伤口阵阵剧痛，渐渐乱了刀法，眼看要成为王仁赡的刀下餐、俎上肉。袁廷裕抡起勾魂银枪，用力一崩，磕开画戟，抖枪而刺，如白蛇吐蕊，直奔对方前胸，才救出了全师雄。

在袁廷裕舍身相助下，全师雄杀出重围，逃之夭夭，袁廷裕却落马就擒。王仁赡眼看大功告成，擒贼擒王，谁知跳出个程咬金。他把满腔怒火泄在袁廷裕身上，令军士驱来五辆马车，将袁廷裕的头、四肢分别缚在五辆马车上，然后挥鞭打马。五匹马疼得呿呿暴叫，发虎狼之威，一尥蹶子，朝五个方向奔突，人被拉成五段。这是秦朝最残暴的磔刑，曰"五马分尸"，现在王仁赡用在了一个败将身上，真是惨不忍睹。

全师雄沿沱江东逃，来到金堂县，未及下马，箭伤发作，哎呀一声，口吐鲜血，伏马背而亡。

一代枭雄死在马背上。

全师雄死后，部下公推副帅谢行本为主帅、罗士君为副帅。他们接过全师雄的帅旗进驻铜山。这儿山高、路陡、林密，易守难攻，真如铜墙铁壁一般。他们在山上垦荒种地，日夜操练兵马，立志东山再起，卷土重来。就在他们雄心勃勃时，一支天兵天将从天而降，掀翻了他们的老窝。谢行本身负重伤，大吼一声，跳下悬崖。罗士君被生擒。这位天将就是川东七州招安巡检使康延泽，他体恤百姓，爱护士兵，不管山民、宋兵、降卒，均为他效命出力。

一场轰轰烈烈、威震天下的蜀人叛乱，在宋王朝抚剿的软硬兼施下，被彻底镇压下去了，蜀中趋于平静。

王全斌聚集众将，在蜀宫大殿大办筵席，庆功加赏。席桌上，觥筹交错，推杯换盏，举箸称贺，一派喜庆。忽然圣诏下，令征蜀诸将立即驰驿回京，班师回朝；西川都巡检使丁德裕、川东七州招安巡检使康延泽留在蜀中镇守。

众将黯然住杯，殿厅顿失欢声笑语。王全斌更是忧心忡忡，皱着眉头，向同桌诸将曰："自古将帅保全功名甚少，西蜀已平，吾称病还乡养老也！"

吕余庆安慰道："皇上优厚待人，念诸将征蜀平叛二功，会宽厚处理，都帅不必忧虑！"

王仁赡也顾虑重重，却故意提劲："祸福同在，瑕瑜互见，陛下会明察圣断，无须忧怀。来来来，酒忘忧，与尔同消万古愁。"

崔彦进垂着头，戚然曰："举杯浇愁愁更愁。回营准备起程吧，冬天的被窝热乎着呢！"

诸将苦笑着，凄然离席。

大宋乾德五年春，诸将班师回汴。

大队人马抵达汴京南城城门，迎接他们的不是欢庆锣鼓、彩绸、鞭炮，而是枢密院官员、枢密使李崇矩向众将曰："太祖面谕，蜀中班师将帅的行李辎重须检验报上，再一一发还。奉旨行事，请多包涵！"

话一落地，盘检的官员们依次检查，记数封存。在众将中，越货发难以王全斌、王仁赡、崔彦进为最，奇珍异宝、蜀锦古董用骡马驮了几十大车。查到曹彬的行囊时，除图书、衣衾，别无他物。

诸将灰溜溜地各回豪宅，待罪候旨。

一日，太祖坐在金銮宝殿上，御桌上是一叠足足三尺高的御状，全是蜀民、宋军状告王全斌、王仁赡、崔彦进三人的诉状。两边文武大臣侍立。王仁赡见罪责难逃，执笏出列，先发制人，历诋诸将，以求金蝉脱壳。

太祖厌恶这一卖友求荣的行径，鄙夷道："照尔之见，诸将全非，独尔清白廉洁？"

"清廉畏慎，不负陛下，唯曹彬都监一人耳！"

"尔自己呢？"

"这……"

"尔开丰德库擅取金银、抢占民女，难道是他人所为？"

"微臣知罪，听候皇上圣裁！"

王全斌、崔彦进见王仁赡耍滑、抵赖，聪明反被聪明误，于是，来了个竹筒倒豆子，噼里啪啦将罪行交代出来。他们列举十七条罪状，条条有依据，件件是事实，什么"克扣粮饷，滥杀降卒，豪夺宫宝，贪黩钱财六十四万六千八百余贯……"

罪在不赦，太祖本想从严治罪，整饬纪纲，朝臣们以诸将征蜀有功、平叛抵罪的理由纷纷求情。太祖想到诸将披坚执锐，出征全蜀，刀光剑影，在所不惜，追念前功，特从宽贷，遂口谕："王全斌授崇义军节度观察留后（驻湖广随州）；崔彦进授昭化军节度观察留后（驻陇西金川）；王仁赡授右卫大将军。"

节度观察留后本是五代藩镇派亲信留守后方的一种官职，进入北宋则是有名无实，享受俸禄、有封地的闲官。王仁赡官阶降几级，处分最重。

三人忙跪地谢恩，一颗悬着的心总算落下。众臣也为他三人捏了一把汗。

太祖那张褐红色的脸慢慢转阴为晴，带着喜色口谕："刘光义调任镇安军节度使，拱卫京畿。曹彬擢为宣徽南院使、义成军节度使。"

刘光义向前叩谢皇恩浩荡，唯独曹彬跪奏："伐蜀将帅疯杀降卒，臣未能阻止，乃亵渎罪。诸将贬罚，唯彬独奖，臣实在愧领。"

太祖听罢，捋须笑曰："就凭这严于律己、有功不矜也该重奖，何况爱卿廉洁自守，两袖清风，严谨有度，百官楷模，更该重赏。刑赏兼治，国之常典，方能垂训群臣，咸服天下，爱卿不必推辞。"

曹彬才拜授新职，留守御前。

此案结束，太祖又给上京告状的蜀民发给盘缠，令沿途驿站接待从优。消息传开，蜀人额手相庆，大赞太祖英明、河清海宴，西蜀又呈现一派繁荣、闲适的景象。

第二十五章　花自飘零水自流

　　平叛大捷、赏罚兼治后，太祖决意更换乾德年号，堂堂大宋，不能沿袭前蜀王衍用过的年号。王皇后薨逝后，宫中久虚无主，太祖拟立花蕊夫人为后，想将年号和立后两桩大事一并进行，便召赵普入宫谋议。

　　赵普自用乾德年号扫了他面子后，除将矛头对准窦仪外，对花蕊夫人也耿耿于怀。只是花蕊夫人恪守礼法，宽厚待人，宫闱上下一片赞美，加之受太祖专宠，便不露声色，只待时机。赵普施完君臣之礼入座后，太祖开门见山，曰："朕中宫久虚无后，趁改元，欲立花蕊夫人为后，她德才艺貌四绝，可谓绝代皇妃，不知爱卿之意若何？"

　　赵普一听，血气上涌，无须思索，刀切斧砍地回禀："臣以为，她虽貌美多才，但亡国之妃，不足母仪天下，应另择淑女，领袖六宫，才肃母仪。"

　　太祖听了不悦，皱着眉头，手一挥："去，去，朕心烦！"

　　赵普进谏无效，便去搬晋王赵光义出山劝驾。他深谙晋王对花蕊夫人垂涎已久，吃不到葡萄，必然会骂葡萄是酸的。他太了解晋王的个性了。于是，出了宫门，打轿径趋晋王府。

　　晋王府坐落在汴水畔，是一座规模庞大、辉煌气派的古建筑园林。晋王平日，老是给人一副春风得意、豁达大度的神态，故王府上下也随着主子显得很有生气。这几日，府里却听不到他豪爽放纵的笑声，看不到他翩然出尘的身影，下朝归来便一头钻进书斋，除符夫人可进进出出、送茶送食外，内侍和外客一律不得入内。符夫人殷殷侍候，尽力施展女人温婉的才干仍毫无成效。只见他成天怒气冲冲的，半天掷出一句话："本王可以征服一切人，唯独征服不了这个妖姬。真是咄咄怪事！"

符夫人是大家闺秀，出身豪门望族，是周世宗的三姨妹，自幼受到儒家、皇室的良好教育，恭勤不懈，婉丽可人，对晋王在外拈花惹草之事以大肚装下，不与计较。今日听了他冒出这句话，她便断定，他的风流韵事遇上了烦恼。她既不追问，也不宽抚，默默地呈上茶茗，然后悄然关门而去。

真如他所说，晋王在大宋没有办不了的事。利用太祖亲征，自己在京都主政期间，除王皇后、宋贞妃不敢亵渎外，哪个皇妃不买他的账！玩女人，他有一整套；在政治上，结党营私，自然天成。他广延豪俊，网罗幕僚，塞在他的关系网中，为他效命。可现在却治服不了一个女人，一个令他神魂颠倒的亡国之妃。

事情是这样的，三天前的一个晚上，是宋贞妃生日，皇亲国戚去长春宫祝寿。晋王刚过晌午便提前进宫，独自步入后苑凝眸、转悠、徘徊。冥冥之中，他觉着似乎可在此邂逅他梦萦魂绕的花蕊夫人，正如陈思王曹植在洛水之畔邂逅洛神甄洛、楚襄王在阳台宫幽会巫山神女一样。

转过假山，太液池畔飞云阁里有一绝色美人，长袖轻卷，罗裙委地，体态轻盈婀娜，肌肤白皙带红，恰似芙蓉醉日、梨花带雨，使满池荷花减色。她双眸似水，凭栏凝望那一望无垠的荷池。渐渐地，这满塘荷花里，走出一个风韵撩人的美人儿，轻若流云，向他款款飘来，他惊喜地伸开双臂，去亲拥这超尘的尤物。蓦地，他的双手只觉像针扎般地疼痛，睁眼一看，拥着的不是美人儿，却是一丛带刺的玫瑰。是她，是梦里追寻千百度的她！

他深知向花蕊夫人这样的绝代才女求爱，绝非像对韩惠妃、刘婉容那样以情爱勾引，即可到手，而要靠辞章才情打动。于是，他轻轻走向云飞阁，对着红莲绿漪、波光云影，激情朗诵流传千古的名篇《洛神赋》：

> 其形也，翩若惊鸿，婉若游龙。荣曜秋菊，华茂春松。仿佛兮若轻云之蔽月，飘摇兮若流风之回雪。
>
> 远而望之，皎若太阳升朝霞；迫而察之，灼若芙蕖出渌波。秾纤得

衮，修短合度。肩若削成，腰如约素。延颈秀项，皓质呈露。芳泽无加，铅华弗御。云髻峨峨，修眉联娟。丹唇外朗，皓齿内鲜，明眸善睐，靥辅承权。瑰姿艳逸，仪静体闲。柔情绰态，媚于语言。

花蕊夫人一惊，侧身斜视，只见一男子丰额广额，龙章凤质，体态轩昂，仪表俊伟，翩翩然有出尘之态，便拢了拢罗袖，道了个万福，娇喉婉转道："晋王殿下驾临，臣妾有失远迎。"

"一家人何必客气，适才嫂夫人的艳色天姿倒映水中，似洛神出水、嫦娥下凡，皇弟有感而发，望嫂夫人见谅。"

"臣妾姿容平平，晋王谬赞了。"

"娘娘是甄洛，皇弟是曹植。他一篇《洛神赋》倾倒了多少骚人墨客，道出了多少男人的心声。"

"晋王这样比拟，有失礼仪！"花蕊夫人冷漠地回绝，不为所惑。

"不，恰如其分。"赵光义一脸醉意，色眯眯的目光在她脸上舔来舔去，"娘娘，你的惊艳之美、盖世之才，早令皇弟神魂颠倒。吾是曹植，又非曹植。曹植胆小如鼠，爱而不娶；吾有金匮之盟，有朝一日登上九五之尊，吾将娘娘册封为皇后，共理朝政，共享……"

"皇弟不觉这是违背朝纲和乱伦吗？请放尊重些，吾是你皇嫂。"她冷冷地说，露出不悦的神色。

"列朝列代，这类事并不鲜见！一代明君唐太宗，不是夺胞弟元吉妃杨氏为皇妃吗？！唐玄宗不是夺儿媳杨玉环为贵妃吗？！就是建安才子曹植，对他皇嫂甄洛也有染指，爱得死去活来，不然，能写出那脍炙人口的《洛神斌》？！所不同的是，甄洛这一人间极品成了悲剧人物，而本王却要娘娘做一国之母，在万人之上，永享荣华富贵……"

"做你的春梦吧！吾要清清白白做人，别来纠缠了！"她震怒了，双眸射出冷艳的光，令人战栗。

"接受吾的至爱，吾不能没有你！"说着，他扑上去，搂住她的纤腰，她一挣，滑向一边，飞也似的跑出飞云阁。

他僵立着，望着她远去的背影，恶狠狠地骂道："婊子，妖姬！二手货，总有一天本王叫你后悔一辈子！"

晋王忆起这令人沮丧的事，便愤愤不平，决心给她点颜色看，叫她去受用"逆我者亡，顺我则昌"的做人哲学。

就在这时，内侍进斋，小心翼翼来禀报："晋王爷，赵相国求见。"

赵普是无事不登三宝殿的，今日造访，必有大事相商，故赵光义一扫连日来的晦气，道："有请！——"

赵普进了书斋，宾主寒暄后入座。内待忙呈上香茗、佳果，便一一退出。

"皇上欲立花蕊夫人为后，不知千岁持何态度！"赵普一落座，便开门见山，直奔主题。

"妖姬乱政，她若做后，如妲己毁灭商朝、褒姒倾覆宗周，大宋江山将毁于一旦，全断送在她手中！"

"千岁与臣看法一致，臣也在皇上面前犯颜直谏，只怕皇上坠入爱河，一意孤行。还是千岁亲自出马抵制，才有分量！"

"为大宋江山着想，本王赴汤蹈火在所不惜，自然要奏请皇兄改弦更张。相国德高望重，是皇上股肱，要效法大唐魏征，秉公直谏，青史留名。"

赵普有了晋王做后盾，更有恃无恐，他本来"专横"，加上"牛劲"，更锋芒毕露，大有不达目的不罢休之势。在金銮殿上，他向太祖谏言："君待臣以厚，臣事君以忠。臣犯颜直谏，万万不能立亡妃为后，损陛下威仪。陛下应在望族名媛中挑选册后，入主六宫，表率群伦……"

他言辞激切，喋喋不休，气得太祖拂袖而去。他紧追其后，要太祖改弦易辙。太祖令卫士紧闭宫门，让他讨个没趣，吃个闭门羹。他索性跪在宫门外，候驾不起。过了几个时辰，太祖以为他走了，打开门一看，他仍然愣头愣脑跪在那儿，只好摇头长叹，无可奈何道："起来，起来，朕服了你！"

"臣出以公心，举宋贞妃为后。她出身望门，大家闺秀，龙瞳凤目，风姿绰约，秉性端庄，深明礼教，是皇后最佳人选，足以母仪天下、主政六宫。"

宋贞妃，河南洛阳人，大宋左卫上将军宋偓之长女，其母为后汉高祖刘知远的女儿永宁公主。宋氏及笄之年，随母入宫觐见太祖，太祖见她温婉可人，册为贞妃，进住长春宫。几年来，太祖也曾去长春宫宠幸，对贞妃的感情有增无减。今闻赵普举荐，也合圣意，只好同意："起来，起来，朕同意就是了。"

赵普这才徐徐立起，面带笑容。

是年冬，太祖为宋氏举行册后大典。崇元殿内，钟鼓齐鸣，乐曲阵阵。文武百官，皇亲国戚，个个锦衣绣裤，峨冠博带，列队两侧，从明德门延到崇元殿前。太祖的九龙御舆、皇后的百翎凤辇在太监宫女簇拥下，在"皇上万岁、皇后千岁"的欢呼声中缓缓而行，最后在崇元殿前丹墀停下。太祖春风满面地接皇后出辇，亲手给她戴冠披帔，然后挽着她的玉腕联袂步入崇元殿，坐上那至高无上的龙凤御座，接受文臣武将、皇亲国戚的朝拜。

庆典由赵普主持。赵普奉旨授皇后典册、玉玺。

最后，太祖宣诏：改元开宝，大赦天下，朝野上下，大酺七日。

宋后年方十七，娇媚如花，初经雨露，婉转娇羞，别有一种韵味。太祖每日上下朝，宋后必整衣冠迎送，柔顺好礼。所有御馔皆亲自检视，旁坐侍食。太祖甚爱，夜夜宠幸。

花蕊夫人虽不争专宠，也不慕后位，但长门漏静，已感空寂凄清。亡国之痛、失宠之悲一齐涌上心头，她更思念和她相濡以沫、朝欢暮乐的亡君。一日，她来至鸽舍，看那几只曾为她夫君送葬的扇尾鸽。鸽子们正俯头啄食，见主人大驾光临，全扑腾起金色的翅膀，如开屏的黄孔雀一般。她含着微笑，缓缓来到它们中间，抚摸着它们光洁似玉的羽毛，泪光盈盈道："要是你们能说话该多好，我就不寂寞了。"

头鸽闪着红宝石般的眼睛，"咕咕"点头，鸽子们也跟着"咕咕"点头。

她坐在御椅上，鸽子们全飞栖在御椅支架上，有的甚至仗着主人宠爱，栖在她怀里、肩头，出现了一幅人鸽相依的动人画面。阿随见了，生气地将它们赶走。

夫人总是爱怜道："别赶，真逗！它们是蓝天佳丽哩！"

夫人爱鸽由来已久，特别是群鸽护柩殡葬孟昶后，她对鸽子们更情有独钟。每日再忙，也要抽身来鸽殿喂食喂水，梳洗羽衣，然后调教、互语、嬉戏。鸽子们也酷爱这天资丽质、禀性善良、富有人情味的贵夫人，给她唱歌、跳舞，使她又回到童话般的世界里。也只有这时，她才真正感受到超然物外的美的享受。这大概是她每日泡在鸽殿的缘由。

她轻轻抚摸着头鸽黄灿灿的霓裳，道："佳丽，人说飞鸽千里，重回巢穴，你能吗？大汉苏武出使西域，被扣匈奴，流放北海牧羊十九载，他用'鸿雁传书'，在雁足系上一封书信让它飞回汉朝。皇上看了信，才知苏武活着，马上派使臣向匈奴要人。苏武终于回到朝思暮想的祖国，你能吗？"

她絮絮地说，声调低沉而哀婉。头鸽听着听着，不住地点头，口里发出"咕咕——来噢——""咕——来噢——"的回叫。

"啊，你能代我传情？！"她惊喜得不能自已。

"咕——噢——"头鸽鸣叫着，遂衔起瓶里一枝鲜花，翩然振翅，倏地飞出窗口。花蕊夫人追跑出去，睁大眼睛，只见扇尾鸽扇着双翼，没有哨声，没有张扬，穿过云层向北邙山方向飞去。

鸽影消失在茫茫云海中，她还翘首相望，脸颊上滚动着晶莹的泪滴……

"慧妃娘娘，皇子德昭入宫朝参。"阿随跑进来。

"他怎么这时来？"她拭着泪。

"今天是寒食节，皇子扫墓归来。"

"啊，忘了。有请，去，御书房。"

"不必客气！"德昭也不宣而至，跪地行礼，"皇儿拜谒皇妃娘娘！"

"请起，请起，哪有这样多的繁文缛节！"花蕊夫人一迭连声。

德昭乃太祖原配夫人贺金婵所生，年幼丧母，性情温存，好学有礼，一表人才。他敬仰慧妃娘娘的美丽、才情、善良，常在节庆来宫拜谒。花蕊夫人膝下无子，也喜欢这纯厚好学的青年，如同己出。

"母妃钟爱这群小精灵？"

"鸽子是五德之禽，通人性，是吉祥的象征！从楚汉相争和张骞、班超出使西域，就用信鸽传书。唐代名相张九龄饲鸽为子，用鸽子传书给亲友，留下多少动人的故事，曰'飞奴传书'。"

"母妃就在这美好的故事里生活？"

"陶冶情操罢了，或者说点染一下生活，也是一种超脱。"

"唔，唔。"德昭点头道，忽然话锋一转，"母妃，咏寒食节的诗多如牛毛，母妃最喜欢哪一首？！"

德昭每次来朝见，总喜欢说古道今，向花蕊请教。花蕊往往是有问必答，有求别应。花蕊夫人朗声道："我喜欢盛唐诗人卢象的那首诗。"

> 子推言避世，山火遂焚身。
>
> 四海同寒食，千秋为一人。

德昭兴致勃勃地吟咏。

"古诗言情多，叙事少，如凤毛麟角。我更喜欢诗中主人翁的气节。"

"皇儿有所闻，不全知，望母妃赐教。"

"这首诗记叙春秋时期，晋国王子争嗣、重耳出亡的故事。十九年后，重耳在秦国支持下回晋国，继任国君，史称晋文公，成为春秋五霸之一。他就位后，对他一起出亡的有功之臣一一封赏，却遗忘了功臣介子推。介子推带着母亲去绵山（位于现山西省介休县）隐居。晋文公闻之，即派文武大臣搜山寻贤，介子推避而不见。一臣进谏：'介公贤且孝，若放火烧山，他自会与其母出山任职。'文公求贤心切，于是放火烧山。可介子推是有气节之人，至死不下山，抱树而亡。文公悲痛万分，用那树的余木做了一双木屐穿在足上，寄托哀思。那木屐发出'足下''足下'的声音，于是后人称故人为'足下'。晋文公为了祭祈介子推，禁止官民在放火烧山之日生火做饭，全国统食冷食。这便是寒食节的来历。"

夫人娓娓动听地叙述着，深深打动了皇子年轻的心，他动容了，感慨道："这不仅颂扬了一位臣子的高风亮节，乃大儒大隐耳！更颂扬了一代君王从善如流、求贤若渴的王者风范，感人，感人！"

这一典故对后来皇叔赵光义篡位、德昭甘居臣民，不无潜移默化之影响。

"娘娘，御食已备，请娘娘、皇子用御膳。"母子二人才步入膳厅进餐。

却说那只头鸽，不到黄昏便衔回孟昶坟头的青草，算是对完成使命的交代。花蕊夫人轻轻拾起青草，捧在手中，贴在脸颊，那淡淡的清香莫不是亡君散发的体温？！阿随最懂主子的心意，忙搬来盆土，将小草种植土中。小草原本萎蔫，一经水土，鲜活起来。就这样，花蕊夫人每天忙着做绢花，做成两朵并蒂莲。

每日晨曦，一只黄鸽飞出窗口，衔一枝并蒂莲向北邙山飞去，没有张扬，没有哨声，像一朵黄色的云。每个黄昏，草盆里又多一棵小草，小草拥拥挤挤地生长着，一盆、十盆，像一汪澄澈的碧水滋润着未亡人干枯的心田，她那如雪的肌肤渐渐泛着红晕。

太祖虽移情宋皇后，有点冷落花蕊夫人，但花蕊夫人的冰姿玉质、花容月貌仍吸引着他。一日，太祖临幸玉真宫，见夫人正专心致志地裁剪绢花，笑道："几日不见，如隔三秋，爱卿成花痴了！"

花蕊夫人一惊，见太祖驾到，忙弃花跪迎："皇上驾到，臣妾未来远迎，乞陛下恕罪！"

"何罪之有！这段时间冷落了爱卿，心中倒觉负疚！"太祖双手扶起花蕊夫人，仔仔细细地盯着她，看得她羞赧地低下了头。

"朕以为爱卿因未册立皇后、寝宫寂寞而形容憔悴，没想到爱卿反比从前更娇丽如花、婉艳动人，奇迹奇迹！"太祖惊讶道。

"皇上谬赞，臣妾垂垂老矣！臣妾不奢望做一国之母，更不愿皇上将三千宠爱集于臣妾一身。臣妾愿皇上普洒甘露，后宫和和美美，让皇上踌躇满志，一门心思扑在朝政上，一统中华大业！何况皇上垂怜臣妾，常令太医送来药石，使臣妾青春永驻！"

"不求名争宠，难能可贵！"太祖扫去了初来的担忧，轻松道，"那些御药都是爱卿平日喜欢用的，没想到蜀中白果有驻颜之术，爱卿越来越娇媚可人！"

花蕊夫人见太祖兴致好，想到德昭未来的归宿，出于女性的柔肠，终于开口了："臣妾有一事憋在心里多时了，不知当讲不当讲？"

"但讲无妨！"

"德昭年届二十，兼有文武，仪表堂堂，是大宋皇嗣传人，日后必是有一番作为的明君圣主，望陛下不可舍子立弟，断后世香火。"

太祖道："爱卿不知，金匮遗诏乃太后慈旨，朕已承诺，不可更废。"

"自古帝王，无传位兄弟之先例。"

"朕开舍子立弟之先河于青史，不就成了历史先例吗?！"太祖对她的进言既无反感，又不在意，"陪朕去御花园赏花，甭提朝政，让朕轻松轻松！"

说完，太祖一手搭在她肩头，向御花园步去。

世上没有不透风的墙，黄鹄衔花祭主的消息不胫而走，像长了翅膀一般，传进了晋王府，传进了六宫皇城。昔日失宠的妃嫔、大臣一个个抬起了头，麇集在晋王麾下，包括小人莫德行也无孔不入，混迹其中。一股反花蕊夫人的暗流汇集着，汹涌着。晋王府里，晋王和首席宰辅赵普密谋，只见他目露凶光，咬牙切齿道："女祸乱政，妖姬具机谋权术，和妲己、褒姒无异，杀之非罪。不除这一大患，天下乱矣！"

赵普曰："一亡国之妃，竟敢干预朝政，末日到矣！"

二人一阵咬耳窃语，赵普才离晋王府。

次年春天，桃红李白，柳丝如烟，太祖忽发赏花狩猎的兴致，光义、光美、赵普、曹彬等皇亲国戚、重臣侍卫扈驾。花蕊夫人娴于文墨，精于骑射，太祖特邀她束装随扈。只见她身着缕金绣花软甲，腰悬雕弓翎箭，足蹬三寸皮靴，跨上一匹银骝追风马，柳眉凤眼，梨肤绯腮，一领紫色披风呼啦啦飘拂，显得英姿勃勃，神韵飞扬。太祖满足地看了她一眼，金鞭"得——儿"一响，几百人的马队向郊野皇苑驰去。

来至皇苑，只见漫山遍野的桃花灿灿地开了，朱红、粉红、单瓣、复瓣的花儿似云似霞、似锦似玉，似嫦娥起舞，似贵妃醉酒，美极了。人入花丛，花瓣来亲吻，花枝来拥抱，花色染罗裙，花香沁肺脾，使人飘飘然，如神游仙境一般。儒将曹彬提议，为不负花势，即席吟诗。

太祖自知自己粗通文墨，不愿败兴，口谕：众臣一一入座，在桃花掩映下，一人一几一椅一食一壶酒，依花品食，把酒吟诗，其风流雅韵与王羲之在《兰亭集序》中所渲染的"曲水送觞""群彦咸集"有过之而无不及。

太祖兴致勃勃率先朗声诵道：

> 人间四月芳菲尽，山寺桃花始盛开。
>
> 长恨春归无觅处，不知转入此中来。

一首白居易的《大林寺桃花》把人带入一片始盛的桃海。

晋王朗朗吟道：

去年今日此门中，人面桃花相映红。

人面不知何处去，桃花依旧笑春风。

"御弟寻春艳遇，但愿今日重游，寻着那艳若桃花的女子，皇兄便做大媒了。"

一句调侃使扈驾重臣哈哈笑了起来，吟诗的兴致更浓了，气氛活跃轻松。

赵普吟道：

李白乘舟将欲行，忽闻岸上踏歌声。

桃花潭水深千尺，不及汪伦送我情。

不知是谁"噗"的一声笑闹起来："罚，罚，罚，今日是咏桃花之美，宰相却咏桃花潭水！"

赵普本想当着皇上、三公九卿表达他平日为人的宽厚、真诚，重情讲义，谁知离了谱，不觉脸红到了耳根。

晋王发话解围："不必过分拘泥，凡带'桃花'二字都算，没有灼灼的桃花，怎取名为桃花潭呢?！"

众人又是一阵哄笑。

曹彬吟诗道：

隐隐飞桥隔野烟，石矶西畔问渔船。

桃花尽日随流水，洞在清溪何处边?

寓意含蓄、深远，把人带到落英缤纷、溪水流霞的世外桃源。太祖显然陶醉在唐朝诗人张旭所描绘的意境中，然后醉眼瞄了瞄花蕊夫人，道："爱卿吟诵一首，奇诗共赏。"

花蕊夫人正沉浸在诗情画意中，大有沉醉不醒、醺醺然离世之感。一见晋王那阴鸷狡诈的双眼、变幻无常的面孔，一种摒弃世俗、高雅超脱之情油然而生，她行云流水般地诵道：

问余何意栖碧山，笑而不答心自闲。

桃花流水窅然去，别有天地非人间。

那种不汲汲于富贵、不戚戚于贫贱的酷爱天性、崇尚自然的品性超尘脱俗，熠熠生辉。晋王闻出了意味，在心里狠狠骂道："本王得不到的，他人也休想得到！什么别有天地非人间，让贱人流水落花春去也。"

太祖哪知二人暗斗，意趣勃勃地宣布："围猎！"

御旨一下，皇苑顿时鸡飞狗跳，豕逐狼嚎，飞禽走兽，惶恐而逃。人人紧扣搭弦，个个拉弓走马，一霎时，雉鸡、野兔、黄麂、羚羊、野猪、鹿子、黄狐一大堆。只见一群飞鸟腾空而起，四处飞逃，花蕊夫人左手拿弓背，右手拽动弓弦，将弓拉圆，静静地瞄准飞鸟，"嗖嗖嗖"，三箭连发，一只奔山鹰，一只射山雀，一只击锦鸡，三只飞禽应弦而亡。

"好个连弓箭，妙妙！"看得太祖连声道好。众臣也为她精妙的射技惊呆了。

赵光义看在眼里，气在心里，狠狠发誓：今日不除妖孽，更待何时！

突然，一只怪兽头上长角，似象非象，似虎非虎，蹦将出来，长长的獠牙，龇牙咧嘴，瞪着血红的铜铃眼，喘着粗气向太祖扑去。随行人员吓傻了眼。花蕊夫人眼疾手快，猛地拉开弓弦，随着"嗖嗖"箭响，那庞然大物凄厉地怪叫一声，震得山摇地动，锐利的铁箭已嵌进它狮子般的面门。怪物滚在地上嚎叫着，跌撞着，挣扎着，侍卫们才七手八脚一齐放箭。在乱箭齐发、射向怪兽之际，晋王赵光义闪过一个罪恶的念头，调好弓矢，瞄准怪兽，趁人不注意，他回身一个犀牛望月，射向花蕊夫人。

花蕊夫人这时只知护驾射兽，哪知防御冷箭。她正俟地抽出第二支箭、引满拟狩时，只觉耳畔嗖嗖风声，一道弧光射来，她惨叫一声，从马背上跌落下来。太祖以为她用力过度而坠马，忙纵骑前驱，只见花蕊夫人躺在桃花覆盖的地上，脸上苍白，长长的睫毛覆盖着双眸，就像一位熟睡的仙女。一支利箭从喉头插入，穿出后颈，鲜红的血像礼花般地喷射出来。

太祖一把抱起她，哭喊着："爱卿，你醒醒，为了朕，你……"

随着哭喊声，她睁开了秋水般的凤眼，嘴角浮起清丽的笑意，声若游丝："臣妾去天国，那儿……与世……无争……"说完，一头倒在太祖怀里。

太祖抱起她漫无目标地走着，走着。风起了，漫山遍野的桃花像下雨一般，纷纷扬扬飘落在太祖和花蕊夫人身上。众臣们全跪下了，啜泣着，为她举行了花的葬礼，完成人生悲情、精彩的谢幕。

花魂本属仙界圣物，让她回天国去吧。美好的东西本来就是惊鸿一现，转眼化作云烟，然而却定格成美的永恒。

突然，在一片哭泣中，阿随一身猎装，泪痕满面，跌跌撞撞奔到太祖面前，手指晋王，冷若冰霜："娘娘是晋王射死的，皇上请拔箭明察！"

太祖令侍卫取箭，果然是晋王的箭。他气得脸色煞白，半天说不出话来，颓然地跌坐在御椅上，指着光义："你……你……"

"禀陛下，花蕊夫人是妖姬，是祸水，是臣射死的。臣为大宋帝国除了一大害。"铁证如山，晋王只好承认。

"打进大牢！"

"皇上息雷霆之怒，为了一个祸国亡妃，兄弟阋墙，非大宋之福！"赵普大步上前，向外高叫，"呈上妖妃罪证！"

一溜人马抬的抬，扛的扛，将柜具放置太祖面前。

先是启封几只死去的扇尾鸽，几箱绢花，几盆青草。

太祖见了，木讷地问："什么意思？"

"禀陛下，亡妃每日清晨，放飞黄鸽，黄鸽口衔并蒂绢花去北邙山祭故主，又将孟昶坟茔青草移植在花盆里。身侍太祖，心系亡君，欺君之罪，罪不容赦。"

太祖无语。

内侍又打开一箱，取出"挟弹图"。

"何意？"太祖问。

"此非张仙送子图，乃孟昶挟弹图。'张仙'肥头大耳，正是取孟昶主要特征；身边童子乃是太子玄喆，武士乃开国功臣赵廷隐也。对上，她犯颜欺君，对下，她愚弄百姓，举国上下为亡君孟昶顶礼膜拜，实为大宋奇耻大辱。今日之下场，实乃罪有应得。"

太祖沉默。

内侍又打开一箱，倾出一大堆白果。

太祖更莫名其妙，问："为何？"

太医莫德行摇着一个干瘪的脑袋，畏畏缩缩上前，哆哆嗦嗦道："启禀皇上，白果虽是罕世良药，止咳平喘，活血止血，但白果仁中含有一种剧毒物，婴儿食十粒即中毒身亡。成人过量，也中毒毙命。亡妃开药不离白果，意欲加害皇上。"

"狗贼住嘴！娘娘初入宋宫，不想忍辱含垢，便多食白果，吃了了断生命。后见皇上英明神武，有荡平疆侯割据、统一华夏的宏才大略，勤政廉洁，励精图治，才打消了轻生念头，一心侍奉皇上。在西川，老贼淫乱蜀宫，使艳娘蒙冤受辱，是慧妃娘娘替罪法场，救出艳娘。尔不仅不知恩图报，反而恩将仇报，诬陷娘娘，这等披人皮的狼早该碎尸万段！"阿随越说越气，引起群臣公愤。她霍地拉开弓弦，对着莫德行那枯藤般的瘦脖子就是一箭，莫德行惨叫一声，污血四溅，脸上的肉疙瘩四处横飞。

阿随两眼闪着复仇的怒火，怒视着晋王，"嗖"的一箭，射在他的护心镜上，镜片破了，晋王吓得面如土色，瘫在地上，声嘶力竭地喊："抓刺客——"

侍卫这才苏醒过来，一拥而上。

"别动！姑奶奶的箭镞认不得人！"她摆开阵势，张弓引箭，厉声叱斥，像一声惊雷震得侍卫僵立着。

"娘娘走了，阿随活着何用？！"她哭着大叫一声，"娘娘，随儿伴你上路……"

她丢掉弯弓，用箭镞在脖子用力一戳，鲜血喷涌，一头倒在花蕊夫人身边。这时风更大了，桃花漫天飞舞，飘落在她俩身上，覆盖着娇弱的身躯。这是一场亘古未有的花葬，春风为夫人净身，桃花为夫人着装，君臣为夫人送行，阿随伴夫人上路。李白诗篇为她奏起哀乐：

> 问余何意栖碧山，笑而不答心自闲。
>
> 桃花流水窅然去，别有天地非人间。

上天国路上，她不寂寞。时间：乾德四年（966年）。

史书记载：太祖按贵妃典礼，将花蕊夫人葬于福建崇安。后人又将亡君亡妃双双迁葬于四川汉州（今广汉市）。

余韵

花蕊夫人逝世十年后，开宝九年（976年），宋太祖在烛影斧声中不明不白猝死。赵光义谋弑太祖后登基，是为宋太宗。

花蕊夫人宫词经十笛、艳娘整理、演唱、传播，广泛流入民间，加工打造成《花蕊宫词百首》，辞奇句美，与唐代才子王建宫词无异，盛传于世，经久不衰，可谓：百首宫词千金价，四周山色万行诗。

五代十国世系表

五代

后梁

(1) 太祖朱温　(2) 废帝朱友珪　(3) 末帝朱友贞

后唐

(1) 太祖李克用　(2) 庄宗李存勖　(3) 明宗李嗣源

(4) 闵帝李从厚　(5) 废帝李从珂

后晋

(1) 高祖石敬瑭　(2) 出帝石重贵

后汉

(1) 高祖刘知远　(2) 隐帝刘承祐

后周

(1) 太祖郭威　(2) 世宗柴荣　(3) 恭帝柴宗训

十国

前蜀

(1) 高祖王建　(2) 后主王衍

后蜀

（1）高祖孟知祥 （2）后主孟昶

吴

（1）太祖杨行密 （2）烈主杨渥 （3）高祖杨隆演

（4）睿帝杨溥

南唐

（1）烈祖李昪 （2）元宗李璟 （3）后主李煜

闽

（1）太祖王审知 （2）嗣主王延翰 （3）太宗王延钧

（4）康宗王继鹏 （5）景宗王延曦 （6）世宗王延政

楚

（1）武穆王马殷 （2）衡阳王马希声 （3）文昭王马希范

（4）废王马希广 （5）恭孝王马希萼 （6）后主马希崇

南汉

（1）烈祖刘隐 （2）高祖刘䶮 （3）殇帝刘玢

（4）中宗刘晟 （5）惠帝刘鋹

荆南

（1）高季兴 （2）高从海 （3）高保融

（4）高保 （5）高继冲

吴越

（1）太祖钱镠 （2）世宗钱元瓘 （3）成宗钱弘佐

（4）忠逊王钱弘倧 （5）忠懿钱弘俶

北汉

（1）世祖刘旻 （2）睿宗刘钧 （3）少帝刘继恩

（4）英武皇帝刘继元

皇妃花蕊夫人

一诗爱上花蕊君

代跋

君王城上竖降旗，妾在深宫哪得知。

十四万军齐解甲，更无一人是男儿。

　　这是花蕊夫人在国破家亡后一首充满男子气的传世之作，像文坛上一颗璀璨的彗星，闪现出天才的光芒和哲人大彻大悟之睿智、灵性，一反千古"红颜祸水""女祸毁政"的亡国之说。

　　这首千古绝唱，使我一诗爱上花蕊夫人，她牵动着我的情思与景仰、痴迷和梦幻，吟哦着这首诗从少女走向中年，走向花蕊夫人，走向刀光剑影、风起云涌的五代十国，走向厚重的蜀文化。

　　2000年春，继第一个长篇历史小说《武曌千秋》问世后，我的笔触伸向了绝代才女、两朝皇妃花蕊夫人。沿剑门蜀道北上，东去开封。南下，西去她的故土——灌县古城（今四川都江堰市石羊镇）、青城山、都江堰、成都、什邡，一路叩访她的历史足迹，在历史罅隙里搜集她的逸事奇闻。一头泡进图书馆、书店、地摊，正史、野史、秘史、逸史，一股脑儿全在猎取之中。书越堆越高，越读越薄，她终于在我心中活了。就是那个春天，我和一位友人去剑阁县城拜访一位百岁老人，在他的书厨里，发现了一本明人曹学俭著的《蜀中名胜记》，上有花蕊夫人"百首宫词"，如获至宝，爱不释手。临别时，终于向老人开口借书了。回到家中，低吟、浅唱、含英咀华，一气抄录下来。这是中国文学史上第一位女词人，以"宫中人"写"宫中事"的大手笔。在她笔下，宫人、宫事、宫景、宫情、宫怨、宫悲，生动清新，婉约典雅，自然天成，令人神思飞扬，嬉笑怒骂。这大型之作，将"宫词"诗歌推向又一个艺术高峰，难怪花蕊夫人离我们一千多年了，仍备受后人推崇，称她为继王建之后集宫词之大成。

纵观她的一生，花蕊夫人不仅有惊世骇俗的美艳和才情，更有母仪天下的美德懿行、至诚至善的真情。她"执意辞后""保护英杰""潜释艳娘""画像祭主""黄鹄传情"，传为一代佳话。超越平凡，超越时空，这就是美貌、才情外的人格魅力和光彩。

她是美的化身，浑身流溢着美的个性、美的情操、美的神韵、美的悲情，表现了东方女性传统的风致、光华。然而，美，历来面临着灾难。特别是在风雨如磐的封建社会，女人最终成为男权的附属物、点缀品、牺牲品，致使女人的命运具有强烈的悲剧色彩。随后蜀灭亡，后主猝死，第二任夫君大宋开国皇帝赵匡胤宫廷内部的倾轧，花蕊夫人演绎了一曲曲惊天动地的悲情恋歌，惨死在晋王赵光义（北宋第二代皇帝宋太宗）的恶箭下，落得"花自飘零水自流"的悲情结局，令人扼腕叹息，泪洒罗衣。

这就是笔者写完长篇末章，眼里噙着泪水的原因。

《绝代皇妃花蕊夫人》于2004年春出版，都江堰市，广元市委宣传部、市作协先后举办作品研讨会，书一售而空。

事隔十六年后，北京传来喜讯，中国文史出版社为我再版此书，真是天赐良机，千年等一回，决心写好花蕊夫人。一头泡进省、市图书馆，细致翻阅典籍文献与研究专著；四访花蕊夫人故里，进一步收集散落在民间的史料，修改、增删其作。

在此，感谢中国文史出版社为此书再版！

感谢编辑梁玉梅女士在浩如烟海的历史小说里觅到她，让"文物"出土，再次回归读者。但愿此书长久地进入读者视野，给人们带来阅读的快感和对那段逝去历史岁月的了解、追忆！

感谢中国文坛名家王火先生为我再版作序！王火先生是我加入中国作家协

会介绍人，一路走来，火光照亮了我，使我在文学创作的道路上执着前行！

　　感谢茅盾文学奖、鲁迅文学奖得主，中国作协全委会委员、四川省作协主席阿来先生和王火老师联袂推荐，让作品栖息在人们心窝！

　　感谢著名书法家、四川省人民政府文史馆馆员李国超先生为我卷首语泼墨挥毫！

再版修改于成都

2020 年 1 月 18 日